I0594049

IL REALE

Game of Chance, Libro 2

SUSAN STOKER

Trovare Jodelle

<u>**Ricerca e soccorso Eagle Point**</u>
In cerca di Lilly
In cerca di Elsie
In cerca di Bristol
In cerca di Caryn
In cerca di Finley
In cerca di Heather
In cerca di Khloe

<u>**Silverstone**</u>
Fidarsi di Skylar
Fidarsi di Taylor
Fidarsi di Molly
Fidarsi di Cassidy

<u>**Delta Duo**</u>
La forza di Gillian
La forza di Kinley
La forza di Aspen
La forza di Jayme
La forza di Riley
La forza di Devyn
La forza di Ember
La forza di Sierra

<u>**Armi & Amori: verso il futuro**</u>
Soccorrere Caite
Soccorrere Brenae
Soccorrere Sidney
Soccorrere Piper
Soccorrere Zoey
Soccorrere Avery

Soccorrere Kalee
Soccorrere Jane

Mercenari di Montagna

Difendere Allye
Difendere Chloe
Difendere Morgan
Difendere Harlow
Difendere Everly
Difendere Zara
Difendere Raven

Delta Force Heroes

Salvare Rayne
Salvare Emily
Salvare Harley
Il Matrimonio di Emily
Salvare Kassie
Salvare Bryn
Salvare Casey
Salvare Sadie
Salvare Wendy
Salvare Mary
Salvare Macie
Salvare Annie

Armi e Amori

Proteggere Caroline
Proteggere Alabama
Proteggere Fiona
Il Matrimonio di Caroline
Proteggere Summer
Proteggere Cheyenne
Proteggere Jessyka

Proteggere Julie
Proteggere Melody
Proteggere il Futuro
Proteggere Kiera
Proteggere i figli di Alabama
Proteggere Dakota

Ace Security

Il riscatto di Grace
Il riscatto di Alexis
Il riscatto di Bailey
Il riscatto di Felicity
Il riscatto di Sarah

Una raccolta di storie brevi

Un momento nel tempo

CAPITOLO UNO

Callum "Cal" Redmon entrò con la sua Rolls-Royce Cullinan nel vialetto della famiglia Green, alla periferia di Washington. Il traffico era stato terribile ed era arrivato molto più tardi di quanto aveva sperato. Era di pessimo umore. Gli faceva male la schiena, gli pulsavano le ginocchia e aveva un mal di testa tremendo. Da quando era stato prigioniero di guerra e aveva subito incessanti torture, il suo corpo non era più lo stesso. Aveva trentasette anni, ma se ne sentiva almeno venti di più.

Era appena arrivato nell'ultimo posto in cui avrebbe voluto essere. Aveva detto ai suoi parenti che non era una guardia del corpo. Che da quando era uscito dall'esercito non voleva avere più nulla a che fare con le operazioni segrete o con qualsiasi cosa coinvolgesse la sicurezza. Eppure... eccolo lì.

Far parte della famiglia reale del Liechtenstein non era facile. Anche se non era cresciuto in quel piccolo Paese, e conosceva a malapena la regina e il re, si aspettavano che fosse fedele. Che abbandonasse tutto per eseguire i loro ordini quando glielo chiedevano. Così, quando Carla Green aveva detto a un suo cugino di secondo grado, che aveva conosciuto online, di essere perseguitata, lui lo aveva contattato per vedere cosa poteva fare al riguardo.

Quando gli aveva detto di non poter fare *nulla* per i problemi personali della sua amica modella e che avrebbe dovuto chiamare la polizia locale, il cugino lo aveva ignorato. Aveva parlato con la madre, che aveva parlato con la sorella, che aveva parlato con la regina, che a sua volta aveva chiamato i suoi genitori... e Cal si era trovato costretto ad andare a Washington per "indagare" sulla situazione.

Non era qualificato per risolvere il problema di Carla. Sì, sapeva sparare, era un ottimo tiratore in effetti, ma ciò non gli dava le competenze per essere un investigatore amatoriale, e di certo non una guardia del corpo. Riusciva a malapena a gestire il *suo* di corpo.

La maggior parte dei giorni gli facevano male le ossa. Le torture subite da prigioniero lo avevano distrutto. Legamenti lacerati, ossa rotte, muscoli strappati... quelli erano stati solo la punta dell'iceberg. Tecnicamente, tutte le ferite erano guarite, ma gli effetti erano ancora visibili e le cicatrici, interne ed esterne, erano molte.

Inoltre, da quando era stato liberato, Cal non si interessava particolarmente delle persone in generale. Era scontroso nei giorni peggiori e distaccato in quelli migliori. Aveva visto il peggio che l'umanità aveva da offrire, e preferiva di gran lunga rintanarsi nella casa che aveva comprato nella piccola città del Maine dove lui e i suoi amici si erano stabiliti dopo aver lasciato l'esercito.

Grazie al suo lignaggio reale e ai suoi genitori che avevano investito con cura il denaro di famiglia, Cal non aveva mai dovuto preoccuparsi dell'entità del suo conto in banca. Nessuno avrebbe immaginato, semplicemente guardandolo, che possedeva più di un miliardo di dollari nel suo considerevole portafoglio. La maggior parte dei giorni indossava jeans scoloriti e magliette a maniche lunghe, e non ostentava certo il fatto di essere ricco. E tanto.

Sì, la Cullinan era disgustosamente costosa. Nessuno aveva bisogno di un SUV Rolls-Royce, ma lui non era riuscito a resistere. Era elegante, aveva tutti i comfort e, soprattutto, si comportava in modo eccellente sulle strade innevate del Maine. In ogni caso, la maggior parte delle persone avrebbe pensato che fosse un SUV qualunque, dato che era sporco e al momento sembrava più un veicolo da lavoro che un'auto da trecentomila dollari.

Come da istruzioni, Cal guidò verso la parte posteriore dell'enorme casa, che si trovava su una proprietà di circa due ettari, e parcheggiò nell'ampia area pavimentata. Si prese un attimo per mandare un messaggio a JJ e fargli sapere che era arrivato sano e salvo.

Lo avrebbe chiamato più tardi per raccontargli ciò che avrebbe appreso dalla sua chiacchierata con Carla, ma dopo avergli scritto si concesse un secondo per godersi il silenzio che lo circondava. Chiuse gli occhi e fece un respiro profondo. In realtà, quello che avrebbe voluto davvero fare era tornare nel Maine, rintanarsi nella sua casa tranquilla e rimanere da solo. Ma non era riuscito a dire di no a sua madre.

Cal e i suoi genitori avevano un rapporto complicato con la famiglia reale del Liechtenstein; avevano lasciato il Paese dopo che un giornalista aveva fatto cadere sua madre mentre era incinta di lui. Non stavano cercando di fotografare *lei*, ma il re e la regina, e si era semplicemente trovata in mezzo. Per suo padre quell'episodio era stata la goccia che aveva fatto traboccare il vaso, e così si erano trasferiti in Inghilterra.

I sovrani non ne erano stati contenti, ma che importava, tanto non sarebbe mai diventato re. Era così in basso nella linea di successione che sarebbe stato quasi impossibile per lui salire al vertice. Avevano vissuto una vita tranquilla a Londra, anche se pubblica, tornando in patria solo di tanto in tanto per brevi visite e funzioni ufficiali.

Cal si era arruolato nell'esercito britannico, ed era rimasto affascinato da una squadra di operatori della Delta Force che aveva visto in azione oltreoceano. Erano intercorse delle telefonate, erano stati presi degli accordi, e non molto tempo dopo, si era ritrovato negli Stati Uniti all'addestramento per diventare un Delta. Era stato duro, a volte estenuante, ma gli era piaciuto molto. Poi lo avevano destinato a lavorare con Chappy, Bob e JJ.

Non era mai entrato in sintonia con nessuno come era successo con i suoi compagni di squadra. Erano diventati inseparabili, e quando dopo essere stati fatti prigionieri avevano preso la decisione di lasciare l'esercito, non aveva avuto alcun dubbio: sarebbe andato ovunque fossero andati loro.

Si erano stabiliti nel Maine dopo che Cal aveva vinto una partita a sasso-carta-forbice, e avevano fondato la Jack's Lumber, un servizio di manutenzione alberi. Anche se quel lavoro poteva essere duro, soprattutto a causa dell'incessante dolore cronico di cui soffriva, negli ultimi tre anni era stato soddisfatto e per lo più felice.

Aprì gli occhi e sospirò. Stava prendendo tempo. Doveva entrare e incontrare Carla Green e sua madre. Raccogliere informazioni, vedere che tipo di prove aveva la donna sul suo stalker e valutare la gravità della minaccia. Suo cugino Karl era sempre stato troppo drammatico, soprattutto da bambino: se sbatteva un dito del piede contro qualcosa, urlava e piangeva come se qualcuno glielo avesse tagliato; se prendeva una A meno in un compito, si aspettava che tutti lo trattassero come se avesse appena scoperto una cura per il cancro. Inoltre, si era innamorato perdutamente di ogni ragazza, mettendo il broncio per un mese quando inevitabilmente si lasciavano.

Cal non sapeva se Karl e Carla si fossero davvero incontrati solo su internet, ma era quasi certo che suo cugino fosse stato ancora una volta eccessivamente drammatico quando aveva disturbato i parenti più influenti per convincerlo a fare ciò che interessava a lui.

Fece un altro respiro profondo passandosi una mano sul viso, poi si chinò e aprì il portaoggetti. Tirò fuori due aspirine e le inghiottì senz'acqua, pregando che servissero ad attenuare le fitte alla testa.

Afferrò la maniglia della portiera e scese dal SUV. Inarcò la schiena, cercando di distendere le contratture dovute alla lunga permanenza in macchina e facendo una smorfia quando sentì tirare le cicatrici su tutto il busto. Sospirò.

Ogni giorno, ogni movimento gli ricordava l'inferno che aveva passato. I suoi amici avevano fatto il possibile per attirare l'attenzione di quegli aguzzini su di loro, ma quando si erano resi conto di chi avevano nelle loro grinfie, erano stati decisamente felici. Avevano riso mentre lo tagliavano e lo picchiavano davanti alle videocamere accese per mostrare al mondo intero quanto fosse caduto in basso un autentico principe.

Costringendosi ad allontanare quei pensieri di un passato non troppo lontano, fece per avviarsi verso la parte anteriore della casa, quando un movimento attirò la sua attenzione.

Da una porta laterale stava uscendo una donna. Aveva con sé un sacco della spazzatura e si diresse verso un bidone proprio lì di fronte. Cal fece istintivamente un passo indietro, nascondendosi dietro l'angolo, e la studiò. Era bassa, forse trenta centimetri buoni in meno del suo metro e ottantacinque, e aveva una figura piena... con il tipo di curve che lui amava. Probabilmente perché era cresciuto in mezzo a donne magrissime che facevano di tutto per entrare in abiti firmati, solo per avvicinarsi il più possibile all'idea di bellezza dettata dalla società.

In ogni caso, era sempre stato molto più attratto dalle ragazze che avevano un po' di carne sulle ossa. Gli piaceva la sensazione che dava sentirle contro di lui, sotto di lui, come i loro seni pieni si muovevano e rimbalzavano, come le loro cosce e la loro pancia arrotondata erano morbide nelle sue mani. Una donna dal fisico rubensiano era la quintessenza della sensualità.

La preferiva di gran lunga formosa rispetto a magra.

A parte le curve, non c'era nulla di particolarmente degno di nota in quella che stava osservando in quel momento. Indossava una maglietta larga che aveva annodato in vita, i lunghi capelli castani erano raccolti in una coda di cavallo bassa. I jeans sbiaditi e molto consumati le abbracciavano le cosce, e gli sembrava che non fosse truccata. Ma c'era un non so che nella totalità del suo aspetto che lo costrinse a osservarla attentamente.

Lei sollevò il coperchio del bidone e grugnì mentre sollevava il sacco della spazzatura, ovviamente pesante. Dopo averlo gettato si asciugò la fronte sulla manica della maglia, poi fece un respiro profondo e voltò il viso verso il sole, chiudendo gli occhi.

Rimase lì per un lungo momento, con la testa inclinata all'indietro e un piccolo sorriso sul volto, come se sentire quel calore sulla pelle fosse il momento più bello della sua giornata.

Cal era incantato. Non le aveva detto nemmeno una parola, eppure, guardando il modo in cui si godeva il semplice piacere dei raggi sul viso, capì che era una persona che voleva conoscere.

La prima volta che era uscito all'aperto dopo essere stato salvato, si era comportato esattamente come lei. Aveva fatto un respiro profondo, chiuso gli occhi e alzato il viso verso il sole infuocato del Medio Oriente. Aveva sentito bruciare dolorosamente i tagli e i lividi sulla pelle, ma anche tre anni più tardi, poteva dire che non c'era stato niente di più bello di quella prima boccata d'aria fresca.

E per qualche motivo, Cal aveva la sensazione che quella donna stesse provando un po' di ciò che aveva provato lui quel giorno. Come se, stando lì fuori sotto i deboli raggi di fine inverno, con gli uccelli che cinguettavano intorno a lei, fosse libera. Libera dalle preoccupazioni e dai problemi.

«Juniper!»

La voce stridula proveniente dall'interno dell'abitazione la fece sobbalzare sorpresa e rivolgere la sua attenzione verso la porta da cui era uscita. Il piccolo sorriso scomparve e Cal la osservò cancellare ogni espressione dal viso e tornare verso la casa.

«Juniper! Dove diavolo sei?» gridò di nuovo la voce.

Quel tono abbastanza alto da esacerbare il pulsare alla testa gli diede sui nervi.

«Sto arrivando!» esclamò con calma la sua formosa sconosciuta, come se fosse abituata a sentirsi urlare in quel modo. E supponeva fosse così. Molto probabilmente era una domestica, sembrava logico dato che aveva portato fuori la spazzatura. La famiglia di Cal nel corso degli anni aveva avuto la sua buona parte di domestiche, giardinieri, cuochi e altro personale, ma non ricordava che sua madre si fosse mai rivolta a qualcuno di loro in modo così irrispettoso come aveva fatto quella donna dall'interno, chiunque fosse.

Cal sorrise. Juniper. Era un nome bellissimo.

La vide afferrare la maniglia della porta che conduceva in casa, poi voltarsi e guardare il cielo per un altro secondo, e riuscì a scorgere chiaramente l'espressione sul suo volto.

La malinconia, il dolore e la frustrazione che trasparivano parlarono alla sua anima. Ma non appena riuscì a intravedere quelle emozioni, scomparvero, così come la donna.

Il cuore gli batteva forte nel petto. Non sapeva cosa fosse appena successo, ma non si era mai sentito così. Non credeva nell'amore a prima vista, come quello delle favole. Sì, era un principe, ma non avrebbe incontrato la sua Biancaneve, Cenerentola o Bella Addormentata, innamorandosi perdutamente al primo sguardo.

Ma... non poteva negare di non aver mai provato un'attrazione per una donna come quella provata per l'enigmatica Juniper. Non era solo per il suo aspetto, anche se il suo corpo rispecchiava esattamente quello che lui preferiva nelle sue amanti. Era stata la tranquillità che era trapelata da lei quando aveva rivolto il viso verso il sole. La forza implicita quando aveva risposto serenamente alla donna arrabbiata all'interno della casa.

Scuotendo la testa, Cal si schernì tra sé e sé. Era ridicolo. Non era possibile che avesse dedotto tutte quelle cose solo guardando una donna che portava fuori la spazzatura.

Eppure lo aveva fatto. Il suo corpo lo sapeva, anche se la sua mente non voleva ammetterlo.

Non aveva idea di chi fosse Juniper, ma sapeva di volerla cercare. Di voler parlare con lei. Forse ciò lo avrebbe fatto rinsavire. Gli avrebbe detto qualcosa di irritante o avrebbe scoperto chi era e si sarebbe comportata come avevano fatto tante altre donne in passato... avrebbe flirtato rivolgendogli sorrisi falsi e facendo il possibile per farlo innamorare di lei.

Non sarebbe successo. Lui era immune all'amore.

Ma ciò non cancellò la sua curiosità. O la sua libido. Qualcosa che aveva ignorato da quando era stato salvato.

Per la prima volta dopo anni, Cal si trovò ad attendere con ansia le ore e i giorni a venire. Sì, doveva incontrare Carla Green e valutare la situazione dello stalker, ma ora aveva un secondo obiettivo... trovare l'enigmatica Juniper e vedere se l'attrazione che sentiva verso di lei era un problema temporaneo. O qualcosa di più.

Gli balzò alla mente la storia che suo padre gli aveva raccontato del giorno in cui aveva conosciuto sua madre. Di come l'avesse guardata capendo subito che era quella giusta. Gli aveva detto che l'amore funzionava così per tutti gli uomini della sua famiglia: incontravano la persona a loro destinata, le stelle si allineavano, gli uccelli cantavano, ed era fatta.

Cal aveva sempre alzato gli occhi al cielo pensando che si stesse inventando delle storie. Che stesse tramandando al suo giovane figlio il mito Disney dei "reali" riguardo alle anime gemelle e all'amore a prima vista.

Ora, per la prima volta in vita sua, quelle ipotesi vacillarono.

Scuotendo la testa, continuò a dirigersi verso l'ingresso della casa, mentre dava un'occhiata all'orologio. Erano da poco passate le cinque e la sera si stava rapidamente avvicinando. E ora era davvero ansioso di entrare... perché dall'altra parte della porta c'era una donna che aveva catturato la sua attenzione senza nemmeno provarci.

—————

Juniper "June" Rose si asciugò la fronte sulla manica della maglietta per quella che sembrava la millesima volta quel giorno. Era esausta. Erano ore che andava avanti senza sosta. La matrigna e la sorellastra erano in agitazione da giorni. Da quando avevano avuto la conferma che un principe in carne e ossa avrebbe soggiornato nella loro casa.

Da quello che era riuscita a capire dai pettegolezzi sussurrati dalle due donne mentre faceva le pulizie, il principe Redmon, proveniente da un piccolo paese europeo, stava andando a Washington per parlare con Carla del suo "stalker".

June sbuffò. Stalker. Sì, certo. Nessuno stava perseguitando la sorellastra, era solo un'altra storia che si era inventata per attirare l'attenzione. A Carla Green interessava solo imitare i suoi idoli, ossia le Kardashian. Tutto ciò che faceva era finalizzato a quell'obiettivo. Voleva essere ricca, famosa e adorata.

Il problema era che quella donna era davvero terribile. In tutta la sua vita non aveva mai incontrato una persona più cattiva, fredda ed egocentrica. Le piaceva far piangere la gente, e a tal proposito, faceva di tutto per rendere *June* infelice. Carla aveva otto anni in meno di lei e si comportava più come una quindicenne che come una ventiquattrenne.

Ma era anche bellissima. Alta e snella, con lunghi capelli

biondi e grandi occhi azzurri e, quando voleva, sapeva essere estremamente affascinante. Supponeva che fosse così che era riuscita a raggirare il tizio che aveva incontrato online e che conosceva il principe Redmon.

June una sera aveva accidentalmente interrotto la sorellastra mentre era su FaceTime con quell'uomo, Karl, ed era rimasta sbigottita nel trovarla con il busto nudo, mentre si teneva su quei seni esagerati per mostrarli alla telecamera.

Quando se n'era accorta, Carla era corsa subito da sua madre e aveva accusato June di averla spiata, e lei aveva dovuto sopportare un'ora di urla e di appellativi come "ingrata" e "gelosa". Il che era ridicolo, ovviamente, ma come al solito Elaine non le aveva dato la possibilità di dirle cos'era successo veramente.

June aveva sognato di lasciarsi alle spalle quelle donne malefiche un'infinità di volte. Aveva trentadue anni, non era incatenata alla casa. Avrebbe potuto andarsene in qualsiasi momento.

Ma negli anni passati, ogni volta che aveva trovato il coraggio di farlo, si era guardata intorno e aveva visto la poltrona dove suo padre l'aveva tenuta in braccio mentre le leggeva qualcosa. O i segni sul muro di quando aveva misurato la sua altezza durante l'infanzia. Ogni volta che era cresciuta a malapena di una frazione di centimetro, lui l'aveva sempre fatta sembrare una cosa importantissima, anche se lei era sempre stata la bambina più bassa della classe e alla fine era arrivata a un misero metro e sessanta.

Lo ricordava inginocchiato accanto a lei nel giardino sul retro, mentre strappavano le erbacce e ridevano di qualcosa.

Suo padre aveva adorato quella villa. Aveva risparmiato per poterla comprare, per dare a sua figlia una bella casa... niente a che vedere con l'angusto appartamento in cui lui aveva vissuto da giovane. Le cose erano state difficili quando era piccola, ma lui era sempre riuscito a pagare il mutuo, anche se avevano dovuto mangiare hot dog e ramen per settimane intere.

E mentre affrontava quelle difficoltà, c'erano stati l'uno per l'altra. Avevano giocato sui due ettari di terreno intorno alla casa, le aveva insegnato a cucinare, e le pulizie non erano mai sembrate un'incombenza quando le facevano insieme.

Poi, quando June aveva quattordici anni, aveva conosciuto Elaine e la figlia di sei anni e si era subito innamorato di entrambe. Un anno più tardi se n'era andato, era deceduto qualche mese dopo il loro fidanzamento lampo e successivo matrimonio.

Non era giusto. Sentiva ancora terribilmente la mancanza del padre, ogni giorno. La casa e il terreno erano tutto ciò che le rimaneva di lui, oltre ai ricordi.

Era difficile credere che fosse morto da così tanto tempo. Nel corso degli anni, la matrigna aveva lentamente, ma inesorabilmente, venduto la maggior parte delle cose che suo padre aveva tanto amato, spostando tutto il resto in cantina o in soffitta. Le stanze non avevano più l'aspetto di quando c'erano solo loro due.

Mentre era in fin di vita all'ospedale, le aveva detto che la casa era sua, che sapeva che lei l'avrebbe amata e curata quanto lui. E June gli aveva promesso che lo avrebbe fatto, che avrebbe conservato i loro ricordi felici.

Quando era morto, era rimasta devastata. Per mesi non era riuscita a pensare lucidamente a causa del dolore che provava. All'inizio la matrigna era stata la sua roccia, le aveva impedito di crollare. Ma guardandosi indietro, ora sapeva che era stato solo un modo per abbindolarla. L'aveva tirata su per poi distruggerla. In qualche modo, l'aveva persino convinta che andare all'università sarebbe stato uno spreco di tempo e di denaro, dicendo che non aveva mai avuto un'attitudine per lo studio e che suo padre l'avrebbe voluta *lì*, a occuparsi della casa.

Il suo primo vero momento di chiarezza lo aveva avuto a vent'anni e aveva iniziato a cercare un modo per cacciare Elaine e Carla prima che eliminassero ogni traccia di suo padre, salvo poi scoprire che aveva inconsapevolmente rinunciato ai suoi diritti sulla casa che lui aveva amato e custodito.

Un giorno, subito dopo il diciottesimo compleanno di June, Elaine aveva portato a casa un mucchio di carte e le aveva spiegato che si trattava di documenti legali che lei doveva firmare per ricevere l'eredità, visto che era maggiorenne.

Si era stupidamente fidata di quella donna, aveva firmato una pagina dopo l'altra senza leggere... e aveva finito per cedere la proprietà della casa alla matrigna, senza rendersi conto di quello che stava facendo.

A malincuore, era rimasta. In parte perché non aveva un posto dove andare e nemmeno i soldi per poter sostenere un affitto, considerando che Elaine e Carla l'avevano praticamente trasformata in una serva, senza lasciarle il tempo di trovare un lavoro altrove. Non che avesse competenze sufficienti per trovare un impiego ben retribuito.

Ma, soprattutto, era rimasta perché lei e suo padre lì erano stati felici.

Ora, ogni anno che passava, la sua ostinazione a voler continuare per quella strada, di non voler rinunciare all'amata casa del padre lasciandola a quelle donne crudeli, andava scemando. Carla era una stronza, i suoi due corgi erano orribili e cattivi quanto la loro padrona, ed Elaine aveva uno sguardo calcolatore di cui non si fidava.

June stava mettendo da parte dei soldi da qualche anno... banconote trovate in giro per la casa, spiccioli caduti dalle tasche dentro la lavatrice, soldi avanzati dalle commissioni.

Non era ancora abbastanza, non proprio, ma aveva finalmente raggiunto il punto in cui si era resa conto di dover andarsene. Non aveva amici che potessero aiutarla, perché Elaine l'aveva abilmente isolata da tempo dalle persone con cui aveva frequentato le scuole medie e superiori. Per anni l'aveva tenuta occupata a lavorare, a fare le pulizie, a fare la spesa, a cucinare e a sbrigare altre commissioni, senza lasciarle il tempo di avere una vita sociale.

Appena finito il liceo, quando stava ancora elaborando il

lutto per la perdita del padre e pensava ancora che Elaine avesse a cuore i suoi interessi, June era stata felice di dare una mano. Di fare la sua parte per aiutare a crescere Carla e a gestire la casa nel miglior modo possibile.

Ma ora era consapevole di quanto fosse stata stupida. Era stata la loro schiava per troppi anni ed era ora di finirla.

La casa le sarebbe mancata, ma i ricordi felici di suo padre erano stati sostituiti da momenti di umiliazione e degrado. Non era più un luogo amato e sicuro, era diventata la sua versione dell'inferno.

June non sapeva dove sarebbe andata o cosa avrebbe fatto, ma *qualsiasi* posto sarebbe stato meglio di quello. Aveva fatto ricerche sulle parti migliori del Paese in cui vivere, sui posti più economici, ma non aveva ancora preso una decisione. Di sicuro lontano da Washington DC.

«Juniper!» gridò Carla, irrompendo in cucina.

Odiava che insistessero nel chiamarla con il nome che usava sempre suo padre. All'inizio era stato confortante, le aveva dato un senso di intimità e ricordato lui. Ma ora il suo nome intero sulle loro labbra era irritante e le faceva accapponare la pelle.

«Sì?» chiese, voltandosi dal fornello dove stava mescolando il cibo in una pentola.

«È arrivato! Finalmente! Starà nella stanza accanto alla mia. Devi salire e cambiare le lenzuola. Assicurati che abbia un asciugamano pulito e che sia uno di quelli piccoli.» La sorellastra sorrise con un luccichio malizioso negli occhi. «Perché ho intenzione di incontrarlo *per caso* e voglio vedere quanto è grosso il suo cazzo. Non posso farlo se ha un enorme telo da spiaggia intorno alla vita. E spruzza un po' del mio profumo sulle sue lenzuola. Voglio che associ il mio odore al letto.»

«Adesso?» chiese June. Avrebbe voluto alzare gli occhi al cielo, dirle che era disgustosa e troppo disperata, ma sapeva che era meglio non farlo. Era molto più facile rimanere invisibile, fare ciò che le veniva detto, piuttosto che dissentire. L'aveva imparato a sue spese.

«Certo, adesso! Ovvio! Sei così stupida.»

«Ok, ma la cena potrebbe bruciare se lo faccio adesso» le disse.

«Merda! Va bene. Lo farai dopo averci serviti, tra gli antipasti e il dolce. Corri di sopra e fai tutto mentre mangiamo il piatto principale. Oh, e assicurati anche che la porta tra le nostre stanze non sia chiusa a chiave, altrimenti come farò a beccarlo nudo per caso?» Ridacchiò. «L'hai visto?»

June scosse la testa. Voleva chiedere alla sorellastra quando diavolo poteva avere avuto il tempo di spiare il loro ospite, visto che era occupata a sbrigare le faccende dell'ultimo minuto, come spazzare i peli di cane dal pavimento dell'ingresso, buttare la spazzatura e cucinare una cena di quattro portate che Elaine aveva sostenuto il principe si sarebbe aspettato.

«Ho sentito dire che è pieno di cicatrici. Karl mi ha avvertita di far finta di niente, ma sono andata su internet per vedere cosa intendeva, ed è *orrendo* senza vestiti. Dovrò chiudere gli occhi quando sarà sopra di me perché sarà... schifoso!» Rabbrividì in modo esagerato. «Ma per fortuna il suo viso è a posto. Cioè, ha il naso un po' storto e gli manca una parte di un orecchio, ma gli farò crescere i capelli in modo da coprirlo. Finché ha un bel cazzo non mi importa com'è il resto del suo corpo. Saremo comunque bellissimi insieme. Ho già iniziato a guardare gli abiti da sposa! Voglio rivaleggiare con qualsiasi altro matrimonio reale sia mai stato trasmesso in televisione! Diventerò una principessa e non vedo l'ora!»

June provò pietà per il principe. Non aveva idea in che nido di vipere si stava cacciando. Non sapeva che Carla stava già organizzando il loro matrimonio e nel frattempo lo chiamava "orrendo" e "schifoso" per cose su cui lui non aveva alcun controllo.

L'altra la fissò per un lungo momento. «Allora?» chiese infine.

Sapeva cosa voleva sentire. «Sarai una sposa bellissima» disse con calma.

Le rivolse un sorriso falso. «Certo che sì. Ricorda le mie parole: il principe Redmon sarà mio marito entro tre mesi. Nessuno può resistermi. Non ho fatto tutti quegli interventi di chirurgia plastica per niente. Diventerò una *principessa*!» dichiarò ancora una volta.

Poi lanciò un'occhiata a June. «Non fare tardi con la cena. Tieni la bocca chiusa e non guardare il principe. È mio e farò qualsiasi cosa per averlo. Capito?»

Annuì subito. «Certo.»

«Bene. Dio, sei così patetica. Comunque non degnerà mai di un secondo sguardo una vacca grassa come te.» Poi si girò e uscì dalla cucina.

Appena se ne andò, June buttò fuori un respiro. Aveva smesso da anni di offendersi per gli insulti della sorellastra. Sapeva di essere in sovrappeso, ma finché era in buona salute non le importava. Anche suo padre aveva avuto qualche problema di peso e aveva visto le foto di sua madre Rose. June aveva sicuramente i suoi geni. Non sarebbe mai stata alta e magra, ma era contenta così. Anche se non faceva esercizio fisico come la maggior parte delle persone, lavorare in casa e in giardino manteneva i suoi muscoli forti e alta la sua capacità di resistenza.

Tornando alla pentola sul fuoco, fece un lungo sospiro. Le dispiaceva davvero per il principe Redmon. Carla sarebbe stata implacabile nel dargli la caccia, e come la maggior parte degli uomini che erano finiti nella sua trappola, ne sarebbe stato affascinato prima di capire esattamente che tipo di donna fosse.

Ma non erano affari suoi. Aveva cercato di mettere in guardia alcuni dei tizi con cui era uscita in passato, e non era andata bene. Inevitabilmente, Carla o Elaine scoprivano quello che aveva detto e le rendevano la vita estremamente infelice per settimane. Era più facile tenere la bocca chiusa e lasciare che i suoi spasimanti capissero da soli che era una grandissima stronza.

Scosse la testa al pensiero che Carla potesse diventare principessa. Avrebbe sicuramente rovinato la reputazione del Liechtenstein. Ma ancora una volta... non erano affari suoi. Quando se ne sarebbe andata, si sarebbe liberata di quelle due e non si sarebbe mai più guardata indietro. Il suo momento stava arrivando e, come avrebbe detto Carla, non vedeva l'ora.

CAPITOLO DUE

A Cal sembrava di avere la testa stretta in una morsa. Il dolore pulsante si era trasformato in una vera e propria emicrania. La quantità di profumo che Carla Green si era messa di certo non aiutava. Sembrava avesse fatto il bagno in quella roba.

Era bella, non poteva negarlo. Era alta più o meno come lui, con i capelli biondi elegantemente acconciati e il viso truccato ad arte. I suoi denti erano perfettamente dritti e bianchi in modo innaturale, e poteva capire perché suo cugino si fosse invaghito di lei.

Aveva parlato con Karl durante il viaggio verso Washington, il quale gli aveva detto che Carla era molto spaventata, e che apprezzava che provasse a fare tutto il possibile per tenerla al sicuro. Quando gli aveva chiesto perché non fosse andato *lui* negli Stati Uniti a proteggerla, suo cugino aveva borbottato qualcosa sul fatto che non voleva essere invadente.

Per Cal non aveva senso. Non voleva essere invadente, ma gli andava bene che *lui* si invischiasse in quella situazione? Glielo aveva fatto notare, ma la sua risposta era stata che così era più conveniente perché lui si trovava già negli Stati Uniti e poteva indagare con discrezione. Se qualcuno avesse saputo che Karl era volato oltreoceano per aiutare una splendida modella americana, la stampa europea avrebbe fatto delle supposizioni.

Aveva quasi riso, perché il discorso si poteva tradurre così: la monarchia era oltremodo frustrata per le imprese di suo cugino che apparivano sui tabloid. Il fatto di andare in aiuto di Carla avrebbe dimostrato che c'era un certo interesse... forse addirittura sufficiente perché la famiglia facesse pressione su Karl affinché si sposasse, ponendo di fatto fine al suo stile di vita da playboy.

Anche per quello Cal era felice di non essere cresciuto nel suo Paese d'origine, sotto l'occhio vigile della corte reale... e dei paparazzi. Se mai si fosse sposato – cosa che ora dubitava sarebbe accaduta, grazie al fatto che i suoi aguzzini avevano trasformato il suo corpo, un tempo perfetto, in un disgustoso disastro – lo avrebbe fatto per amore. Non avrebbe mai accettato di passare il resto della vita con una donna a causa delle pressioni della monarchia, perché se lo aspettavano da lui o perché lei aveva le conoscenze giuste.

«Non credi?» chiese Carla, riscuotendolo dalle sue riflessioni. Lui alzò lo sguardo e annuì distrattamente. A quanto pareva, quello bastò a soddisfarla, perché continuò a parlare della partita di tennis che aveva fatto quella mattina e dei suoi imminenti servizi fotografici.

Quella donna diceva tutte le cose giuste, sorrideva nei momenti giusti e si accigliava in modo grazioso quando lui le chiedeva del suo stalker. Ma Cal riusciva a vedere la sua vera natura come se lei fosse fatta di plastica sottile, il che non era poi così lontano dal vero.

Era evidente la quantità di interventi chirurgici a cui si era sottoposta, dalle labbra eccessivamente imbronciate, al naso minuscolo che sembrava non combaciare con il resto del viso, all'espressione quasi costantemente sorpresa, di certo dovuta all'eccessivo uso di botox. I suoi seni erano così grandi che si stupiva non cadessero a causa del peso, ma nonostante fossero enormi, sfidavano la gravità. E chiaramente le piaceva metterli in mostra.

Quando era arrivato, era subito sparita dopo averlo salutato e lui non era riuscito a parlare dello stalker con la madre perché lo aveva tempestato di domande sulla sua carriera militare e sulla sua vita nel Maine. Carla era ricomparsa prontamente alle sei per la cena, indossando un vestito rosso che le arrivava solo a metà coscia ed era così scollato che temeva le sarebbero fuoriuscite le tette da un momento all'altro. L'insieme era completato da un paio di scarpe rosse con i tacchi a spillo e da abbastanza profumo da nascondere il suo odore naturale al più abile dei segugi.

Gli avevano detto che avrebbero parlato dello stalker dopo cena... una pretenziosa cena di quattro portate di cui sembrava che madre e figlia fossero estremamente orgogliose di aver organizzato.

Cal avrebbe voluto dire loro che era già stato seduto per troppo tempo in macchina. Inoltre, odiava i pasti lunghi e pomposi. Ne aveva dovuti sopportare a sufficienza nella vita e preferiva di gran lunga mangiare i suoi cibi preferiti al tavolo della cucina o in salotto, mentre guardava il calcio alla televisione.

Ma l'educazione ricevuta lo spingeva a tenere un comportamento a dir poco impeccabile, quindi avrebbe dovuto sopportare una cena estremamente spiacevole prima di poter parlare del motivo per cui si trovava lì.

«Allora, ci parli del Liechtenstein» disse Elaine.

«Non credo di potervi dire molto, signora» disse Cal. «Ho vissuto lì per poco tempo e all'epoca ero un bambino.»

«Ma ci è tornato qualche volta. Dev'essere stato a un sacco di balli eleganti e altri eventi del genere» insistette.

«Mamma!» esclamò Carla con un finto tono esasperato. «Non assillarlo.»

«Come sono il re e la regina?» continuò, senza prestare attenzione alla figlia.

«Non è obbligato a rispondere» gli disse Carla, alzando gli occhi al cielo.

Ma Cal vedeva benissimo l'interesse di entrambe le donne. Non era una novità. Erano anni che respingeva le arrampicatrici sociali. Dopo la sua cattura, gli capitava meno spesso, ma riusciva comunque a capire i loro giochetti. Elaine stava facendo la parte del "poliziotto cattivo" rivolgendogli tutte le domande a cui entrambe volevano risposta, mentre la figlia fingeva di essere imbarazzata dalla smania della madre.

Stava per fare una domanda a Carla sulla sua amicizia con Karl – avrebbe fatto qualsiasi cosa pur di cambiare argomento – quando sentì un rumore alla sua destra.

La donna che aveva visto fuori era alla porta della sala da pranzo con un grande vassoio in mano. Una delle ciotole era caduta e si era frantumata sul pavimento di piastrelle.

«Ma che diavolo!» urlò Carla. «Juniper! Pulisci subito!»

«Mi dispiace» disse la donna, anche se a lui non sembrò molto dispiaciuta.

«È impossibile trovare delle buone domestiche al giorno d'oggi» si lamentò Elaine, mettendo enfasi su quel commento stereotipato e scrollando la testa.

Cal spostò la sedia all'indietro e stava per alzarsi, pronto ad aiutare Juniper a raccogliere i cocci, quando Carla gli mise una mano sul braccio, fermandolo.

«Ci pensa lei. L'ha fatta cadere, pulisce. La ignori. Sono così eccitata per il mio prossimo servizio fotografico» continuò. «È per un negozio conosciuto a livello nazionale. Quando hanno chiamato il mio agente, il rappresentante ha detto che ero l'unica modella che volevano e che avrebbero fatto di tutto per avermi.»

Cal ignorò quei vaneggiamenti presuntuosi, e con la coda dell'occhio osservò Juniper ripulire. La vide alzare gli occhi e guardare per un attimo le due donne, prima di distogliere lo sguardo con un sorrisetto di chi la sapeva lunga.

Lo incuriosiva. Era certo che non fosse così, ma gli venne da pensare che avesse fatto cadere la ciotola di proposito. Non sapeva il motivo, ma era stato un ottimo diversivo alla domanda di Elaine sul re e la regina.

Prima che fosse pronto a vederla andare via, Juniper sparì dietro la porta, forse per tornare in cucina.

Carla e sua madre non se ne accorsero nemmeno. Parlavano ininterrottamente senza dargli la possibilità di partecipare alla conversazione. Non che volesse farlo. La testa gli faceva ancora male e non desiderava altro che stare in una stanza buia, chiudere gli occhi e immergersi nel silenzio.

Juniper tornò con un altro vassoio di cibo e servì prima Elaine, che era seduta a capotavola al tavolo rettangolare dove si erano accomodati, poi Carla che era di lato alla madre, e per ultimo Cal che era dall'altro lato. Gli posò davanti una ciotola fumante di quella che sembrava zuppa di cipolle francese, con gli occhi concentrati sul compito.

I suoi capelli castani erano tirati indietro nella stessa coda di cavallo che aveva visto prima. Alcune ciocche le erano sfuggite dall'elastico e si arricciavano sulla fronte e sul viso. Le sue guance erano arrossate e quando Cal inspirò, poté sentire su di lei l'odore di cipolla, aglio e altre spezie, ovviamente provenienti dal cibo che veniva preparato in cucina.

Sembrava che le Green avessero un sacco di soldi... la casa grande, una domestica, i giardini immacolati. Si chiese ancora una volta perché diavolo avessero chiesto a un ex soldato delle forze speciali di andare lì, invece di rivolgersi alla polizia o a un investigatore privato che sarebbero stati in grado di rintracciare meglio lo stalker.

Sentì qualcosa cadergli sulle gambe e abbassò gli occhi sorpreso. Sopra il suo tovagliolo c'era un blister di un farmaco da banco per l'emicrania.

Sollevò subito lo sguardo, ma Juniper si stava già allontanando dal tavolo.

«Odio questa zuppa» mormorò Carla. «E lei lo sa.»

Elaine accarezzò la mano della figlia stringendo le labbra. «Non sei obbligata a mangiarla, tesoro.»

«Lo so. E non lo farò. Se pensa di farmi avere l'alito da cipolla per tutta la notte, si sbaglia.»

Più Cal passava il tempo in presenza di Carla, meno gli piaceva. Non aveva idea del perché Karl fosse così ossessionato da quella donna. Poi sbuffò tra sé e sé. Certo che lo sapeva. Era un fan delle tette. Lo era sempre stato. Probabilmente gliele aveva mostrate durante una delle loro videochiamate e lui era diventato come creta nelle sue mani.

Inoltre, più stava vicino a quelle due, più poteva riconoscere il *vero* motivo per cui si trovava lì, e non era a causa dello stalker, dato che fino a quel momento non aveva sentito o visto alcuna prova della sua esistenza.

No. Era per il suo *status*. Lui era il principe Redmon.

Che fosse qualcosa di consueto o meno, era da molto tempo che non aveva a che fare con quel genere di cose.

Sospirando, prese il cucchiaio con una mano e le pillole con l'altra, e istintivamente le tenne nascoste a entrambe le donne. Non gli piaceva mostrare alcun tipo di debolezza con nessuno, non che il mal di testa lo fosse, ma come prigioniero di guerra aveva imparato a tenere il dolore per sé. Mentre si chinava per assaggiare la zuppa di cipolle francese, che era la migliore che avesse mai mangiato, Cal abbassò lo sguardo e vide qualcosa scarabocchiato sulla piccola confezione. Probabilmente una nota di Juniper.

Per la tua testa.

Faceva un po' ridere, perché a cos'altro avrebbero potuto servire quelle pillole? Ma era comunque scioccato dal fatto che lei avesse in qualche modo capito che stava soffrendo. Era diventato molto bravo a nascondere le sue emozioni a chi lo circondava, tranne che ai suoi migliori amici nel Maine. E quella donna, dopo essere stata in sua presenza per soli due minuti mentre serviva i pasti, non solo aveva capito che non stava bene, ma aveva anche cercato di aiutarlo.

L'attrazione provata quando l'aveva vista appena arrivato si decuplicò. Non sapeva come, ma avrebbe trovato un modo per parlarle. Il prima possibile.

Riuscì a mangiare la zuppa ascoltando a metà Carla e tenendo d'occhio la porta. Aveva bisogno di rivedere Juniper. Voleva sentire la sua voce. Era un'ossessione un po' imbarazzante, ma non cercò nemmeno di combatterla. Nessuno lo aveva mai incuriosito così tanto.

«Mi sta ascoltando?» chiese l'altra.

Avrebbe voluto rispondere "No", poi alzarsi e andarsene, ma era stato istruito fin da piccolo a essere educato e a non fare scenate. «Certo.»

«Bene.» Poi si lanciò in un altro monologo sul suo ultimo servizio fotografico e su ogni singola cosa che non andava.

Cal soffocò un sospiro. Quello era un inferno e non vedeva l'ora che la cena finisse. Si ripromise di chiamare Karl per dirgli che era un coglione e che doveva iniziare a guardare i porno invece di chattare su internet con donne americane disperate.

Riuscì a tirare fuori le pillole e a mandarle giù senza che nessuna delle due se ne accorgesse. Non era sicuro potessero far diminuire il martellamento, ma era comunque contento di prenderle.

La porta della sala da pranzo si aprì e lei fu di nuovo lì. Juniper. Non lo guardò, raccolse con calma le scodelle di zuppa e uscì dalla stanza. Cal voleva sapere di che colore fossero i suoi occhi. Voleva ringraziarla per le pillole. Voleva vedere se nel suo sguardo c'era qualche segno della connessione che sentiva. Ma non ne ebbe l'occasione.

Juniper entrò e uscì molte volte nel corso dell'ora successiva. Riempiva i bicchieri vuoti, toglieva i piatti e ne portava di nuovi pieni di cibo buonissimo come non ne mangiava da tempo. Nel frattempo, Elaine e Carla si lamentavano di ogni portata. Il cibo era troppo freddo, troppo piccante, aveva troppe calorie... l'elenco era infinito.

Ma lei si comportò come se non sentisse le loro lamentele. Non disse una parola mentre li serviva con un'espressione serena, e Cal si ritrovò a mangiare più di quanto avesse pensato... soprattutto perché quando aveva l'emicrania, di solito non ne aveva affatto voglia.

Mentre lui si gustava il cibo, le altre due chiacchieravano dei contratti da modella che Carla aveva ottenuto e del fatto che stesse diventando uno dei nomi più noti nel settore.

Tutto ciò fino a quando Juniper non portò un vassoio di quella che sembrava la mousse al cioccolato più deliziosa che avesse mai visto, e che non vedeva l'ora di assaggiare.

Carla si alzò così velocemente che la sedia cadde a terra.

«Mi prendi in giro?» urlò. «Mamma! Lo vedi?»

«Sì, cara» rispose Elaine con calma. «Ma non credo che sia un buon motivo per perdere il tuo decoro.»

«Lo sta facendo di proposito! Cerca di farmi ingrassare! Be', non funzionerà!» Lanciò un'occhiata a Juniper e disse in tono basso e malvagio: «Sei *tu* quella grassa qui, non io.»

«Carla!» la riprese Elaine con finta indignazione.

Cal osservò la scena con estremo interesse. Juniper rimase immobile, con in mano il vassoio con i tre piatti del dessert, fissando l'altra con calma, come se non fosse appena stata insultata e denigrata... o come se fosse abituata a sentirsi parlare in quel modo.

Carla fece un respiro profondo e sembrò rendersi conto che stava facendo una scenata, così si voltò verso di lui e gli sorrise. «Non so lei, ma io sono sazia. Non posso proprio mangiare altro.» Poi, sempre con fare mellifluo, aggiunse: «Suppongo sia arrivato il momento di parlarle del mio stalker. È per questo che è qui. Per tenermi al sicuro.»

Elaine si alzò, e lui sospirando seguì il suo esempio. Nonostante avesse resistito per tre portate e più di due ore seduto a tavola con quelle donne, era comunque deluso di non poter assaggiare la mousse al cioccolato. Sembrava davvero buona. E se fosse stata gustosa la metà di tutto quello che aveva mangiato quella sera, sarebbe stata una bellissima conclusione del pasto.

«L'hai sentita. Vai» ordinò Elaine a Juniper in tono duro.

Senza dire una parola o lanciare uno sguardo nella sua direzione, si girò e lasciò la sala da pranzo.

«Andiamo in salotto. Sarà più rilassante per tutti» disse poi con calma.

Cal seguì le due donne, sentendosi a disagio nel lasciare i piatti sporchi sul tavolo. Sua madre gli aveva sempre inculcato che anche se era un principe, si aspettava che facesse la sua parte di lavori domestici. Aveva sempre avuto delle faccende da sbrigare, tipo sparecchiare la tavola e aiutare la cuoca a lavare i piatti, buttare la spazzatura e tenere in ordine la sua camera da letto.

Facendo del suo meglio per riportare l'attenzione sul presente, trasalì quando Elaine chiuse la porta del salotto un po' troppo forte. Carla si avvicinò a un piccolo divano e si sedette. La madre si accomodò sulla grande poltrona di fronte a lei, lasciandogli un solo posto in cui sedersi: accanto alla figlia. Cosa che non sarebbe accaduta.

Prima di essere fatto prigioniero, le donne più astute e disperate di tutta Europa avevano cercato di dargli la caccia. Quelle due non erano minimamente alla loro altezza. Solo che non ne avevano idea.

Si appoggiò con disinvoltura alla parete e incrociò le braccia sul petto. «Se volete che vi aiuti, devo sapere tutto» disse con durezza.

Sul viso di Carla passò per un attimo un'espressione frustrata, probabilmente perché non aveva fatto ciò che voleva lei, prima che il suo labbro cominciasse a tremare. Poi si chinò per prendere un fazzoletto di carta dalla scatola che si trovava proprio accanto al divano.

Si tamponò gli occhi – gli occhi *asciutti* – e sospirò, iniziando a parlare. «Tutto è cominciato circa tre o quattro settimane fa. Ho ricevuto dei fiori qui a casa. Erano bellissimi, due dozzine di rose rosa. Il biglietto diceva: "Fiori bellissimi per una donna bellissima". Non ci ho dato peso. Voglio dire, ricevo continuamente regali dagli ammiratori.»

«A casa?» chiese Cal.

«Cosa?»

«Riceve sempre regali a casa sua?»

«Be'... sì. Dove altro potrebbero mandarli?»

«Come fa la gente a conoscere il suo indirizzo?»

Carla fece una pausa, con un'aria sorpresa e confusa, poi scrollò graziosamente le spalle e i seni quasi saltarono fuori dal vestito. Cal dovette sforzarsi di non distogliere lo sguardo dal suo viso. Non che volesse vederle le tette, era solo curioso di sapere quanto a lungo avrebbe potuto contenerle quell'abito minuscolo.

«Penso che sia abbastanza facile da trovare» rispose, scrollando di nuovo le spalle... ed ebbe la netta sensazione che *stesse cercando* di esporle, forse per poter fingere imbarazzo mentre lui la rassicurava doverosamente che era bellissima, pregandola di non preoccuparsi.

O forse pensava che sarebbe stato così piacevolmente sconvolto dalla vista della sua carne nuda da chiederle subito di sposarlo.

Cosa che non sarebbe *mai* accaduta.

«Bene, e poi cos'è successo?» le chiese.

«Il giorno dopo ho ricevuto una lettera. Era attaccata alla porta d'ingresso. Era dolce. Parlava di quanto fossi bella e di quanto mi ammirava. Poi sono apparsi dei fiori sul parabrezza della mia auto. Ho ricevuto dei regali ogni giorno. All'inizio non mi sono preoccupata. Agli uomini piace farmi regali. Ma poi...» Rabbrividì.

«I regali hanno cominciato a diventare strani» disse Elaine, riprendendo il racconto al posto della figlia. «Manette, una ball gag... persino un coltello.»

«Un coltello?» chiese aggrottando la fronte. «Che strano.»

«Vero? Era anche uno di quelli con le creste» affermò Carla.

«Un coltello seghettato?»

Lei annuì. «Sì, e il biglietto che lo accompagnava diceva che presto l'avrebbe usato su di me.»

Le sue perplessità aumentarono. Dubitava fortemente che uno stalker lasciasse un coltello alla sua vittima designata. Più che altro perché le avrebbe dato qualcosa da usare contro di lui, il che non sarebbe stato intelligente. «Dove sono tutti gli oggetti che ha ricevuto?»

«Oh, i fiori sono appassiti così li ho buttati via, e non potevo sopportare di guardare le altre cose, così me ne sono sbarazzata.»

«E i biglietti?»

«Ero terrorizzata» disse, tirando su con il naso. «Ho pensato che se li avessi distrutti non avrei dovuto affrontare quello che stava succedendo.»

«Ma almeno li ha fotografati?»

Scosse la testa.

Cal sospirò frustrato. *Ovvio* che non ci fossero prove. Molto conveniente.

«Sono così sollevata che sia qui a vegliare su di me. Quando ho detto a Karl quanto ero spaventata e che ogni volta che esco di casa ho sempre l'impressione che qualcuno mi stia osservando, mi ha promesso che lei era la persona migliore per proteggermi. *So* che mi sentirò più al sicuro se sarà con me mentre lavoro, così da assicurarsi che nessuno si avvicini.»

«Chi pensa che sia?» domandò. Si sbagliavano di grosso se pensavano che sarebbe rimasto per settimane intere incollato al fianco di Carla. Era lì per fare un favore alla sua famiglia, per raccogliere quante più informazioni possibili prima di parlare con la polizia o con un investigatore privato, che erano molto più qualificati per aiutarla. Se lo stalker era davvero reale, loro avrebbero fatto molto di più di quanto avrebbe potuto fare lui.

«Non lo so!» piagnucolò. «Voglio dire, ho frequentato un bel po' di uomini che non sono stati felici quando ci siamo lasciati. Ho ricevuto due proposte di matrimonio e tutti i miei fidanzati erano praticamente ossessionati da me, ma credo che nessuno di loro farebbe una cosa del genere.»

«Mi servirà una lista di nomi» disse, facendo del suo meglio per non alzare gli occhi al cielo. «Uomini con cui è uscita, eventuali rivali tra le modelle... chiunque possa avere un motivo per essere arrabbiato con lei.»

«Certo» si intromise Elaine. «Inizierò a farla stasera e gliela farò avere domattina.»

Cal annuì. «Cosa pensate che voglia? Senza vedere di persona i biglietti è difficile capire quale sia il movente di questo tizio.»

Carla sorrise e si mise a sedere più dritta, gesticolando con una mano verso il suo corpo. «Vuole questo» rispose con arroganza.

Si costrinse a rimanere impassibile. «Vuole solo sesso? O vuole ucciderla per qualche motivo? Gelosia? Vendetta? Soldi? C'è sempre un movente, e faccio fatica a capire quale sia. Una volta scoperto *questo*, potremo restringere la lista dei sospettati e i poliziotti potranno iniziare a interrogare gli uomini e le donne che sembrano avere i moventi più validi.»

Carla aprì la bocca per rispondere, ma la porta della stanza si aprì.

Cal quasi ridacchiò. Salvato dalla porta, di nuovo.

Juniper entrò indossando gli stessi jeans, la stessa maglietta e lo stesso grembiule di prima. Portava un altro vassoio che sembrava troppo pesante per lei, e lui si spinse dal muro per aiutarla prima di rendersene conto. Ma aveva la sensazione che se avesse mostrato il minimo interesse per quella donna, le altre due avrebbero perso la testa. Così si costrinse a riappoggiarsi alla parete come se non avesse alcuna preoccupazione al mondo.

La guardò posare il vassoio su un tavolino basso e versare due tazze di quello che supponeva fosse caffè. Era così chiaro che, anche senza doverlo chiedere, sapeva che era pieno di panna, zucchero e probabilmente altri aromi. Poi prese un secondo bricco e versò acqua calda e fumante in una terza tazza. Sollevò il piattino su cui era appoggiata e si diresse verso di lui, porgendoglielo.

«Tè alla menta» lo informò quasi timidamente, senza incontrare il suo sguardo. «Non ero sicura che bevesse il caffè visto che è inglese e tutto il resto, quindi ho pensato che una bella tazza di tè avrebbe fatto al caso suo.»

Sorrise a quel tentativo di seguire gli usi britannici.

«Potrebbe aiutare anche con il mal di testa.» Lo disse così piano che la sentì a malapena.

Prima che lui potesse rispondere, Elaine si intromise bruscamente: «È tutto, Juniper. Siamo nel bel mezzo di una conversazione molto importante e privata. Non interromperci più.»

Lei annuì e andò immediatamente verso la porta.

Cal bevve un sorso di tè e sospirò soddisfatto. Nel corso degli anni aveva imparato a bere caffè nero forte, perché era quello che preferivano i suoi amici. Ma dopo aver lasciato l'esercito, aveva preso l'abitudine di concedersi un tè inglese dopo cena. E quello era perfetto.

Ancora una volta si meravigliò di quanto fosse attenta e premurosa. Si chiese anche quale fosse la sua storia. Era più vecchia di Carla, ma forse non quanto lui. Doveva avere circa trent'anni. Perché stava lì? Perché sopportava che le parlassero con arroganza e si lasciava trattare di merda?

Aveva più domande su Juniper che sullo stalker di Carla... il che lo fece sentire un po' in colpa.

«Comunque, come dicevo, sono andata alla polizia e mi hanno detto che non potevano aiutarmi, visto che non avevo conservato né i biglietti né i regali» proseguì, tamponandosi ancora una volta gli occhi asciutti con il fazzoletto e tirando su piano con il naso. «In pratica, mi hanno detto che potranno avviare un'indagine dopo che sarò stata aggredita o uccisa.»

Cal non conosceva bene le procedure della polizia, ma dubitava che avessero detto così. Si limitò 'ad annuire e a bere un altro sorso di tè.

«Non mi sorprenderebbe se domani venisse consegnato un altro "regalo"» disse Elaine. «Sembra che conosca i suoi orari, e dato che non farà un servizio fotografico per un altro paio di giorni, le manderà qui a casa qualsiasi cosa voglia che lei riceva, per spaventarla.»

«Avete delle telecamere di sorveglianza?» chiese.

Elaine scosse la testa.

«Non credete che sarebbe meglio installarle? Se è lo stalker che consegna i regali, lo coglierebbero in flagrante» suggerì giustamente Cal.

«Ho parlato con alcune ditte, ma o non si presentano o hanno prenotazioni per mesi» spiegò la donna con un'alzata di spalle.

«Potreste sempre andare in un negozio di elettronica e prendere quelle a batteria. Oppure ordinarle online. Arriverebbero in un giorno o poco più» incalzò. Voleva vedere fino a che punto si sarebbero spinte con le loro scuse. Se lui o qualcuno che amava avesse uno stalker, collegherebbe delle telecamere di sorveglianza il prima possibile.

«Non sono molto brava con l'elettronica» affermò esitante, con un piccolo balbettio.

«E potrebbero venire manomesse» disse Carla, annuendo con foga. «Inoltre, sono sempre ripresa da telecamere nel mio lavoro e mi sembrerebbe un'intrusione averle anche qui a casa.»

Avrebbe voluto alzare gli occhi al cielo. Le loro scuse erano ridicole e a ogni parola che usciva dalla loro bocca era sempre più convinto che non esistesse alcun stalker. Aveva fatto tutta quella strada per niente.

Bevve un altro sorso di tè e le sue labbra si contrassero leggermente.

Be'... forse non per *niente*.

«Bene. Allora, cosa volete che faccia?» chiese senza mezzi termini.

«Proteggermi, naturalmente» rispose Carla con quel sorriso falso. «Restare al mio fianco per assicurarsi che questo mostro non mi metta le mani addosso.»

«Per quanto tempo?»

«Come, scusi?»

«Per quanto tempo?» ripeté. «Senza telecamere è improbabile che riusciremo a catturare questa persona rapidamente. Se lascia un biglietto, potremmo consegnarlo alla polizia nella speranza di ottenere le sue impronte digitali, ma se indossa i guanti sarà inutile. Le note e i regali potrebbero andare avanti per settimane. Mesi. Per quanto tempo si aspetta che rimanga al suo fianco?»

«Per tutto il tempo necessario» dichiarò, quasi trionfante.

«Sono sicura che scoprirà molto presto chi la sta tormentando» intervenne Elaine, evidentemente un po' più sveglia di sua figlia e capendo che Cal voleva una tempistica più precisa. «Sappiamo che ha la sua piccola impresa nel Maine e non vogliamo intralciare la sua vita troppo a lungo. Le siamo grate per essere venuto a vedere cosa può fare. Perciò, qualsiasi sia la durata della sua permanenza, la apprezzeremo.»

Poteva quasi sentire le parole che *non* aveva detto. Speravano che si innamorasse perdutamente di Carla mentre era lì e decidesse di non andarsene mai più. E non si era perso la parte relativa alla sua *piccola* impresa.

«Qual è il suo programma per domani mattina?»

«Di solito faccio colazione verso le undici» rispose Carla. «Poi andrò a fare shopping per trovare la lingerie da indossare a un servizio fotografico che ho organizzato per il fine settimana. Il mio agente ha detto che manderà le foto a Playboy e che c'è una buona possibilità che io diventi la Playmate dell'anno.»

Immaginava che avrebbe dovuto esserne impressionato. Ma non lo era. Per niente.

«Bene, allora ci riuniremo domani, dopo che avrà fatto colazione. Vedremo se sono arrivati altri regali e cercherò di installare delle telecamere, almeno fuori dagli ingressi.»

«Aspetti... ma... non voglio le telecamere!» esclamò, mettendo il broncio.

«Vuole prendere lo stalker?» le chiese.

«Certo che sì.»

«Allora metterò delle telecamere» dichiarò con fermezza.

Gli lanciò un'occhiataccia. «Come vuole.»

«Andrà tutto bene, Carla» la tranquillizzò Elaine. «Il principe Redmon ovviamente sa quello che fa. È per questo che è qui.»

«Non chiamatemi così» disse lui a denti stretti.

«Oh, scusi. Ma certo. Cal, allora» replicò con un sorriso. «È meglio usare i nomi di battesimo visto che lavoreremo a stretto contatto.»

Cal guardò l'orologio. Era presto, non erano ancora le nove, ma aveva chiuso con quella serata. «Credo che per ora abbiamo finito. Ci vediamo domani.» Si pentì profondamente di aver accettato di rimanere in quella casa mentre cercava di capire chi fosse lo stalker. All'inizio gli era sembrata la cosa più semplice da fare, perché in quel modo avrebbe potuto proteggere meglio la donna da chiunque volesse farle del male. Ma ora che era piuttosto certo del motivo per cui si trovava lì – Carla Green aspirava ad accaparrarsi un principe – non desiderava altro che salire nella sua Rolls e tornare a casa.

«Le mostro dov'è la sua stanza» disse lei alzandosi.

Si chiese ancora una volta come diavolo facessero i suoi seni a non fuoriuscire dalle coppe inconsistenti del vestito. Doveva avere una sorta di nastro biadesivo che le teneva al loro posto. Inoltre, mentre era seduta l'orlo dell'abito era salito così in alto che aveva quasi visto le sue mutandine.

Cal non avrebbe mai detto a una donna cosa indossare, e lei

ovviamente pensava che quel vestito fosse sexy, un'opinione con cui la maggior parte degli uomini eterosessuali sarebbe stato d'accordo. Ma per lui era semplicemente squallido.

«Non ce n'è bisogno» disse rapidamente. «Ditemi solo dov'è. Devo prendere alcune cose dalla macchina, poi voglio controllare il perimetro della casa e fare un paio di telefonate.»

Carla mise di nuovo il broncio, ma Elaine intervenne subito. «Le abbiamo preparato la stanza blu. In cima alle scale, corridoio a sinistra, terza porta a destra. Ha un bagno annesso, e troverà asciugamani e tutto ciò che le potrà servire.»

«Grazie.»

«Io sono proprio in quella accanto, se avrà bisogno di qualcosa» lo informò Carla.

Cal strinse le labbra. Era letteralmente all'inferno. «Certo. Grazie. Sono sicuro che me la caverò. Domani continueremo a parlarne. Ma, signore, presto *andremo* alla stazione di polizia. Sono loro quelli che possono capire chi la sta perseguitando e perché. Non io.»

Vide la frustrazione negli occhi di entrambe le donne, ma per il momento aveva chiuso con quella farsa. Aveva bisogno di dormire e di un po' di pace e tranquillità. L'indomani, se tutto andava bene, il mal di testa sarebbe sparito e avrebbe deciso cosa fare. Una cosa era certa: doveva stare all'erta con quelle due. Almeno non erano più nell'Ottocento. Aveva la sensazione che madre e figlia non ci avrebbero pensato due volte a intrappolarlo in una posizione compromettente per obbligarlo a sposare Carla.

Cal si avvicinò al vassoio ancora sul tavolo e depositò la sua tazza di tè prima di congedarsi. Non vide nessuno in giro mentre si dirigeva verso la porta d'ingresso. Uscì e girò velocemente intorno alla grande casa, andando dritto al SUV, dove si mise al volante e appoggiò la testa dolorante sul poggiatesta. Quel desiderato silenzio era un paradiso. Le pillole di Juniper gli avevano effettivamente attenuato l'emicrania, ma niente l'avrebbe fatta sparire del tutto, se non una buona notte di sonno.

Ruotò le spalle e fece una smorfia. I suoi muscoli erano ancora molto rigidi e avrebbe dato qualsiasi cosa per avere un albero da tagliare in quel momento. I dolori che gli aveva lasciato il periodo di prigionia erano sempre presenti, ma il lavoro fisico che svolgeva per la Jack's Lumber a volte aiutava a distendere il tessuto cicatriziale e i muscoli indolenziti.

Strinse le mani a pugno e aprì gli occhi. La luna era piena e offriva abbastanza luce per scorgere le cicatrici sulle mani e sulle dita. Non poteva vedere le altre, perché indossava una maglia con le maniche lunghe e dei pantaloni lunghi, come al solito, ma le sentiva.

Era un mostro dei giorni moderni. I suoi aguzzini lo avevano colpito al volto solo con i pugni, tenendo i coltelli e gli altri strumenti taglienti per il resto del corpo. Non gli avevano risparmiato nemmeno il cazzo e le palle. Il dolore era stato incredibilmente straziante, tanto che aveva ancora gli incubi, ma non aveva dato loro la soddisfazione di sentirlo emettere un urlo o un lamento.

Tuttavia, il danno era stato fatto. Carla sarebbe rimasta sconvolta se avesse visto il suo corpo. Si sarebbe allontanata da lui terrorizzata, probabilmente avrebbe pianto lacrime vere, non quelle finte che aveva cercato di far scendere quella sera. Non avrebbe voluto avere niente a che fare con lui, se avesse saputo che aspetto aveva.

Forse avrebbe dovuto farsi sorprendere da lei senza maglietta. Quello sarebbe bastato a portarla a implorare Karl di mandarlo via. Per un attimo ci pensò seriamente. Era proprio nella stanza accanto. Al mattino avrebbe potuto aprire la porta "per sbaglio" quando l'avesse sentita muoversi, in modo da farsi trovare a torso nudo.

In effetti c'era la possibilità che lei avesse già escogitato un piano per beccarlo nudo. Non sarebbe stata la prima. Poteva lasciarla fare a modo suo e la cosa sarebbe finita lì.

Sospirò. No, non l'avrebbe fatto. Era un Redmon. Prendeva

sempre sul serio le sue responsabilità. Aveva detto che avrebbe fatto il possibile per arrivare in fondo alla situazione di Carla Green, anche se ciò significava scoprire che non esisteva alcun stalker. Non poteva andarsene. Non ancora. Non finché non avesse avuto la prova di una minaccia reale o che madre e figlia stavano mentendo nella speranza di conquistare un ricco principe.

Fece un respiro profondo e prese il cellulare. Aveva promesso che avrebbe tenuto i suoi amici al corrente di ciò che stava accadendo. Cliccò sul nome di JJ e attese che rispondesse.

Jackson "JJ" Justice era il loro leader de facto. Era il più vecchio dei quattro e la loro impresa di manutenzione degli alberi portava il suo nome. Era stato lui a suggerire di lasciare l'esercito e di avviare una sorta di attività, ed era il collante che li teneva uniti. Cal si fidava ciecamente di lui e non vedeva l'ora di conoscere la sua opinione su quella faccenda incasinata.

«Ehi, Cal. Come va? Tutto bene?»

«Non proprio.»

«Che problema c'è? Racconta tutto» disse senza girarci intorno, uno dei cento motivi per cui Cal lo apprezzava e lo rispettava.

Spiegò all'amico ed ex leader tutto quello che era successo da quando era arrivato. Del fatto che non pensava che ci fosse uno stalker, della riluttanza delle Green a mettere delle telecamere, descrivendo persino i palesi tentativi di Carla di flirtare e il suo vestito ridicolmente scollato. Non tralasciò nulla. Nemmeno le pillole o il tè che la misteriosa Juniper gli aveva portato.

Una volta finito aspettò che JJ dicesse qualcosa, e quando non lo fece si accigliò. «JJ?»

«Sono qui.»

«Allora? Che ne pensi?»

«Penso che Chappy sarà felice di poter mettere l'anello al dito di Carlise il prima possibile.»

«Come, scusa?» chiese confuso. «Cosa c'entra? Gli ho detto

che mi sarei organizzato per avere un weekend libero per partecipare al matrimonio. Che se questa faccenda avesse tirato per le lunghe, non avrebbe comunque dovuto aspettare.»

«So cosa gli hai detto, ma conosco anche Chappy. Non sarà d'accordo che tu faccia il viaggio in macchina fino a casa per venire al matrimonio e al ricevimento, per poi tornare subito a Washington, soprattutto per il disagio che provocherebbe al tuo corpo. Vuole aspettare che tu sia a casa e che ci resti.»

«È ridicolo. Potrei prendere l'aereo. Non sarebbe un grosso problema» mormorò Cal, ma nel profondo sapeva che JJ aveva ragione. Chappy era un protettore fino al midollo. Non avrebbe fatto nulla per stressarlo o per metterlo in difficoltà. Anche se ciò significava aspettare di sposare l'amore della sua vita.

«Quindi, in pratica, pensi che stiano mentendo e che sperino che le sue tette magiche ti conquistino e tu le chieda di sposarla in modo che diventi una principessa» riassunse JJ tutto d'un fiato. «È corretto?»

«Già.»

«Allora perché non torni a casa domani?» chiese.

Cal sospirò. «E se mi sbagliassi? Se ci fosse *davvero* uno stalker e colpisse di nuovo quando me ne vado, facendo del male a Carla... o peggio? Non me lo perdonerei mai.»

«Giusto. Quindi resterai finché non ne avrai la certezza.»

«Per quanto non vorrei, sì» ammise.

Ci fu un'altra lunga pausa. «Che mi dici di questa Juniper?»

«Non lo so» rispose, sentendo il battito accelerare al solo pensiero dell'altra donna.

«Cosa ti dice il tuo istinto?»

JJ era solito chiederlo. Lo aveva sempre fatto, anche quando erano nell'esercito. Si erano affidati al loro istinto più spesso di quanto i loro superiori avrebbero potuto accettare. E dato che l'ultima missione si era conclusa in modo così negativo e JJ aveva ammesso di aver ignorato le proprie perplessità, aveva giurato di non farlo mai più.

Anche se le loro sensazioni non erano più per faccende di vita o di morte, ma piuttosto per cose tipo la direzione in cui avrebbe potuto cadere un albero quando veniva abbattuto o chi doveva guidare un gruppo sul sentiero degli Appalachi, chiedeva costantemente il parere degli altri. Cal non era sorpreso che lo avesse fatto in quel momento.

«Che devo parlare con lei. Scoprire che cosa sa, se veramente c'è qualcosa. Perché è qui. Perché sopporta quelle due stronze. Come faceva a sapere che avevo l'emicrania.»

«Allora rimani finché non avrai trovato tutte le risposte» disse JJ con semplicità. «Sullo stalker, su Juniper, su tutto. E poi tornerai a casa con la coscienza pulita.»

«Giusto.»

«Immagino che per sabato sarai a casa.»

Cal ridacchiò. «È domenica» ricordò all'amico. «Sarebbe meno di una settimana.»

«Lo so» replicò JJ, senza accennare una risata. «Sei bravo, Cal. Dannatamente bravo. Arriverai in fondo a ciò che sta succedendo in men che non si dica. Credo che tu l'abbia già fatto, è solo che vuoi altre prove. E immagino che visto che questa Juniper sembra essere un'attenta osservatrice, probabilmente avrà un sacco di informazioni da darti. Lei sa meglio di altri come funzionano le cose lì. Le persone parlano in presenza dei domestici, senza farci caso. Scommetto che lei e tutte le altre persone che lavorano in quella casa sanno ciò che Carla e sua madre stanno pianificando. Sai essere affascinante quando vuoi, Cal. Rivolgi quel fascino verso Juniper e scopri ciò che ti serve sapere. Poi torna a casa, così Chappy potrà sposarsi.»

«Vuoi solo che sia di nuovo nei turni» scherzò.

JJ sbuffò. «Se lo dici tu. Sai che possiamo gestire le cose anche senza di te. Ma a questo proposito, April mi sta facendo impazzire. Non le piace che i suoi pulcini non siano tutti nel nido.»

Cal sorrise. April Hoffman era l'assistente amministrativa alla

Jack's Lumber, ma soprattutto era come una sorella per loro, anche se si comportava più come una madre. Si preoccupava, li sorvegliava, e in generale li teneva tutti in riga. Gestiva la loro attività come se l'avesse fatto per tutta la vita e Cal non sapeva cosa avrebbero fatto senza di lei.

C'era anche qualcosa tra lei e JJ... ma nessuno sapeva cosa. Si comportavano come se si dessero fastidio a vicenda, ma quando uno dei due non guardava, l'altro non poteva fare a meno di lanciare occhiate. Cal non sapeva cosa trattenesse il suo amico, di solito era un uomo che inseguiva ciò che voleva. Ma aveva la sensazione che quando avesse finalmente fatto la sua mossa, April sarebbe rimasta piacevolmente sconvolta.

«Vero. Be', vedremo» disse.

«Tienimi informato. Parlerò con gli altri e farò sapere loro cosa sta succedendo. Se hai bisogno di qualcosa, e intendo *qualsiasi cosa*, chiamami. Capito?»

Il suo tono divenne duro e Cal chiuse gli occhi, provando un senso di gratitudine. JJ e gli altri gli avrebbero sempre coperto le spalle, ed era una bella sensazione. Poteva essere a Washington da solo, ma loro sarebbero arrivati lì in poche ore se ne avesse avuto bisogno. «Ok. Grazie.»

«Vai a dormire. Ma guardati le spalle. Non escluderei che una donna come Carla possa drogarti e finire incinta.»

Cal rabbrividì. «Non succederà.»

«Ok. Ma come ho detto, guardati le spalle. Ci sentiamo.»

«Notte» replicò, poi chiuse la chiamata.

Fissò la casa e sospirò. Voleva davvero fare una passeggiata intorno alla proprietà, per avere dei riferimenti, per vedere se c'erano dei punti in cui qualcuno poteva avvicinarsi di soppiatto, e individuare il posto migliore per mettere delle telecamere. Aveva la sensazione che le Green non volessero farle installare perché avrebbero ripreso solo Carla o Elaine che piazzavano i "regali".

Ma finché non fosse riuscito a dimostrarlo, avrebbe dovuto agire come se la minaccia fosse reale.

Fece un respiro profondo, scese dal SUV e aprì il bagagliaio per prendere il borsone. Lo portò fino alla porta d'ingresso e lo posò a terra. Lo avrebbe ripreso quando fosse stato pronto a rientrare. Poi si girò e cominciò a camminare intorno all'abitazione. Prima fosse riuscito a fare una ricognizione, prima sarebbe andato a dormire.

CAPITOLO TRE

JUNE NON RIUSCIVA A TOGLIERSI dalla mente il loro ospite. Era esausta, ma non era una novità. Una volta finita la cena, dopo aver ripulito e preparato la lista della spesa per l'indomani, era uscita per andare in uno dei suoi posti preferiti al mondo.

Faceva freddo, ma non le importava. Stare all'aria aperta, da sola con i suoi pensieri, lontana da Elaine e Carla che avrebbero potuto urlarle di portare loro qualcosa, era un paradiso.

Si era seduta sulla vecchia altalena che suo padre aveva sistemato lì quando lei aveva circa otto anni, e si spingeva piano, ondeggiando dolcemente nella sera illuminata dalla luna.

Sentendo un rumore alla sua sinistra, girò la testa e vide una figura camminare sul retro della casa. Per un attimo si irrigidì, pensando che forse Carla non aveva mentito, che aveva *davvero* uno stalker, ma poi riconobbe la silhouette.

Era Cal.

Si era infastidita per l'arrivo di quell'uomo, a causa di tutto il lavoro extra che le avrebbe causato... finché non era arrivato davvero. Anche prima che Carla ammettesse i suoi piani quella sera in cucina, June aveva sentito i discorsi eccitati intercorsi con la madre su come avrebbe fatto innamorare perdutamente di lei un vero principe, in modo da poter diventare lei stessa una principessa.

Aveva quasi sperato che *sposasse* quell'uomo, perché poi magari quelle due si sarebbero trasferite a vivere in un castello o altro, lasciandola nella sua amata casa di famiglia.

Ma dal momento in cui aveva posato gli occhi su Cal Redmon, June aveva avuto la sensazione che il futuro che la sorellastra aveva sperato non si sarebbe realizzato. Per prima cosa, lui sembrava *tutto* tranne che sopraffatto dall'amore o dal desiderio per Carla. In secondo luogo, non aveva potuto fare a meno di notare l'espressione dubbiosa sul suo volto quando veniva menzionato lo stalker.

Era sollevata che quell'uomo non fosse così stupido come quelle due speravano, ma la sua perplessità significava che probabilmente se ne sarebbe andato presto e June avrebbe dovuto fare la sua mossa.

Pensava di aver messo da parte abbastanza soldi per andarsene da Washington. Non aveva mai vissuto altrove e considerava quella città un grande legame con suo padre. Il pensiero di lasciare la casa a Elaine e Carla era ancora oltremodo ripugnante.

Ma era giunto il momento.

Da quando suo padre era morto non aveva fatto altro che lavorare senza essere retribuita. Era stata insultata. Guardata dall'alto in basso. E non ne poteva più. Era ora che la sua vita cominciasse. Quelle due potevano cavarsela da sole; suo padre avrebbe capito. Probabilmente si sarebbe arrabbiato per il fatto che era rimasta così a lungo.

Fermò l'altalena e osservò Cal percorrere lentamente l'intero perimetro della casa, esaminare le finestre, la porta sul retro, quella laterale, gli alberi... non trascurò nulla. Poi scomparve dall'altro lato dell'abitazione, sul davanti, e June lasciò andare il respiro che non si era resa conto di aver trattenuto.

Non sapeva perché lui la mettesse a disagio. Non che avesse paura di lui. Era solo... imponente, nonostante sembrasse avere un atteggiamento tranquillo. Quell'uomo aveva visto e fatto così tante cose che lei si sentiva una contadinotta al confronto. Non era stata da nessuna parte. Aveva vissuto tutti i suoi trentadue anni in quella casa, in quella proprietà. E per quasi la metà del tempo era stata uno zerbino per la matrigna e la sorellastra. Era timida, per nulla coraggiosa, e si odiava per non aver avuto la forza di liberarsi dal controllo innaturale che esercitavano su di lei.

Con sua grande sorpresa, Cal riapparve dall'altro lato della casa, ma invece di continuare a esaminare la struttura, sembrò andare dritto verso di *lei*.

June aveva pensato di essere rimasta nascosta nell'ombra. Anche con i rami ancora spogli, aveva creduto fosse impossibile che la vedesse nell'oscurità creata dal folto boschetto.

Ma la sua supposizione iniziale si era rivelata esatta... non gli sfuggivano molte cose.

Cal si avvicinò a uno dei grandi alberi più all'esterno e vi si appoggiò. Non parlò, il che la innervosì.

Avrebbe voluto dire qualcosa di spiritoso, di frivolo, ma non le venne in mente assolutamente nulla. Non era brava nei contesti sociali.

Dopo un lungo momento, lui ruppe il silenzio. «Sono Cal.»

«Lo so» replicò lei.

Le sue labbra ebbero un guizzo. «Sei Juniper?»

«June» sbottò lei. «Ti prego, non chiamarmi Juniper. Elaine e Carla lo fanno sempre e lo odio.»

La fissò sorpreso. «Ok. June. Come l'hai capito?»

Lei aggrottò la fronte e rimase ferma sull'altalena. «Cosa?»

«Che avevo l'emicrania.»

Si rilassò. Per un attimo aveva pensato che stesse parlando dello stalker immaginario di Carla. «Stavi con gli occhi socchiusi e ogni volta che c'era un rumore giravi la testa dalla parte opposta.»

Cal annuì. «Grazie per le pillole.»

«Hanno aiutato?» chiese con dolcezza.

«Sorprendentemente, sì. E anche il tè. Grazie.»

Rimase spiazzata per un attimo. Quand'era stata l'ultima volta che qualcuno l'aveva *ringraziata*? Non ne aveva idea. Il che era triste, e un motivo in più per andarsene da Washington. «Prego.»

«Fa freddo qui fuori» le disse.

June scrollò le spalle. «Non così tanto. Mi piace stare qui.»

Lui la fissò così a lungo che cominciò a sentirsi a disagio. Era come se in qualche modo riuscisse a vedere dentro di lei. Potesse vedere tutte le sue paure, le sue frustrazioni e il suo dolore.

«Non dovresti tornare a casa?» le chiese dopo un po'.

Fu il suo turno di fissarlo sorpresa. La strana sensazione di aver già incontrato quell'uomo, che in qualche modo si conoscessero già, era stata così forte che rimase stupita quando si rese conto che lui invece non aveva idea di chi fosse. «Io *sono* a casa. Vivo qui.»

«Oh» disse, aggrottando la fronte. «Sono un po' sorpreso che le Green abbiano assunto una governante che vive con loro.»

All'improvviso capì che stava cercando informazioni, e forse perché era buio o perché si sentiva attratta da quell'uomo, o forse perché era finalmente pronta ad andare avanti con la sua vita, qualunque fosse il motivo, non aveva più intenzione di tenere per sé che brutte persone fossero Carla ed Elaine.

«Elaine ha sposato mio padre quando avevo quattordici anni» disse sommessamente. «Carla è la mia sorellastra. Prima che diventasse loro, questa era la mia casa, mia e di mio padre. Ho vissuto qui per tutta la vita. E non hanno assunto una governante. Assumere qualcuno significa pagarlo. Da me non si aspettano solo che pulisca, ma anche che cucini, faccia la spesa, il bucato, la dog sitter, semplici riparazioni... e tutto gratis.»

Quando finì di parlare era praticamente senza fiato e si pentì subito di essere stata così sincera. Non conosceva quell'uomo. Poteva andare dentro e spifferare tutto a Elaine, e allora lei e Carla sarebbero state ancora più insopportabili di quanto già non fossero. Se pensava che la sua vita fosse difficile ora, era niente in confronto a ciò che le avrebbe fatto passare la sua matrigna per aver condiviso così tante cose con il principe.

June non aveva idea di come lui avrebbe reagito al suo sfogo, ma di certo non si aspettava che si spingesse via tranquillamente dall'albero, camminasse verso di lei, indicasse l'altalena e chiedesse: «Posso spingerti?»

Riuscì solo ad annuire sbalordita.

Cal tirò indietro le corde all'altezza delle sue spalle, poi la spinse delicatamente. Chiudendo gli occhi, poté quasi fingere di avere di nuovo dieci anni e che dietro di lei ci fosse suo padre... l'ultima persona che l'aveva spinta sull'altalena.

Faceva davvero troppo freddo, ma la sensazione che le dava la sua mano sulla schiena ogni volta che oscillava verso di lui era troppo insolita e confortante per rinunciarvi in favore del caldo.

Mentre continuava a spingerla, rimasero in silenzio per diversi minuti, e più tempo passava senza che lui commentasse ciò che gli aveva rivelato, più si preoccupava. Per una volta nella sua vita era stata totalmente onesta, ma non voleva che quell'uomo pensasse che era una completa idiota. Chi rimaneva a lavorare come un mulo gratuitamente?

Alla fine non riuscì più a sopportare il silenzio. «Quando mio padre è morto, ero devastata. Per un po' Elaine mi ha trattata molto bene. Avevo quindici anni, andavo ancora al liceo e lei veniva alle mie attività extrascolastiche e in generale fingeva di interessarsi a me. Ma quando mi sono diplomata, è riuscita chissà come a convincermi a rimanere a casa e a dare una mano a Carla. Ciò si è tramutato in fare le pulizie, poi cucinare, accompagnarle in giro in macchina... in pratica fare tutto.

Volevo andare al college, ma non ho mai parlato con nessuno delle mie opzioni. Elaine mi teneva troppo occupata, e mi faceva stare bene aiutare. Mio padre amava questa casa. Gli avevo promesso di prendermene cura, di non venderla mai. L'ha lasciata a me, capisci?»

Si ammutolì, sentendosi di nuovo ridicola. Perché stava raccontando così tanto a un perfetto *sconosciuto*? Strinse le labbra.

«Che cos'è successo?»

Appoggiò i piedi a terra per fermare l'altalena e si girò leggermente per poter vedere il suo viso. «Come fai a sapere che è successo qualcosa?» chiese.

Cal ridacchiò, ma non fu un suono divertito. «Ho appena passato qualche ora con loro ed è ovvio che mentirebbero, imbroglierebbero e ruberebbero per ottenere ciò che vogliono.»

June lo fissò per un lungo momento, estremamente sollevata dal fatto che non avesse abboccato al loro eccessivo fascino.

«Sono stata stupida» ammise infine. «Elaine è venuta da me con un mucchio di documenti e ha detto che erano dell'avvocato. Qualcosa che riguardava l'eredità di mio padre. Avevo appena compiuto diciotto anni, e visto che ero diventata legalmente maggiorenne avrei dovuto firmarli per ricevere l'eredità. L'ho fatto senza leggerli. Mi sono fidata di lei... e lei ha ottenuto tutto. La casa, i soldi dell'assicurazione sulla vita, ogni cosa. Ho ceduto involontariamente tutto ciò per cui papà aveva lavorato così duramente.»

«Quella stronza» mormorò.

June sbuffò sorpresa, poi sorrise. «Già.»

Cal la studiò per un momento. Abbastanza a lungo perché June si sentisse di nuovo a disagio. Il fatto che lui fosse in piedi e lei seduta sull'altalena non aiutava. La sovrastava. Avrebbe dovuto alzarsi, in modo che fossero più o meno allo stesso livello, ma per qualche motivo rimase dov'era. Inclinò indietro la testa e lo fissò.

«Sei rimasta» disse, in un tono che non riuscì a interpretare.

Lei scrollò le spalle. «Non avevo un altro posto dove andare. Ero senza soldi e avevo fatto una promessa a mio padre.»

«Quanti anni hai?» le chiese.

Per qualche motivo, si sentì arrossire. «Trentadue» ammise sommessamente.

«Diciassette anni» disse lui, più a se stesso che a lei.

«Già» concordò. «Troppo tempo. Ma sto per andarmene» aggiunse rapidamente, ammettendolo ad alta voce per la prima volta. «Ho chiuso. Le ho lasciate prendere troppo da me, e anche se l'ho promesso a mio padre, non posso più farlo.»

«La tua lealtà mi stupisce. È impressionante. Ho visto questo tipo di lealtà solo poche volte nella vita.»

June non riuscì a intuire cosa stesse pensando e non era sicura di volerlo sapere. «È stata più che altro stupidità» borbottò.

Con sua sorpresa, Cal si spostò fino a mettersi di fronte a lei e si accovacciò. Ora avevano gli occhi alla stessa altezza e non riuscì a distogliere lo sguardo dal suo viso. Il bagliore della luna le permise di distinguere i suoi lineamenti. Non la toccò, ma avrebbe potuto giurare di sentire il calore del suo corpo penetrarle nella pelle.

«Dove andrai?»

«Non ho ancora deciso» ammise, stringendo le mani intorno alle corde per impedirsi di fare qualcosa di stupido... come toccarlo.

«Mmm.» Quel mormorio arrivò dal profondo del suo petto e, stranamente, la fece arrossire di nuovo. «Si sta facendo tardi. Probabilmente devi svegliarti presto» le disse dopo un altro momento.

«Non tanto quanto pensi. Elaine e Carla non sono persone mattiniere. Ma devo andare al supermercato a prendere alcune cose. C'è qualcosa che vorresti? Un certo tipo di tè? Sei cresciuto nel Regno Unito, giusto? Sono sicura che c'è qualcosa che preferisci, e posso comprarla.»

«Sai molte cose di me?»

June lo fissò. Aveva la mente in subbuglio per cercare di decidere cosa dire. Alla fine scelse di essere sincera. «Qualcosa.

Quando Carla ed Elaine hanno iniziato a parlare del tuo arrivo, ho voluto saperne di più su di te.»

Notò la sua lieve smorfia e proseguì. «Ho letto solo la tua pagina su Wikipedia» gli disse. «Conosco solo le basi. Non ho guardato le foto o i video di quando sei stato catturato. So che sei cresciuto in Inghilterra, che sei bilingue, inglese e tedesco, e che è improbabile che tu possa diventare re perché ci sono molte persone che ti precedono. Vivi nel Maine e hai un'impresa con i tuoi amici, che sono stati anche loro prigionieri di guerra.»

Si obbligò a tacere. Aveva vomitato un fiume di parole ed era imbarazzata. Si morse il labbro e aspettò che lui si alzasse e se ne andasse infuriato. Non le piaceva che la gente ficcasse il naso nella sua vita, quindi perché per lui avrebbe dovuto essere diverso?

Ma la sorprese rimanendo fermo lì. Il suo sguardo era intenso e non riusciva a capire a cosa stesse pensando.

«È un buon riassunto. Quello che l'articolo *non* ha detto è quanto amo il Maine, il fatto che sia un luogo remoto, lo sforzo fisico che si fa lavorando con gli alberi, le escursioni sul sentiero degli Appalachi.» Afferrò una delle corde appena sotto la sua mano sinistra. «Non sposerò la tua sorellastra, e non sono nemmeno qualificato per stare qui. Non sono un detective privato o un poliziotto. Sì, so sparare, ma questo è il massimo delle mie capacità quando si tratta di fare la guardia del corpo. Sono qui solo perché mio cugino Karl ha visto le tette di Carla ed è impazzito, arrivando a pregare i miei genitori di chiedermi di venire qui per assicurarsi che lei sia al sicuro.»

June rise alle sue parole. «Karl e Carla.»

Le sue labbra accennarono un sorriso. «Sì, è ridicolo.»

«In effetti ha delle belle tette» rifletté, poi scosse la testa. Accidenti, si stava comportando da stupida. Come al solito.

Ma Cal si limitò a scrollare le spalle.

Lo fissò per un attimo. «Quindi... te ne andrai?»

«Ha davvero uno stalker? O si è trattato di uno stratagemma

per farmi venire qui, poter mettere le grinfie su di me e diventare una principessa?»

June non sapeva cosa dire. C'era sempre la possibilità che qualcuno stesse molestando Carla. *Era* molto bella e sotto gli occhi di tutti grazie alla sua carriera di modella e alle sue ambizioni di diventare famosa come le Kardashian.

«Ti trattano da schifo ma sei *comunque* fedele» disse scuotendo leggermente la testa. «Una su un milione. Aspetta che lo dica a Chappy. Si sbellicherà dalle risate.»

Non sapeva chi fosse Chappy, ma non le piaceva pensasse che lei fosse fedele a Carla, che probabilmente stava mentendo spudoratamente. «Non ho prove che ci sia uno stalker, ma ciò non significa che non esista. E da quel poco che *so*, propendo per l'idea che voglia diventare una principessa. Ha intenzione di entrare "per sbaglio" nella tua stanza dopo che ti sarai fatto la doccia» continuò. «Ha detto che voleva vedere il tuo pene. Mi ha fatto mettere di proposito un asciugamano piccolo nel tuo bagno invece di uno più grande. Mi ha anche fatto spruzzare il suo profumo sulle lenzuola, credendo che ti avrebbe fatto pensare a lei mentre dormi, portandoti... non lo so... a essere inconsciamente attratto da lei o qualcosa del genere.» Fece una smorfia. «C'è un armadio per la biancheria nel corridoio appena fuori dalla tua stanza. Ci sono lenzuola e asciugamani puliti. Oh, e la serratura della porta della camera è rotta, ma quella del bagno funziona.»

Quando Cal non disse nulla, ma continuò a fissarla con quel suo sguardo intenso, lei aggiunse debolmente: «La camera in cui starai una volta era la mia, ma Elaine ha deciso di trasformarla in quella per gli ospiti.»

Quell'affermazione suscitò una reazione: aggrottò le sopracciglia e fece un piccolo ringhio.

Aveva sempre pensato che le autrici dei romance che le piaceva leggere fossero ridicole perché i loro protagonisti maschili ringhiavano in continuazione, ma ora comprese... e le venne la pelle d'oca sulle braccia.

«Dove dormi adesso?» le chiese. «E se mi dici in soffitta non ne sarò felice.»

June si accigliò. «Nel seminterrato» ammise sommessamente.

Lui sospirò e guardò il cielo come per cercare di mantenere la calma.

«Non è così male. A volte d'inverno, quando fa molto freddo, dormo in salotto. E d'estate è bello fresco là sotto, quindi è un vantaggio.»

«Certo» replicò lui con sarcasmo.

Si fissarono per un altro istante, poi Cal si alzò bruscamente e le tese la mano. «Vieni, si gela qui fuori e devi essere stanca.»

Fissò la sua mano, poi spostò lo sguardo sul suo viso. «Fai attenzione» sussurrò. «Carla sa essere spietata quando vuole qualcosa, ed è decisa a diventare una principessa. Mi renderà la vita un inferno solo per aver parlato con te.»

«Non ho intenzione di cadere nelle sue grinfie» disse con calma. Poi agitò le dita. «Forza, June, lascia che ti accompagni dentro.»

Nessuno si era più preoccupato da tempo del suo benessere o che fosse stanca o infreddolita. Infilò le dita nella sua mano grande e calda e lui la aiutò ad alzarsi. Non la lasciò andare nemmeno quando si voltò per dirigersi verso la porta che conduceva alla cucina su un lato della casa. Entrarono nella stanza calda e chiuse a chiave.

Poi si girò verso di lei e le prese l'altra mano. June non poté fare altro che rimanere lì e perdersi nel suo sguardo.

«Cosa ne pensi dell'inverno?»

Lei aggrottò le sopracciglia a quella strana domanda. «Ehm... non mi dispiace?» rispose titubante.

Le sue labbra ebbero un guizzo. «Presumo che non odi il freddo visto che eri seduta su quell'altalena.»

Scosse la testa. «No, non odio il freddo. È bellissimo quando la neve ricopre tutto, e dà un senso di pace.»

Cal annuì.

Quando lui non disse altro, June non poté fare a meno di cogliere l'occasione per studiarlo. Le luci della cucina erano spente, ma lei lasciava sempre accesa quella sopra i fornelli, nel caso Elaine o Carla volessero qualcosa nel cuore della notte. Così poté vederlo molto meglio ora che erano dentro. I suoi capelli scuri erano un po' lunghi, aveva una leggera barba e le sue labbra erano troppo carnose per appartenere a un uomo; non che fossero sgradevoli, anzi.

Il naso era leggermente storto e gli mancava parte di un orecchio, come aveva detto Carla. June sapeva che ciò era dovuto al periodo trascorso come prigioniero di guerra. Il viso era privo di cicatrici, ma notò che dallo scollo della maglietta ne spuntavano alcune di nodose. Vederle le provocò una fitta al cuore... ma la fece anche arrabbiare. Nessuno aveva il diritto di fare una cosa del genere a un altro essere umano.

«Di solito mi alzo presto. Sarà un problema?» le chiese infine, riscuotendola dai suoi pensieri.

«Niente affatto. Cosa desideri per colazione?»

«Mi va bene qualsiasi cosa.»

June si accigliò e lo chiese di nuovo, con un po' più di foga. «Cosa vorresti per colazione, Cal?»

Con sua sorpresa le sorrise. Ogni volta che per sbaglio usava quel tono con la matrigna, ne pagava le conseguenze.

«Una colazione inglese?» domandò, con un sorriso più ampio.

«Uova all'occhio, salsiccia, pancetta, pomodori, funghi e toast? Non farò il sanguinaccio, mi spiace. È disgustoso.»

Scoppiò a ridere. «Perché non mi sorprende che tu sappia com'è una colazione inglese?»

June sorrise. «Leggo molto. Va bene il tè alla menta piperita? Credo sia l'unica cosa che abbiamo finché non vado al supermercato. Se vuoi posso comprare del tè nero o di un altro gusto.»

«Menta piperita è perfetto. Ho la sensazione che avrò bisogno di qualcosa che tenga a bada il mal di testa mentre sono qui.»

June annuì, ben consapevole che le stava tenendo ancora le mani.

«Pensavo a tre giorni» affermò.

Lei si accigliò. «Per cosa?»

«Per avere le prove necessarie che quelle due dicono un sacco di stronzate.»

«Oh» mormorò, sforzandosi di non far trasparire la delusione.

«Hai già deciso quando partirai?» le chiese.

Sbatté le palpebre sorpresa e riuscì solo a scuotere la testa.

«Newton è una bella città. Piccola, ma tranquilla. I miei amici sono bravi ragazzi e sono sicuro che possiamo trovare un appartamento da farti affittare. Chappy si sposerà presto e Carlise, la sua fidanzata, è simpatica. Non la conosco ancora bene, ma farebbe qualsiasi cosa per lui, e questo è ciò che conta per me.»

«Ehm... è fantastico?» replicò, del tutto confusa.

Cal le fece un piccolo sorriso. «Pensaci.»

«A cosa?»

«Al fatto di venire con me. Nel Maine.»

June rimase a bocca aperta, sbalordita e senza parole.

Poi la sconvolse ulteriormente chinandosi per baciarle una guancia e poi sfiorare con le labbra l'altra. Stava ancora sorridendo quando si tirò indietro e le strinse le mani. «È il modo usato in certe parti dell'Europa per salutare qualcuno. Dormi bene, June.»

Poi si girò e uscì dalla cucina, presumibilmente per andare in camera sua.

Lei rimase immobile in mezzo alla stanza a fissare la porta da cui era scomparso.

Si portò una mano sulla guancia e la lasciò lì per un momento. Poi sospirò, scosse la testa e si diresse verso la porta del seminterrato. Lì sotto avrebbe fatto freddo, ma se Carla si fosse aggirata per cercare di beccare il loro ospite nudo, June non voleva che la sorprendesse a dormire in salotto.

Dopo essersi lavata i denti e aver indossato un paio di pantaloni della tuta, si sdraiò sullo scomodo materasso del vecchio divano letto e fissò l'oscurità.

Andare nel Maine? Non poteva farlo, giusto? Certo, aveva deciso di andarsene, ma non era ancora pronta.

D'altra parte... perché no? Erano passati diciassette anni ed Elaine o Carla non sarebbero cambiate. Anzi, se Cal se ne fosse andato dopo soli tre giorni, era probabile che il loro comportamento sarebbe peggiorato.

Sì, aveva un po' di soldi da parte, ma sarebbero stati sufficienti per pagare il viaggio verso il luogo prescelto, per l'alloggio e per il cibo fino a quando non fosse riuscita a trovare un lavoro? Forse. Ma se avesse viaggiato con Cal e non avesse dovuto comprare il biglietto dell'aereo o dell'autobus, avrebbe potuto risparmiare quei soldi. Non aveva mai pensato di andare nel Maine, ma perché non provare?

Cal le aveva chiesto se le piaceva l'inverno e lei era stata sincera. Le piaceva. Il freddo la faceva sentire viva. Inoltre, essere così formosa rendeva le estati calde quasi insopportabili. Il sudore delle tette e delle cosce non era piacevole. E poi, se aveva freddo poteva vestirsi di più, ma se aveva caldo non poteva togliersi molta roba.

Era abbastanza coraggiosa da andare con Cal?

Non ne era sicura. E di certo Elaine e Carla si sarebbero arrabbiate molto se lo avesse fatto.

Mentre si poneva un sacco di domande, si rese conto che era strano non pensare a lui come a un principe ora che gli aveva parlato a quattr'occhi. Era molto di più di quello che facevano intendere alcuni articoli su internet. Le piaceva. Probabilmente più di quanto fosse opportuno.

Sarebbe stata stupida – be', più stupida di quanto già si

sentisse per essersi lasciata trattare da schifo per diciassette anni – a *non* accettare la sua offerta.

Per la prima volta dopo secoli, fu pervasa da un senso di euforia.

Stava davvero per farlo. Fuggire. Andarsene. I ricordi di suo padre e dei loro bei momenti l'avrebbero accompagnata per sempre. Non aveva bisogno di vivere in quella casa per conservarli. Forse le ci era voluto troppo tempo per capire che meritava molto di più che essere una serva non pagata per quella famiglia, ma avrebbe accettato l'aiuto che le era stato offerto.

La libertà era finalmente a portata di mano e non poteva essere più eccitata. Ma doveva tenere sotto controllo l'emozione. Assicurarsi che Carla ed Elaine non avessero idea che stava tramando qualcosa. Perché se avessero saputo che stava progettando di andarsene, per giunta con il loro principe, avrebbero fatto di tutto per impedirlo. Non aveva alcun dubbio.

Elaine aveva dimostrato la sua astuzia e immoralità quando le aveva rubato l'eredità. Era stata una sciocca a fidarsi di lei. Non aveva consultato un avvocato quando si era resa conto dell'accaduto perché non aveva soldi, e aveva la sensazione che quella donna avrebbe rigirato tutto a suo vantaggio. June aveva potuto consolarsi solo rimanendo. Magari non era più la proprietaria della casa, ma ci aveva comunque vissuto, proprio come aveva voluto suo padre.

Ma quando era troppo era troppo. Se ne sarebbe andata. Niente l'avrebbe fermata. *Niente*.

CAPITOLO QUATTRO

Due giorni più tardi, Cal era ormai certo che Carla si fosse inventata la storia dello stalker per attirarlo a Washington e poter così intrappolare un principe.

Era abituato alle donne manipolatrici, ma lei e la madre le superavano tutte. Persino lui le aveva sottovalutate, finché non aveva chiamato un suo conoscente, un ex Navy SEAL con grandi capacità informatiche, che era riuscito a entrare nel computer di Carla e ad acquisire alcune video chat tra la donna e Karl.

Più tardi avrebbe affrontato un discorso serio con suo cugino, sia per essersi fatto abbindolare da un paio di tette finte e da un bel viso, sia per aver divulgato informazioni su di lui. Ma erano stati i video a interessarlo davvero. Erano stati difficili da guardare, perché l'ultima cosa che gli interessava era vedere il porno amatoriale che quella donna aveva messo in scena per suo cugino, ma le informazioni che ne aveva ricavato erano preziose.

Le cose che aveva detto a Karl contraddicevano tutto ciò che aveva raccontato a lui sul suo presunto stalker. Aveva affermato che intorno alla casa c'erano delle telecamere, e che avevano ripreso una persona vestita di nero aggirarsi furtivamente per la proprietà e lasciarle biglietti sgradevoli e regali spaventosi. Gli oggetti che lo stalker avrebbe lasciato alla sua porta erano diversi, così come era diverso ciò che le aveva detto la polizia.

In breve, ogni cosa uscita dalla sua bocca era stata una bugia. Non che ne fosse sorpreso, ma era comunque stupito di quanto lei e sua madre si fossero spinte oltre in quella farsa.

Si era tenuto occupato a studiare la situazione, cercando di stare lontano da Carla, ma era stato comunque costretto a passare più tempo di quanto avrebbe voluto con lei ed Elaine. E più stava con loro, più ne era disgustato. Il modo in cui trattavano June era davvero orribile. Il fatto che andasse avanti così da anni era la cosa più sconvolgente di tutte.

Cal non aveva mentito quando le aveva detto che dimostrava una lealtà che aveva visto raramente. In effetti, l'aveva vista solo nei suoi amici. Sapeva benissimo che Chappy, Bob e JJ sarebbero morti per lui, come lui avrebbe fatto per loro. Ma le azioni di June... andavano oltre. Era fedele a un padre che non era più vivo, non era più lì per vedere quanto la figlia stava soffrendo, tutto a causa di una promessa fatta sul letto di morte.

Inoltre, lavorava duro, era gentile e bella, ma non in modo appariscente.

Cal aveva sempre odiato i film con protagonista un principe... e ce n'erano fin troppi. Quei film avevano reso la sua vita un inferno con quasi tutte le donne che aveva incontrato e che una volta appreso che era un reale, sognavano di cavalcare verso il tramonto con lui. Erano tutte stronzate. Non viveva come un principe, non voleva farlo. Far parte di una famiglia reale aveva messo fine a qualsiasi possibilità di vivere una vita normale, perché a causa di quello i suoi aguzzini lo avevano praticamente affettato.

Nonostante tutto ciò, quando aveva parlato con June quella prima sera, non aveva potuto fare a meno di paragonarla a Cenerentola. Non sarebbe rimasto sorpreso se avesse avuto una famiglia di topi con cui parlare nel seminterrato dove era costretta a vivere.

Per la prima volta in tutta la sua vita, Cal voleva essere il principe azzurro di qualcuno.

Voleva salvare la damigella in difficoltà. Voleva vivere per sempre felice e contento con la sua principessa. Era davvero ridicolo e non l'avrebbe mai confessato a nessuno, nemmeno ai suoi amici più cari, ma più stava vicino alla sorellastra cattiva e a sua madre, e vedeva come June rimaneva paziente ed equilibrata di fronte al loro disprezzo, più desiderava strapparla via da quel posto e farle capire il suo valore.

Era evidente che non aveva idea di quanto fosse straordinaria. Aveva vissuto sotto il controllo di Elaine per così tanto tempo che era un miracolo fosse rimasta così dolce e premurosa.

Aveva apprezzato l'avvertimento che gli aveva dato quella prima sera, soprattutto quando aveva trovato un piccolo asciugamano in bagno, proprio come gli aveva detto. Il profumo sulle lenzuola lo aveva quasi fatto vomitare. Anche dopo aver rifatto il letto con quelle pulite aveva dovuto sopportare quell'odore nauseante.

Inoltre, aveva visto la maniglia del bagno scuotersi dopo essere uscito dalla doccia. L'incredibile sfacciataggine di Carla che tentava di invadere la sua privacy, lo aveva quasi portato a uscire da quella casa come una furia per andarsene la sera stessa.

L'unica cosa che lo aveva fermato era stata June, e anche la promessa fatta ai suoi genitori di indagare sulla situazione.

Era solo martedì ed era già stanco di quella farsa. Il giorno prima aveva installato delle semplici telecamere fuori dalla porta d'ingresso e da quella posteriore, nonostante le proteste di Carla e il fatto che non ci fossero prove di uno stalker. Era disgustoso che avesse anche solo tentato quello stratagemma. Migliaia di uomini e donne in tutto il Paese erano realmente tormentati da degli stalker in ogni momento, e chiunque mentisse su una cosa del genere sottraeva tempo ai casi legittimi.

Quel giorno aveva trascorso la mattinata alla stazione di polizia a parlare della situazione con un detective, condividendo le informazioni che era riuscito ad apprendere grazie al suo amico SEAL in pensione. Ora era appena tornato alla villa e si stava dirigendo in cucina con la speranza di trovare June, per dirle che sarebbero partiti l'indomani.

Lei aveva deciso di non dire alle due donne che se ne sarebbe andata. Gli aveva svelato con un piccolo sorriso che immaginare le loro facce quando si fossero rese conto che lei non c'era più e che avrebbero dovuto cucinare e pulire da sole, era una cosa che l'avrebbe supportata per molto tempo.

Ma mentre percorreva il corridoio, passò davanti alla biblioteca e colse il suono delle voci di Carla ed Elaine. La porta era socchiusa e gli permise di sentire chiaramente la conversazione che si stava svolgendo all'interno. Istintivamente cercò di non fare rumore, desideroso di sapere che cosa stesse complottando quella coppia di stronze.

«È sospettoso!» sibilò Carla.

«Lo so» rispose la madre, con un tono altrettanto contrariato.

«Ho fatto tutto quello che di solito funziona, ma lui non sembra affatto colpito. Non capisco! Gli ho praticamente sbattuto le tette in faccia e non mi ha nemmeno degnata di un secondo sguardo» gemette.

«Magari è gay?» suggerì Elaine.

«No. Karl ha detto che in Inghilterra frequentava sempre i pub e si portava a casa le donne. Fidati, per me il suo pene è stato danneggiato quando lo hanno catturato. Forse non gli si alza più. Qual è la parola che si usa quando glielo tagliano?»

«Non lo so.»

«Sì, lo sai, come nell'antichità... gli uomini che erano dei religiosi o qualcosa del genere.»

«Un eunuco?» chiese Elaine.

«Sì! Quello! Forse è uno di loro. Anche se credo che la parola più attuale sia che è stato "bobbittizzato".» Carla rise della sua battuta.

Cal, invece, non era affatto divertito. Fece una smorfia di disprezzo; l'audacia di quella donna nel parlare del suo uccello e nel prendere alla leggera le torture che aveva subito era quasi incredibile. Ma con quelle due cominciava a pensare che tutto fosse possibile.

«Comunque, penso che gli abbiano tagliato il cazzo o che non riesca più ad alzarlo. Sono le uniche ragioni che mi vengono in mente per il fatto che il mio corpo non gli faccia alcun effetto» si lamentò.

«Quindi dobbiamo dargli un motivo per restare» disse Elaine.

Cal socchiuse gli occhi e rimase in ascolto.

«Tipo?»

«Lascia fare a me. Ma domani a quest'ora avrà tutte le prove che gli servono per dimostrare che hai uno stalker e che la tua vita è in pericolo. Suggerirò che dovrai venire nascosta da qualche parte ed essere sempre accompagnata da una guardia del corpo.»

«Oooh, mi piace!» esclamò Carla entusiasta. «Potremmo andare in una baita isolata e... aspetta, no. Non lo sopporterei. Potremmo andare a Las Vegas e sistemarci in qualche attico di lusso o qualcosa del genere. Lo convincerò che lì saremo più al sicuro perché ci sono telecamere ovunque. È così fissato con quegli stupidi aggeggi che dovrebbe adorare la proposta. Poi lo sedurrò. Forse dovrò chiudere gli occhi per non vedere quanto è disgustoso, ma farò tutto ciò che serve per avere quella corona in testa. E Karl dice che è *ricco sfondato*! Pensi che ci sposeremo con una grande cerimonia come quelle di Kate e Meghan? Oooh, voglio una carrozza trainata da cavalli e ventisette assistenti!»

«Stai correndo troppo» la rimproverò la madre. «In questo momento quell'uomo non ti guarda nemmeno. Dovrai comportarti come se fossi spaventata a morte e fargli venire voglia di proteggerti.»

«Posso farlo» disse con fermezza. «Se questo mi porterà ad avere una corona sulla testa, farò qualsiasi cosa.»

Cal aveva sentito anche troppo. Era disgustato dall'intera faccenda: l'infatuazione di suo cugino per Carla, i suoi genitori che avevano insistito perché andasse lì dopo aver ricevuto pressioni dalla famiglia reale, i complotti delle due donne. Se qualcuno lo avesse rimproverato per essersi sottratto alle sue responsabilità... be', era in possesso delle videochiamate tra Karl e Carla e se necessario le avrebbe usate.

Aveva compiuto il suo dovere, aveva fatto quanto promesso. Nessuna minaccia incombeva su quella donna, se non il suo ego smisurato e la sua inimmaginabile disperazione.

Al diavolo partire l'indomani. Se ne sarebbe andato quel giorno stesso. Subito.

Proseguì silenziosamente verso la cucina. Sapeva che lì avrebbe trovato June, a lavorare sodo senza lamentarsi per preparare una cena che nessuno avrebbe apprezzato. Era in piedi da prima delle sei. Quando lui era sceso stava finendo di preparargli la colazione, e aveva trovato già pronta per lui anche una tazza di tè.

Le poche ore trascorse con lei nelle ultime due mattine non gli avevano fatto cambiare idea nei suoi confronti. Semmai, ora era più curioso, più affascinato. June aveva una presenza confortante. Era felice di stare in silenzio vicino a lui quanto di chiacchierare dei tanti ricordi felici che aveva di suo padre.

A Cal non piaceva la facilità con cui si denigrava, come evidenziava la sua mancanza di istruzione, di vestiti raffinati, di capacità lavorative... la sua taglia.

Ai suoi occhi lei era incredibilmente resiliente. Nella vita c'erano cose più importanti dell'istruzione convenzionale. Alcune delle persone più intelligenti che aveva conosciuto non avevano frequentato l'università. Preferiva mille volte di più una persona con i piedi per terra, scaltra e di buonsenso, piuttosto che una con un dottorato e un ego smisurato.

E June era gentile e generosa. Era quasi incredibile quanto fosse premurosa, considerando il modo in cui era stata trattata. Avrebbe potuto essere amareggiata e arrabbiata, desiderosa di vendicarsi di un mondo che le aveva inflitto dei brutti colpi, ma era chiaro che l'educazione ricevuta dal padre aveva lasciato un segno indelebile. Cal era deluso dal fatto che non avrebbe mai conosciuto l'uomo che aveva cresciuto una figlia così straordinaria.

Aprì la porta della cucina e, proprio come aveva pensato, trovò June davanti ai fornelli. Lei si girò, con le guance arrossate dal calore e i capelli raccolti in uno chignon disordinato. Non era truccata, e indossava un grembiule sopra a una maglietta e un paio di leggings neri.

Per un attimo non poté fare altro che fissarla. Le sue gambe erano perfettamente delineate dal tessuto aderente e le sue curve gli fecero venire l'acquolina in bocca.

«Cal? Cosa c'è che non va? Stai bene?» gli chiese, aggrottando le sopracciglia.

Il fatto che fosse preoccupata per lui non passò inosservato. Era più che mai sicuro che la decisione di invitarla nel Maine fosse quella giusta.

«Partiamo oggi. Adesso, in realtà.»

Lo fissò sorpresa per un attimo. «Adesso?» sussurrò.

Sentì la trepidazione nel suo tono. Non le avrebbe permesso di cambiare idea. Non se ne parlava proprio.

Si avvicinò a lei e le tolse il cucchiaio di mano, spense il fornello sotto a una grande pentola e le mise le mani sulle spalle. La girò, la allontanò un po' mettendo in mostra il suo splendido sedere rotondo e tirò la stringa che teneva legato il grembiule intorno alla sua vita.

Si slacciò subito e gli ci volle tutta la sua forza di volontà per non abbassare la mano e toccare quelle natiche sode avvolte dai leggings e dalla maglietta che non le copriva del tutto.

Mentre la girava di nuovo in modo che lo guardasse, gli venne da sorridere ricordando la conversazione appena sentita in biblioteca sul fatto che forse gli piacevano gli uomini o che non era più in grado di eccitarsi. June completamente coperta lo eccitava da morire, come non succedeva da... be', da più tempo di quanto riusciva a ricordare.

La desiderava. Voleva tutto di lei. Ma ora non era il momento o il luogo per quel tipo di pensieri.

«Sì. Adesso» rispose infine con fermezza.

«Perché? Cos'è successo? Pensavo che non saresti andato via prima della fine della settimana.»

«Carla non ha uno stalker, si sono inventate tutto. Ho le prove che mi servono. Ma quando stavo passando davanti alla biblioteca e le ho sentite parlare, io...»

«Erano in biblioteca? Non ci vanno mai» disse June confusa.

Lui annuì. «Sì. Probabilmente stavano cercando dei libri sulla stregoneria o qualcosa del genere. Non lo so. Comunque, Elaine parlava di come fornirmi le prove dello stalker, e io non intendo più partecipare a questa farsa.»

«Come farà ad avere le prove di qualcosa che non esiste?»

Cal aveva qualche idea, ma ciò che facevano Elaine e Carla non lo riguardava più. «Non ha importanza. Io ho chiuso. Ce ne andiamo.»

June si morse il labbro, incerta.

Le mise di nuovo le mani sulle spalle e si chinò. «La prima volta che ti ho vista, stavi guardando il cielo con il sole sul viso e un'espressione che mi ha fatto capire che in quel momento ti sentivi libera. Posso aiutarti a trovare la vera libertà, June. Puoi sentirti così ogni giorno, non solo nei momenti rubati a un lavoro che ti sfinisce e senza avere alcun compenso o ringraziamento in cambio. Puoi fare tutto ciò che il tuo cuore desidera. Puoi diventare chi sei destinata a essere. Tutto ciò che devi fare è essere abbastanza coraggiosa da dire sì, scendere nel seminterrato, fare le valigie e partire subito con me.»

Trattenne il respiro mentre aspettava la sua risposta.

L'avrebbe rapita se fosse stato necessario, per il suo bene, ovviamente, ma voleva davvero che prendesse quella decisione da sola. Ne aveva bisogno. Per la sua tranquillità.

«Ho paura» sussurrò lei.

«Lo so.» Ed era vero. Non aveva mai parlato del periodo in cui era stato prigioniero di guerra, ma si ritrovò a volersi aprire con June. «Quando sono stato salvato, ero terrorizzato. Sapevo che quegli stronzi avevano filmato le torture. Non ero sicuro se qualcuno aveva visto il video, e quando ho scoperto che era stato diffuso in tutto il mondo, avrei voluto morire. In quel momento non volevo letteralmente più vivere, June. Ho pensato che sarebbe stato più facile girarmi e tornare di nuovo in quella grotta. Almeno lì sapevo cosa mi aspettava. Ma avevo tre compagni che mi dicevano che sarebbe andato tutto bene, che mi sarebbero stati vicini a ogni passo. E l'hanno fatto, non solo nel nuovo e spaventoso mondo dell'implacabile attenzione dei media in cui mi sono ritrovato per un certo periodo, ma anche quando ho iniziato una nuova vita nel Maine. Lascia che faccia lo stesso per te. Sei più coraggiosa di quanto pensi. Non conosco molte persone che sarebbero state in grado di sopravvivere a quello che hai sopportato tu per così tanti anni. Sei riuscita a fiorire nei piccoli momenti che avevi alla luce del sole, anche mentre eri rinchiusa in un seminterrato buio. Ti prego, lascia che ti aiuti a ritrovare la tua strada.»

Lei lo fissò così a lungo che Cal temette di aver esagerato. Di essersi spinto troppo oltre. Ma poi sussurrò: «Perché?»

«Perché il pensiero di andarmene via e lasciarti qui mi fa venire il voltastomaco. Fa più male di qualsiasi tortura mi abbiano inflitto quegli stronzi. Inoltre... pensa a quanto sarà furiosa Carla quando scoprirà che te ne sei andata e farà il collegamento con *me*.» Le fece un sorrisetto compiaciuto.

June accennò un sorriso, poi si rabbuiò. «Non so se riuscirò a vivere una vita normale da un'altra parte. Qui so qual è il mio posto, le mie giornate sono tutte uguali. E se non riuscissi a trovare un lavoro? Cosa farò?»

«Un giorno alla volta» le disse con fermezza. «E, principessa, è la tua vita *qui* che non è normale.» Quel vezzeggiativo gli era uscito senza che se ne rendesse conto.

Cal non riuscì a interpretare le emozioni che le turbinavano negli occhi, ma sentì tutto il corpo rilassarsi per il sollievo quando lei finalmente annuì.

«Verrai con me? Adesso?»

«Sì.»

Provò un senso di trionfo e un'ondata di adrenalina gli scorse nelle vene.

«Ma magari dopo pranzo? Carla ed Elaine di solito fanno un pisolino dopo aver mangiato.»

Avrebbe voluto andarsene subito, ma June aveva ragione. Non voleva trovarsi nel bel mezzo di una scenata se poteva evitarlo, e non aveva dubbi che Carla si sarebbe scatenata quando avrebbe capito che se ne stava andando.

«Ok. Posso fare qualcosa mentre tu fai le valigie?» chiese.

«Sai cucinare?» lo stuzzicò.

«Sono scapolo da molto tempo. Certo che so cucinare. Mentre sei via posso mescolare qualsiasi cosa abbia un profumo così buono in quella pentola.»

«Ne sei davvero sicuro?»

Aveva la sensazione che non stesse parlando del pranzo.

«Più che sicuro. Andrà tutto bene, June. Te lo prometto. E in quanto membro della famiglia reale del Liechtenstein, dovresti sapere che è una questione d'onore che io mantenga sempre le mie promesse.»

Gli sorrise.

Lui si chinò e le baciò la guancia destra e poi la sinistra, apprezzando il lieve rossore che le provocò. «Vai. Prepara le tue cose. Porta tutto quello che vuoi.»

«Non ho molto.»

Cal non ne fu sorpreso. «C'è qualche ricordo di tuo padre che vuoi portare con te?»

Lei annuì. «La teiera di un servizio da tè che usava sempre quando giocavamo a vestirci eleganti.»

«Dov'è?»

Per tutta risposta, June attraversò la stanza, si inginocchiò e aprì un mobiletto. Si allungò, spostò delle cose, poi si alzò con quella che sembrava una teiera d'argento. «Ho dovuto nasconderla a Elaine, altrimenti l'avrebbe venduta o fatta fondere per farne uno stupido gingillo da indossare. È argento massiccio. Una volta ho chiesto a papà perché lasciasse usare una cosa così preziosa a una bambina di otto anni, e lui mi ha risposto che era fatta per essere utilizzata e che non poteva immaginare una persona migliore con cui usarla se non quella più importante della sua vita.»

Le si riempirono gli occhi di lacrime mentre fissava la teiera ossidata, e Cal giurò in quel momento che avrebbe cercato di conoscere più cose possibili su suo padre. Non solo l'avrebbe resa felice parlare del suo amato papà, ma aveva la sensazione di poter imparare molto su come essere un uomo migliore ascoltando le storie di come lui aveva vissuto la sua vita.

Si avvicinò e si accovacciò accanto a lei. «Posso?» chiese, indicando la teiera con la testa.

June gliela porse senza esitare. Ancora una volta, la fiducia che dimostrò nei suoi confronti fu esaltante.

«Ci sono anche delle tazze?»

Scosse la testa. «No, si sono rotte tutte anni fa.»

«Va bene. Forza, alzati. Prendi le tue cose, principessa. Partiremo subito dopo pranzo e faremo più strada possibile. Il viaggio fino a Newton è lungo.»

Con suo grande sollievo, lei annuì e si diresse verso la porta del seminterrato. «Metti il fornello a fuoco medio e mescola. Non lasciare che la salsa Alfredo si bruci. La faccio con panna da cucina e formaggio, anche se Carla ed Elaine sono sempre a dieta» spiegò con un sorriso sornione. Poi se ne andò.

Due minuti dopo, Cal stava ancora sorridendo per quella piccola ribellione. La sua June sarebbe stata benissimo. Non aveva perso l'amore per la vita che aveva dentro di sé.

Quando si rese conto di aver pensato a June come sua, non batté ciglio. In qualche modo quella donna si era insinuata tra le sue difese... e non era certo di odiarlo.

CAPITOLO CINQUE

June aveva temuto potesse accadere qualcosa che avrebbe impedito loro di partire, ma sorprendentemente le cose filarono lisce. Dopo aver pranzato, Elaine e Carla salirono in camera come ogni giorno. Dopo mangiato facevano sempre un pisolino, anche se si erano alzate dal letto da poche ore.

Nel momento in cui la porta si chiuse alle loro spalle, Cal andò subito nel seminterrato per prendere le valigie. Era imbarazzante che avesse roba sufficiente a riempirne solo due, ma Elaine non le aveva mai dato dei soldi per fare acquisti e, Dio non volesse, non le aveva mai fatto dei regali. June aveva nascosto i soldi risparmiati negli ultimi anni nelle tasche di un paio di pantaloni vecchi e logori, immaginando che nessuno avrebbe pensato di guardare lì e che quindi sarebbero stati al sicuro.

Cal aveva già caricato il suo borsone nel SUV e la aiutò a salire sul lato del passeggero del lussuoso veicolo in modo rapido ed efficiente, poi chiuse la portiera prima di fare il giro davanti all'auto per salire sul posto del conducente.

Mentre si allontanavano dalla proprietà, June non poté fare a meno di voltarsi a guardare l'unico posto in cui avesse mai vissuto. Fu un momento malinconico e non sapeva bene cosa stesse provando. Sollievo, certo, ma anche dolore... e una buona dose di incertezza. Stava facendo la cosa giusta? Suo padre avrebbe capito? L'avrebbe perdonata per aver rinunciato alla loro casa?

Le ci volle un attimo per rendersi conto che Cal aveva fermato l'auto, dandole tutto il tempo necessario per osservarla un'ultima volta.

Si voltò e si ritrovò il suo sguardo incollato al viso.

«Stai bene?» le chiese.

Lei annuì.

«Vuoi che faccia una foto con il telefono?»

June aveva un vecchio cellulare economico, ma lo aveva lasciato sul bancone della cucina. Non voleva che Elaine o Carla avessero modo di contattarla, e non aveva amici da chiamare.

Non aveva nemmeno pensato di fare una foto della casa e considerò per un attimo la sua offerta prima di scuotere la testa. «No, preferisco ricordarla com'era quando mio padre era vivo. Quando avevo dei bei ricordi.»

«Ok.» Ma non riportò la sua attenzione alla strada. Rimase concentrato su di lei.

Dando un'ultima occhiata alla casa, si costrinse a guardarlo in faccia e a dire: «Sono pronta.»

Non fu sorpresa quando Cal non le chiese se fosse sicura o non si offrì di tornare indietro. Aveva messo in chiaro il suo pensiero riguardo alla sua partenza e non avrebbe cambiato idea. Sotto sotto June ne fu sollevata. Era bello lasciare che qualcun altro prendesse le decisioni difficili per lei. Ma solo per un po', finché non si fosse rimessa in carreggiata.

A ogni chilometro che la allontanava da quel posto, si sentiva più leggera. Non si era resa conto di quanto le fosse pesata la responsabilità di mantenere quell'enorme villa. Per un attimo si sentì in colpa, poi scosse la testa. No. Suo padre non avrebbe voluto che portasse un peso così grande. Non l'avrebbe mai costretta a mantenere la promessa di tenerla, se avesse potuto prevedere il futuro.

«Non starai mica andando nel panico, vero?»

June si voltò verso di lui e fece un piccolo sorriso. «Un po', ma sto bene. È stata una bella decisione. Anzi, fantastica. Cosa pensi che faranno quando si sveglieranno e si accorgeranno che ce ne siamo andati?»

Cal ridacchiò. «Andranno fuori di testa» rispose.

Non si sbagliava.

«Ti creerà problemi? Con la tua famiglia, intendo. Sai che andrà direttamente da tuo cugino e farà ogni sorta di affermazioni false.»

«Lo so, e non preoccuparti di Karl. Ci penso io a lui. Ho già parlato con i miei genitori, quindi sanno cos'è successo. Si occuperanno dei suoi, che a loro volta si occuperanno di Karl.»

«*Avrà* problemi?» non poté fare a meno di chiedere.

«Ti interesserebbe?»

June scrollò le spalle. «Sì. Voglio dire, lui non ha idea di quanto possa essere manipolatrice Carla. E poi è molto bella. E sai... ha quelle tette.» Sorrise per fargli capire che stava scherzando, anche se in realtà non era proprio così. Anche June aveva dei seni piuttosto abbondanti, ma erano veri e quindi mostravano un po' di cedimento. Non erano alti e sodi come quelli di Carla.

«È un idiota» replicò Cal con fermezza. «Ed è ora che i suoi genitori si rendano conto che si fa influenzare dal suo cazzo con perfette sconosciute incontrate online.»

Rimase un po' scioccata dalle sue parole schiette.

«Scusa, forse non avrei dovuto dirlo. Ma è vero.»

«Non c'è problema. Ho fatto una vita blindata, ma non così tanto.»

Le lanciò un'occhiata che non riuscì a interpretare, ma June decise che probabilmente era meglio ignorarla e lasciar cadere l'argomento.

«Allora... quanta strada facciamo oggi? Se vuoi che guidi io, non c'è problema. Avrò paura di rovinare la tua bellissima macchina, ma se dovessi essere stanco posso sostituirti.»

«Non mi importa della macchina, è solo un mucchio di metallo. E grazie, ti farò sapere se ho bisogno che tu mi dia il cambio alla guida.»

June passò la mano sulla pelle liscia del bracciolo che li separava. «Un mucchio di metallo? Ho sentito Carla dire che è una Rolls-Royce. E tutti sanno che sono molto costose.»

«Ah sì?» disse quasi distrattamente.

«Certo. Costerà tipo ottantamila dollari o giù di lì.»

«Trecentocinquanta» replicò lui con una risata.

Lei spalancò gli occhi e lo fissò scioccata. «Davvero?»

«Sì.»

«Porca vacca. Ritiro tutto. Non la guiderò. Assolutamente no. Ora ho persino paura di toccare qualcosa.»

Cal gettò la testa all'indietro e rise così forte che lei poté solo rimanere a fissarlo. Nel breve periodo da quando lo conosceva, non l'aveva mai visto così rilassato, così libero. Le piacque molto. E si chiese cosa avrebbe potuto fare o dire per farlo ridere di nuovo in quel modo.

«Sai che sono un principe» disse, quando riprese il controllo.

«Eeee...» replicò June, allungando la parola, chiedendosi dove volesse arrivare.

«Immagino tu sappia anche che alla maggior parte delle famiglie reali non mancano i soldi.»

Annuì.

«In banca ne ho più di quanti ne potrò mai spendere in tutta la mia vita.» Non si stava vantando, solo affermando un dato di fatto. «Volevo un'auto sicura, affidabile e in grado di affrontare gli inverni del Maine. Volevo anche essere sicuro di poter sfuggire ai paparazzi, se mai ce ne fosse stato bisogno, e di poter ottenere attenzione e assistenza immediata quando mi serve, per esempio quando faccio il check-in in un hotel o altro. Quest'auto ha queste caratteristiche.»

«Oh.»

Lui le lanciò un'occhiata. «Ascolta, non vado in giro a dire alla gente quanto costa la mia auto, ma non è difficile fare una ricerca online e scoprirlo.»

«Allora perché me l'hai detto?» gli chiese.

«Perché sei tu. Perché ho la sensazione che non ti interessi il mio conto in banca. Che in realtà preferiresti che guadagnassi ventimila dollari all'anno e usassi i buoni sconto quando faccio la spesa.»

«È intelligente risparmiare» disse lei sulla difensiva.

Cal ridacchiò. «Hai ragione, principessa. Dico solo che mi fido di te.»

Lo guardò. «Ma ci siamo appena conosciuti.»

Lui scrollò le spalle. «Sì. Hai intenzione di andare su internet e pubblicare le foto della mia macchina o di me?»

«Cosa? No! Non ho nemmeno un account sui social. E probabilmente non lo avrò mai visto che comunque non ho amici con cui condividerlo.»

«Esatto. Quindi, mi fido di te» ripeté. «E presto avrai degli amici. Sono sicuro che Carlise sarà felicissima di conoscerti.»

June non ne era così sicura. Aveva difficoltà ad aprirsi nei contesti sociali.

«Credo che il tempo dovrebbe reggere fino a quando non arriveremo nel Maine, quindi è positivo» disse Cal cambiando argomento, cosa di cui gli fu grata.

Parlarono del più e del meno per qualche ora. June non riuscì a evitare di pensare a Carla ed Elaine. A quell'ora dovevano essersi svegliate e aver visto che erano partiti. Non sapeva cosa avrebbero fatto, ma aveva la sensazione che la sorellastra non avrebbe lasciato andare Cal così facilmente. Si era fissata di sposare un principe, e ora che lui era sparito senza dire una parola, probabilmente sarebbe stata ancora più determinata. Soprattutto se avesse scoperto che June era andata con lui.

«A cosa stai pensando così intensamente?»

«A niente di importante» rispose, decisa a non essere pessimista. Si stava godendo il suo primo viaggio in macchina e non voleva fare o dire nulla che lo rovinasse.

«Hai fame?» le chiese.

«Se ne hai tu.»

Lui scosse la testa, e non capì perché.

«Che ne dici se proseguiamo ancora per un'oretta, poi troviamo un albergo e ceniamo?»

«Oh, vuoi fermarti? Non andiamo direttamente a Newton?»

Cal scrollò le spalle. «Sono solo undici ore di macchina. Potrei farlo in un giorno, ma non abbiamo fretta. E non devo tornare prima di sabato, quando Chappy si sposerà.»

«Davvero? Cioè, si sposano *questo* fine settimana?»

«Sì. Quando Chappy ha saputo che sarei tornato a casa, ha subito organizzato tutto. È così ansioso di sposare Carlise. Farà venire sua madre da Cleveland e April sta organizzando una festa per dopo la cerimonia.»

«Vi divertirete, ne sono certa.»

«*Ci* divertiremo.»

«Cosa?»

«Mi accompagnerai, vero? I matrimoni non fanno per me.»

June lo fissò. «Io... non fanno neanche per me. Cioè, credo. Non ci sono mai stata.»

«Allora devi proprio venirci. Da quello che ho capito, non sarà una cerimonia in grande stile. Non ci sarà tanta gente. Ti divertirai.»

Non ne era sicura, ma aveva anche una gran voglia di andarci. Non aveva fatto praticamente nulla per quasi vent'anni. Era stata tagliata fuori e lasciata in disparte fin da quando aveva quindici anni. Adesso voleva sperimentare *tutto*. E non poteva negare che passare del tempo con Cal non sarebbe stato un sacrificio.

«Ok... se sei sicuro.»

Le sorrise. «Lo sono.»

Proseguirono in un silenzio confortevole. La sua mente era in subbuglio mentre osservava il mondo scorrere fuori dai finestrini. Si sentiva come se stesse vivendo un'esperienza extracorporea. Come se non fosse davvero lei quella seduta in una macchina di lusso, accanto a un ricco principe, senza un lavoro, senza un posto dove vivere e senza sapere cosa sarebbe successo nel prossimo futuro. Ma, sorprendentemente, nonostante quelle preoccupazioni, era contenta. Si fidava di Cal. Lui l'avrebbe aiutata a rifarsi una vita.

Un piccolo sorriso si aprì sulle sue labbra al pensiero di quanto suo padre sarebbe stato felice per lei in quel momento.

———

Cal guardò June e non poté fare a meno di apprezzare come il suo sorriso sembrasse illuminarle tutto il volto. I suoi capelli erano raccolti in uno chignon disordinato, indossava ancora la stessa maglietta e gli stessi leggings... e lui non si era mai sentito così orgoglioso di avere una donna seduta accanto come in quel momento. Per quanto lo riguardava, era stata molto coraggiosa a fare il grande passo e a lasciare l'unico posto che avesse mai conosciuto. Nessuna delle donne eleganti e colte che aveva incontrato in passato avrebbe potuto reggere il confronto con June.

Lei non era quella che la società avrebbe definito una bellezza classica. Non c'era nulla di esotico nei suoi lineamenti, la sua natura non era sofisticata e il colore dei capelli era quello che spesso veniva considerato "spento". Ma a Cal non importava nulla di quelle cose. Era troppo impegnato a notare che i suoi capelli erano della lunghezza perfetta per avvolgerli intorno al pugno...

A prescindere dalle sue caratteristiche fisiche, aveva nel suo intimo un'energia confortante e attraente che traspariva da ogni poro. Gli faceva venire voglia di avvicinarsi, di assorbire le sensazioni uniche che emanava.

Più stava con lei, più voleva starle accanto.

Non c'era davvero bisogno di fermarsi per la notte, nonostante il suo corpo sarebbe stato molto indolenzito dopo un lungo viaggio. Avrebbe potuto guidare fino a Newton senza dover pernottare in un albergo, ma doveva ammettere di voler prolungare il loro tempo insieme. Gli piaceva stare con lei, parlarle, vedere il mondo attraverso i suoi occhi.

June non era mai stata in nessun altro posto all'infuori di Washington. Gli piaceva essere quello che le mostrava cos'altro c'era là fuori. Farle conoscere le opportunità che la vita poteva offrirle.

Aveva la sensazione che fosse troppo in gamba per lui. Sì, era un membro di una famiglia reale, aveva un sacco di soldi ed era considerato bello dalle donne e dai giornalisti di tutto il mondo. Certo, se solo avessero saputo com'era ridotto il resto del suo corpo, lo avrebbero definito un mostro.

Il suo conto in banca e il suo lignaggio non contavano. C'erano cose molto più importanti nella vita. June era gentile, affidabile e positiva, nonostante anni di maltrattamenti. Ed era quello che la rendeva migliore di molti altri... compreso lui.

In definitiva, non sapeva cosa sarebbe successo tra loro, ma il suo piano al momento era di essere egoista, godersi la sua compagnia, sentirsi normale per un po'... poi trovarle un posto dove vivere, un lavoro e guardarla sbocciare da lontano.

June meritava di più di un uomo distrutto che non riusciva a guardarsi allo specchio.

Il traffico intorno a New York era atroce, e finirono per perdere un bel po' di tempo mentre procedevano a venticinque chilometri all'ora. Era decisamente contento che non fossero finiti lì dopo aver lasciato l'esercito, come avrebbe voluto Bob.

Un paio d'ore più tardi, decise di fermarsi vicino a New

Haven, nel Connecticut. Trovò un hotel di quelli che facevano parte di una grande catena e accostò. Si girò a guardare June e non poté fare a meno di sorridere. Era incredibilmente eccitata all'idea di passare la notte in un albergo. Lo rattristava e allo stesso tempo lo faceva arrabbiare il fatto che non ne avesse mai avuto l'opportunità. Avrebbe scommesso il suo titolo e tutto ciò che possedeva che Elaine e Carla avevano soggiornato in un sacco di hotel nella loro vita, e che non si sarebbero accontentate di quelli poco lussuosi.

Cal non era uno snob, ma anche lui di solito alloggiava in hotel di fascia alta. Quelli con il parcheggiatore e il servizio di sicurezza, di cui a volte aveva bisogno quando qualcuno lo riconosceva. Ma non voleva guidare fino al centro della città per trovare una sistemazione migliore. E mentre la maggior parte delle donne sarebbe stata entusiasta di pernottare in un cinque stelle e di essere servita e riverita, aveva la sensazione che June si sarebbe sentita a disagio e fuori posto.

«Dai, andiamo a fare il check-in, poi torniamo a prendere ciò che ci serve per la notte» disse, mentre si voltava per scendere dal veicolo.

Quando lei lo raggiunse davanti al SUV, le prese la mano senza nemmeno rendersene conto e la condusse nell'atrio. Le lanciò un'occhiata e non poté fare a meno di notare il leggero rossore sulle sue guance. Non riusciva a ricordare l'ultima volta che una donna era arrossita davanti a lui, soprattutto per qualcosa di così semplice come tenersi per mano. Amò quella reazione. Molto.

Si avvicinò al bancone e chiese all'addetta alla reception due camere con letto king size per una notte.

L'impiegata gli lanciò un'occhiata amichevole prima di guardare il computer. «Mi dispiace, ma in città c'è un torneo di lacrosse del liceo, quindi siamo quasi al completo.»

Cal sbatté le palpebre e la fissò per un attimo. Di solito non usava la sua notorietà come strumento per ottenere ciò che voleva, ma in quel momento ebbe la forte tentazione di provarci.

«Non c'è problema, sono sicura che possiamo trovare un altro posto dove stare» disse June con dolcezza accanto a lui. «E se serve posso guidare io. Magari possiamo fare tutto il viaggio fino a casa.»

Poteva sentire la delusione e la trepidazione nel suo tono. Era ovvio che non volesse guidare il suo costoso SUV, ma lo avrebbe fatto se fosse stato necessario. Aprì la bocca per dirle di non preoccuparsi, che avrebbero trovato una soluzione, ma l'impiegata dietro il bancone, che stava digitando al computer, parlò per prima.

«Non ho più camere con letti king, ma ne *ho* una con un letto matrimoniale. Con tutte le famiglie presenti per il torneo, le camere con i letti singoli sono state tutte occupate, ma c'è stata una cancellazione poco prima che voi entraste. È al piano terra, vicino alla piscina» disse, suonando ancora dispiaciuta.

Cal fece una smorfia. L'ultimo posto in cui voleva stare era in una stanza vicino alla piscina. Soprattutto in un albergo pieno di adolescenti. Ma forse si sarebbero riposati per il torneo, invece di stare svegli tutta la notte a far casino. Guardò June. «Decidi tu.»

«La prendiamo» disse lei all'impiegata.

«Ottimo» replicò la donna. «Immagino che non abbiate la tessera AAA dell'associazione automobilisti o una simile. Risparmiereste dieci dollari.»

Voleva ridere all'idea di risparmiare quei pochi spiccioli, ma invece di fare l'idiota pomposo, si limitò a scrollare le spalle e a dirle che no, non ce l'avevano.

Nel giro di pochi minuti, l'impiegata gli consegnò due chiavi e gli spiegò che la colazione era compresa e si svolgeva nella sala accanto all'ingresso. Si chinò e disse con fare cospiratorio: «Verso le sette sarà molto affollato perché il torneo inizia alle otto e mezza. Vi consiglio di mangiare prima delle sette o di aspettare fino alle otto e mezza o alle nove, se potete.»

Lui annuì. «Grazie. Apprezzo il consiglio.»

La donna gli fece l'occhiolino. «La vostra stanza è in fondo a quel corridoio sulla destra. Godetevi il soggiorno.»

Cal condusse June al SUV, prese il suo borsone dall'auto e sollevò una delle due valigie che lei aveva portato. «Va bene questa? La tua roba per la notte è qui dentro o devi prendere qualcosa dall'altra?»

«Quella va bene. Grazie» gli disse con un enorme sorriso.

Solo quando June aprì la porta della loro stanza e lui la seguì all'interno, Cal si rese conto del colossale errore che aveva commesso. Era stato così impegnato a riflettere sul possibile livello di rumore in prossimità della piscina, che non aveva pensato alle conseguenze di dividere con lei la stanza... e *un* letto.

«Cacchio» imprecò, usando il gergo poco offensivo che usava con le persone che avrebbero potuto infastidirsi con il linguaggio più colorito adottato durante il servizio militare.

«Cosa c'è che non va?» chiese June, con la fronte aggrottata. Aveva appena posato la valigia e lo stava fissando con un'espressione preoccupata.

«C'è solo un letto» rispose, puntualizzando l'ovvio.

June guardò il letto e poi di nuovo lui, e scrollò le spalle. «Non c'è problema. Dormirò sul pavimento. Ci sono abituata.»

Cal andò quasi fuori di testa. «*Non* dormirai su quel maledetto pavimento» sbottò.

Lei sembrò confusa. «Perché no?»

«Perché no!» rispose, esasperato.

«Be', il *tuo* sedere regale non può dormire sul pavimento» continuò, dando voce a quello che, era certo, lei pensava fosse un motivo perfettamente ragionevole.

«Principessa, ho dormito nella terra, sulla riva di un fiume fangoso, incatenato contro un muro in una cella umida e buia dopo essere stato picchiato a sangue... ti assicuro che questo pavimento probabilmente non è nemmeno nei primi venti posti più brutti in cui ho dovuto dormire. Ma tu *non* dormirai per terra. Non se ne parla proprio.»

Lei lo fissò per dieci secondi buoni prima di scrollare di nuovo le spalle. «Va bene. Dormiremo entrambi sul letto.» Poi si girò e andò alla finestra. Spalancò le tende e ridacchiò alla vista di un grosso pick-up parcheggiato proprio davanti alla loro camera.

Cal non poté far altro che guardarla. Non si era resa conto di quanto fosse piccolo il letto? E che lui *non* era piccolo? Che probabilmente avrebbe dovuto dormire in diagonale se non voleva che i piedi gli penzolassero oltre il bordo del materasso?

Forse tutto ciò faceva parte di un grande piano per costringerlo a ...

Interruppe quel pensiero prima che potesse finire di formarsi. Non conosceva June da molto, ma era impossibile che fosse come la matrigna e la sorellastra. Solo che non sembrava avere alcuna riserva a condividere il letto con lui.

Non sapeva se essere lusingato o incazzato per la sua ingenuità.

«Pensavo che stasera potremmo ordinare in camera» le disse.

«Va bene.»

Era la donna più disponibile che avesse mai incontrato in vita sua.

«Ma se preferisci uscire, va bene lo stesso» aggiunse, solo per fare il bastian contrario e vedere cosa avrebbe detto. Non aveva molta pazienza verso le indecisioni o con le persone che assecondavano qualsiasi cosa lui proponesse. Non sapeva mai se lo facevano per leccargli i piedi ed entrare nelle sue grazie. Si era abituato ai suoi amici che dicevano sempre ciò che pensavano; se non erano d'accordo con lui, non avevano problemi a farglielo sapere.

June lo studiò per un attimo prima di scrollare le spalle.

Fu pervaso da un senso di delusione. Era certo che stesse per dire che le andava bene anche uscire. Poi sarebbe toccato a lui cercare di capire cosa volesse mangiare. Probabilmente le avrebbe suggerito un posto che odiava e lei non avrebbe osato dire nulla, ma dato che non era brava a nascondere i suoi sentimenti, Cal si sarebbe sentito in colpa per tutta la sera.

Con sua grande sorpresa, June si avvicinò a lui, che era rimasto fermo all'ingresso. Gli mise una mano sul braccio e lo guardò negli occhi. «Sei stanco» disse con tono deciso. «Non ha senso tornare fuori ora che siamo qui. Possiamo ordinare qualcosa da asporto, non c'è problema. Inoltre, hai trovato un buon parcheggio, e con il fatto che l'hotel è al completo, ho la sensazione che se ce ne andassimo poi al ritorno potremmo non essere altrettanto fortunati, e qualcuno potrebbe scassinare la tua macchina se fosse parcheggiata lontana e in un angolo buio, invece che sotto un lampione come adesso.

Magari in TV c'è una partita o qualcos'altro che puoi guardare per rilassarti. Ti dispiacerebbe se ordinassimo da un fast food? È una vita che non mangio un bell'hamburger succulento con le patatine fritte ricoperte di formaggio. E magari una fetta di torta al cioccolato.»

Cal stava sorridendo come un idiota, ma non poteva farne a meno. Quella donna lo sorprendeva sempre. Era premurosa, intelligente, perché sarebbe *davvero* stato terribile dover parcheggiare la Rolls in un angolo buio, e determinata. Poteva decisamente convivere con quei pregi. Con *lei*.

«Mi sembra una buona idea» disse, tirando fuori il telefono. Hamburger e patatine fritte non erano tra i suoi cibi da asporto preferiti, perché durante il viaggio le patatine tendevano a diventare mollicce, ma se era ciò che June voleva, lo avrebbe avuto.

Scorse l'applicazione alla ricerca di un ristorante non troppo lontano dall'hotel che facesse hamburger, e trovò un posto chiamato "Prime 16" che aveva ottime recensioni ed era stato inserito nella lista dei dieci migliori posti dove mangiare un hamburger a New Haven.

Chiese a June come preferiva fosse cucinata la carne e cosa ci voleva sopra, poi aggiunse il suo al carrello. Selezionò anche le patatine fritte, le crocchette di formaggio di capra, le alette di cavolfiore fritte e i cetriolini in pastella. Si ricordò all'ultimo momento che lei voleva la torta al cioccolato e sebbene non ci fosse quell'opzione, pensò che le sarebbe piaciuta comunque la crostata al cioccolato che offrivano.

Era chiaro che Cal avesse più fame di quanto pensasse, ma tutto ciò che c'era nel menu sembrava delizioso.

«Hai esagerato, vero?» disse June con un piccolo sorriso.

«Perché lo pensi?» le domandò, sinceramente curioso di sapere come facesse a capirlo così bene. Era sempre stato bravissimo a nascondere i suoi pensieri agli altri.

«Hai uno sguardo che mi dice che rimarrò scioccata dal cibo che hai ordinato. E le tue labbra sono rivolte verso l'alto in un mezzo sorriso.»

«Diciamo che ne ho preso abbastanza da mandarci in coma, così nessuno di noi due noterà il rumore proveniente dalla piscina.»

«Bene. Ehm... ti dispiace se faccio una doccia mentre aspettiamo che arrivi il cibo?» chiese, arricciando un po' il naso.

«Perché dovrebbe dispiacermi?»

All'improvviso sembrò nervosa. «Non lo so.»

Non gli piacque vedere quel disagio. Si avvicinò alla finestra dove si trovava lei e gli ci volle ogni briciolo di forza di volontà per non toccarla. «Non devi chiedermi se va bene che tu faccia *qualcosa*. Qualsiasi cosa ti serva o tu voglia, falla pure.»

«Scusa» disse con un sospiro. «Credo di essere abituata a chiedere il permesso per fare praticamente tutto.»

Cal tenne a freno la sua rabbia. Maledizione alla matrigna e alla sorellastra. «Allora io ti do il permesso di fare o dire quello che vuoi, June.»

«E se dicessi che voglio andare a nuotare?»

Il pensiero di vederla in costume da bagno gli fece contrarre il cazzo nei jeans. Fu una sensazione così sorprendente che per un attimo la sua mente si paralizzò.

Erano più di tre anni che non gli diventava duro. Dopo essere stato torturato e dopo che quegli animali si erano divertiti a minacciare di tagliarglielo, non era più riuscito ad avere un'erezione. Una cosa che aveva dato per scontata prima della cattura.

Ma in quel momento il suo cazzo si stava comportando come se non avesse mai sentito il lato tagliente di una lama. Come se fosse più che felice di passare all'azione, purché fosse con la donna che aveva di fronte.

«Se vuoi nuotare, fallo» replicò con decisione.

«Verresti con me?»

E a quello, la sua erezione si sgonfiò in un lampo. «No» rispose in tono secco. Non avrebbe indossato un costume da bagno. Non avrebbe mostrato il suo corpo esponendosi agli sguardi disgustati e di commiserazione delle persone, e per le foto che avrebbero sicuramente scattato.

Era così perso nei suoi pensieri che non si accorse che June gli stava stringendo il braccio. «Cal?» gli chiese. «Parlami.»

Aveva la sensazione che avesse pronunciato il suo nome più volte. Lui fece un sorriso falso e una piccola scrollata di spalle. «Scusa, mi sono perso nei miei pensieri per un attimo. Sto bene. E no, non nuoto. Mai. Ma se vuoi farlo, buttati. Credo che andrò ad aspettare il nostro cibo nella hall.»

Sentendosi uno stronzo, si allontanò da lei e si diresse verso la porta.

«Cal?» la sentì dire, ma la ignorò. Aveva bisogno di aria. Aveva bisogno di stare lontano da lei, dalla sua preoccupazione, dai suoi sguardi dolci, dalla sua innocenza.

June non andava bene per lui. Sprizzava gioia e bontà, e lui era... non sapeva più *cos'era*. Ma si rifiutava di contaminare la ritrovata libertà di quella donna con i suoi demoni.

Sarebbe stato molto più facile se lei fosse stata una stronza subdola, perché sapeva come trattare con persone del genere, come comportarsi se lo avesse guardato con pietà, con disprezzo, con avidità.

Non aveva idea di cosa fare con una donna così dolce e generosa come June, per quanto quei tratti lo attraessero.

Si sedette su una panchina fuori dalle porte dell'atrio e sospirò. Lo stava facendo impazzire dopo appena poche ore che erano da soli, e si stava pentendo di essersi fermato in hotel. Come diavolo avrebbe potuto superare la notte con lei nello stesso letto? Non ci sarebbe riuscito. Non aveva il minimo dubbio.

Una volta che lei si fosse addormentata, si sarebbe spostato sul pavimento. Non era un grosso problema. Come le aveva detto, aveva dormito in posti ben peggiori.

Aveva il forte sospetto che dopo aver avuto Juniper Rose addormentata nella stessa stanza, non avrebbe mai più voluto che lo facesse qualcun'altra. Gli avrebbe reso impossibile dormire di nuovo bene.

«Cazzo» mormorò. Era fregato. Gli era già entrata dentro e non sapeva cosa fare al riguardo.

CAPITOLO SEI

JUNE SI MORSE il labbro preoccupata. Quando Cal era tornato con il cibo, sembrava aver superato ciò che lo aveva turbato. Aveva riso e scherzato con lei mentre mangiavano quanto più possibile di quella roba deliziosa. Aveva davvero esagerato, ma June aveva apprezzato tutto. Era riuscita a mangiare solo qualche boccone di crostata al cioccolato, ma era stata paradisiaca.

Da quando suo padre era morto, nessuno aveva fatto qualcosa di così semplice come assicurarsi che fosse nutrita. Erano secoli che le davano ordini, la ignoravano e la sminuivano. Cal le aveva persino dato il telecomando dicendole di trovare qualcosa che le piacesse; non guardava la televisione da anni e non aveva idea di quali fossero i programmi più popolari in quel periodo, ma alla fine ne aveva scelto uno di competizione culinaria che le era sembrato divertente.

Si era lavata mentre lui era fuori ad aspettare il cibo, e si sentiva molto meglio ora che era pulita.

La doccia, la pancia piena e una serata in cui non c'era niente di meglio da fare che guardare un programma in TV... erano sufficienti a far sentire viziata una ragazza.

«Cosa pensi che stiano facendo in questo momento?» chiese a bassa voce.

Erano seduti sul letto, uno accanto all'altra, con la schiena appoggiata contro i cuscini. Cal era concentrato sul suo telefono e ogni tanto digitava qualcosa, ma June poteva praticamente sentire la tensione sprigionarsi da lui e sapeva che non era rilassato. Era molto diverso dall'uomo che era stato in macchina per tutto il giorno, e anche da quello che aveva cenato con lei poco prima.

«Probabilmente saranno incazzate perché hanno dovuto prepararsi la cena da sole» rispose con un piccolo ghigno.

June non trovò divertenti le sue parole. Non si sentiva in colpa... ok, un po' sì, ma dentro di lei provava una lieve preoccupazione che non riusciva a scacciare. Conosceva la sua matrigna. Sapeva che quella donna era cattiva fin nel profondo. Non avrebbe lasciato correre, non aveva dubbi al riguardo.

«Elaine andrà su tutte le furie.»

Ciò sembrò attirare l'attenzione di Cal. Posò il telefono e si girò verso di lei. «È probabile» disse dopo un attimo.

Quando non approfondì, June sospirò e tornò a guardare la televisione. «Non posso credere che quel tizio pensi che solo mettere la cipolla croccante sopra sia usare l'ingrediente al meglio» disse.

«June, guardami» le ordinò.

Non poteva negare nulla a quell'uomo, così girò la testa.

«Non dovrai più preoccuparti della tua matrigna e della tua sorellastra, quei giorni sono finiti. Hai ragione, nessuna delle due sarà felice. Pensavano di aver accalappiato un principe, e adesso che è stato sottratto loro il giocattolo, vorranno che qualcuno paghi. E so che è una cosa orribile, ma immagino che daranno la colpa a te. Che sarai tu la persona su cui cercheranno di sfogare la loro frustrazione e la loro rabbia. Ma voglio dirti con certezza che non succederà. Con me e i miei amici sei al sicuro. Non permetterò a nessuno di toccarti, nemmeno con un dito. Sei libera, principessa. Da loro, dal sentirti obbligata, dalla paura. Sei libera di fare tutto ciò che vuoi.»

June non riuscì a trattenere le lacrime. Qualcuno l'aveva mai difesa come faceva Cal?

Sì... in passato. Suo padre. Era stato il suo guerriero. Il suo sostenitore. Lo aveva sempre ammirato, e la devastazione era stata immensa quando le era stato portato via così all'improvviso.

Cal era apparso dal nulla e l'aveva strappata a una vita che odiava, ma da cui non aveva saputo come fuggire, offrendole un nuovo inizio.

Le posò una mano sul lato della testa e con il pollice le asciugò le lacrime sulla guancia. «Non piangere» la supplicò. «Non sopporto di vederti piangere.»

«Allora devi smettere di essere così meraviglioso» replicò lei.

Le fece un piccolo sorriso. «Dimmi che mi credi. Che sai di essere al sicuro e di non doverti più preoccupare di loro.»

«Credo che farai tutto il possibile.»

Ma Cal scosse la testa e aggrottò la fronte. Infilò le dita tra i suoi capelli e li strinse. «Non mi basta.»

June gli afferrò il polso mentre lo fissava. In quel momento aveva la sensazione che fossero le uniche due persone sulla terra. Avere la sua completa attenzione era un po' sconcertante, ma era anche molto bello essere veramente "vista" per la prima volta dopo anni.

«Non le conosci. Non lasceranno perdere. Mi *odiano*. Carla mi accuserà di averti portato via da lei. Vorranno vendicarsi.»

Cal non sembrò minimamente preoccupato. «Ti odiano perché sei il loro esatto contrario. Perché tu sei il sole e la luce e tutto ciò che c'è di buono al mondo, mentre loro sono delle stronze amareggiate, avide di denaro e di fama, che non sopportano che le cose belle accadano a qualcun altro.»

Le sfuggì un piccolo sbuffo, ma lui continuò.

«In realtà *voglio* che provino a fare qualcosa, perché ho molte persone che mi coprono le spalle. E non solo i miei amici militari, ma anche i miei genitori, i miei cugini, l'intera famiglia reale. Non importa che non vivano qui, *nessuno* può azzardarsi a toccare uno dei loro. Di certo non delle donne americane inutili, pigre e con un'autostima esagerata.»

Wow. Era stato brutale. Ma non aveva torto.

«Ok» gli disse.

«Sei d'accordo perché credi veramente a quello che ti sto dicendo o solo perché ti senti a disagio e non sai come farmi stare zitto?»

«Ti credo» rispose con sincerità. E, sorprendentemente, scoprì che era così. Ogni muscolo del corpo di Cal sembrava teso, come se la sua fiducia in lui sul fatto di proteggerla fosse importante come respirare. Era un uomo potente e aveva la sensazione che potesse essere un po' spaventoso, ma non aveva paura di lui.

Ogni minuto che trascorreva in sua presenza, June si trovava a essere sempre più stregata dal suo fascino. Non aveva idea di cosa le riservasse il futuro, ma sospettava che senza di lui avrebbe sentito un vuoto e un dolore così strazianti da non essere sicura di poter sopravvivere.

Ma tenne quei pensieri per sé e chiuse gli occhi con un sospiro, inclinando la testa contro la sua mano.

Sentì il materasso muoversi... poi la sua bocca sfiorarle le labbra.

Aprì gli occhi, ma lui si stava già allontanando.

«Vado a fare la doccia. Ti dispiace se spengo la luce?»

Lei scosse la testa e lo guardò spegnere quella accanto al letto dal suo lato. Poi andò dove aveva posato il borsone, vi rovistò dentro per un attimo e sparì in bagno.

June si portò un dito sulle labbra. L'aveva già baciata, ma si era trattato di un lieve tocco sulle guance che, da quello che diceva, era la norma in Europa. Aveva sbagliato mancando la guancia?

No, non pensava fosse così.

Si infilò sotto le coperte, si sdraiò e abbassò il volume della televisione. Era già mezza addormentata quando Cal uscì dalla doccia. Grazie al bagliore dello schermo, vide che indossava dei pantaloni di flanella e una maglietta a maniche lunghe, e ciò la sorprese.

Non era un'esperta, ma era convinta che la maggior parte degli uomini non dormisse con così tanta roba addosso.

Poi si ricordò.

Le cicatrici.

Era l'uomo più forte e più virile che avesse mai incontrato in vita sua, eppure era chiaramente ancora molto provato da ciò che aveva subito. Ricordava le foto su internet su cui aveva cercato di sorvolare. Quei terribili fotogrammi dei video che i suoi rapitori avevano pubblicato perché il mondo intero li vedesse. Quelli che mostravano il suo busto e le sue cosce grondanti di sangue.

Ricordava il distacco del suo sguardo, il vuoto. Non riusciva a immaginare cosa avesse subito, ed era ovvio, almeno per lei, che stesse ancora lottando con le sue cicatrici... fisiche, mentali *ed* emotive.

Sentì la rabbia montare. Era furiosa che qualcuno avesse osato toccarlo. Non ne avevano il diritto. E per cosa? Per piacere? Per vendetta? Per fama? Non aveva senso.

Avrebbe voluto accoccolarsi al suo fianco. Rassicurarlo sul fatto che era attratta da lui a prescindere dalle cicatrici che aveva. Che si fidava di lui e che pensava che la sua esistenza rendesse il mondo un posto migliore.

Ma non appena Cal si infilò sotto le coperte, si girò su un fianco dandole le spalle.

June prese il telecomando e spense la TV. Le risate che provenivano dalla piscina sembravano molto più forti ora che le voci del programma non le sovrastavano. Le ignorò, soprattutto perché riusciva a pensare solo all'uomo accanto a lei. Poteva praticamente sentire il calore del suo corpo. Il letto era piccolo, ma non si era resa conto di quanto lo sarebbe stato con Cal sotto le coperte insieme a lei.

Rimase in silenzio, ascoltando il suo respiro. Era evidente che non stesse dormendo, ma June non aveva idea di cosa fare o dire per farlo rilassare. Probabilmente per lui era imbarazzante dormire accanto a un'estranea, ma June non si sentiva affatto a disagio. Negli ultimi giorni, lei aveva smesso di considerarlo un estraneo e aveva iniziato a vederlo più come un amico.

Il che era sciocco. In realtà, non si conoscevano. Probabilmente provava solo gratitudine perché l'aveva aiutata. Molto presto avrebbe dovuto farsi coraggio e capire cosa fare della sua vita, ora che era libera.

Cal lo aveva detto più di una volta e lei lo aveva pian piano metabolizzato. Libera. Non avrebbe più dovuto sopportare le frecciate meschine di Carla, obbedire agli ordini di Elaine. Sì, aveva perso la casa tanto amata da suo padre, ma aveva guadagnato molto di più. La possibilità di fare ciò che voleva. Di essere chi voleva.

Era grata a Cal, ma quella gratitudine era mescolata con così tanti altri sentimenti che non riusciva a separarli.

Si avvicinò inconsciamente alla sua schiena. Quasi lo toccò con il naso e, quando inspirò, poté sentire il profumo del sapone dell'hotel che aveva usato per farsi la doccia. L'impulso di mettergli un braccio intorno alla vita, di dirgli che non aveva bisogno di nascondersi da lei, che lo accettava esattamente così com'era, cicatrici e tutto il resto, fu quasi irrefrenabile, ma riuscì a trattenersi. Sarebbe stato imbarazzante per lui respingerla, guardarla con pietà e dirle che aveva frainteso le sue motivazioni, che l'avrebbe tenuta al sicuro, ma che tra loro ci sarebbe stata solo amicizia.

Il pensiero di perdere quel legame fu sufficiente a farla rotolare nella direzione opposta, dandogli tutto lo spazio possibile. Aveva bisogno di quell'uomo nella sua vita... anche se solo come amico.

«È una puttana! Una grassa, brutta, subdola puttana!» inveì Carla, mentre camminava agitata avanti e indietro nel salotto. «Me l'ha rubato da sotto il naso! *Sapeva* che lo volevo. Era l'unico motivo per cui lui era qui! Perché lo avrei sposato. Non posso credere che sia sgattaiolata via senza una parola. Dopo tutto quello che abbiamo fatto per lei. È un'ingrata, brutta e stupida e... e... non riesco a pensare a cos'altro! Sono troppo arrabbiata!»

«Calmati, Carla» disse sua madre.

«Come fai *tu* a essere così calma?» le chiese incredula. «L'hai cresciuta, le hai dato tutto, ed è *così* che ti ripaga?»

«La pagherà» replicò Elaine, con un luccichio negli occhi.

Carla si prese un momento per studiare la madre, poi si sedette accanto a lei sul divano. «Che cos'hai in mente?» chiese, con un pizzico di eccitazione.

La donna sorrise. «Be', avevo preparato tutto per dimostrare che hai uno stalker... e oggi ho parlato con lui, dopo aver scoperto cosa aveva fatto quella stronza. Ora ha un nuovo obiettivo.»

Carla ansimò con gioia. «Davvero? È *fantastico*! Cosa gli hai detto di fare?»

«Quello che vuole. Gli ho dato una sorta di lista di opzioni.»

«In che senso?»

«Spaventarla con dei biglietti o lasciarle animali morti e altre cose sulla porta di casa gli farà guadagnare cento dollari. Picchiarla gliene farà guadagnare cinquecento. Mandarla all'ospedale, tremila.» L'espressione di sua madre si indurì. «Fare in modo che io non debba mai più pensare a lei, ma non prima che si penta profondamente di avermi sfidata... diecimila.»

Carla aggrottò la fronte confusa.

La madre alzò gli occhi al cielo. «*Torturarla*, tesoro. E poi ucciderla. La prossima volta che vedrò il suo nome voglio che sia in un servizio al telegiornale che riguarda la sua morte, così potrai fare la parte della povera sorella dal cuore spezzato e riconquistare il principe.»

Carla si mise a sedere e sorrise. «Sì! Posso farlo. Ma non mi vestirò di nero. Mi sta malissimo.»

Elaine sbuffò. «Certo che no, tesoro. Ma non possiamo parlarne con nessuno.»

«Non lo farò» replicò subito. «Ma pensi che farà tutto? Che parta dall'inizio della lista fino ad arrivare a torturarla e a ucciderla? Voglio sapere che sta soffrendo e che è spaventata a morte.»

Sua madre la fissò per un lungo momento.

«Che c'è?» chiese sulla difensiva. «È stata una spina nel fianco per anni. E anche per te dopo che hai sposato suo padre. Pensi...» Si morse il labbro. «Non pensi che abbia scoperto che non è morto d'infarto, vero? Che gli hai messo la suc... sucin...» Fece una pausa per trovare la parola giusta. «Succinilcolina nel drink?»

Sua madre si trasformò in un istante dalla donna sorridente e soddisfatta di sé che era stata un attimo prima, in una persona che non aveva mai visto. Qualcuno che in realtà la spaventava un po'.

«Non dirlo *mai più*. Dico sul serio, Carla. Mai! Il mio povero marito è morto d'infarto. Lasciarselo sfuggire per sbaglio potrebbe aprire alla possibilità che qualcuno decida di riesumarlo e fare un'autopsia. Se dovesse succedere, saremmo fregate. Avrei dovuto farlo cremare, ma Juniper si è agitata così tanto che sarebbe sembrato sospetto se avessi insistito. Ma è morto, io ho ottenuto i soldi che volevo e tu stai vivendo la vita che hai grazie a me. Quindi non osare più parlarne. Capito?»

«Sì, mamma. Scusa» disse lei in tono contrito. Una sera di cinque anni prima sua madre aveva ammesso ciò che aveva fatto. Aveva bevuto troppo mentre stavano festeggiando con l'agenzia di modelle con cui Carla aveva appena firmato un contratto. Le aveva fatto promettere di non parlare mai con nessuno della morte del patrigno, e lei non l'aveva fatto... fino a quel momento.

«Avrei dovuto eliminare anche lei» mormorò Elaine. «Ma non è mai troppo tardi. Questa volta sarà meglio, perché confermerà la storia del tuo stalker. Dopotutto, il principe ha messo quelle telecamere, quindi è colpa *sua* se lo stalker non è riuscito ad arrivare a te e ha dovuto rivolgere la sua attenzione alla tua povera sorella» disse, con un sorriso perfido. «Fare del male ai tuoi cari per farti soffrire, per dimostrare cosa sarebbe successo a te.»

«Dove gli hai detto che potrà trovarla?» chiese, impressionata dalla creatività della madre. Non le piaceva dover pensare in modo così approfondito. Era abituata a essere il bel faccino, ad avere persone che si prendevano cura di lei... non a dover pianificare cose come complicati complotti omicidi.

«Nel Maine. È lì che abita il tuo principe. Sono certa che l'abbia portata in quel ridicolo paesino in cui vive. Sarà facile trovarla, ma più difficile avvicinarla. Se fosse in una grande città, il mio uomo potrebbe farla fuori con una rapina andata male. Ma capirà come fare. E per rispondere alla domanda precedente, sembra che questo tizio abbia un disperato bisogno di soldi. Sono sicura che eseguirà ogni compito della lista prima di arrivare al culmine.»

Sua madre rise e, ancora una volta, Carla provò un po' di disagio. Era molto contenta di averla dalla sua parte. E perché non avrebbe dovuto esserlo? Era sua figlia, dopotutto.

«Allora, cosa facciamo per la colazione di domani mattina?» chiese. Si sentiva molto più tranquilla ora che sapeva che Juniper avrebbe ricevuto ciò che le spettava... e che lei avrebbe avuto la sua occasione di sposare il principe. Di sicuro lui si sarebbe reso conto di essersi sbagliato riguardo allo stalker e sarebbe tornato di corsa a proteggerla.

Si sarebbe anche assicurata di parlare presto con Karl, per fargli sapere quanto fosse ancora terrorizzata, per contribuire ad attizzare il fuoco.

Sarebbe diventata una dannata principessa a tutti i costi. Se lo meritava.

«Puoi preparare tu qualcosa non appena ti alzi» disse sua madre con nonchalance.

Carla si accigliò. «Io?»

«Non ti aspetterai che lo faccia *io*, vero?» le domandò, inarcando un sopracciglio. «Dopo tutto quello che ho fatto per te? Non avresti quel contratto da modella e non vivremmo in questa casa se non fosse stato per me. Sai che è così, quindi non cercare di obiettare.»

Fece un respiro profondo e annuì. Non sapeva cucinare, ma poteva preparare dei toast o qualcosa del genere. Comprendeva il punto di vista di sua madre, e il fatto che non solo avesse ucciso il suo secondo marito, ma che conoscesse qualcuno disposto a viaggiare fino nel Maine per occuparsi di Juniper, fece sì che ci pensasse due volte prima di andare contro la sua volontà.

Doveva solo riuscire ad assumere qualcuno che sapesse cucinare, pulire e fare la spesa, tutto ciò che Juniper aveva fatto prima di rubarle il principe e andarsene. Avrebbe usato i soldi che guadagnava come modella se fosse stato necessario. Non avrebbe assolutamente fatto tutto il lavoro da sola.

Soddisfatta del piano per la sorellastra e dell'idea di trovare qualcuno che la aiutasse in casa, Carla diede la buonanotte alla madre e si avviò per andare al piano di sopra. Doveva farsi delle foto da postare sui social, godersi un bagno... e poi voleva parlare con Karl su FaceTime. Iniziare a gettare le basi per far sentire in colpa il principe per averla lasciata sola nel momento del bisogno.

Dopodiché, doveva concentrarsi sulla sua attività secondaria.

Non guadagnava abbastanza facendo la modella. Era colpa del suo agente, che non le procurava i grandi ingaggi che voleva. Così era diventata una camgirl. Aveva pagato molto per rifarsi il seno... be', sua madre aveva pagato, e voleva ricavarne il più possibile.

Andare online ogni sera e mostrarlo un po' era come rubare le caramelle ai bambini. Era quasi ridicolo il numero di uomini che le gettavano letteralmente dei soldi addosso solo per vedere delle tette.

Non aveva idea se sua madre sapesse cosa faceva di notte, ma non importava. L'unica cosa che contava erano i soldi.

E, naturalmente, farla pagare alla sorellastra per averle portato via il principe, in modo da poter diventare una principessa. Il fine giustificava i mezzi. E lei era più che soddisfatta del piano per eliminare Juniper.

CAPITOLO SETTE

CAL CERCÒ DI COSTRINGERSI A MUOVERSI. Di alzarsi dal letto e di allontanarsi da June, ma non ci riuscì. Era come se le sue braccia fossero attaccate a qualcun altro.

Con l'intenzione di essere galante, aveva pensato di spostarsi sul pavimento non appena si fosse addormentata, ma proprio quando stava per scivolare fuori dal letto, lei aveva emesso un piccolo lamento, come se stesse facendo un brutto sogno.

Così aveva agito prima ancora di rendersi conto di ciò che stava facendo.

Aveva odiato voltarle le spalle la sera prima dopo essersi messo a letto, ma lo aveva fatto per la sua sanità mentale. Per la prima volta dopo anni, si era masturbato nella doccia. Nel momento in cui era andato sotto il getto dell'acqua calda, aveva pensato che June era stata in quello stesso spazio poco prima. Nuda, nel punto in cui si trovava lui in quel momento.

Il cazzo gli era diventato duro così velocemente da essere quasi imbarazzante. Si era toccato senza esitazione, gemendo per il piacere che gli aveva attraversato il corpo. Non appena aveva iniziato a muovere avanti e indietro la mano, dalla punta erano usciti schizzi di sperma, come se si fosse trattenuto in attesa della donna giusta... quella sdraiata innocentemente sul letto dall'altra parte della parete.

Si era lavato in fretta, poi era rimasto in bagno per un po', si era infilato i pantaloni di flanella e una maglietta a maniche lunghe, rifiutandosi di guardarsi allo specchio. A casa dormiva nudo. Era l'unico momento in cui si sentiva abbastanza a suo agio da rimanere senza vestiti. Non aveva specchi in camera e solo uno piccolo nel bagno, per potersi radere senza tagliarsi.

Aveva voluto dare a June il tempo di addormentarsi. Ma quando alla fine aveva trovato il coraggio di entrare nella stanza, aveva capito subito che lei era ancora sveglia. Aveva dovuto voltarle le spalle perché era stato sul punto di prenderla tra le braccia, e non voleva farle pressione in alcun modo.

Inoltre, non voleva abituarsi alla sua presenza. Una volta che si fosse rimessa in piedi, si sarebbe accorta di quanto era distrutto. Alla fine avrebbe trovato qualcuno migliore di lui. Qualcuno che fosse buono e gentile come lei.

Cal non era quell'uomo.

Ci era voluto un po' prima che June si addormentasse, e quando finalmente aveva pensato di potersi muovere senza svegliarla, quel lamento aveva annullato i suoi piani. Si era avvicinato e le aveva avvolto un braccio intorno alla vita, attirandola contro di sé. Lei aveva fatto un mormorio soddisfatto, si era aggrappata al suo braccio e non l'aveva più mollato... per tutta la notte.

Ora era mattina. Era stato svegliato dalle luci dei fanali del grosso pick-up, parcheggiato davanti alla loro finestra, che erano filtrate dai lati delle tende oscuranti che aveva chiuso prima di cena. Aveva il naso sepolto tra i capelli di June, che era ancora accoccolata contro di lui.

Sorprendentemente, anche lui aveva dormito bene. Aveva spesso degli incubi e quasi sempre si svegliava almeno una volta ricordando il dolore dei coltelli che gli avevano lacerato la carne. Alcune volte, quando non riusciva a riaddormentarsi, camminava per ore per la casa cercando di togliersi quelle immagini dalla testa.

Ma quella notte, avvolto intorno a June, aveva dormito come un sasso.

Non si era sbagliato, più le stava vicino più sarebbe stato difficile lasciarla andare. Lo sapeva, ma non riusciva comunque a uscire dal letto.

«Che ora è?» borbottò lei.

«Non è ancora ora di alzarsi» le rispose. «Torna a dormire.»

La verità era che non aveva idea di che ora fosse, ma non voleva muoversi. Ci sarebbero volute circa altre quattro ore, a seconda del traffico, per arrivare a Newton, e non era del tutto sicuro di cosa sarebbe successo una volta giunti a destinazione. Di certo non avrebbe più trascorso del tempo da solo con June. La sera precedente aveva chiamato April per sapere se poteva trovarle un posto dove vivere. Poi sarebbe stato di nuovo solo con i suoi dolorosi pensieri.

«Ok» disse lei senza esitare, e lo sconvolse girandosi nel suo abbraccio. Invece di allontanarsi, si accoccolò contro di lui come se lo avesse fatto ogni giorno della sua vita.

Cal si girò sulla schiena e la strinse a sé. I suoi capelli gli si impigliarono tra le dita e sentì il suo respiro caldo sul petto anche attraverso la maglia.

Poi all'improvviso si irrigidì.

Quando si era girato l'orlo si era sollevato un po'... e June aveva posato la mano sulla pelle nuda della sua pancia.

Fece un respiro tremante e chiuse gli occhi. Il busto era la parte che aveva subito il carico peggiore della rabbia dei suoi aguzzini. Avevano provato grande gioia nell'incidere il suo corpo. Nel conficcare le lame nella carne con una forza tale da indurlo a chiedersi se alla fine lo avrebbero ucciso, se gli avrebbero affondato un coltello nel cuore. Ma per ragioni che non riusciva a comprendere, non lo avevano fatto.

Il tessuto cicatriziale era così spesso in alcuni punti che

riusciva a malapena a sentire qualcosa. Ma in quel momento, il calore del palmo di June mentre dormiva sembrò scottargli gli addominali.

Provò il forte desiderio di afferrarle la mano e strapparla via dalla sua pelle danneggiata, però non voleva svegliarla. Ma più rimaneva sdraiato lì, respirando il profumo dello shampoo dell'hotel dai suoi capelli e con il leggero peso del suo corpo contro di lui, più si rilassava.

Rimase a letto per circa un'altra ora, poi lei iniziò a muoversi un po' mentre si risvegliava: flesse le dita premendo le unghie nella pelle del suo stomaco.

Cal inspirò e chiuse gli occhi.

Non era stato toccato intimamente da ben prima della sua cattura. E a essere sincero, non aveva più voluto essere toccato di nuovo in quel modo. Ma, inspiegabilmente, provò l'impulso di mettere la mano su quella di June e di premerla sulla sua pelle per impedirle di toglierla.

Lei si dimenò di nuovo. «Ehm... forse dovrei...» Si interruppe, sembrando incerta e imbarazzata.

Quando Cal sentì la sua mano iniziare a scivolare via, spalancò gli occhi e fece esattamente ciò che aveva pensato: vi mise la propria sopra e la bloccò. «Resta» le ordinò con dolcezza.

June si fermò e rimasero in silenzio per un paio di minuti, poi gli disse: «Mi dispiace se ti ho fatto sentire a disagio rimanendoti incollata. Se ti sto *ancora* troppo vicina. Io non... non ho... non ho mai dormito con nessuno prima d'ora.»

Cal girò la testa per cercare di guardarla in viso. Era completamente scioccato. Come diavolo faceva quella donna a essere ancora *vergine*? Aveva incontrato solo degli idioti?

Di certo lei notò la sua espressione perché fece un piccolo sbuffo. «No, cioè, *quello* l'ho fatto, ma non ho mai dormito *dormito* con nessuno.»

Quella spiegazione non modificò la sua opinione sugli uomini che aveva conosciuto in passato. «Perché?»

Lei si strinse nelle spalle. «Perché non erano interessati a nient'altro che al sesso? Perché dovevo tornare a casa prima che si accorgessero della mia assenza? Potrei trovare un centinaio di ragioni, ma fondamentalmente... non l'ho mai voluto fare.»

Cal poteva capirlo e rispettava quella scelta. «Non mi hai messo a disagio. Sono stato io a prenderti tra le braccia per primo» ammise. «Sono attratto da te, June. Hai qualcosa a cui non riesco a resistere. E onestamente mi confonde.»

«Anch'io mi sento così» confessò lei contro il suo petto.

A quell'ammissione sembrò che un peso gli venisse tolto dalle spalle, ma nell'istante successivo si depositò di nuovo. Non avrebbe dovuto essere lì. Non avrebbe dovuto essere così sincero. L'ultima cosa che voleva fare era alimentare in lei la speranza che potesse nascere qualcosa tra loro. Non perché non la desiderasse... Dio, la voleva più di quanto avesse voluto una donna di recente. Forse *mai*.

Ma lei poteva avere di meglio. Poteva avere un uomo che non fosse danneggiato come lo era lui, sia nella mente sia nel corpo.

Nonostante quel mantra sempre presente nella sua testa, non riuscì a lasciarla andare. Per la prima volta dopo anni, si sentiva... normale. Come se sotto i vestiti non fosse un ammasso di carne sfregiata. Una sorpresa sgradita per chiunque osasse avvicinarsi. Non era certo il Principe Azzurro; era più simile alla Bestia de *La Bella e la Bestia*. Inadatto a essere visto nella società. Scontroso. Distrutto. Maledetto.

«Dovremmo alzarci, fare colazione e rimetterci in viaggio» disse dopo un attimo, senza però muoversi per lasciare il letto.

«Già» concordò June, ma sembrò rannicchiarsi ancora di più contro il suo fianco.

Le labbra di Cal ebbero un guizzo, ma non si lamentò e si limitò a stringerla un po' di più. Dopo un attimo, la sentì muovere il pollice avanti e indietro sul suo stomaco. Si irrigidì subito, ma poi si costrinse a rilassarsi. Era più un lieve sfioramento che altro. Non lo sentiva molto.

«Sono loro gli stronzi, sai» gli disse sommessamente.

Tutto il suo corpo si irrigidì di nuovo.

«Chiunque provi piacere nel fare del male agli altri non ha un'anima. Non mi interessa se sono nati così o se hanno acquisito le loro convinzioni crescendo. Non ci sono scuse per far soffrire gli altri, per guardarli dall'alto in basso, per togliere loro il libero arbitrio. Non capisco il bisogno di una persona di avere potere su qualcun altro. Di dire loro cosa possono o non possono fare. Di governare un paese e la sua gente con il pugno di ferro. Mi rende triste. Siamo tutti nella stessa barca, cerchiamo di tirare avanti, giorno dopo giorno, per capire quale sia il nostro posto nel mondo.» Sospirò.

«E non capirò *mai* il bisogno di alcune persone di fare del male agli altri per ottenere ciò che vogliono. Mio padre mi ha insegnato che l'unico modo per raggiungere i propri obiettivi è lavorare sodo. Aiutare chi si incontra lungo la strada. Essere gentili. E so che questo è un concetto completamente estraneo a molti. Pensano di dover calpestare gli altri per arrivare in cima. E perché mai, comunque? Sembra che ci sia solo tanto stress e tanta solitudine... persone che mentono e si approfittano di te per ottenere ciò che *vogliono*. Preferisco rimanere nel gradino più basso, felice e contenta, piuttosto che avere a che fare con tutte quelle cose.

Accidenti, dove volevo arrivare? Oh, giusto... quello che ti è successo non è stata colpa tua, Cal. Le tue cicatrici devono far vergognare *loro*, non te. Sono la prova della tua tempra. Il fatto che tu sia qui è una testimonianza della tua forza interiore, della tua tenacia. Fanculo a quello che gli altri pensano di te. I tuoi amici sanno la verità, sanno che hai subito l'odio dei vostri aguzzini per proteggerli.»

Non stava dicendo nulla che i suoi amici, o gli psichiatri da cui era andato, non gli avessero già detto negli ultimi tre anni. Ma in qualche modo, sdraiato lì con lei nella quiete del mattino, e sapendo che non aveva un secondo fine, che era più buona e trasparente di chiunque avesse mai incontrato, le sue parole lo colpirono nel profondo.

Non cancellavano la vergogna, non cambiavano il passato e non gli rendevano più facile guardarsi il corpo... ma alleggerivano un po' il peso che portava dentro l'anima.

«Ti ha dato fastidio che abbia detto quella parola?»

Lui sbatté le palpebre confuso. «Quale parola?»

«Fanculo.»

Ridacchiò. «No, principessa.»

«Non lo sono, sai» disse lei dopo un attimo.

«Cosa?»

«Una principessa. Sono quanto di più lontano ci possa essere da una principessa. E sinceramente, non credo che vorrei mai *esserlo*. Troppa pressione. Sono solo... io.»

Aveva ragione. Non era una principessa. La vita di corte l'avrebbe masticata e sputata. L'avrebbe trasformata in una persona cinica. L'avrebbe resa diffidente e sfiduciata. E Cal non lo voleva.

«Non cambiare» sussurrò. «Sii ciò che sei. La donna che tuo padre ha cresciuto. E fanculo a chiunque non veda che sei perfetta esattamente come sei.»

Lei sollevò la testa e gli sorrise. «Puoi insegnarmi delle parolacce britanniche?»

«Non sono sicuro che dovrei insegnarti delle parolacce» replicò lui con un piccolo sorriso.

«Oh, ma dai. Per favore?»

Non poteva resistere a quella donna. Neanche per un secondo. «Ok, vediamo. C'è *arse*, o *arsehole*, quando devi dare dello stronzo a qualcuno. *Blimey*, che è un termine piuttosto blando, usato come espressione di stupore. *Bloody* è molto comune, reso famoso da Gordon Ramsay che dice sempre "bloody hell".»

Rimase un po' deluso quando June fece scivolare la mano da

sotto la sua e si mise a sedere. Accavallò le gambe e si piegò verso di lui molto interessata. «Che altro?» chiese.

Cal si raddrizzò a sedere e, senza pensarci, le mise una mano sul ginocchio. Quando si rese conto di ciò che aveva fatto, la fissò come se appartenesse a qualcun altro, pensando di doverla spostare. Ma fu il turno di June di posarvi il palmo sopra, tenendolo fermo.

«*Bollocks* significa stronzate, ma è meno volgare, e indica anche i testicoli di un uomo. *Wanker* si dice di una persona detestabile, odiosa, o come verbo può indicare qualcuno che è ubriaco.»

«È specifico per un genere?»

Non riusciva a credere che stessero facendo quella conversazione. «No» rispose con un'alzata di spalle.

«Quindi potrei dire che la mia sorellastra è una *wanker*?» chiese con un sorriso.

Cal ridacchiò. «Certo.»

«Forte. Che altro?»

«*Shite* è una variante di merda, *plonker* è una persona stupida e fastidiosa, *manky* significa indegno o disgustoso. È un modo blando di descriverlo. Un *cock-up* è un errore. E una delle mie preferite è *bugger*. Può essere usata in tanti modi, un po' come gli americani usano la parola *fuck*. Può essere un sostantivo che indica un idiota o un verbo che significa rovinare. Oppure può essere un'espressione di fastidio.»

Gli occhi di June brillarono. «Forte!»

Cal sorrise. «Tuo padre probabilmente si starà rivoltando nella tomba sapendo che ti sto insegnando tutte queste cose» mormorò.

«In realtà sarebbe entusiasta quanto me. Era meraviglioso. Divertente e sarcastico, ma anche affettuoso e tenero.» Sospirò. «Penso sia per quello che è finito con Elaine. Probabilmente lei gli ha raccontato una storia strappalacrime sull'essere una madre single e lui ci è cascato in pieno.»

«Com'è morto?» le chiese con dolcezza, stringendole leggermente il ginocchio.

June abbassò la testa. «Di infarto. Per me non ha avuto senso, era piuttosto sano. Aveva qualche chilo di troppo perché amava mangiare, ma andava dal medico ogni anno, non aveva la pressione alta o altro e faceva esercizio fisico regolarmente. Non l'ho capito allora e non lo capisco adesso. Un giorno era lì e quello successivo era in ospedale a morire.»

A Cal si rizzarono i peli sulla nuca e gli si rivoltò lo stomaco. Non conosceva June da molto tempo, né le altre due, ma se ciò che diceva era vero, se suo padre era sano, c'era qualcosa di incredibilmente sospetto. «Cosa ha detto l'autopsia?»

June lo guardò accigliata. «Niente. Non l'hanno fatta. Elaine non voleva profanare il suo corpo.»

Il sesto senso che gli aveva salvato la vita più di una volta ora stava urlando. Si ripromise di fare delle indagini, o almeno di chiamare uno o due amici con più potere di lui per esaminare la situazione, e cambiò argomento. «Hai fame?»

Lei gli fece un piccolo sorriso. «Qualcosa mangerei.»

«Ok. Ma un'ultima cosa» disse, prima che lei potesse muoversi.

«Sì?»

«Saresti una principessa straordinaria. Una che qualsiasi nazione sarebbe onorata di avere. Innanzitutto, avresti a cuore il tuo popolo. Metteresti il loro benessere al di sopra di tutto. Combatteresti per loro quando necessario ed esulteresti se facessero grandi cose. Saresti il tipo di principessa a cui verrebbero erette statue in suo onore, e ti guadagneresti la profonda e costante lealtà del tuo popolo. E riusciresti a fare tutto semplicemente essendo te stessa. Il mondo sarebbe un posto migliore se ci fossero principesse come te.»

Cal di solito non era molto bravo con le parole. Era abituato a tenere a freno la lingua, lasciando che la sua famiglia parlasse per lui. E anche se non gli piacevano le lacrime che erano spuntate negli occhi di June con quel piccolo discorso, non si pentiva di ciò che aveva detto. Ogni parola era arrivata dal cuore.

«Vai, usa il bagno per prima. Intanto io controllo le mail, avviso i miei amici che arriveremo più tardi, e sento April per vedere se ha avuto fortuna nel trovarti un posto dove vivere.»

«Ok.»

Con sua grande sorpresa, lei si chinò e gli baciò prima una guancia e poi l'altra.

Gli ci volle ogni grammo di forza di volontà per non afferrarle il collo e attirarla a sé quando lei si scostò.

«L'ho fatto bene?» chiese timidamente. «Sai, la cosa del bacio?»

Cal si lasciò quasi sfuggire che no, aveva mancato le labbra. Invece si costrinse ad annuire. «Sì.» Non aveva intenzione di dirle che la maggior parte delle persone non appoggiava le labbra su nessuno. Baciavano praticamente l'aria quando salutavano gli altri in modo formale.

Aveva la pelle del corpo deturpata e tante terminazioni nervose danneggiate, ma il viso era guarito da tempo dagli abusi subiti... e il calore delle sue labbra persistette.

«Non ci metterò troppo» gli disse con un altro piccolo sorriso, voltandosi per scendere dal letto. Sparì in bagno dopo aver preso un cambio di vestiti dalla valigia, e solo allora Cal osò respirare di nuovo.

La conosceva da pochi giorni ed era già la cosa migliore che gli fosse mai capitata. Non sapeva cosa le riservasse il futuro, ma lui avrebbe apprezzato ogni minuto che avrebbe potuto passare con lei finché non avesse deciso che Newton era troppo piccola. Troppo remota. Che voleva voltare pagina, fare grandi cose nella vita da qualche altra parte. Non dubitava che avrebbe realizzato il suo potenziale al più presto, ora che non era più sotto il controllo della matrigna e della sorellastra.

Pensare a Elaine lo fece incupire. Sapeva che era astuta, ma dopo aver scoperto come era morto il padre di June, temeva che la sua depravazione fosse più profonda di quanto avesse sospettato.

Non aveva familiarità con gli omicidi... quel poco che aveva imparato lo aveva appreso guardando qualche programma poliziesco. Doveva chiamare qualcuno che sapesse come comportarsi con quei casi, per vedere se un'indagine potesse essere giustificata. Se non altro, dover rispondere alle domande sulla morte del marito avrebbe potuto distogliere l'attenzione di Elaine dal fatto che la figliastra se n'era andata senza dire una parola... con l'uomo che sperava avrebbe sposato la sua vera figlia.

Pensare a quelle due gli lasciava l'amaro in bocca, e si rifiutò di rovinare una giornata perfetta preoccupandosi di loro. Prese il telefono da sopra il comodino. Doveva parlare con JJ, assicurarsi che alla Jack's Lumber non ci fossero problemi, mandare una mail a Chappy per avere i dettagli sul suo matrimonio e chiedere a Bob qualche idea regalo per la coppia felice.

La cerimonia sarebbe stata una delle rarissime occasioni per Cal di fare qualcosa di eclatante. Dio solo sapeva che i suoi amici si erano rifiutati di usare i suoi soldi per far decollare l'attività o per comprare l'attrezzatura che serviva. Sì, aveva contribuito con una discreta parte, ma JJ aveva insistito per ottenere un prestito e non lasciargli finanziare l'intera operazione.

Ma Chappy non avrebbe potuto rifiutare una ricca donazione fatta a favore della *moglie*. Sapeva che qualsiasi cosa potesse rendere più facile la vita di Carlise sarebbe stata accettata senza troppe lamentele.

Cal doveva molto ai suoi amici. Non aveva dubbi che senza di loro ora non sarebbe stato lì. Mentre erano prigionieri, lo avevano mantenuto sano di mente e in grado di lottare per la vita. Si sarebbe arreso se non ci fossero stati loro, se ciò non avesse fatto sì che gli aguzzini non usassero i coltelli sui suoi amici. Avrebbe dato la vita per loro e sapeva che loro avrebbero fatto altrettanto per lui.

Odiava quello che era successo, odiava il modo in cui si sentiva ora, ma non avrebbe cambiato nulla perché ciò aveva impedito che i suoi amici venissero feriti al suo posto.

Cal fece una pausa mentre leggeva le mail, sorridendo al rumore dell'acqua che scorreva in bagno. June aveva ammesso di non aver mai condiviso il letto con un uomo, e lui non aveva mai condiviso una stanza d'albergo con una donna. Era una cosa intima... ma farlo con lei non gli dispiaceva affatto.

La parte migliore della giornata era avere altre quattro ore, o forse più, da passare da solo con June mentre proseguivano verso nord. Non aveva idea di cosa avrebbero parlato, ma sapeva che non si sarebbe annoiato. Era ansioso di saperne di più su di lei, ma prima avrebbero fatto colazione e il check-out.

Si sarebbe preoccupato più tardi di ciò che sarebbe successo una volta raggiunta Newton.

CAPITOLO OTTO

JUNE ERA CONTENTA che l'impiegata avesse indicato loro l'ora migliore per andare a fare colazione, perché nonostante nella sala ci fossero ancora molte persone, riuscirono a trovare un tavolo lontano dal resto degli ospiti. Il cibo non era niente di speciale, ma le sarebbe bastato per tirare avanti fino a quando non si fossero fermati a pranzo lungo la strada per il Maine.

Vedeva il viaggio come una grande avventura, una di quelle che non aveva mai pensato di poter sperimentare. Meglio ancora, non aveva dovuto spendere neanche un centesimo di ciò che aveva faticosamente risparmiato. Si sentiva in colpa per il fatto che Cal avesse pagato l'hotel, ed era uno dei motivi per cui non aveva rifiutato di condividere la stanza. Però la confortava pensare che avrebbe speso quei soldi anche se avesse viaggiato da solo.

Ma la ragione più importante per cui aveva accettato, era stata per passare più tempo con lui.

Cal era diverso da tutti gli uomini che aveva conosciuto. Era protettivo e un maschio alfa, ma allo stesso tempo poteva dire che non si sentiva a suo agio con le persone. Era un principe, avrebbe dovuto essere abituato a stare in mezzo a un sacco di gente, ma chiaramente non era così. Forse a causa di ciò che aveva subito quando era stato tenuto prigioniero.

Era anche paziente e attento e non si seccava quando la gente gli tagliava la strada o lo superava in fila al buffet della colazione. Non si prendeva troppo sul serio, e sebbene fosse certa che se la situazione lo avesse richiesto avrebbe potuto trasformarsi nel reale che era stato educato a essere, non lo aveva ancora visto essere scortese o irrispettoso con nessuno.

Se fosse stato altezzoso o maleducato con gli altri, June non lo avrebbe apprezzato così tanto. E gli piaceva moltissimo. Anche troppo.

A prescindere da ciò che Cal diceva, lei *non* avrebbe mai potuto essere una principessa. Certo, probabilmente si sarebbe ripetuta il suo discorso nella testa quando avrebbe avuto bisogno di un'iniezione di fiducia, ma alla fine erano solo parole. Era sicura che se lui l'avesse portata a farle conoscere i suoi genitori, loro lo avrebbero capito. Avrebbero detto al figlio, senza mezzi termini, che non sarebbe stata all'altezza della loro famiglia privilegiata.

E il pensiero di essere presentata al re e alla regina del Liechtenstein le faceva venire voglia di vomitare.

No, lei e Cal venivano da mondi molto diversi e prima se lo fosse messo in testa, meglio sarebbe stato. Apprezzava il suo aiuto, ma aveva la sensazione che non appena fossero arrivati nel Maine e lui fosse tornato alla sua routine, si sarebbe chiesto a cosa stesse pensando quando l'aveva salvata da quella brutta situazione, permettendole di entrare nella sua vita.

Nel frattempo, però, si sarebbe goduta l'inatteso cambiamento finché avesse potuto. A cominciare dal porridge un po' liquido, le uova tiepide e le frittelle di patate mollicce che aveva davanti. Era una colazione piuttosto scadente, ma anche cibo che non aveva dovuto comprare o preparare lei, quindi lo apprezzava molto.

«Non è il massimo» disse Cal leggendole nella mente, e

facendo una smorfia dopo aver bevuto un sorso del caffè che aveva preso da una grande caraffa nell'angolo della sala.

June non poté fare a meno di ridacchiare. «Dovresti vedere la tua faccia.»

Lui fece un sorriso ironico. «Non posso farci niente. Mi sono abituato alle fantastiche colazioni britanniche delle due mattine che ho trascorso a Washington. Anche se devo dire che la compagnia qui è altrettanto buona.»

Si sentì arrossire. Che uomo. Sapeva sempre dire la cosa giusta. Se fosse stata più navigata, avrebbe potuto pensare che stesse flirtando con lei.

«Bah» mormorò Cal, dopo aver bevuto un altro sorso. «Non posso bere questa roba. Mi manca il tuo tè alla menta. Lo butto via e vado a prendere un succo di frutta. Vuoi qualcosa già che ci sono?»

«No, sono a posto» rispose, contenta che avesse gradito il tè che gli aveva preparato.

Lo guardò alzarsi e dirigersi verso il bidone della spazzatura in fondo alla sala. Vide gli sguardi di più di una donna seguirlo, e fece un piccolo sorriso quando lui sembrò non accorgersene. Quell'uomo era la persona più attraente e inconsapevole che avesse mai incontrato... o forse lei era solo abituata al fatto che Carla si pavoneggiava ovunque andasse, e si *aspettava* di essere fissata.

June aveva la sensazione che se Cal avesse saputo quante attenzioni si era guadagnato, non perché era il principe Redmon, ma perché era un uomo di bell'aspetto, ne sarebbe rimasto sconvolto. Faceva del suo meglio per mimetizzarsi con l'ambiente circostante, ma era impossibile. Anche se non fosse stato un principe, avrebbe conquistato rispetto e attenzione ovunque fosse andato.

Un movimento sulla sinistra attirò la sua attenzione. Un uomo anziano era seduto da solo e cercava di mangiare, ma la sua mano tremava così tanto che aveva fatto cadere la forchetta sul pavimento. Lo vide fissare la posata per un attimo, per poi sospirare e spingere via il piatto ancora pieno.

June si mosse senza nemmeno rendersene conto. Prese il set di posate in più dal loro tavolo – Cal le glielo aveva portato non sapendo che lei lo aveva già preso – e si avvicinò a quello dell'uomo. Tirò fuori una sedia e si accomodò, dicendo: «Salve! Sono June.»

Lui alzò lo sguardo sorpreso, ma le fece un piccolo sorriso. «Edgar.»

Senza tanto clamore, June scartò le posate di plastica e iniziò a parlare. «Vengo da Washington. Sono qui con il mio amico, che è laggiù a prendere un succo di frutta perché, anche se lo vorrebbe, è uno snob quando si tratta di tè.» Sussurrò l'ultima parte, come se stesse svelando un segreto di stato.

Il vecchio ridacchiò. «Non posso biasimarlo. Anch'io ho un debole per una tazza di tè caldo.»

«È qui da solo?»

«Sì» rispose sommessamente.

«Cosa la porta da queste parti?» gli chiese, avvicinando il piatto all'uomo e prendendo una cucchiaiata di uova prima di dargli la posata. Gli tenne la mano con la propria e lui la fissò con incredulità mista a quello che si augurava fosse sollievo, non irritazione.

Trattenne il respiro, sperando che fosse la cosa giusta da fare. Non voleva essere scortese o invadente, ma non poteva rimanere seduta al tavolo accanto e guardare qualcuno soffrire la fame a causa di una disabilità fisica.

Alla fine, l'uomo si portò il cucchiaio verso la bocca. Gli tenne la mano ferma mentre lui vi avvolgeva le labbra intorno.

«Sto andando a trovare la famiglia di mia moglie. È morta la settimana scorsa» rispose Edgar con tristezza.

«Oh, mi dispiace tanto» replicò June con dolcezza, aiutandolo a raccogliere un altro boccone di uova. «Eravate sposati da molto tempo?»

«Sessantuno anni» rispose con orgoglio. «Era l'amore della mia vita. Non so cosa farò senza di lei.»

«Oh, *è* davvero tanto.» Continuò ad assisterlo. Sembrava fosse perso nei suoi ricordi, a malapena consapevole che stava ancora mangiando. «Deve mancarle molto.»

Edgar alzò gli occhi e incontrò il suo sguardo. «Mi ha sempre aiutato a mangiare... proprio come stai facendo tu.»

Gli rivolse un tenero sorriso.

«Tutto bene?» chiese Cal.

June sentì la sua mano sulla spalla e inclinò la testa per guardarlo. «Ciao, Cal. È tutto perfetto. Lui è Edgar. È il mio nuovo amico.»

«Piacere di conoscerla» disse, dandole una stretta alla spalla. «Posso unirmi a voi?»

Edgar gli fece cenno di sedersi di fronte a lui.

Con suo grande sollievo, non le chiese cosa stesse facendo. Tornò semplicemente all'altro tavolo, prese il caffè che June stava bevendo prima, gettò via i piatti vuoti e si unì a loro.

Mentre lei aiutava il suo nuovo amico a mangiare, i due uomini intrapresero una conversazione sull'esercito. Scoprirono che Edgar era un veterano e che lui e Cal avevano molto di cui parlare. June pensò che l'anziano non si fosse nemmeno accorto di aver finito la colazione. Si alzò per andare a prendergli una tazza di caffè caldo, stando attenta a non riempirla troppo in modo che non se lo rovesciasse nelle mani tremanti, e quando tornò i due stavano ancora chiacchierando.

Si sedette, appoggiò un gomito sul tavolo e il mento sulla mano, e li ascoltò con un piccolo sorriso sul volto. Dopo un po', Edgar la guardò.

«Scusa, devi esserti annoiata a morte.»

«Per niente» protestò. «Sono affascinata.»

«Da quanto tempo siete sposati?» chiese l'uomo.

June si raddrizzò e guardò Cal imbarazzata.

Lui non perse un colpo. Le prese la mano, se la portò alla

bocca, ne baciò il dorso e disse: «Sembra che sia passata un'eternità e allo stesso tempo che ci siamo incontrati solo ieri.»

Le si infiammarono le guance, ma non riuscì a distogliere lo sguardo dal suo. Il cuore le batteva forte nel petto e aveva le farfalle nella pancia.

Edgar ridacchiò. «È così che mi sentivo con la mia Betty.»

June tornò a guardare l'anziano, ma era ben consapevole che Cal non aveva lasciato la sua mano. Non era sicura di cosa stesse accadendo in quel momento, solo che le sembrava... giusto.

I tre parlarono per altri dieci minuti circa, poi Edgar guardò l'orologio e dichiarò che doveva ripartire. Si alzarono tutti e Cal portò i piatti nei cestini.

«Grazie» le disse l'uomo in tono solenne. «Non eri obbligata ad aiutarmi.»

«Certo che dovevo» ribatté. «Ed è stato un piacere. Mi ha rallegrato la giornata e spero che quando arriverà a destinazione si terrà in contatto con noi.»

«Mi piacerebbe» replicò lui in tono roco.

Cal tornò e le mise una mano sulla parte bassa della schiena. Le sembrò un marchio sulla pelle e si appoggiò un po' a lui furtivamente.

I due uomini si strinsero la mano.

«Non sei come mi aspettavo» affermò Edgar serio.

«Mi ha riconosciuto?» chiese Cal, chiaramente sorpreso.

Lui annuì. «Dal momento in cui ti ho visto dall'altra parte della stanza.» Indicò June con la testa. «È una ragazza d'oro. Non fartela scappare.»

Cal annuì. «Sicuramente una su un milione» concordò.

«Guiderà fino a dove è diretto?» chiese June titubante. Non riusciva a immaginarlo al volante di un veicolo, considerando che aveva dovuto aiutarlo a mangiare.

«Dio, no» rispose. «Mio genero mi raggiungerà qui tra circa dieci minuti. Arriva in auto da Hartford. Mi ha accompagnato qui mia figlia ieri sera.»

«Ok, allora» disse, sentendosi triste per il fatto di doverlo lasciare.

«Starò bene, bambina. Ma apprezzo la tua preoccupazione. La maggior parte delle persone non mi avrebbe nemmeno degnato di uno sguardo.»

«Be', peggio per loro» replicò con fermezza.

«Grazie ancora. Mi terrò in contatto.» Si infilò in tasca il biglietto da visita che Cal gli aveva passato poco prima, poi si girò e zoppicò verso il corridoio che portava all'entrata.

«Sei pronta a partire?» le chiese Cal in un tono che non riuscì a interpretare.

Lei annuì.

Tornarono in camera, raccolsero le loro cose e June aspettò pazientemente che lui facesse il check-out. La prese per il gomito con la sua grande mano e la condusse al parcheggio. Sistemarono le valigie, poi la accompagnò sul lato del passeggero del lussuoso SUV. Aprì la portiera e quando lei fu sul punto di salire, la fermò.

Lo guardò, accigliandosi quando rimase a fissarla senza dire nulla.

«Che c'è? Ho qualcosa sulla faccia?» chiese a disagio.

Cal scosse la testa e le sfiorò la guancia con la mano. «Più ti conosco, June Rose, più ne sono affascinato.»

Lei scosse la testa, anche se non sapeva bene perché.

«Sei stata fantastica con lui» disse.

«Con Edgar?» Scrollò le spalle. «Aveva bisogno di aiuto.»

«Aveva ragione, sai. Nessuno in quella sala l'ha degnato di uno sguardo. Tranne te. E non solo l'hai visto, ma hai capito che aveva bisogno di aiuto e hai agito di conseguenza. E sembrava davvero che ti piacesse la sua compagnia.»

«Perché non avrebbe dovuto?» chiese un po' sulla difensiva. «È anziano, non malato.»

«Ti piacciono gli anziani?»

June aggrottò la fronte, confusa. «Sì, perché?»

«Non lo so. Alcune persone si sentono a disagio con loro.»

«Be', è una sciocchezza. Sono solo persone. E come hai scoperto oggi, molti hanno storie e vissuti affascinanti da condividere, se solo ci fermassimo abbastanza a lungo per ascoltare. Penso che tutti noi potremmo imparare molto dalla vecchia generazione, ma la maggior parte delle volte siamo troppo indaffarati ad avere la faccia incollata ai cellulari e ad altri dispositivi elettronici, troppo occupati a fare un sacco di cose per fermarci a parlare con loro.»

«Sono d'accordo» disse Cal, sfiorandole con il pollice il labbro inferiore.

«Perché non gli hai detto che non stavamo... *insieme?*» sbottò.

Non sembrò turbato dalla sua domanda. «In quel momento non mi è sembrato giusto.»

Quella risposta non chiariva nulla, ma lo conosceva già abbastanza da capire che se non voleva dare spiegazioni, non sarebbe riuscita in nessun modo a convincerlo ad approfondire.

June inspirò profondamente. Avrebbe potuto rimanere lì per sempre, a fissare Cal, a sentire il suo profumo pulito, a memorizzare il suo viso, a cercare di capirlo. Ma non era logico. Avevano dei posti in cui andare, delle cose da fare. «Partiamo?» sussurrò.

«Sì» rispose, ma non si allontanò da lei.

Gli fece un piccolo sorriso. «Non credo che tu possa guidare dal punto in cui ti trovi.»

Le sorrise. «Probabilmente no.» Poi, lentamente, si chinò. Le diede il tempo di protestare, di allontanarsi, di chiedergli cosa diavolo stesse facendo.

Ma June non aveva intenzione di fare niente di tutto ciò. Sapeva che qualsiasi cosa stesse accadendo in quel momento non poteva durare. Si sarebbe stufato di lei molto presto. Non era una modella come Carla e nemmeno la persona più interessante del mondo. Non aveva mai lasciato Washington, non aveva mai mangiato una colazione sgradevole in un hotel. E dipendeva quasi completamente da lui.

Non aveva dubbi che l'avrebbe aiutata a sistemarsi, era

troppo un uomo d'onore per non farlo, ma poi avrebbe capito che ciò che stava nascendo tra loro era un'anomalia e sarebbe tornato alla sua vita.

Ma ora era *lì*. Così vicino che poteva sentire il calore del suo corpo, e si stava chinando sempre di più con un luccichio negli occhi che era sicura assomigliava allo sguardo che aveva lei. June sollevò leggermente il mento e fu ricompensata dalla stretta delle sue dita quando le loro labbra si incontrarono.

All'inizio fu un tocco leggero e fugace... veloce, quasi incerto.

Non riuscì a trattenersi dal mettergli le mani sul petto facendo un piccolo gemito.

Poi la sua bocca fu di nuovo su di lei e, a differenza dell'altro bacio, si mosse con una sicurezza che le tolse il fiato. Se fosse stata una donna più romantica, l'avrebbe definito una rivendicazione.

Le tracciò le labbra con la lingua e lei le aprì con entusiasmo. Aveva un sapore dolce, come il succo che aveva bevuto a colazione. Si sentì stordita e destabilizzata mentre le loro lingue si accarezzavano a vicenda, e piantò le dita nella stoffa della sua camicia facendo il possibile per rimanere in piedi. Ma Cal non l'avrebbe lasciata cadere. Le circondò la vita con l'altra mano e la avvicinò, tenendola contro di sé e allo stesso tempo piegando un po' la testa per approfondire il bacio.

June non si era mai sentita così. Come se volesse divorare ed *essere* divorata. Il bacio fu appassionato ma non spinto. Non cercò di forzarle la lingua in gola. Non le rigirò la testa di qua e di là, ma si mosse con naturalezza mentre si esploravano a vicenda.

Molto prima che lei fosse pronta, lui si scostò, ma non andò lontano. Appoggiò la fronte contro la sua, mentre cercava di far rallentare il respiro e recuperare la compostezza. Si sentì sollevata di non essere stata l'unica a rimanere colpita da quel bacio.

«Non avrei dovuto farlo» disse lui dopo un lungo momento.

Ogni muscolo del corpo di June si irrigidì. Si era pentito di averla baciata?

Dio, che umiliazione. Cercò di allontanarsi, di mettere un po' di spazio tra loro, ma la stretta di Cal si fece più forte mentre sollevava la testa per fissarla.

«Non avrei dovuto farlo... ma non ho mai ricevuto un regalo più bello. Sei straordinaria, June. Sei la persona più generosa che abbia mai conosciuto. Mi hai completamente scombussolato dopo appena qualche giorno, e non so se dovrei essere spaventato a morte o se dovrei legarti, gettarti nel vano di carico della mia Rolls e portarti di nascosto in una baita abbandonata per tenerti tutta per me fino alla fine dei miei giorni.»

Rimase così sorpresa che scoppiò a ridere. «Ti annoieresti a morte in men che non si dica» gli assicurò, poi si leccò le labbra, adorando sentire ancora il suo sapore.

Cal fissò lo sguardo sulla sua bocca e inspirò profondamente. «Ne dubito seriamente. Stai bene?»

Lo guardò confusa. «Perché non dovrei?»

Lui scrollò le spalle. «Volevo solo essere sicuro che non ti fossi pentita di essere venuta con me. Sei al sicuro, non ho intenzione di costringerti a fare qualcosa. Ho solo... perso la testa per un momento.»

June si accigliò. Sembrava che il loro bacio sarebbe stato un evento isolato. Che ora lui avesse il controllo di sé e che le stesse dicendo che non sarebbe successo di nuovo.

Fu pervasa da un senso di delusione, ma gli fece una lieve carezza sul petto e cercò di sorridere. «Non preoccuparti. Mi fido di te.»

«Grazie, principessa. Andiamo?»

Annuì, rabbrividendo leggermente quando lui tolse le mani dal suo corpo per permetterle di salire in macchina. Cal chiuse la portiera, e lei fece un respiro profondo cercando di controllare le emozioni mentre lo guardava camminare intorno all'auto.

Lo desiderava. Più di quanto avesse mai desiderato qualcosa in vita sua. Avrebbe persino accettato di tornare a Washington e di essere un peso, non pagato e non apprezzato, nella vita della sua matrigna, se ciò avesse significato poter passare una notte con l'uomo che si era appena seduto accanto a lei al posto di guida.

E non perché fosse un principe.

Non perché fosse ricco.

Non perché guidava un'auto che costava più delle case di molte persone.

Ma perché lui era Cal. Era l'uomo che si era preso del tempo per parlare con un anziano appena conosciuto. Che aveva abbracciato una donna per tutta la notte senza cercare di avere un rapporto sessuale. Che era riuscito a vedere la verità dietro alle bugie di Carla ed Elaine.

E perché l'aveva eccitata con un semplice bacio più di quanto altri erano riusciti a fare con il sesso.

«Si parte» disse con leggerezza mentre avviava il motore. June rivolse la sua attenzione al navigatore. Il giorno prima se ne era occupata lei, dicendogli dove si trovavano le aree di sosta e quando si avvicinavano a zone trafficate. Inserì l'indirizzo di Newton che le diede. La voce elettronica femminile dell'applicazione, che parlava un inglese britannico e che riusciva a suonare raffinata anziché robotica, li informò che per arrivare alla loro destinazione mancavano tre ore e quarantatré minuti.

Rimasero in silenzio per un po', finché non entrarono in autostrada, poi Cal mise la mano sul bracciolo tra loro con il palmo girato verso l'alto.

June la guardò, guardò lui e poi di nuovo il palmo. Combatté tra sé e sé per due secondi, poi sospirò e mise la mano nella sua.

Lui gliela strinse ma non disse una parola.

Viaggiarono verso nord così, mano nella mano, e June fece il possibile per convincersi che non si stava innamorando di quell'uomo. Non poteva, era troppo presto e lo conosceva appena. Inoltre, lei era una donna troppo insignificante, mentre lui era troppo... tutto.

Ma per quanto cercasse di lottare contro se stessa, una parte di lei sapeva nel profondo che era troppo tardi. Si era già innamorata. Perdutamente.

Chiuse gli occhi e appoggiò la testa sullo schienale del sedile. Non aveva idea di cosa le avrebbe riservato il futuro, ma era determinata a godersi tutto il tempo possibile con lui... perché prima o poi se ne sarebbe andato e lei si sarebbe ritrovata di nuovo sola. Fino ad allora, avrebbe fatto tesoro di ogni minuto delle attenzioni che le prestava e si ripromise di non fare scenate quando lui avrebbe messo distanza tra loro. June era ciò che era... Cal era *ciò* che era. E *quello* era quanto di più distante potessero essere due persone.

Mettendo a tacere la parte fastidiosa di lei che era determinata a lottare per ottenere ciò che voleva, che cercava di convincerla di essere degna di lui come chiunque altra, sicuramente più di quanto lo sarebbe stata la sua sorellastra, June rivolse i suoi pensieri altrove. Cosa avrebbe fatto una volta arrivata nel Maine? Come avrebbe potuto guadagnarsi da vivere? Avrebbe fatto di tutto per non dover tornare a Washington. Per non ricadere sotto il controllo di Elaine.

Riuscirci o meno sarebbe dipeso dalla sua capacità di cavarsela da sola, ed era esattamente ciò che avrebbe fatto.

CAPITOLO NOVE

Più si avvicinavano a Newton, più Cal si sentiva di malumore.

Gli era piaciuto stare da solo con June. Era egoista e non voleva condividerla con nessun altro. Di sicuro i suoi amici avrebbero voluto sapere tutto di lei, e April avrebbe voluto assicurarsi che lei non avesse secondi fini; era come una mamma orsa protettiva quando si trattava dei "suoi ragazzi". E Carlise avrebbe voluto essere la sua nuova migliore amica.

Tutte cose positive, ma Cal avrebbe preferito chiudere June in una bolla e tenerla per sé. Non aveva senso. Era davvero ridicolo. Eppure, non riusciva a liberarsi di quel pensiero.

Quando entrò in città, quel sentimento si fece sempre più forte, più urgente. Gli ci volle tutta la sua forza di volontà per non dirigersi a casa sua, trascinarla dentro e chiudersi la porta alle spalle.

Ma June era seduta dritta e si guardava intorno a occhi spalancati ed eccitati, e l'ultima cosa che voleva fare era smorzare quell'entusiasmo.

Per lui Newton non era molto eccitante, ma era casa sua. Era una tipica cittadina americana, un luogo in cui ora si sentiva abbastanza a suo agio da essere se stesso. Lì nessuno lo trattava come il principe Redmon. Per la gente del posto era un dipendente della Jack's Lumber che andava in aiuto quando un albero cadeva su una strada, su una casa o sulla proprietà di qualcuno. Si arrampicava sugli alberi per salvare gattini e bambini che erano andati un po' troppo in alto per riuscire a scendere in sicurezza senza assistenza. Non era nato e cresciuto lì, ma lo trattavano come uno di loro.

Le indicò i vari edifici e le attività commerciali che pensava prima o poi sarebbe stata interessata a visitare. Granny's Burgers, il piccolo negozio di alimentari, quello di ferramenta e l'unico centro estetico della città. June annuì per ciascuna indicazione, e pensò che stesse memorizzando dove si trovava ogni cosa, in modo da non doverlo chiedere in futuro.

Aveva capito che non era molto propensa a chiedere aiuto. Avrebbe dovuto stare attento a... no. Cal scosse la testa. Non era compito suo. Lei avrebbe trovato qualcun altro che l'avrebbe protetta e si sarebbe assicurato che non cercasse di gestire tutto da sola.

«La stanza libera che ha trovato April non è molto lontana da qui» si costrinse a dire. Il suo tono fu un po' brusco, ma non credeva che June se ne fosse accorta. Era troppo impegnata ad ammirare il panorama.

Era primo pomeriggio e c'era il sole, anche se non era esattamente caldo. La primavera arrivava tardi in quella parte del Maine, e Cal non vedeva l'ora di essere di nuovo impegnato con il lavoro sugli alberi e a fare da guida agli escursionisti sul sentiero degli Appalachi. Almeno avrebbe avuto qualcosa da fare oltre a ossessionarsi per la donna accanto a lui.

«Sei sicuro che abbiano detto che non serviva alcuna caparra?» chiese June preoccupata. «Mi sembra strano.»

«Se l'ha detto April, è così.» Quando si erano fermati a fare benzina, aveva trovato una mail della loro assistente con l'indirizzo del posto e i dettagli di base del contratto di locazione.

«Ok. Ho abbastanza soldi per pagare circa tre mesi di affitto, se il costo che ha menzionato è corretto, ma non molto di più. Cercherò subito un lavoro.»

Dovette sforzarsi per non dire che avrebbe pagato lui, che non avrebbe dovuto preoccuparsi. June era orgogliosa, e lo capiva, ma non avrebbe mai permesso che lei soffrisse la fame o rimanesse senza casa se non fosse riuscita a trovare un lavoro.

«Si sistemerà tutto» replicò, rimanendo concentrato sull'ambiente circostante. Non era mai stato in quella zona di Newton, quindi non sapeva dove stava andando. Il navigatore gli diede le indicazioni e quando annunciò che erano arrivati a destinazione, Cal si accigliò.

Non poteva essere giusto. Non poteva essere lì la stanza che April aveva trovato per June.

Avevano parcheggiato davanti a una casa che aveva visto giorni migliori. Al portico mancavano un paio di assi, c'era un'auto arrugginita nel cortile davanti e l'edificio aveva un gran bisogno di essere ridipinto.

«Oh... è... carino» disse lei dopo una pausa significativa.

Non lo era. Era un disastro. June, comportandosi come il suo solito, stava semplicemente cercando di rimanere positiva.

«Sono sicura che all'interno è a posto.»

Non si trattava di un condominio, era una casa di cui il proprietario affittava una stanza. Cal era a conoscenza che gli appartamenti in affitto in una città così piccola erano rari, e i pochi condomini di solito erano tutti occupati. Sapeva che quella stanza aveva un bagno annesso e un'entrata separata, dato che si trovava nel seminterrato. Quando aveva chiesto della cucina, gli era stato risposto che c'era una piastra elettrica e un mini frigorifero. Non era l'ideale, ma aveva accettato di dare un'occhiata al posto.

Ma ora, dopo aver visto la casa di persona, sapeva esattamente dove avrebbe portato June.

Senza dire una parola, inserì la retromarcia e uscì dal vialetto, che aveva dei solchi profondi.

«Cal?» chiese June.

Lui non rispose, si limitò ad allontanarsi da quel posto.

«Dove stai andando? Fermati!»

«Tu non vivrai lì» disse con fermezza.

«So che l'esterno ha bisogno di qualche lavoro, ma sono sicura che la stanza è perfettamente adeguata. Se non altro, sarà *mia*. Non dovrò essere a disposizione di nessuno. Potrò fare quello che voglio, quando voglio...»

«Puoi farlo anche dove ti porterò io» replicò con la massima calma possibile.

Stava commettendo un errore. Lo sapeva. Più tempo avrebbe passato vicino a quella donna, più sarebbe stato difficile allontanarsi. Ma non le avrebbe permesso di vivere in un posto che non sembrava sicuro. Dove *lei* non era al sicuro.

Forse non si stava comportando in modo corretto; dopotutto non aveva visto la stanza e non aveva conosciuto il padrone di casa, ma non poteva lasciarla in quella topaia. Non poteva proprio.

«C'è un'altra stanza? April ti ha mandato altri posti da controllare?»

«Sì» mentì, senza provare il minimo rimorso. Doveva scambiare due paroline con April, ma poteva aspettare. Certo, le aveva dato solo un giorno di preavviso per trovare qualcosa, ma non riusciva a capire come potesse aver pensato che quel posto fosse adatto. Immaginava che non l'avesse visto di persona... ma non era da lei. Di solito era molto scrupolosa.

«Ok» disse June sommessamente.

Cal non ci mise molto ad arrivare a destinazione. Entrò nel lungo vialetto e la guardò.

Lei stava fissando la casa a occhi spalancati. «Porca miseria, Cal. È stupenda! Non può essere il posto giusto. Non posso permettermi di vivere qui.»

Fu pervaso da un senso di soddisfazione e dal sollievo per il fatto che le piacesse l'aspetto della casa. Era il suo orgoglio e la sua gioia. L'aveva comprata appena si era trasferito a Newton e aveva fatto un sacco di lavori per trasformarla in quello che era adesso. In quel primo anno aveva trascorso ogni momento libero della giornata a sistemarla. Il risultato ottenuto da ore di video illustrativi online e di tanto sangue, sudore e lacrime, era un posto che era orgoglioso di chiamare casa.

«Puoi farlo» le assicurò, mentre fermava la Rolls.

June scese dal SUV continuando a fissare la villetta sbalordita. Sotto il portico, che correva lungo tutti i lati, di solito c'era un dondolo, ma d'inverno lo teneva in garage. C'erano però un paio di sedie, e persino una ghirlanda sulla porta d'ingresso che April aveva preso per lui.

La casa a due piani sembrava uscita direttamente da una rivista di architettura. L'aveva comprata anche per quello. Aveva amato il vecchio stile della facciata esterna di legno, anche se la manutenzione era una rogna nel rigido clima del Maine.

All'interno aveva un open space, soffitti alti, una cucina degna di uno chef, modanature elaborate e pavimenti in legno di betulla gialla. C'erano due caminetti, uno nella camera da letto principale e un altro nel salone.

«Vieni, ti faccio fare il giro.»

«Aspetta... cosa?» chiese June, che alla fine aveva intuito.

Ma non le diede la possibilità di tirarsi indietro. Le prese la mano, ignorando quanto gli sembrasse giusto, e la trascinò verso l'ingresso.

«Di solito uso la porta sul retro, perché è più vicina al garage, ma ho pensato che ti saresti goduta al massimo il tour partendo dall'ingresso principale.»

«Aspetta, Cal, *tu* vivi qui?»

«Sì.»

«E affitti le stanze?» insistette.

«No, di solito no. Ma a quanto pare adesso lo faccio.»

«Non posso...» iniziò.

Cal si voltò a guardarla una volta superati i tre gradini del portico. La strattonò verso di sé, ignorando il piccolo sbuffo che fece quando gli sbatté contro il petto. «Sì, puoi. E lo farai. Non ti lascerò mai in quella casa malandata. Non mi importa se le stanze all'interno sono immacolate. Il tetto probabilmente perde, e si trova in un quartiere malfamato.

Qui sarai al sicuro. Ti do la mia parola di membro della famiglia reale del Liechtenstein. Potrai riorganizzarti, trovare un lavoro, risparmiare un po' di soldi e poi cercare una casa tutta tua. Per favore, June, non costringermi a riportarti lì. Non riuscirei a dormire. Smetterei di mangiare per la preoccupazione. Deperirei.» Stava calcando un po' la mano, con un piccolo sorriso a suo beneficio... ma era anche sincero.

Lei alzò gli occhi al cielo. «Non credo che dovrei.»

«Dovresti» replicò lui. «Almeno dai un'occhiata. Ho una suite per gli ospiti al piano superiore: ha un salottino e un bagno privato. Dovremo condividere la cucina, ma se questo ti mette a disagio, posso procurarti un piccolo frigorifero e tutti gli altri elettrodomestici di cui hai bisogno o che desideri avere nella stanza.»

«Non mi dispiace condividere la cucina con te, Cal» disse lei sbuffando. «Accidenti. Abbiamo dormito insieme ieri sera, perché dovrei preoccuparmi di condividere una cucina?»

Non appena terminò la frase, le sue guance si infiammarono.

«Voglio dire... io... ehm... *cavoli*.»

Cal la tolse dall'impaccio, anche se le sue parole gli fecero tornare in mente quando l'aveva tenuta tra le braccia. «Capisco cosa intendi e ne sono felice. Non sono uno sciattone, tengo in ordine e pulisco quando sporco, e ci saranno volte in cui sarò impegnato in un'escursione sul sentiero degli Appalachi, quindi sarò assente per diversi giorni e notti di fila. Per la maggior parte del tempo non ti accorgerai nemmeno che sono qui.»

Ma lui si sarebbe accorto di *lei* di sicuro.

Lasciandola andare a malincuore, si voltò verso la porta e infilò la chiave nella serratura. «Dai almeno un'occhiata» la incitò.

«Va bene. Ma se in qualsiasi momento dovessi cambiare idea, devi promettere di dirmelo» insistette.

«Lo farò» replicò, sapendo che non sarebbe mai arrivato a quel punto. Avrebbe potuto incoraggiarla a trovare la sua strada, a dispiegare le ali e volare, ma non l'avrebbe mai cacciata perché non la voleva lì.

Trattenne il respiro mentre lei entrava. Voleva che le piacesse anche l'interno, ed era una sensazione nuova. Non gli era mai importato cosa pensassero gli altri della sua casa, ma voleva disperatamente che June si sentisse a suo agio.

Lei si aggirò per il salone a occhi spalancati, toccando delle cose qua e là mentre esplorava. Quando andò in cucina, la sentì ansimare.

«Wow, Cal.... non *so* nemmeno cosa sia.»

«È una cucina» replicò impassibile.

Non aveva badato a spese quando aveva ristrutturato quello spazio. Non era un bravissimo cuoco, ma aveva voluto una cucina ben organizzata, bella e funzionale.

C'era un lavello profondo, lunghi banconi, armadietti in legno creati su misura, elettrodomestici di lusso, un piccolo lavello per la preparazione degli alimenti, piani di lavoro in marmo, una cucina a gas autoportante Bertazzoni, un frigorifero doppio, una cantinetta, un armadietto appositamente progettato per le pentole, le padelle e i coperchi e ogni altro oggetto e utensile conosciuto all'uomo.

Ora che ci pensava, si rese conto di aver esagerato. Ma quelli erano i suoi gusti. La cucina era comoda da usare ed era davvero molto bella.

June si voltò verso di lui, scuotendo la testa. «Sai, fino a questo momento non avevo mai pensato al fatto che tu fossi ricco. Sì, hai accennato di avere un sacco di soldi, e lo avrei capito anche se non me l'avessi detto, data la tua auto e tutto il resto, ma... credo di averlo rimosso. Ma ora, vedendo tutto questo...» Agitò la mano, indicando l'enorme stanza. «Ho realizzato la realtà della cosa. Non credo di poter essere all'altezza di tutto ciò.» Si guardò di nuovo intorno, aggrottando le sopracciglia e deglutendo nervosamente.

Cal si avvicinò, e lei indietreggiò fino a ritrovarsi contro il bancone e non riuscire ad andare oltre. Era abbastanza vicino da poterla toccare, anche se non lo fece. Ma le stava decisamente addosso.

«Temi di non essere all'altezza? Lo sei già» insistette, sperando che sentisse la sincerità nel suo tono. «Sei una delle persone più stimolanti che abbia mai conosciuto... e questo dopo averti frequentata per meno di una settimana. La tua lealtà, anche nei confronti di persone che non hanno fatto nulla per meritarsela, è sconvolgente. La tua capacità di provare empatia per gli altri, di trattarli con gentilezza, di sorridere quando il tuo mondo è cupo, di trovare la gioia nel momento, di essere umile... sono tutte cose che mi fanno sentire come se stessi fallendo completamente nel vivere la vita.

Questa cucina, questa casa, la mia auto, il mio conto in banca e tutto il resto... rinuncerei a tutto in un secondo se ciò significasse poter cambiare il mio passato. Essere anonimo. Non essere un bersaglio solo per il mio patrimonio. Ma non posso. Così mi sono nascosto qui, da solo. Ho sistemato questa bella casa perché pensavo che mi avrebbe reso felice e soddisfatto.

Solo dopo averti incontrata mi sono ricordato che le *cose* non possono farlo... solo le persone possono. Nei pochi giorni trascorsi con te sono stato più rilassato e più calmo di quanto non lo sia stato negli anni passati in questa casa. Ed è merito *tuo*, non delle cose materiali che ho collezionato o del titolo altisonante che pende sulla mia testa. E ripeto, rinuncerei a tutto oggi stesso se potessi essere il tipo di persona che sei tu. Per vivere una vita priva di risentimento e di diffidenza verso il prossimo.»

Cal si rese conto che stava blaterando. Parlava di cose che

avevano poco a che fare con la raffinata e costosa cucina che aveva dato inizio alla conversazione. Ma con June non riusciva a trattenersi.

Fece una piccola smorfia quando lei sollevò una mano, ma si rilassò quando gliela posò sulla guancia.

«Cal» sussurrò.

Non disse altro per un po'. Alla fine, quando parlò, i suoi occhi castani esprimevano così tanta emozione e intensità che non riuscì a distogliere lo sguardo.

«*Sono* risentita» gli disse. «Sono arrabbiata perché mio padre è morto e mi ha lasciata da sola con Elaine. Non mi fido delle persone praticamente *mai*, ma tu sei stato un'eccezione. E la tua famiglia, le tue esperienze... ti hanno fatto diventare l'uomo che sei oggi.»

Cal non poté fare a meno di fare una smorfia.

June scosse la testa. «No, non è una brutta cosa. Sei protettivo e attento. Guardingo nei confronti degli altri e sempre all'erta. Potresti pensare che siano tratti negativi, ma secondo me sono un dono. È da un sacco di tempo che non ho nessuno su cui contare se non me stessa. Ho dovuto guardarmi le spalle e cavarmela da sola. Ma con te sono riuscita a rilassarmi, ad abbassare un po' la guardia, semplicemente perché so che ci sei. Che presti attenzione alle persone intorno a noi, alle auto, allo *spazio* stesso.

Non capisci? Se tu non fossi quello che sei ora, se non avessi sperimentato ciò che hai vissuto. . . io non sarei qui. Non mi sarei fidata di te quando hai detto di volermi aiutare. Quindi, non vergognarti del tuo passato. Esiste. Non si può cambiare, come non si può cambiare il mio. Possiamo solo essere grati per le lezioni che abbiamo imparato e andare avanti.»

Cal avrebbe voluto annuire. Dirle che era saggia e di essere pienamente d'accordo. Ma era ancora troppo pieno di amarezza. Di vergogna. Le sue parole lo fecero sentire bene, molto bene, ma non era pronto a crederci completamente. Non ancora, e forse non lo sarebbe stato mai.

«E per quanto riguarda la cucina, penso che potrei abituarmici» lo stuzzicò con un piccolo sorriso.

Le coprì la mano appoggiata sulla guancia, la strinse nella sua e poi ne baciò il palmo. «Non sei una donna delle pulizie» la avvertì. «Non sei la mia cuoca, né la mia domestica. Questa è casa *tua*. Se vuoi lasciare le scarpe in giro, sentiti libera di farlo. Se vuoi invitare gente, fallo pure. Ti procurerò una chiave, così potrai andare e venire a tuo piacimento, e vedremo di procurarti anche un'auto affidabile. Nel frattempo, puoi usare la mia quando vuoi, e mi farò dare un passaggio da uno dei miei amici se dovessi andare da qualche parte. Voglio che tu ti trovi bene bene qui, principessa. Non metterti in testa di non poter toccare o usare nulla in questa casa. Sono solo oggetti. Capito?»

«Perché sei così generoso?» sussurrò.

«Non lo sai?»

Lei scosse leggermente la testa.

C'erano un sacco di cose che avrebbe voluto dire, che avrebbe voluto ammettere.

Ma si sarebbe spaventata se le avesse detto che riusciva a immaginarla come il suo futuro. Che poteva praticamente vedere i suoi futuri figli nei suoi occhi. Che anche se si conoscevano solo da pochi giorni, sapeva già che sarebbe diventato l'ombra di se stesso senza di lei nella sua vita.

Non avrebbe ammesso nulla di tutto ciò, anche se fosse stata disposta ad ascoltarlo. Non era abbastanza per lei. Il denaro e il titolo non erano sufficienti a suscitare l'interesse di quella donna, per soddisfare la sua enorme personalità, il suo carattere solare. Non voleva contaminarla. Trattenerla. Trascinarla nelle sue tenebre.

«Perché meriti molto di più di quello che hai ottenuto finora nella vita» si decise a dire.

«Anche tu» replicò con dolcezza.

Cal si mise quasi a ridere. Il novantanove per cento delle persone di tutto il mondo non sarebbe stato d'accordo con lei.

Avrebbero dato un'occhiata al suo conto in banca e alla sua famiglia, e avrebbero pensato che fosse il ricco principe viziato che i media amavano sfruttare con storie inventate.

«Rimarrai?» non poté fare a meno di chiedere. «Anche se la mia macchina ti fa paura e temi di usare la cucina?»

Gli sorrise e Cal si rese conto che avrebbe fatto *qualsiasi cosa* per mantenere quell'espressione felice sul suo viso.

«Be', non ho visto il resto della casa, ma penso che potrei trasferirmi in questa cucina, dormire sul pavimento ed essere totalmente contenta.»

«Quindi è un sì?» incalzò.

«Sì, Cal. Sarei onorata di rimanere qui per un po'.»

Per un po'. Dio, odiò sentire quelle tre parole, ma aveva ragione. Alla fine avrebbe voluto una casa tutta sua. Un brav'uomo nella sua vita. Avrebbe anche potuto non piacerle Newton e decidere di trasferirsi in una città più grande. Sarebbe stato terribile per lui lasciarla andare, ma l'avrebbe fatto. L'apprezzava tanto da volere il meglio per lei, e nel profondo del cuore sapeva di non essere lui.

«Bene. Se vuoi andare di sopra a esplorare il resto della casa, io prendo le nostre valigie e porto la macchina in garage. Pensavo di grigliare un paio di bistecche stasera, se sei interessata...»

Cal fece del suo meglio per sembrare disinvolto, ma gli sembrava troppo giusto il semplice fatto di parlare con lei di cosa mangiare a cena.

«Posso aiutarti con le valigie e con la cena» si offrì subito.

«So che puoi, ma non devi farlo. Ci penso io. Lascia che ti vizi, dato che è la tua prima volta nella nuova casa e tutto il resto» disse lui un po' debolmente.

«Tutte queste cose ed essere servita...» lo stuzzicò. «Credo che non vorrò più andarmene.»

Cal provò un'improvvisa fitta al cuore. Nemmeno lui voleva che se ne andasse. Ma capì che stava scherzando e sorrise. «La suite per gli ospiti è al piano di sopra a sinistra. Prenditi il tuo tempo. Tra qualche minuto ti porterò su le valigie.»

Poi si costrinse a lasciarle la mano e a voltarle le spalle, mentre tornava alla porta d'ingresso.

«Cal?»

La sua voce lo bloccò, e si girò. «Sì?»

«Grazie.»

Quella parola sussurrata fu così colma di gratitudine e altre emozioni che non riuscì a interpretare, che si sentì stringere lo stomaco. Odiava che solo poche persone fossero state gentili con quella donna. Aveva vissuto in un covo di vipere, e lo faceva arrabbiare il fatto che fosse stata così poco apprezzata. Giurò di assicurarsi che non si sentisse mai più così. «Non c'è di che, principessa. Torno subito.»

Proseguì verso l'ingresso e portò la mano sulla maniglia. Ci volle ogni grammo di forza di volontà che possedeva per non voltarsi e prenderla tra le braccia. Averla lì, nel suo spazio, condividere la sua vita e la sua casa con una donna, era qualcosa che pensava non avrebbe mai sperimentato. Lei non era sua e le circostanze non erano romantiche, ma aveva difficoltà a farlo capire al suo cuore.

Ora che era tornato, doveva fare diverse telefonate. Ai suoi genitori, a Karl, ai suoi amici. Voleva sondare il terreno per aiutare June a trovare un lavoro che le permettesse di sentirsi necessaria e di tenersi occupata. Sapeva già che era come lui sotto quell'aspetto: non amava stare con le mani in mano.

Voleva anche parlare con Alfred Rutkey, il capo della polizia, di quel poco che sapeva della situazione di June. Forse non si poteva fare nulla per la discutibile morte del padre, ma non si sarebbe dato pace finché non avesse indagato. Se Elaine Green aveva fatto qualcosa a quell'uomo, voleva assicurarsi che non la facesse franca.

Inoltre, ancora non gli andava giù il fatto che le due donne avessero architettato quell'enorme stratagemma e gli avessero mentito così tranquillamente su uno stalker.

Voleva parlare con Carlise e Chappy, scoprire i dettagli della loro cerimonia nuziale e vedere se lei, o magari April, sarebbero state disposte ad aiutare June a trovare qualcosa di carino da indossare. Non gli importava *cosa* avrebbe messo, ma aveva la sensazione che lei volesse essere elegante per l'occasione.

Sì, aveva un sacco di cose da fare, ma avrebbero dovuto aspettare finché non fosse riuscito a smettere di pensare alla donna che si trovava in casa sua.

Era andato a Washington pensando di fare semplicemente un favore alla sua famiglia, e aveva finito per cambiare la sua esistenza.

Se n'era pentito? No. Aveva portato June via da quella brutta situazione e si sarebbe assicurato che fosse in grado di cavarsela da sola. Ma non sarebbe rimasto nella sua vita per sempre. Lei aveva bisogno di volare in alto, e non poteva farlo se era legata a lui.

Sospettava che June potesse essere la cosa migliore che gli fosse mai capitata... e se pensava che venire torturato e ridotto a brandelli fosse stato doloroso, aveva la sensazione che quello non era stato nulla in confronto a lasciarla andare.

———

Tim Dotson aveva guidato tutta la notte per arrivare a Newton, in modo da poter controllare la zona ed elaborare un piano. Aveva fatto una scorta di erba sufficiente per diversi giorni, anche se non pensava che ci sarebbe voluto così tanto tempo per fare ciò che doveva. I soldi che la vecchia gli aveva offerto erano troppo allettanti per tirarla per le lunghe.

Aveva conosciuto Elaine Green mentre lei stava comprando cocaina da uno dei suoi conoscenti. Tim era quello che la maggior parte della gente avrebbe definito una specie di sicario.

Si era assunto l'incarico di occuparsi di clienti problematici per molti spacciatori che conosceva, compreso il fornitore di Elaine. Ma per lo più si limitava a picchiare la gente e a spaventarla a morte per un piccolo compenso e una fornitura costante di erba.

Un giorno, mentre stava riscuotendo il pagamento dopo aver portato a termine un lavoro per uno spacciatore in particolare, Elaine era entrata nella casa di spaccio. Era sembrata ridicolmente fuori posto in uno dei quartieri più degradati della capitale, ma supponeva che i suoi soldi si spendessero come quelli di chiunque altro.

Nonostante le apparenze, era sembrata totalmente a suo agio in mezzo alla feccia della società che frequentava quel posto. Tim non aveva potuto fare a meno di essere incuriosito sia dalla sua arroganza sia dalla sua sicurezza. Avevano iniziato a parlare e lei gli aveva detto che la stava comprando per sua figlia Carla, una modella che, a quanto sembrava, faceva uso di cocaina per rimanere magra.

Quando gli aveva chiesto il suo numero per tenersi in contatto, nel caso avesse avuto un bisogno urgente di cocaina e il loro comune amico non fosse stato disponibile, lui glielo aveva dato. Tim non si era offeso che lo avesse creduto uno spacciatore. Gli piaceva destabilizzare le persone e tenerle sulla corda.

Lo aveva chiamato un paio di volte nell'ultimo anno o giù di lì, alla ricerca disperata di una dose per sua figlia. Non era stato difficile perpetuare l'inganno e ottenere ciò che le serviva, aggiungendo inoltre una piccola "tassa di servizio" per il disturbo.

La verità era che Tim era molto più abile come truffatore che altro. Era felice di essere qualsiasi cosa qualcuno volesse o di cui avesse bisogno... purché il prezzo fosse giusto.

A tal proposito, qualche giorno prima, Elaine lo aveva chiamato per offrirgli un'opportunità che non aveva potuto lasciarsi sfuggire. A quanto pareva, sua figlia – che doveva essere una stronza di prima classe − stava progettando di sposare un vero principe, ma c'erano state delle complicazioni nel corteggiamento. Leggendo tra le righe della sua storia sconclusionata, Tim aveva capito che la vecchia aveva cercato di ingannare l'uomo. Era riuscita a farlo andare a Washington con la scusa che la figlia era perseguitata da uno stalker, ma il tizio aveva subito deciso che erano tutte stronzate. Quindi Elaine doveva fornire delle prove.

Lui era stato incaricato di recarsi nel suo quartiere elegante e spaventare a morte la figlia, per finta. Si stava preparando a farlo quando Elaine aveva chiamato una seconda volta.

A quanto pareva, il principe aveva lasciato la città, portato via da una figliastra sciatta. Il fiume di parolacce che aveva usato la vecchia era stato davvero impressionante, e poi gli aveva detto che c'era stato un cambio di programma.

Elaine voleva vendicarsi.

Sembrava pensare che facendo del male alla sorellastra, il principe si sarebbe innamorato perdutamente di Carla o chissà cosa. Non gli erano chiari i particolari, ma Tim pensava che quella stronza fosse fuori di testa. Era stato sul punto di mandarla a quel paese, dato che stava diventando tutto troppo complicato per i suoi gusti, finché non gli aveva detto quanti soldi era disposta a pagare per liberarsi della figliastra.

Era stata un'offerta che non aveva potuto proprio rifiutare. Il piano architettato dalla donna era ridicolo, ma i soldi erano soldi, quindi a lui andava bene.

Era partito subito per Newton, nel Maine, preparandosi a guadagnare un facile stipendio.

Ma ora che era lì, si rese conto che non sarebbe stato così semplice.

Newton era la città più piccola in cui fosse mai stato. Niente semafori, case vecchie ovunque. C'era una stazione sciistica non troppo lontana dalla città, ma sembrava che i soldi che guadagnava non fossero arrivati fino a quel paesino sperduto. Era caratteristico, tranquillo... il tipo di posto in cui tutti conoscevano gli altri e i loro affari.

Non c'era modo per lui di mimetizzarsi come aveva previsto. Accidenti, si era fermato in un fast-food per mangiare qualcosa, visto che era sveglio da più di trenta ore e stava morendo di fame, ed era stato accolto con un saluto da ogni singolo cliente *e* dalla proprietaria del locale, una signora che in realtà si faceva chiamare "Granny", nonna, e che gli aveva fatto un milione di domande su chi fosse, da dove venisse e cosa lo avesse portato in città.

Aveva dovuto inventarsi al volo le risposte, cosa non facile quando eri stanco morto, finendo per spiattellare che se la passava male ed era in cerca di lavoro.

Con suo grande stupore, la donna gli aveva dato tre numeri di telefono di persone che cercavano qualcuno da assumere.

A Tim non piaceva lavorare. Odiava alzarsi presto. Non gli interessava che la gente gli dicesse cosa fare e come farlo. Gli piacevano i soldi facili, scopare, fumare qualche spinello e... basta. Ma aveva bisogno di un motivo per restare in quel posto. Accettare un lavoro umile sarebbe stata un'ottima copertura.

Così, aveva ringraziato la donna e se n'era andato, e ora si trovava davanti alla casa con l'insegna che diceva "Affittasi stanza" che aveva visto mentre girava in macchina per farsi un'idea del posto. Aveva un aspetto malandato, ma sarebbe stato meglio che vivere nel pick-up.

Pensò brevemente alla lista di cose che Elaine gli aveva suggerito di fare alla figliastra; la donna bramava di far soffrire la ragazza. Più si fosse trattenuto in quel posto per spuntare tutte le voci, più sarebbero aumentate le possibilità di essere catturato e sbattuto nella piccola prigione di Mayberry.

Ma Elaine Green non era lì, e dato che era un po' stupida, la sua idea di darle delle "prove" non era esattamente concreta. Non avrebbe mai saputo se lui avesse *davvero* fatto tutto ciò che avrebbe sostenuto.

Tim aveva fatto delle cose nella sua vita di cui *quasi* si era pentito, ma truffare una vecchia e ricca signora che viziava la figlia e pensava di poterla fare franca, non sarebbe mai stata una di quelle.

Avrebbe potuto scrivere un biglietto, fotografarlo appeso alla propria porta e inviarlo a Elaine. E *sbam!* Cento dollari.

Avrebbe potuto prendere a pugni un muro, per poi scattare una foto delle sue nocche insanguinate, dichiarando di aver derubato la stronza e di averle dato un pugno in faccia... ed Elaine gli avrebbe dato cinquecento dollari.

Probabilmente non sarebbe riuscito a farla franca mentendo sul fatto di aver mandato la figliastra in ospedale, ma avrebbe rinunciato volentieri a quei soldi per ottenere il premio finale. Diecimila per ucciderla? Tim era più che disposto. Non aveva mai guadagnato così tanto denaro in una volta sola e avrebbe fatto qualsiasi cosa per ottenerlo.

Forse avrebbe potuto far finta di tormentare la figliastra almeno per un breve periodo, per vedere quante volte sarebbe riuscito a spillare un centinaio di dollari alla matrigna. Sarebbe valsa la pena rimanere in quel paesino di montagna per qualche giorno, se avesse ottenuto un centone per ogni falsa dichiarazione di molestie.

Avrebbe anche avuto il tempo di seguire la stronza e capire le sue abitudini. Avrebbe colpito quando meno se lo aspettava, sarebbe tornato a casa e avrebbe riscosso i suoi soldi.

Sorridendo, Tim annuì tra sé e sé. Non gli importava di Elaine, della modella o dell'ignara figliastra. L'unica cosa che gli interessava era fare una vita di piaceri, e per evitare di fare un vero lavoro e andare dove voleva quando voleva, aveva bisogno di fondi. Se avesse dovuto morire di freddo nel Maine, l'avrebbe fatto, perché la ricompensa sarebbe valsa lo sforzo.

Il fatto che qualcuno dovesse morire perché lui potesse ottenere diecimila dollari non gli pesava minimamente sulla coscienza.

CAPITOLO DIECI

June si pizzicò per essere sicura di non sognare.

Fino a qualche giorno prima si era stressata riguardo a quando avrebbe potuto lasciare Washington e a dove sarebbe andata, e ora era nel Maine, con l'uomo più straordinario che avesse mai conosciuto, un tetto sopra la testa – un tetto molto elegante e confortevole, per giunta – e seduta intorno a un enorme tavolo con sei delle persone più gentili che avesse mai incontrato.

La notte precedente aveva dormito come un sasso nel comodo letto degli ospiti, e quella mattina si era svegliata con il profumo di bacon e di caffè. Tralasciando l'hotel, non ricordava l'ultima volta che qualcuno le aveva preparato la colazione. Si sentiva davvero viziata. In effetti, l'unico inconveniente di stare con Cal era che si sentiva sola. Andare a dormire senza di lui nel letto matrimoniale dell'enorme camera degli ospiti le era sembrato... sbagliato.

Era bastata un'unica notte tra le sue braccia per viziarla.

Ma non si sarebbe lamentata. Dalle sue labbra non sarebbe mai uscita la minima protesta. Non gli avrebbe mai fatto pressione per ottenere qualcosa che lui non avesse voluto dare liberamente, anche se il suo cuore ne avrebbe sofferto.

Avevano trascorso la mattinata parlando di Newton, della sua vita in Inghilterra, del re e della regina del Liechtenstein, del suo lavoro alla Jack's Lumber, dei suoi amici e di alcune escursioni che aveva guidato sul sentiero degli Appalachi.

June aveva assimilato ogni briciolo di informazione. Cal era affascinante e le piaceva ascoltare le sue esperienze. L'unica cosa di cui non aveva voluto raccontarle nulla era del periodo trascorso nell'esercito, ma lo capiva. La sua carriera militare si era conclusa in modo così brusco e terribile che non lo biasimava se non lo voleva rivisitare.

Per lei era più difficile parlare di se stessa. Era totalmente banale in confronto a lui. Aveva vissuto tutta la vita a Washington e le sembrava di non aver fatto nulla. Ma con la gentile esortazione di Cal, gli aveva raccontato qualcosa di più sul suo papà. Non ricordava la madre, ma aveva condiviso le cose che il padre le aveva raccontato su di lei. Aveva parlato del suo amore per i bambini e per gli anziani. Dei suoi piatti preferiti da cucinare, di come adorasse l'inverno e non amasse il caldo e l'umidità dell'estate.

Dopo pranzo, Cal era andato nel suo studio per fare qualche telefonata. June si era intrattenuta con uno delle centinaia di libri che aveva nella libreria. Quando qualche ora più tardi era uscito, l'aveva informata che avrebbero avuto compagnia a cena: i suoi amici JJ, Bob, Chappy, Carlise e April.

Lei era andata subito nel panico e la sua mente in subbuglio, pensando a tutte le cose che avrebbe dovuto fare per prepararsi a ricevere degli ospiti. Naturalmente Cal se n'era accorto. Le aveva messo le mani sulle spalle e le aveva ricordato che non era a Washington, che non lavorava più per la matrigna e che non doveva assicurarsi che tutto fosse immacolato o cucinare un pasto di quattro portate.

Le sue rassicurazioni le erano entrate da un orecchio e uscite dall'altro. Quelli erano i suoi *amici*. Aveva la sensazione che stessero andando a controllare che non si stesse approfittando di lui... e non li biasimava. Era ricco. Un principe. E lei non era nessuno.

Nonostante fosse un'abile cuoca, per June la preparazione del pasto era stata un'esperienza nuova. Era da molto tempo che qualcuno non l'aiutava, e Cal l'aveva fatta ridere in continuazione. Per non parlare del suo continuo urtarla e sfiorarla. Anche se la cucina era grande e c'era molto spazio per muoversi, se lo era trovato comunque accanto ogni volta che si era girata. Non che le fosse dispiaciuto.

I suoi amici erano arrivati proprio mentre stavano dando gli ultimi ritocchi e ora erano tutti seduti intorno a un grande tavolo nell'open space tra la cucina e il salotto.

«Allora, raccontaci di te, June» disse April con un sorriso amichevole.

«No» intervenne Cal, prima che lei potesse dire qualcosa. «Non lo faremo.»

«Non faremo cosa?» chiese l'altra, con un'espressione innocente. «Sto cercando di conoscerla.»

«No, non è vero, ti stai preparando a interrogarla.»

April rise. «Se lo facessi, le chiederei l'età, il cognome da nubile della madre, il numero di previdenza sociale e quanti soldi ha in banca» replicò, senza sembrare minimamente infastidita. «Dai, Cal, rilassati.»

«Non c'è problema» affermò June, facendogli un piccolo sorriso.

Chappy scoppiò a ridere, strizzandogli l'occhio. Era seduto dall'altra parte del tavolo, accanto a Carlise. Aveva a malapena tolto gli occhi di dosso alla fidanzata per tutta la sera e June pensava che fosse una cosa molto dolce. «La situazione si è ribaltata, eh?» disse.

«Zitto, amico» ringhiò Cal.

Carlise sorrise. «Sono venuti tutti alla baita di Riggs – io non lo chiamo Chappy – per controllarmi» le spiegò. «C'era una tremenda bufera di neve e quando JJ si è accorto che ero lassù, da sola con il suo amico, ha dato di matto. Sono venuti tutti per assicurarsi che non fossi una serial killer o che non lo stessi torturando. Io l'ho trovata una cosa carina, ma lui era molto seccato.»

June lo capiva. Non la conoscevano. Sapevano solo che Cal era andato a Washington per una sorta di lavoro di guardia del corpo ed era tornato con una sconosciuta. Volevano giustamente capire cos'era successo. Era contenta che avesse dei così buoni amici.

«Non sono una serial killer» disse. «Mi chiamo Juniper Rose, ma per favore chiamatemi June. Il nome da nubile di mia madre era Smith. È morta quando ero piccola e non me la ricordo proprio. La mia sorellastra è quella che Cal è venuto a proteggere a Washington, ma lei e la mia matrigna stavano mentendo sullo stalker e lui l'ha capito piuttosto in fretta. Stavo già pensando di lasciare l'unica casa che avevo mai conosciuto e lui si è offerto di aiutarmi. Quindi... eccomi qui. Non ho intenzione di approfittare della sua generosità. Non appena troverò un lavoro e potrò cavarmela da sola, mi toglierò dai piedi.»

Le sembrò di averlo sentito ringhiare piano, ma poi disse alla donna. «April, vogliamo parlare di quel tugurio che pensavi fosse adatto a June?»

«Calma, amico» mormorò JJ.

June fu sorpresa di sentire un implicito avvertimento nel tono dell'altro uomo. Non era stato altro che cortese e amichevole dal momento in cui l'aveva conosciuto, ma ora sembrava che fosse a due secondi dallo sfidare Cal.

«Tu non l'hai visto, JJ» disse, per niente scoraggiato dal tono dell'amico. «Quella casa sta praticamente cadendo a pezzi.»

«Rientrava nel budget che mi avevi dato» sostenne April. «E

inoltre, era l'unico posto disponibile all'ultimo minuto senza poter fare una verifica.»

«Avresti potuto dirmi che era una topaia» replicò lui, alzando la voce.

June gli mise una mano sulla coscia senza pensarci, volendo solo confortarlo. «Non era così male» disse con calma.

«Non era male? Sarei stupito se ci fosse il riscaldamento» borbottò.

«Be', sembra che alla fine le cose si siano sistemate» commentò la donna, scrollando le spalle.

Cal la guardò socchiudendo gli occhi, e la sua espressione faceva pensare che forse gli era appena balzato in mente qualcosa... ma non disse nulla.

«Apprezzo molto il tuo tentativo di aiutare. Voglio dire, non mi conosci affatto» aggiunse June, volendo appianare quel momento di tensione. Non le piaceva che quegli amici di lunga data fossero in disaccordo.

«Che cosa facevi a Washington?» chiese Carlise, riempiendo il silenzio che si era creato. «Forse possiamo aiutarti a trovare qualcosa qui.»

«Non c'è molto da fare qui» mormorò Bob.

Era ciò che temeva. Amava già quella piccola città, per quel poco che l'aveva vista, ma se non fosse riuscita a trovare un lavoro, probabilmente si sarebbe dovuta trasferire in una più grande. Guardando intorno al tavolo, sentì il disagio aumentare e le guance infiammarsi. Quegli uomini e quelle donne erano probabilmente molto più istruiti. Lei non aveva fatto *nulla* nella vita. Non veramente.

«Ehm...» rispose esitante, cercando di trovare un modo per cambiare argomento.

«Era una serva non pagata sotto il controllo della matrigna» si intromise Cal, con voce piena di irritazione. «Cucinava, puliva, faceva la spesa, le commissioni, tutto.»

June sentì le guance diventare ancora più bollenti. Era così imbarazzata. Non era stata una prigioniera, avrebbe potuto andarsene in qualsiasi momento, ma aveva scelto di restare, e ora si sentiva incredibilmente stupida.

April parlò, impedendole di scappare letteralmente dal tavolo. «Conoscete Meg King?»

«Non è quella che gestisce la Hill's House?» chiese JJ.

«Oh sì, sapevo che il nome mi suonava familiare» concordò Bob.

«Sì, lei. L'ho incontrata al supermercato lo scorso fine settimana e mi ha detto che ha difficoltà a trovare qualcuno che aiuti a intrattenere gli ospiti durante il giorno» continuò.

«La Hill's House è una sorta di casa di riposo privata» spiegò JJ a June. «Può dare alloggio solo a sei persone contemporaneamente. C'è un'impiegata fissa che vive con loro, Meg. Si assicura che prendano le medicine e si occupa di tutto ciò di cui hanno bisogno. Non è una casa di cura. Tutti coloro che vivono lì riescono a deambulare, hanno solo bisogno di un po' di aiuto per far sì che non abbiano problemi.»

«Oh, sembra un bel posto» disse Carlise.

«Ci sono stato» concordò Bob. «*È* bello. Non c'è l'odore che si sente in molte case di riposo.»

«Che brutta cosa da dire» affermò April accigliata.

«Cosa?» obiettò Bob. «Sto solo dicendo che è un bel posto per le persone che non dovrebbero più vivere da sole, ma che non vogliono andare in una casa di cura o in una residenza assistenziale.»

June trattenne un sorriso. Le piaceva l'onestà con cui parlavano tra loro. A parte l'essere protettivo di JJ nei confronti di April, non si offendevano quando qualcuno non era d'accordo con loro, e si scambiavano battute come immaginava si facesse tra fratelli e sorelle. Un tempo aveva sperato di avere lo stesso tipo di rapporto con Carla, ma ovviamente non era successo.

«Comunque» disse April, tornando a rivolgersi a June, «Meg ha detto che non ha trovato nessuno disposto a dare una mano durante il giorno.»

«Come mai?» domandò Carlise.

L'altra scrollò le spalle. «Immagino che il lavoro non sia molto remunerativo e che la maggior parte dei giovani qui intorno stia cercando di andarsene, tipo a Bangor o in altre città più grandi, o di avere un impiego alla stazione sciistica. E la gente si sente a disagio a lavorare con gli anziani.»

«Perché?» sbottò JJ.

«Non ne ho idea.»

«In cosa consisterebbe il lavoro?» chiese Cal.

June lo guardò, sorpresa da quanto sembrasse interessato. Era così ansioso di vederla andarsene? Deglutì a fatica, cercando di non far trasparire la sua delusione.

«Niente di medico» rispose April. «Giocare e parlare con gli ospiti, magari portarli a fare delle passeggiate... tenerli occupati in modo che non dormano tutto il giorno.»

«Saresti perfetta» disse Cal, rivolgendosi a June. «Non hai avuto problemi a iniziare una conversazione con Edgar in hotel. Lo hai aiutato a mangiare senza esitare e lo hai fatto sentire come se fosse stata la persona più importante del posto.»

Lei lo fissò, cercando di interpretare la sua espressione.

«Se non altro potresti lavorare lì mentre cerchi qualcosa che ti piaccia di più, e incrementare allo stesso tempo i tuoi risparmi. E vivendo qui risparmierai i soldi dell'affitto.»

Lasciò andare il respiro che aveva trattenuto, così sollevata da sentirsi quasi stordita. Non voleva che se ne andasse subito. Grazie al cielo.

«Se pensi di essere interessata, posso presentarti Meg» disse April. «È molto gentile.»

June distolse lo sguardo da lui e si voltò verso la donna. «Penso che potrebbe piacermi. Grazie mille.»

«Non c'è di che» replicò con un sorriso.

Sussultò sorpresa quando sentì la grande mano di Cal coprire la sua sulla gamba. Non si era nemmeno resa conto che lo stava ancora toccando. Le accarezzò con il pollice la pelle sensibile del dorso e le vennero i brividi.

«Hai iniziato a tradurre qualcosa di nuovo ultimamente?» chiese April a Carlise.

«Traduce libri dal francese all'inglese» le spiegò Cal sottovoce all'orecchio, mentre l'altra iniziava a parlare dell'ultimo libro che aveva finito.

June era impressionata, ma si sentiva anche un po' più intimidita. Le due donne avevano decisamente la vita organizzata e un ottimo lavoro, e lei... be', non sapeva proprio fare niente.

Annuì e sorrise nei momenti giusti finché l'altra non concluse la spiegazione del libro che aveva appena consegnato.

«Siete pronti a sposarvi?» chiese Bob quando finì.

«Sì!» risposero all'unisono Carlise e Chappy.

Tutti risero.

«Mia madre però non è riuscita a trovare un volo fino a sabato mattina. JJ andrà a prenderla a Bangor e la porterà direttamente alla baita. Faremo la cerimonia lì e poi starà da April... a proposito, grazie davvero! Oh, voglio ricordarvi che non è un matrimonio che richiede abiti eleganti» disse seria. «I jeans vanno benissimo.»

«Grazie a Dio» mormorò Bob.

JJ si allungò e diede all'amico uno schiaffo sulla nuca, e tutti risero di nuovo.

«Farlo nella baita dove vi siete conosciuti e innamorati è perfetto» disse April. «E sono felice di non dovermi mettere un vestito. Non ricordo l'ultima volta che ne ho indossato uno e non ho intenzione di cambiare questa particolarità presto.»

«Saresti perfetta con qualsiasi cosa» affermò JJ.

June lo fissò, percependo... be', non era sicura di ciò che aveva sentito nella voce dell'uomo.

Non ebbe modo di pensarci a lungo perché April le chiese: «Tu vieni, vero, June?»

«Oh, ehm...» Cal le aveva chiesto di andare, ma adesso era incerta. Sarebbe stato un evento molto piccolo e intimo e non voleva intromettersi.

«Verrà» rispose Cal per lei.

«Evviva!» esclamò Carlise. «Non vedo l'ora che tu conosca Baxter, è così carino e fantastico, e di farti vedere la baita di Riggs. Lassù è bellissimo. Ti piacerà un sacco!»

April chiese a Carlise come stava sua madre, il che diede a June l'opportunità di chiedere a Cal: «Baxter?»

«È il loro cane. È una lunga storia, ma era un randagio che le ha salvato la vita... due volte.»

Lo fissò sorpresa. «Davvero?»

«Sì.»

«Wow. Ok.»

«E se non vuoi quel lavoro alla Hill's House, ti troveremo qualcos'altro. Non devi accettarlo solo per educazione» disse fermamente.

«Penso di volerlo» lo rassicurò. «Ma non ho alcuna esperienza con cose del genere.»

«Sei perfetta invece. Sei gentile, e tutti quelli che ti incontrano finiscono per amarti.»

Non ne era sicura, ma quel complimento le fece provare un senso di calore.

«Troverò un appartamento o altro il prima possibile» si sentì in dovere di dire. «Non sei venuto a Washington con l'idea di tornare a casa con una coinquilina.»

«Non c'è fretta. Puoi restare qui per tutto il tempo che vuoi. Cioè... se vuoi.»

June annuì prima ancora di pensarci. «Voglio restare.»

Le sorrise. «Bene. Anch'io voglio che tu rimanga.»

Le sembrò di annegare nei suoi occhi mentre lui le teneva ancora la mano sopra la sua, e si chiese se potesse sentire il suo sangue pompare più veloce nelle vene. Se lei avesse girato il polso, si sarebbero tenuti per mano, e per un attimo fu come se fossero le uniche due persone al mondo.

«Che ne pensi, Cal?» chiese JJ.

Lui distolse lo sguardo e si voltò verso l'amico.

A June servì qualche secondo per ritornare in possesso delle sue facoltà mentali. Quel breve momento era stato intenso, ma aveva visto sincerità nei suoi occhi quando le aveva detto che non doveva andarsene. Avrebbe dovuto sentirsi a disagio a vivere con un uomo che aveva appena incontrato, ma le sembrava di conoscerlo da anni. Con lui si sentiva al sicuro... era la stessa sensazione che le aveva sempre fatto provare suo padre. Solo che non considerava affatto Cal una figura paterna.

I discorsi intorno al tavolo verterono sul tempo e l'imminente stagione escursionistica. A quanto pareva, la gente stava prenotando le guide per percorrere il sentiero degli Appalachi prima di quanto avevano fatto negli ultimi due anni, il che significava che i ragazzi sarebbero stati impegnati ad assicurarsi che il tratto di sentiero di cui erano responsabili della manutenzione fosse sgombro da detriti, e che le strisce di vernice bianca sugli alberi fossero chiare e facilmente visibili. Significava anche che si sarebbero assentati più spesso, facendo i turni per guidare gli escursionisti.

Sembrava che l'attività di Chappy, Cal, Bob e JJ avesse grande successo. Erano sopravvissuti a una prova terribile e ne erano usciti più forti di prima. June era orgogliosa di loro, anche se non li conosceva bene.

«È stato tutto delizioso» dichiarò Carlise accarezzandosi la pancia quando ebbero finito di cenare. «Se non sto attenta metterò su cinquanta chili vivendo qui. Non è che vado in giro a fare escursioni e a tagliare alberi come certa gente» scherzò.

June arrossì imbarazzata. Quando viveva con la matrigna e la sorellastra, ogni volta che parlavano di peso, finiva per ricevere dei commenti molto cattivi. Carla si lamentava continuamente che i suoi piatti erano troppo calorici, e la accusava di cercare di farla ingrassare come lei, ed Elaine le diceva spesso che sarebbe stata carina – non bella, intendiamoci, ma semplicemente carina – se avesse perso peso. Molto peso.

Sua madre era stata una donna grossa e June aveva preso da lei, e anche se cercava di stare attenta a ciò che mangiava ed era costantemente impegnata, sembrava non riuscire mai a perdere i chili di troppo. Era frustrante, e la presenza di Carla le aveva fatto capire ancora di più che non sarebbe mai stata il tipo di donna che la società considerava accettabile.

«Saresti bellissima a prescindere dal tuo peso» Chappy rassicurò Carlise. «E quando sarai incinta di nostro figlio, sarai ancora più irresistibile.»

«Aspetta, sei incinta?» April praticamente gridò.

«No, no, no. Non ancora. È passato tipo un secondo e mezzo da quando io e Riggs ci siamo messi insieme» disse con una risata. «Ma sì, vogliamo dei bambini» continuò con aria un po' sognante, guardando il suo fidanzato.

«È così emozionante» sospirò l'altra con un enorme sorriso.

Anche June non poté fare a meno di sorridere. Vedere Chappy e Carlise insieme e beatamente felici la rendeva un po' invidiosa.

Percepì lo sguardo di Cal e si voltò, e vide che la stava fissando con un'espressione illeggibile.

«Che c'è?» sussurrò.

Lui scosse la testa. «Niente. Stavo solo pensando.»

Non ebbe la possibilità di interrogarlo ulteriormente, perché i ragazzi si alzarono tutti in piedi e iniziarono a sparecchiare.

«Oh, posso fare io» si offrì, alzandosi e cercando di farsi dare da Bob i piatti che teneva in mano.

«Ci pensiamo noi. Tu vai a rilassarti con le ragazze» le ordinò Cal.

«Ma...»

«Andiamo» disse Carlise, avvicinandosi a lei e prendendola a braccetto. «Ci penseranno loro. Voglio parlare di più con te. Conoscerti meglio.»

Il pensiero di non riordinare dopo un pasto le era così estraneo che le sembrò quasi strano di stare lì a guardarli andare in cucina con i piatti sporchi. Era così... *generoso* da parte loro essere disposti ad aiutare.

Accompagnata da Carlise, June si sedette a un'estremità del divano.

April si sedette all'altro lato, sorridendole con dolcezza. «Non hai avuto una vita facile, vero?» le chiese.

Rimase sorpresa per un momento. Pensava che avrebbero iniziato con qualche chiacchiera educata. Ma la donna era seria, così scrollò le spalle. «Non peggio di altri, direi.»

«Quando è morto tuo padre?»

«Molto tempo fa. Avevo quindici anni, era sposato con Elaine da circa un anno.»

«Oh, mi dispiace tanto. Deve essere stato incredibilmente difficile per te» disse Carlise accigliata.

«Sì, era tutto il mio mondo. Mi sono sentita persa per un po', così mi sono buttata ad aiutare in casa. E in un battito di ciglia avevo compiuto trent'anni. Sembra assurdo, ma è la realtà. Mi ero così fossilizzata, aiutando a crescere Carla e facendo di tutto per rendere la vita della mia matrigna più facile, che non mi sono resa conto di quanto avessi perso di me stessa.»

«Non è mai troppo tardi per cambiare la propria vita» affermò April. «Ho quarantasei anni e sono stata sposata con un uomo che dava per scontato tutto quello che facevo, poi quando ho detto che volevo il divorzio ha a malapena battuto ciglio. Ho ricominciato da capo e non so dirti quanto sono più felice adesso.»

«Quanti anni ha la tua sorellastra?» chiese Carlise.

«Ventiquattro.»

«Oh, quindi è un po' più giovane di te.»

«Sì.»

«Be', ora sei qui, ed è fantastico» dichiarò April con decisione. «Non devi guardarti indietro.»

June sorrise.

«La tua famiglia ha davvero mentito sul fatto che ci fosse uno stalker?» domandò Carlise.

«Purtroppo sì. Carla ha praticamente circuito il cugino di Cal. Poi le ho sentite parlare di "catturare" un principe e di tutte le cose che lei avrebbe fatto da principessa» ammise.

L'espressione tranquilla di April si fece dura. «Sapevano che Cal non ha praticamente nulla a che fare con la famiglia reale? Che partecipa a quel genere di cose solo quando c'è un'incoronazione, un matrimonio importante o cose simili?»

«A loro non interessa. Carla ama avere tutta l'attenzione su di sé. La brama. Ha deciso che vuole essere una principessa, quindi lei e la mia matrigna faranno praticamente di tutto perché ciò accada.»

«Non credo che funzioni così» disse Carlise. «Voglio dire, pensava che Cal sarebbe arrivato, si sarebbe dispiaciuto perché lei aveva uno stalker e le avrebbe chiesto di sposarlo?»

June scrollò le spalle. «Più o meno. È molto bella, esteriormente almeno. È snella, ha dei bei capelli biondi e grandi occhi azzurri. È alta. Oh, e naturalmente ha anche delle tette enormi... finte, ma enormi. Sono abbastanza sicura che avesse intenzione di usare il sesso per aiutare la sua causa.»

Odiava pensare a Carla e Cal insieme in quel modo, ma non aveva dubbi che quella fosse una parte importante della strategia della sorellastra. Incantarlo con il suo corpo e fargli pompini fino a che lui non avrebbe più capito niente, come se ciò avrebbe reso scontato un matrimonio.

Anche se supponeva ci fossero molti uomini che si lasciavano sedurre con del buon sesso. Solo che secondo lei Cal non era così.

«Be', era destinata a fallire da questo punto di vista» dichiarò April con uno sbuffo. «Cal è troppo sensibile riguardo al suo aspetto, per spogliarsi davanti a qualcuno. Figuriamoci con una donna appena incontrata.»

«Da quando l'ho conosciuto non l'ho mai visto con nient'altro che pantaloni lunghi e magliette con le maniche lunghe» sostenne Carlise.

«Ho visto la sua schiena. Solo una volta. Si stava cambiando la maglia dopo che lui e gli altri erano stati sorpresi da un temporale l'estate scorsa. È terribile» ammise April con un piccolo brivido. «Sembra che sia stato frustato tantissime volte.»

June non si sentiva a suo agio a parlare di Cal in quel modo. E sapere che era sensibile riguardo al suo aspetto non era una rivelazione. L'aveva capito da sola anche nel breve tempo che aveva trascorso con lui.

«Comunque» continuò, cercando di passare a un argomento che non fossero le sue cicatrici, «Carla ed Elaine probabilmente non sono affatto felici che Cal se ne sia andato.»

«E ancor meno felici che tu sia partita con lui, immagino» disse Carlise.

«Quindi, pensi che faranno qualcosa per vendicarsi?» chiese April, aggrottando le sopracciglia.

«Penso che Carla contatterà il cugino di Cal, quello che ha conosciuto online, e cercherà di farlo intervenire a suo favore. Lei ed Elaine potrebbero addirittura arrivare a spedirsi lettere intimidatorie per far credere che ci sia davvero uno stalker. Cal le ha sentite complottare per fornire qualche prova. Ma dubito che vengano fin qui per fare qualcosa a uno di noi. Probabilmente Carla piangerà molto e farà una bella messinscena per convincerlo a tornare lì.»

«Non funzionerà» affermò April, scuotendo con decisione la testa.

«Pensi di no?» chiese June.

«No. Una volta che Cal ha deciso, è fatta. Niente di quello che diranno lo invoglierà a tornare a Washington. Soprattutto ora che sa come ti hanno trattata.»

«Non credo che questo abbia importanza...»

«Sul serio?» chiese, incredula. «Non vedi il modo in cui ti guarda?»

June deglutì a fatica. «È solo dispiaciuto per me. Mi sta aiutando finché non potrò cavarmela da sola.»

«No» insistette l'altra scuotendo la testa. Poi si rivolse a Carlise. «Quanto tempo è passato esattamente da quando hai conosciuto Chappy a quando ti ha fatto la proposta?»

«Contando anche i tre giorni in cui era incosciente?» domandò con una risata.

«No.»

«Circa undici giorni.»

June spalancò gli occhi.

«Visto?»

Non aveva capito che la relazione tra Carlise e Chappy era progredita così velocemente, ma comunque ciò non aveva nulla a che fare con il comportamento di Cal.

«Quei ragazzi... quando si innamorano lo fanno intensamente. E in fretta. E Cal è già a metà strada. Lo capisco solo guardandolo. Non siete venuti direttamente qui da Washington, vero?»

«No. Ci siamo fermati in un hotel.»

«Una stanza o due?»

Ora June era decisamente a disagio. «Una. C'era una competizione sportiva e non avevano più camere.»

«Giusto. Senti, sarò sincera. Conosco Cal e gli altri da un po' di tempo ormai. Sono bravi uomini. I migliori. Dopo quello che hanno subito, ognuno di loro è un po' distrutto a modo suo. Ma Cal...» Fece una pausa e scosse la testa. «Sarebbe difficile per chiunque sfondare le difese che ha innalzato. Tra le donne che lo vogliono per i soldi o per il titolo e l'inferno che ha passato, di cui non so molto perché quei ragazzi sono leali fino all'inverosimile e non ne parlano, credo che Cal abbia pianificato di rimanere solo per sempre. Ma non puoi arrenderti, soprattutto visto il modo in cui ti guarda. Anche se cercherà di allontanarti per il tuo bene. Tu insisti. Fagli capire che le sue cicatrici non contano. Che a te non importa.»

June si strinse le mani nervosa, ora chiaramente angosciata. Odiava parlare di lui alle sue spalle e non le piacevano i pettegolezzi. Non ne usciva mai nulla di buono. Lo aveva imparato da Carla.

«E ora ti ho spaventata. Mi dispiace» disse April contrita. «È solo che... gli voglio bene come a un fratello e non l'ho mai visto così affascinato da qualcuno come lo è da te. Ti dico solo di non rinunciare a lui. Non ascoltarlo se cerca di dirti che non vuole niente di serio. Lo vuole. Ne sono sicura. E se anche tu lo vuoi, devi tenertelo stretto. Capito?»

Non era convinta che April vedesse la realtà del loro rapporto, ma il pensiero di piacergli, anche solo un po', la faceva sentire bene. Molto bene. E se la donna pensava davvero che Cal la desiderasse, ma che si negasse a causa della convinzione di non essere abbastanza, o perché lei avrebbe potuto allontanarlo dopo ciò che gli era successo, avrebbe tenuto duro con tutta se stessa.

Per il momento si limitò ad annuire, desiderando che la conversazione finisse.

«So che il preavviso è breve, ma vi piacerebbe venire a casa di Riggs e stare con me domani sera? Come una sorta di addio al nubilato. Non conosco nessun altro qui, e se gli dico che farò una serata tra ragazze, può uscire con i suoi amici senza sentirsi in colpa. Le cose tra noi si sono mosse molto in fretta, e voglio che i ragazzi sappiano che anche se stiamo per sposarci il loro rapporto è sempre solido. Che non passerà tutto il suo tempo con me senza trovarsi più con loro.»

«Mi piacerebbe molto» disse April, poi aggiunse ironicamente: «Anche se... sei sicura di volere una vecchia come me al tuo addio al nubilato?»

«Non sei vecchia!» la rimproverò Carlise.

«Ragazza, potresti essere mia figlia» ribatté.

«Non credo proprio» disse l'altra con uno sbuffo.

«Hai sedici anni meno di me. La mia osservazione resta valida.»

«Va bene, ma sul serio, April, non è che tu abbia un piede nella fossa, e non sei ancora pronta per trasferirti alla Hill's House o altro.»

«A volte con i ragazzi mi sento anziana» mormorò, guardando verso la cucina dove i quattro amici stavano ridendo e parlando, ovviamente per lasciare alle ragazze il tempo di chiacchierare.

June vide che i suoi occhi erano puntati su un uomo in particolare. «JJ non sembra molto più giovane di te» azzardò.

April girò la testa e rise, anche se sembrò una risata forzata.

«Certo. Agli uomini piacciono le donne più giovani, punto. Le storie di donne più vecchie che conquistano ragazzi giovani e sexy sono solo per i romanzi rosa.» Si rivolse a Carlise. «A che ora vuoi che arriviamo domani? E cosa dobbiamo portare?»

«Pensavo intorno all'ora di cena. Alle sei o giù di lì? Potremmo mangiare, e poi brindare. Quindi portate qualsiasi bevanda vi piaccia. Possiamo rilassarci, guardare film, parlare, fare qualsiasi cosa.»

«Ottima idea» disse April. «Sono felice per te, Carlise. Tu e Chappy siete perfetti insieme.»

«Grazie.»

«Credo sia ora che me ne vada» continuò. «Ci vediamo domani sera. È stato un piacere conoscerti, June. Parlerò con Meg per quel lavoro e vi metterò in contatto. Hai un telefono?»

Aggrottò la fronte. «No. Ne avevo uno, ma l'ho lasciato a Washington perché non volevo che Elaine o Carla potessero chiamarmi. Non avrebbero fatto altro che urlare, insultarmi e insistere perché tornassi a preparare loro la colazione e a fare il bucato.»

«Hai fatto bene. Ok, le dirò di contattare Cal, così potrete mettervi d'accordo su quando e dove incontrarvi per parlare dell'impiego.»

Non era sorpresa che fosse così brava nel suo lavoro. Sembrava incredibilmente organizzata e decisa.

Dopo che tutte si alzarono, April diede una stretta veloce a Carlise e, con sua grande sorpresa, abbracciò anche lei.

«Te ne vai?» le chiese JJ, avvicinandosi.

«Sì, si sta facendo tardi e domani voglio iniziare presto in ufficio.»

«Ti seguo fino a casa.»

«Non è necessario.»

«Lo so, ma lo farò lo stesso. Ci vediamo domani?» domandò JJ agli uomini.

«Devo andare alla baita per assicurarmi che sia tutto a posto» gli rispose Chappy.

«Stavo pensando di portare June a Rumford per comprare alcune delle cose necessarie che non ha portato con sé» disse Cal.

June lo fissò sorpresa. Non le aveva accennato di volerla accompagnare a far spese. Non che le dispiacesse. In effetti c'erano delle cose che le servivano e che aveva lasciato a Washington, ma non si aspettava che volesse passare la giornata con lei dopo essere stato via per qualche giorno.

«Sarò in ufficio come al solito» affermò Bob con un sorriso.

«April e June hanno detto che verranno da noi per una serata di addio al nubilato» Carlise informò il suo fidanzato. «Così domani sera potrete stare insieme e fare... cose da uomini.»

«Whoooo! Spogliarelliste!» scherzò Bob. Quando nessuno rise, scrollò le spalle. «Era una battuta, accidenti! Tanto non è che ci siano spogliarelliste da queste parti. E visto che sono l'unico single, non sarebbe divertente.»

June aggrottò la fronte. Non era vero che era l'unico. C'era JJ, anche se, ripensandoci, sembrava molto interessato ad April. E Cal. Guardò l'uomo in questione e lo trovò a fissare Bob.

«Bene, allora... dove ci incontriamo?» chiese Chappy con un sorriso.

«Possiamo stare qui» propose Cal.

«Ottimo» gli disse, poi gli diede una pacca sulla spalla. «D'accordo. Io porto la birra. Se volete qualcos'altro, dovete arrangiarvi.»

«La birra mi va bene» disse Bob.

«Mi autoproclamo autista designato» avvisò Chappy.

«Sempre il protettore» mormorò Carlise con un sorriso, accoccolandosi al suo fianco.

«È il tuo addio al celibato» protestò Bob. «Dovresti poter bere.»

Ma lui si limitò a scrollare le spalle. «Non sono molto interessato a sbronzarmi la sera prima del mio matrimonio.»

«Oh, va bene. Detto questo, me ne vado anch'io» disse Bob. Poi sorrise e si rivolse a June. «È stato un piacere conoscerti.» Con sua sorpresa, si avvicinò e le baciò entrambe le guance.

«Bob» ringhiò Cal.

«Che c'è? È il modo di salutare di voi europei, giusto?»

Sorridendo, JJ si avvicinò e fece la stessa cosa, seguito a ruota da Chappy.

June sapeva di essere arrossita, ma non capitava tutti i giorni di essere baciata sei volte da tre uomini estremamente belli.

«Siete degli stronzi» mormorò Cal.

I suoi amici non sembrarono turbati dall'insulto. Si limitarono a salutare con la mano e se ne andarono.

Quando Cal chiuse la porta dietro di loro, lei gli lanciò un'occhiata. «Sei arrabbiato?»

«No.»

«Sembra di sì.» Ed era vero. Aveva le sopracciglia aggrottate e le labbra piegate verso il basso.

«Mi stavano solo provocando» le disse.

«Come?»

«Baciandoti in quel modo.»

«Oh. Ma stavano solo seguendo le tue abitudini, vero?»

«Sì e no. Ti hanno baciata soprattutto perché sapevano che mi avrebbe dato fastidio.»

June scosse la testa. «Perché avrebbe dovuto darti fastidio?»

«Perché non voglio che nessuno, tranne me, ti baci» spiegò senza mezzi termini.

Lo fissò incredula... e un po' eccitata. «Non ha significato nulla» disse dolcemente.

«Lo so. Ma non mi è piaciuto lo stesso.» Cal si avvicinò e le passò il pollice su una guancia, come se avesse potuto cancellare il tocco degli altri.

Con un coraggio che non sapeva di avere, gli posò le mani sul petto. Quando si trattava di quell'uomo, si ritrovava a voler essere diversa. Voleva essere il tipo di donna che lui avrebbe valutato di frequentare. «Forse dovresti fare qualcosa per cancellare la sensazione delle loro labbra sulle mie guance.»

«Tipo?» le chiese con un sorriso, sollevando un sopracciglio.

Scrollò le spalle. «Magari cancellare i loro baci con i tuoi?»

Trattenne il respiro in attesa della sua risposta e, con suo grande sgomento, lui non si mosse subito.

Proprio quando si stava insinuando in lei un senso di umiliazione, Cal si avvicinò di più. Non parlò, si limitò ad abbassare lentamente la testa.

Non osò respirare quando le sue labbra le sfiorarono la guancia destra. Poi le scostò i capelli e le baciò la pelle sensibile sotto l'orecchio. Lei inclinò la testa, stringendo con una mano la stoffa della sua maglietta. Un piccolo gemito disperato le sfuggì dalla gola.

Cal si spostò sull'altra guancia, baciandola anche lì. Portò una mano sulla sua nuca, tenendola stretta, e le baciò la fronte. Poi il naso. Poi di nuovo la prima guancia.

June stava quasi ansimando e il suo corpo fu attraversato da fremiti. Le sembrò di essere marchiata a fuoco ovunque toccassero le sue labbra. Era già stata baciata altre volte, ma non si era mai sentita in *quel* modo. Come se l'attesa potesse ucciderla.

«Cal» sussurrò, e poi lui le catturò la bocca con la sua. Le succhiò e mordicchiò le labbra, ma non entrò con la lingua.

Nonostante il tocco casto, una sensazione di piacere la travolse dalla testa ai piedi. Fu il bacio più romantico che avesse mai ricevuto e June ne voleva ancora.

Lui sollevò la testa prima che potesse pregarlo di continuare. Il suo respiro la accarezzò mentre le chiedeva: «Così?»

Aprì gli occhi e lo fissò. «Eh?»

«Senti ancora i loro baci sulla pelle?»

Non sentiva altro che Cal, così scosse la testa.

«Bene. Hai fatto una bella chiacchierata con April e Carlise?»

Voleva dirgli che non le andava di parlare delle altre donne... non le andava di parlare di *nulla,* in realtà. Voleva dirgli di continuare ciò che stavano facendo. Che desiderava la sua lingua in bocca e le sue mani sul corpo. Voleva tutto. Ma deglutì a fatica e rispose con voce roca: «Sì.»

«A un certo punto la situazione mi è sembrata intensa. Eri così accigliata che sono quasi venuto a vedere se era tutto ok.»

Le piaceva il pensiero che si fosse interessato a lei. «Tutto a posto. Stavamo parlando di Elaine e Carla.» Probabilmente non era stato quello a farla accigliare, ma le rivelazioni di April su Cal. Quelle che l'avevano fatta sentire allo stesso tempo colpevole e protettiva.

«Non devi più preoccuparti di loro. Me ne occuperò io.»

June annuì.

Non si era allontanato, teneva ancora la mano sulla sua nuca. Era un tocco incredibilmente possessivo e non si era mai sentita così protetta come in quel momento.

La fissò a lungo, poi lentamente la abbracciò.

Si abbandonò a lui con piacere, affondando il naso nel suo collo mentre Cal praticamente la avvolgeva. Non sapeva bene cosa avesse provocato quel piccolo momento di intimità, ma ne avrebbe fatto tesoro finché fosse durato.

«Cosa mi stai facendo?» le mormorò tra i capelli.

Non ebbe modo di rispondere, anche se probabilmente lui non si aspettava che lo facesse perché si tirò indietro e le rivolse un tenero sorriso. «Vado su a fare la doccia. La cucina è pulita e le porte sono chiuse a chiave. Ci vediamo domani mattina. Ok?»

June poté solo annuire, un po' sorpresa perché era ancora presto.

Cal la lasciò andare e si voltò verso le scale che portavano al secondo piano e alle camere da letto. Le sembrò che stesse scappando, anche se il suo passo non era affrettato. Ma da cosa? Da lei? Era impossibile, dato che era totalmente innocua.

La confondeva stare con lui... un attimo prima la baciava e la abbracciava e quello dopo si comportava come se non sopportasse di stare nella stessa stanza.

Sospirò e andò in cucina. Le aveva detto che era tutto in ordine, ma si sentì in dovere di controllare di persona. Pulì i banconi già puliti e si guardò intorno in cerca di qualcos'altro da fare. Non trovando nulla, andò in salotto e prese il libro che stava leggendo prima.

Sentì l'acqua aprirsi al piano di sopra e perse subito interesse per le parole sulla pagina. Riusciva a pensare solo a Cal, nudo, sotto la doccia.

Le tornarono in mente le parole di April riguardo alle cicatrici sulla schiena e si ritrovò con gli occhi pieni di lacrime. Odiava pensare che gli avessero fatto del male. Odiava ancora di più che lui potesse avere una scarsa considerazione di sé a causa di quello. Non sapeva che era l'uomo più incredibile che lei avesse mai conosciuto? Che non le importava minimamente com'era sotto i vestiti?

Probabilmente no. Tutta la sua vita era stata incentrata sulle apparenze, cosa che June capiva più della maggior parte delle persone. Appartenere alla famiglia reale significava essere sotto i riflettori, essere tenuti ad avere degli standard diversi dalla gente comune. Qualsiasi imperfezione poteva essere vista come un difetto, qualcosa da criticare. Odiava che lui dovesse trovarsi in quella situazione e si ripromise di fare il possibile per fargli capire che non lo avrebbe *mai* giudicato.

Quando sentì che l'acqua non scorreva più, aspettò di vedere se Cal l'avrebbe raggiunta al piano di sotto. Non lo fece, così decise di andare nella sua stanza. Le era piaciuto conoscere i suoi amici e non vedeva l'ora di passare del tempo con loro, ma l'unica persona che voleva conoscere meglio era l'uomo con cui viveva... che in quel momento sembrava lontano un milione di chilometri.

CAPITOLO UNDICI

CAL SI SAREBBE PRESO a calci per essersi offerto di accompagnare June a fare spese. Non che non volesse trascorrere del tempo con lei, anzi, ne voleva passare il più possibile. Il fatto era che più stavano insieme, più voleva starci.

La sera precedente era fuggito di sopra prima di fare qualcosa che l'avrebbe spaventata a morte. Tipo prenderla in braccio, gettarla sul divano e fare l'amore con lei. Posare le labbra sulle sue era stato il paradiso e l'inferno. Aveva la pelle morbidissima e i piccoli gemiti che aveva emesso mentre la baciava gli avevano risvegliato il cazzo. Gli era servita tutta la sua forza di volontà per controllarsi e non andare oltre.

June era stata emarginata e maltrattata, e finalmente avrebbe potuto dispiegare le ali, quindi, l'ultima cosa che voleva era soffocarla. Ora avrebbe potuto frequentare tutti gli uomini che desiderava. Non poteva essere egoista e non darle la possibilità di uscire, di innamorarsi... di essere felice.

Ma il solo pensarla con un altro uomo gli faceva venire voglia di rapirla e rinchiuderla. Era *sua*, dannazione.

Solo che non lo era.

I suoi amici avevano fatto apposta a irritarlo con la bravata della sera prima. L'avevano baciata proprio davanti a lui. Usanze un cazzo: non avevano mai salutato nessun'altra in quel modo, *mai*. Il problema era che la loro pagliacciata aveva funzionato. Aveva odiato vedere le loro labbra su di lei. Sì, Chappy era impegnato, e anche JJ in un certo senso, visto che non riusciva a togliere gli occhi di dosso ad April, ma non importava.

Era stato entusiasta quando June gli aveva suggerito di cancellare i loro baci con i suoi. Era timida, ma non tanto da rimanere pietrificata. E tenerla tra le braccia gli aveva fatto provare una sensazione stupenda. Proprio come quella notte in hotel, quando l'aveva tenuta stretta mentre dormivano.

Ma per quanto la desiderasse, non poteva stare con lei come avrebbe dovuto fare un uomo normale con una donna. Non riusciva neppure a guardarsi allo specchio, come poteva mostrarle la sua carne rovinata? Avrebbe preferito morire piuttosto che vedere uno sguardo disgustato o di pietà nei suoi occhi.

Così adesso si stava torturando trascorrendo la giornata con lei a Rumford. A fare shopping, tra l'altro. Non era un uomo che andava per negozi. Se aveva bisogno di qualcosa, cercava su internet e lo ordinava. A parte per fare la spesa dei generi alimentari, non ricordava l'ultima volta che era entrato in un vero negozio.

«È divertente» disse June accanto a lui, riscuotendolo dai suoi pensieri.

La guardò e vide che stava sorridendo. Aveva le guance rosse per aver camminato all'aria fredda, e gli occhi che scintillavano. Bastava così poco per renderla felice. «Davvero?» chiese.

Lei annuì. A Rumford non c'era un centro commerciale e non c'erano negozi di marchi importanti. Niente di paragonabile a quelli di Washington. Ma sembrava non avesse importanza. June si stava godendo il piacere di essere in giro e tra la gente, un concetto che era per lo più estraneo a Cal. A parte le occasionali e tranquille escursioni, era passato molto tempo dall'ultima volta che si era goduto semplicemente la vita.

Quando gli lanciò un'occhiata, si fermò di colpo e gli mise una mano sul braccio per fermarlo. «Cal?» chiese.

Lui inclinò la testa in risposta, anche se strinse i pugni per evitare di avvolgerle un braccio intorno alla vita e attirarla a sé.

«Tutto a posto?»

«Certo.»

«Probabilmente hai cose più importanti da fare che stare con me. Possiamo tornare a Newton.»

Cal si rimproverò tra sé e sé. Non aveva voluto contaminarla con il suo stato d'animo inquieto, ma a quanto pareva era successo. «No, non ho niente di meglio da fare in questo momento» la rassicurò.

Lo fissò, aggrottando le sopracciglia, e infine disse: «Ho studiato le persone per tutta la vita, per capire cosa vogliono senza che abbiano bisogno di dirlo. So quando a qualcuno non piace quello che gli ho servito per cena, quando è di cattivo umore... o quando è semplicemente educato e nel profondo vorrebbe essere in un posto diverso da quello in cui si trova. Non devi mentirmi. Vedo che non ti senti a tuo agio ad andare per negozi.»

Inspirò profondamente, come per trovare il coraggio di dire le parole successive. «E posso anche dire che non ti senti a tuo agio con *me*. Riportami a casa e starò fuori dai piedi per il resto della giornata. Stasera, quando andrò a casa di Chappy, parlerò con April per vedere se può aiutarmi a trovare un'altra sistemazione.»

Cal si mosse prima che lei finisse di parlare. La fece indietreggiare di qualche passo, finché non fu schiacciata contro il muro di mattoni dietro di lei. Erano in una strada abbastanza affollata, c'era gente che camminava e auto che passavano, ma in quel momento era come se loro due fossero le uniche persone al mondo.

Aveva fatto un casino. Odiava che lei avesse perso l'eccitazione di un attimo prima.

«Non sei tu» disse con fervore. «È solo che... stare con te, vedere che ti entusiasmi per un maledetto cuscino decorativo più di quanto io lo faccia per qualsiasi cosa da anni, mi fa capire quante cose mi sono perso nella vita. Tu trovi gioia in tutto ciò che ti circonda, e io non riesco a ricordare l'ultima volta che ho provato anche solo un briciolo di quell'emozione.»

«Mi dispiace» sussurrò, guardandolo con preoccupazione.

«No» replicò lui, scuotendo la testa. «Non essere dispiaciuta.»

«Qualcosa è cambiato quando siamo arrivati a Newton. Ci siamo trovati bene mentre eravamo a Washington, e anche durante il viaggio, ma da quando siamo nel Maine, sembra che tu abbia problemi a starmi vicino. Non so cosa ho fatto, ma se me lo dici, smetterò.»

Cal provò una stretta al cuore. Lo uccideva che si sentisse così. Ma non aveva torto. Ciò che era cambiato era il fatto che lei viveva a casa sua e che gli sembrava dannatamente giusto. Era tornato da due giorni e aveva già iniziato a sognare un futuro. A sognare di averla lì per sempre. Di condividere la sua vita. Solo che non credeva potesse accadere davvero.

Le prese la testa tra le mani e June si afferrò alla sua vita, stringendogli la giacca in attesa che lui dicesse qualcosa.

Aveva pensato di dirle che forse *sarebbe* stato meglio se avesse parlato con April per trovare un appartamento. Sarebbe stato meno doloroso se se ne fosse andata ora piuttosto che quando avessero legato di più.

Ma ciò che uscì dalla sua bocca fu qualcosa di completamente diverso. Pensieri e sentimenti che aveva tenuto sepolti per anni.

«Non è che non voglia starti vicino. Lo voglio. Più di quanto tu possa immaginare. Ma dal momento in cui hai varcato la mia soglia, avrei voluto sprangare la porta e non lasciarti più andare via. Tu porti in casa mia una luce e un'energia positiva che non ci sono mai state fin dal giorno in cui mi sono trasferito. Ma non posso farti questo. Non quando sei appena uscita da un posto che era più una prigione che altro.

Non capisci, June? Sto cercando di darti lo spazio e la libertà che non hai mai avuto prima. Ho il terrore che la mia testa incasinata possa danneggiarti. Che ti impedisca di diventare tutto ciò che puoi essere.»

Cal chiuse gli occhi e fece un respiro profondo. Accidenti, non stava andando come voleva. La sua intenzione era stata di rassicurarla sul fatto che gli *piaceva* stare con lei, che era la *sua* vita a essere troppo incasinata per riuscire a gestirla. Invece aveva vomitato cose che non avrebbe mai voluto dire.

June gli coprì una delle mani ancora posate sul suo viso e lui riaprì gli occhi per fissare il suo bellissimo sguardo.

«Posso essere sincera?»

«Mi arrabbierei se non lo fossi» le disse.

«Ho paura.»

Aggrottò le sopracciglia e si irrigidì. «Di cosa?»

«Di tutto» ammise. «Ho a malapena i soldi per pagare un paio di mesi di affitto. Non ho una macchina. Ho solo due valigie di cose che mi appartengono. Non ho amici. Sono completamente dipendente da te. La mia matrigna e la mia sorellastra mi odiano a morte e non mi sorprenderebbe se in questo momento stessero cercando di trovarmi per farmela pagare per averle abbandonate.

E non ho mai provato per *nessuno* quello che provo per te. Nel senso che se non ti vedessi, se non ti potessi toccare, mi spezzerei in mille pezzi che volerebbero via. So di essere troppo ordinaria, che la gente non mi degna di un secondo sguardo. Sono bassa, in sovrappeso e non ho alcun gusto nel vestire. Ma al mio cuore non importa che non potrò mai essere adatta al tuo mondo. Vuole solo... ciò che desidera.»

La bocca di Cal era così secca che non riuscì nemmeno a deglutire. «Che cosa desidera?» sussurrò, trattenendo il respiro in attesa della sua risposta.

E June, essendo June, non cercò di fare la timida, di essere evasiva. Trovò la forza e il coraggio di dire ciò che sentiva nel cuore.

«Te. Desidera *te*, Cal.»

Un fiume di emozioni lo travolse. Gioia. Soddisfazione. Possessività. Il bisogno di portare quella donna a casa, trascinarla nel suo letto e mostrarle esattamente quanto la ammirava, la rispettava e la desiderava.

«Ma se non ti piace trascorrere il tempo con me, e non mentire perché vedo che non ti stai divertendo in questo momento, non ci sono problemi. Non sono il tipo di donna che implora e singhiozza e fa scenate. O che si inventa uno stalker per cercare di sedurti» concluse ironicamente.

Cal strinse un po' le dita mentre si chinava su di lei. «Sto per baciarti» la informò.

June aggrottò le sopracciglia, confusa, ma non si allontanò. Non gli disse che era ridicolo o che i suoi sbalzi di umore la frustravano. No, lo afferrò più forte in vita e cercò di avvicinarlo ulteriormente sollevando un po' il mento.

Quel bacio non fu affatto come quelli gentili della sera prima. Lui non ci andò piano. Non ci fu un tenero sfiorarsi di labbra. Si gettò con tutta la disperazione che sentiva nella sua anima combattuta. Avrebbe dovuto lasciarla andare, ma aveva bisogno di tenerla tra le braccia, nel suo letto, nella sua vita.

Le prese la bocca come se fosse un uomo affamato e lei il nutrimento di cui aveva bisogno per sopravvivere. E la sua June offrì tanto quanto ricevette. Non si accontentò di accettare passivamente ciò che le dava. Inclinò la testa per approfondire il bacio e sembrò essere disperata quanto lui.

Le loro lingue duellarono, i loro denti morsero e piccoli gemiti di piacere eruppero da entrambi. Cal spostò la mano dietro la testa di June per proteggerla, mentre con il corpo la spingeva con più forza contro il muro. Fece scivolare l'altra sotto la giacca e la maglia per posarla sulla sua schiena.

Non appena il suo palmo freddo le toccò la pelle calda, lei si inarcò bruscamente e si dimenò tra le sue braccia. Gli infilò le dita tra i capelli tirandoglieli, aggiungendo un piccolo elemento di dolore alla passione di Cal e aumentando ancora di più il suo desiderio. Lo imitò, portando anche lei la mano sulla sua schiena e insinuandola sotto i vestiti fino a posarla sulla pelle.

Lui non sentì esattamente il suo tocco, ma la sensazione delle sue dita fredde sulla carne martoriata fu come un secchio di acqua gelata per la sua libido. Il suo cazzo, che fino a un attimo prima era duro come la roccia, si afflosciò, e Cal si allontanò dalla sua bocca ansimando.

Respiravano entrambi a fatica e non poté fare a meno di notare che le aveva scompigliato i capelli. Il suo aspetto era quello che immaginava avrebbe avuto dopo aver girato a destra e a sinistra la testa sul cuscino mentre facevano l'amore.

«Cal?» gli chiese esitante dopo un attimo.

Era ben consapevole che June non aveva spostato la mano dalla sua schiena, ma d'altra parte nemmeno lui l'aveva fatto. Erano avvinghiati l'uno all'altra come due piante rampicanti che crescevano nella natura.

«Puoi... per favore, puoi togliere la mano dalla mia schiena?» sussurrò.

Lei annuì, e quando lo fece gli sembrò di poter respirare di nuovo. Provando vergogna e sentendosi un debole, prese un respiro profondo e inclinò la testa all'indietro, guardando il cielo per cercare di controllare le emozioni.

Dopo quella che sembrò un'eternità, ma che probabilmente era stato solo un minuto o poco più, tornò a guardarla. Non si era allontanata dalle sue braccia. Non aveva chiesto cos'era successo o perché non voleva che lo toccasse. Il suo sguardo comprensivo era incollato a lui, e aveva la sensazione che sarebbe rimasta lì per tutto il tempo necessario.

«Io...» iniziò, ma lei scosse la testa.

«Mi dispiace. Avrei dovuto sapere che non dovevo toccarti. Cal, quello che ti è successo è stato orribile. Atroce. E qualcosa che non riuscirò mai a capire. Ma come ti ho già detto, e continuerò a farlo finché non ci crederai, le tue cicatrici devono far vergognare *loro*, non te. Non voglio dire che dovresti portarle con orgoglio, ma ora fanno parte di te. Della tua storia. Sono ciò che ti rendono Cal Redmon.

E non fanno assolutamente alcuna differenza in ciò che provo per te. Aspetta... no, non è vero. Sapendo cosa ti è successo, cosa ti hanno fatto, e vedendo l'uomo che mi sta di fronte oggi, quelle cicatrici mi portano a stimarti ancora di più. Eri già una persona estremamente impressionante, ma ora che conosco un po' della tua storia, di quello a cui sei sopravvissuto, non posso che ammirarti.»

Cal scosse la testa. «Non hai idea di quanto siano orribili» le disse.

«Hai ragione, non ne ho idea. Ma non mi interessa comunque.»

Non ci credeva. Non poteva. Alla fine le *sarebbe* importato. Se avesse visto quanto era devastata la sua pelle, quanto fossero disgustose le cicatrici, le sarebbe importato. Come avrebbe potuto essere diversamente?

«Se i ruoli fossero invertiti, se il mio corpo fosse coperto di cicatrici, farebbe differenza per te?»

Tutto dentro di lui si ribellò al pensiero che la donna tra le sue braccia potesse subire anche solo una minima parte delle torture a cui era stato sottoposto. Un senso di nausea gli rimescolò lo stomaco e non poté fare altro che scuotere violentemente la testa.

«Allora perché pensi che per me lo faccia?» gli chiese in tono calmo.

Chiuse di nuovo gli occhi e deglutì a fatica. Voleva credere che l'attrazione e il desiderio tra loro sarebbero rimasti uguali una volta che lei lo avesse visto senza vestiti, ma aveva paura di correre quel rischio. Lo avrebbe distrutto vedere il suo disgusto.

La percepì sollevarsi in punta di piedi e si preparò, assicurandosi che fosse ben salda contro di lui. Le sue labbra gli sfiorarono la guancia prima di spostarsi per sussurrargli all'orecchio: «Ti voglio, Cal. Anche se so che non sarò mai all'altezza delle tue aspettative. Anche se sei anni luce migliore di me. Ti voglio contro di me, sopra di me, dentro di me. Se per farlo hai bisogno del buio, o se devi essere completamente vestito, nessun problema. Mi andrà bene qualsiasi modo in cui potrò averti.»

E a quello, il suo cazzo riprese vita. Cal aprì gli occhi e scostò la testa per poterle vedere il viso. Stava arrossendo di nuovo, ed era qualcosa di straordinario. Ma era evidente la certezza e il desiderio nel suo sguardo.

«Niente di te potrebbe mai far affievolire l'attrazione che provo nei tuoi confronti» continuò, guardandolo dritto negli occhi. Quella donna era sicuramente più coraggiosa di lui. «Sei l'uomo più sexy che abbia mai incontrato. *Punto*. Sei generoso, leale, protettivo, un gran lavoratore... insomma, tutto ciò che ho sempre sognato in un uomo ma che non ho mai pensato esistesse in una sola persona.»

«Hai dimenticato ricco e principe» disse, stuzzicandola.

June si rabbuiò. «No, non l'ho dimenticato, ma non me ne frega niente di queste cose. Ho visto cosa può fare il denaro alle persone – la mia matrigna, per fare un esempio – e ti vorrei anche se non fossi altro che un boscaiolo. A dire il vero, il fatto che tu sia un reale è l'unica cosa che mi fa venire voglia di scappare. È qualcosa di troppo grande per me. Non potrei mai essere all'altezza delle aspettative della tua famiglia. E non voglio essere una principessa, sarei pessima. Voglio te, Cal. L'uomo che mi fa sentire sicura e libera per la prima volta nella mia vita.»

Come poteva resistere?

Non poteva. L'avrebbe avuta.

Poi l'avrebbe lasciata andare. Sarebbe stato un comportamento orribile da parte sua e forse la cosa più difficile che avrebbe mai fatto. Lasciarla andare sarebbe stato più doloroso anche delle torture che aveva subito. Ma era necessario, per il bene di June.

Cal la baciò di nuovo. Un bacio dolce e tenero. «In fondo alla strada c'è un piccolo negozio di souvenir che credo ti piacerà» le disse. «Poi possiamo andare al supermercato a prendere le altre cose di cui hai bisogno. Vorrei fare una sosta anche al negozio di bricolage. Dopodiché possiamo tornare a casa e tu potrai prepararti per l'addio al nubilato di Carlise. Sei d'accordo?»

Lo fissò per un lungo momento prima di annuire. «Se sei sicuro che non sono una seccatura.»

«Non lo sei. Nemmeno nel senso più lontano del termine. Non sono abituato a fare queste cose, ad andare per negozi senza un vero obiettivo in mente, ma passare del tempo con te è... tutto. Me la sto godendo.»

«Ok.»

«Bene» concordò.

Poi sfilò lentamente le dita dai suoi capelli e si allontanò. Le prese la mano e se la mise nell'incavo del gomito, premendola contro il suo fianco mentre riprendevano a camminare.

June si appoggiò a lui e fu la sensazione più bella del mondo averla così vicina. Non aveva idea di come avesse fatto a passare dall'essere fermamente convinto a rimanere single, e anche rassegnato, al desiderare così ardentemente una donna tanto che ogni parte del suo corpo smaniava per il bisogno di averla. Ma pur sapendo che una volta arrivato il momento di separarsi il dolore gli avrebbe schiacciato l'anima, non si sarebbe trattenuto dall'accettare tutto ciò che lei gli avrebbe offerto.

Presto.

Preferiva dar tempo al loro rapporto, lasciare che la trepidazione si accumulasse, godersi il fatto di corteggiarla. Ma aveva la sensazione che nessuno dei due sarebbe stato in grado di aspettare a lungo. E sapere che lei era disposta a dargli ciò di cui aveva bisogno, cioè il buio, pur di averlo, dimostrava chiaramente che quella donna era perfetta per lui.

Quella sera sarebbe uscita con le sue nuove amiche e lui si sarebbe rilassato con i suoi compagni. L'indomani sarebbero stati occupati con il matrimonio. June presto avrebbe incontrato Meg e probabilmente iniziato a lavorare, e lui doveva fare la sua parte alla Jack's Lumber. Ma, non sapeva quando o come, avrebbero trovato un momento per consolidare il legame che avevano. Ne era certo.

Così come non aveva dubbi che una volta toccata June, una volta che lei lo avesse lasciato entrare nel suo corpo, lui non sarebbe stato più lo stesso.

CAPITOLO DODICI

June, un po' brilla, guardò Carlise e le sorrise. Non aveva programmato di bere quella sera, solo di conoscere le due donne. Ma April aveva preparato un drink delizioso con succo d'ananas, rum aromatizzato, Sprite e chissà cos'altro. Non si sentiva affatto l'alcol e, senza rendersene conto, ne aveva bevuti due bicchieri e ora era al terzo.

«Prima che mi dimentichi, ho chiamato Meg ed è molto ansiosa di conoscerti» disse April eccitata. «E se ti va bene, vuole che tu vada alla Hill's House lunedì per incontrarla.»

«Così presto?» chiese June.

«Sì. Ha appena assunto un nuovo inserviente, ma sono mesi che cerca la persona giusta per il posto di coordinatore dell'intrattenimento ed è entusiasta che tu sia qui.»

«Non mi conosce nemmeno. Non vuole un curriculum, delle referenze o altro?»

April agitò la mano in aria e scosse la testa. «Non necessariamente. Le ho raccontato tutto di te. Dove vivevi prima, cosa hai fatto. Sarai perfetta.»

«Ma se non le piacesse quel posto e non volesse accettare il lavoro?» domandò Carlise. Anche lei biascicava un po'. Si sentivano tutte molto rilassate, ma non erano ubriache fradicie. Nessuna voleva soffrire dei postumi della sbornia l'indomani al matrimonio.

«Perché non dovrebbe piacerle?» chiese April.

«Non lo so. Ma i colloqui dovrebbero servire per entrambe le parti, per capire se è il lavoro adatto. E sappiamo tutti che Cal la lascerà restare da lui per tutto il tempo che vuole, così non dovrà preoccuparsi dei soldi.»

«Non sono una scroccona» disse June con più foga di quanto avesse inteso.

«Oh, non volevo insinuarlo» replicò Carlise accigliata.

«Intende solo dire che da come Cal ti guarda, potresti dirgli che vuoi un aereo a reazione e non solo te lo comprerebbe, ma costruirebbe anche un hangar e una pista d'atterraggio nel suo cortile» affermò April con un enorme sorriso sulle labbra.

«Non è vero» protestò June.

«Ragazza, per favore» disse Carlise dopo aver bevuto un sorso del suo drink. «Ti guarda come se fossi la cosa più preziosa dell'universo.»

Le parole dell'altra donna le provocarono un'ondata di piacere. Eppure...

«Ci conosciamo solo da pochi giorni» protestò.

Carlise scoppiò a ridere. «Dobbiamo ripeterlo di nuovo?» Sollevò il braccio e si guardò il polso nudo, fingendo di controllare l'ora. «Io e Riggs ci conosciamo da un minuto e domani ci *sposiamo*. Il tempo non conta, l'importante è il modo in cui ti fa sentire nel profondo. Il fatto che quando lo vedi ti senti rimescolare la pancia, che la sua voce ti fa bagnare tra le gambe, e il modo in cui ti guarda costantemente, come se temesse che degli omini verdi scendano dal cielo da un momento all'altro per portarti via.»

«È così tra te e Chappy?» chiese April.

Carlise rispose con uno sguardo sognante. «Oh, sì. E quando

mi bacia è come se non ci fosse nessuno al mondo tranne noi due. Cal ti ha già baciata?»

Lei non poté fare a meno di leccarsi le labbra e ricordare l'incredibile bacio appassionato che si erano scambiati proprio quel giorno, e annuì.

«Ed è stato sconvolgente?»

«Decisamente.»

«E avete fatto sesso?»

Arrossì e scosse la testa.

«Ok, be'... succederà. Presto, ne sono sicura. Perché Cal è proprio come il mio Riggs. Non scherza quando si tratta di ciò che vuole. E quell'uomo vuole *te*. Praticamente sbava quando gli sei vicina.»

«Oh, proprio una bella immagine... o anche no» borbottò April, alzando gli occhi al cielo.

«Intendevo in senso positivo. La desidera» spiegò Carlise. Poi sorrise. «E vogliamo parlare di te e JJ?»

April si soffocò con il drink che stava sorseggiando. Si girò verso di lei e scosse la testa. «Non ne parleremo.»

«Perché no? Voglio dire, è ovvio che Cal desidera June dal modo in cui la guarda, così come è ovvio dal modo in cui JJ guarda te.»

«Non mi guarda in *nessun* modo» si ostinò.

Fu il turno di Carlise di alzare gli occhi al cielo. «Stai scherzando, vero? Quell'uomo non riesce a toglierti gli occhi di dosso. E Riggs mi ha raccontato di quel tizio che è entrato in ufficio l'altra settimana e ti ha molestata, e che JJ è quasi andato fuori di testa. La sua voce è diventata spaventosa e tutta un ringhio, e l'ha cacciato via.»

«Non era successo chissà cosa, ha esagerato» insistette, ma non guardò negli occhi nessuna delle due.

«Sto solo dicendo che tu piaci a quell'uomo» continuò Carlise in tono più dolce. «Se gli mostrassi di essere anche solo un minimo interessata, si butterebbe... anche su di te.» Ridacchiò per la sua battuta.

«Sono troppo vecchia per lui» incalzò April.

«Come, scusa?» chiese June, temendo di non aver sentito bene.

«Ho quasi cinquant'anni» disse mesta.

«Pensavo che ne avessi quarantacinque o quarantasei» replicò Carlise, confusa.

«Quarantasei. Che sono quasi cinquanta.» Sospirò.

«Oddio, non è proprio così» affermò, scuotendo la testa. «Inoltre, JJ compirà presto quarantadue anni. Credo che il suo compleanno sia tra un mese o giù di lì.»

April alzò la testa di scatto. «Davvero?»

«Come fai a *non* saperlo?» le domandò ridendo. «Voglio dire, tu sai tutto di tutti. Non so dirti quante volte Riggs ha detto che senza di te la Jack's Lumber sarebbe fallita. Li tieni in riga, organizzi gli orari di lavoro e hai persino iniziato a pianificare le loro escursioni sull'AT. Come fai a non sapere quanti anni ha JJ?»

«Pensavo avesse trent'anni» ammise. «Voglio dire, l'hai visto? È in forma smagliante. E non ha un capello grigio.»

«Questo non significa nulla. I capelli grigi, intendo» disse Carlise. Poi posò il bicchiere e si chinò verso April che era seduta insieme a June sul divano, mentre lei era sul pavimento davanti a loro a gambe incrociate. «Non sei vecchia. Non avrebbe importanza nemmeno se JJ *avesse* trentadue anni o giù di lì. Guardati, sei bellissima. E intelligente. E non tolleri le sue stronzate, cosa di cui credo abbia davvero bisogno.»

«Mi vede come una figura materna» protestò.

June non riuscì a trattenersi e scoppiò a ridere.

«Che c'è? È *vero*!» insistette. «A volte mi chiama anche "mamma".»

«Ti prende in giro!» le disse Carlise.

«Se JJ pensa a te come a una figura materna, chiamo Elaine per dirle dove sono e accetterò di lavorare gratis per lei per il resto della mia vita» affermò June solenne. «E dato che è l'ultima persona che vorrei rivedere, sono *certa* di ciò che ho detto.»

April la fissò con così tanta speranza nello sguardo da provocarle una fitta al cuore.

«Guardami» continuò. «Sono bassa, grassa, non sono mai andata al college e ho vissuto nella stessa casa per tutta la vita. E non si sa come, ma un principe miliardario è interessato a me. A *me*.» Scosse la testa. «Inoltre, per qualche motivo, è preoccupato che io pensi che le sue cicatrici siano un problema, cosa che non capisco. Ma lo voglio, quindi lo avrò. Probabilmente non durerà, e non è possibile che voglia sposarmi, ma non ho intenzione di lasciarmi sfuggire questa opportunità perché ho paura. E ne ho tanta. Sono terrorizzata. Ma nel profondo so che se mi tiro indietro, se non inseguo ciò che voglio, me ne pentirò per il resto della vita. E succederà anche a te, April, se non darai una possibilità a JJ.»

Quando finì era praticamente senza fiato, ma aveva voluto davvero che la ascoltasse.

«Non sei grassa. Né bassa. E... ci penserò.»

«Dice la donna che è alta un metro e settantacinque e che probabilmente non ha mai dovuto indossare indumenti extra large» mormorò June.

Con sua grande sorpresa, April posò il bicchiere sul tavolino accanto al divano e le si lanciò praticamente addosso.

La abbracciò forte e June riuscì a malapena a non rovesciare il drink.

«Ehi, voglio partecipare anch'io a questa festa degli abbracci!» protestò Carlise, unendosi dall'altro lato.

«Mi sento come un insetto schiacciato» disse ridendo, mentre le due donne la stringevano.

Carlise si tirò indietro e le sorrise. «Mi piaci, June.»

«Anche a me» concordò April.

«E voi piacete a me. Non ho mai avuto amiche prima d'ora, a dire il vero. Non ho mai avuto tempo, e le ragazze che conoscevo al liceo sono tutte andate avanti con la loro vita dopo il diploma.»

«La tua matrigna sembra una vera stronza» disse April con fermezza.

«Perché lo è» replicò con un'alzata di spalle.

Tutte risero. Carlise tornò al suo posto sul pavimento e bevve un altro sorso della sua bibita, mentre l'altra si accomodò di nuovo sul lato opposto del divano.

«Non posso credere che ti sposi nella baita dove sei quasi morta» disse April quasi con nonchalance. «Al posto tuo non so se vorrei andare di nuovo lassù.»

«Aspetta, *cosa*?» June praticamente gridò. «Sei quasi *morta*?»

Carlise scrollò le spalle. «Sì, ma Baxter mi ha salvata.» Allungò una mano e accarezzò il Pitbull nero che l'aveva seguita per tutta la sera nell'appartamento, sistemandosi solo quando l'aveva fatto lei.

«Raccontami tutto!» Non riusciva a spiegarsi perché fosse così turbata dalla notizia che la sua nuova amica era quasi morta. Forse perché sembrava così... piena di vita. Il pensiero di aver rischiato di non conoscerla era doloroso.

June si sistemò e la ascoltò a occhi spalancati spiegare ciò che era accaduto appena un mese prima; che una tempesta di neve l'aveva colta di sorpresa e Baxter aveva condotto Chappy proprio da lei. Che la sua migliore amica l'aveva perseguitata fino ad andare addirittura alla baita nel Maine per cercare di rapirla e ucciderla. Il resto della storia riguardava un bunker, una valanga e Baxter che ancora una volta aveva contribuito a salvarle la vita.

«Non è che ci sposiamo nel bunker» disse Carlise, quando finì di raccontare il suo calvario. «Lo faremo all'esterno nella baita. E credetemi, ho un *sacco* di bei ricordi in quella casetta e non vedo l'ora di crearne di nuovi dopo che Riggs mi avrà sposata.» Aveva un sorriso soddisfatto sul volto.

«Dio, possiamo per favore non parlare di sesso visto che io non ne faccio?» la implorò April.

«Potresti farlo se tirassi fuori la testa dalla sabbia e dessi il via libera a JJ» ribatté l'amica.

«No, non torniamo su quel discorso. Ne abbiamo già parlato stasera» ordinò, scuotendo la testa.

«Sei stata tu a parlare di sesso» le ricordò.

«Come vuoi.»

June non riuscì a trattenere un sorriso.

«Non so perché *stai* sorridendo» mormorò April. «Neanche tu lo fai.»

«Non ancora» replicò timidamente.

Carlise ridacchiò. «Un letto» disse.

«Cosa?» chiese confusa.

«Ha funzionato per me. E hai detto che tu e Cal avete condiviso il letto mentre stavate venendo qui. Ho la sensazione che sarà testardo, ma se riuscissi a trovare un modo per infilarti di nuovo nel suo letto per dormire, credo che non riuscirebbe a tenersi a distanza molto a lungo.»

«Hai ragione» disse June.

«Lo so. È quella cosa della vicinanza forzata» dichiarò Carlise con fermezza.

«La che?» domandò April.

«È uno schema ricorrente nei romanzi che traduco. Quando i protagonisti sono costretti a passare del tempo insieme, soprattutto a letto, tendono a succedere delle cose. Ehi! Come possiamo mettere JJ e April in un letto insieme? Immagino che portare una branda nel suo ufficio e poi in qualche modo rompere la serratura quando April è lì con lui sia un po' troppo ovvio.» Carlise sembrava fin troppo eccitata all'idea di intrappolare i suoi amici.

«Come se JJ non fosse in grado di trovare un modo per liberarsi. Faceva parte delle forze speciali, sai» disse April con un'alzata di spalle. «Ci farebbe uscire nel giro di cinque minuti.»

«Probabilmente hai ragione. Dovrò inventarmi qualcos'altro.»

June pensò che fosse significativo che April non avesse contestato subito l'idea. Si ripromise di parlarne con Carlise, quando non fosse stata occupata a sposarsi e non fossero entrambe brille. Doveva esserci qualcosa che potevano fare per aiutare April e JJ a mettersi insieme, soprattutto perché sembrava davvero che si piacessero.

Aveva incontrato quelle donne solo il giorno precedente, ma erano così amichevoli e accoglienti che le sembrava di conoscerle da molto più tempo. Non trovava nemmeno strano parlare della loro vita amorosa o di accoppiare gli amici.

«Rimane Bob» disse June.

«In che senso?» chiese Carlise.

«Dobbiamo trovare qualcuno con cui sistemarlo.»

«Oh! Hai ragione. Ma non credo che sia interessato alle donne di queste parti» sostenne accigliata.

«Magari una delle persone che ha bisogno di una guida sull'AT» rifletté April. «La maggior parte delle richieste proviene da donne. Potrei esaminarle più attentamente, pianificando le sue escursioni con quelle che potrebbero attirarlo.»

«Ottima idea!» esclamò June, con un po' troppo entusiasmo. «Ma il nome...Bob... non sono sicura che sia molto sexy.»

Le altre due risero di gusto.

«Il suo vero nome è Kendric» la informò April.

«Oh, mamma, è molto meglio! Perché mai si fa chiamare Bob?» domandò.

«Kendric è decisamente un nome da eroe romantico» concordò Carlise. «E non so perché tutti lo chiamino Bob.»

«Il suo cognome è Evans» incalzò April.

Le altre due la fissarono con uno sguardo vuoto.

«Accidenti, ragazze. Bob Evans? La catena di ristoranti?»

«Oh!» disse Carlise.

June si limitò a scuotere la testa. «Uomini. Sono davvero infantili.»

Ridacchiarono.

«Potrei dire alla cliente che la prenoto con Kendric. Così non saprebbe del soprannome a meno che non sia lui a dirglielo. Ma a quel punto nella sua testa sarebbe già Kendric.»

«Esatto, come me con Riggs. Mi ha detto di chiamarsi così e poi è rimasto praticamente incosciente per tre giorni. Così quando JJ ha chiamato e ha preteso di sapere cosa avessi fatto a Chappy, ero davvero confusa. Ancora oggi non riesco a chiamarlo in nessun altro modo.»

«Mi sembra un buon piano» concordò June. «April prenoterà Bob... cioè Kendric, per fare da guida a una donna single che ama la vita all'aria aperta – altrimenti perché dovrebbe volere una guida – e si innamoreranno, lei si trasferirà a Newton e vivranno per sempre felici e contenti.»

Sapeva di essere ridicola, ma l'alcol e la felicità che provava nello stare con le sue nuove amiche l'avevano convinta che tutto sarebbe andato alla perfezione. «Mi chiedo cosa stiano facendo i ragazzi.»

«Dovremmo chiamarli?» chiese Carlise con un po' troppo entusiasmo.

«No! È troppo presto. Vogliamo che si chiedano cosa stiamo facendo noi» disse April con un sorriso.

«Ma siamo solo qui a rilassarci.»

«Non è necessario che lo sappiano. Magari pensano che stiamo facendo una festa sfrenata o qualcosa del genere.»

June non ne era molto convinta, ma non fece commenti. Si limitò a bere un altro sorso del suo delizioso drink e a sorridere. Era così felice che quasi la spaventava, e si rifiutò di pensare agli altri momenti della sua vita in cui era stata contenta, e a come di solito le cose poi erano andate a rotoli. Lì non sarebbe successo. Sperava.

CAPITOLO TREDICI

«Cosa pensate stiano facendo le ragazze?» chiese JJ.

Cal aveva acceso il braciere nel giardino e ora erano tutti seduti intorno al fuoco. Avevano bevuto un paio di birre ciascuno, ma ora erano passati all'acqua per essere abbastanza sobri da poter guidare.

Pensò che il suo amico probabilmente lo stava chiedendo perché era interessato a una donna in particolare.

«Si saranno addormentate» disse Chappy con una risatina. «Carlise è stanca ultimamente, stressata per la cerimonia, anche se ho cercato di proposito di renderla il più semplice possibile, in modo che non si preoccupasse. Ma...» Si interruppe.

Cal non poté fare a meno di fare un confronto tra la cerimonia dell'indomani e i matrimoni a cui aveva dovuto partecipare in passato. A causa del loro status, quelli che organizzavano nella sua famiglia dovevano essere tradizionali, enormi e costosi. Lui aveva sempre rifuggito quel tipo di attenzione, anche prima di essere prigioniero di guerra. E quando cercò di immaginare June con indosso un abito elaborato con uno strascico di sei metri e un lungo velo, davanti a un migliaio di invitati, in una chiesa antichissima del Liechtenstein... non ci riuscì. Lei lo avrebbe odiato. Sarebbe stata paralizzata dall'ansia. E non avrebbe potuto biasimarla. I suoi non erano esattamente dei genitori comuni.

Ma se avesse infranto la tradizione e non avesse avuto la cerimonia piena di paparazzi che i suoi connazionali sembravano amare, forse avrebbe potuto trovare un compromesso. Dare a June qualcosa che la facesse sentire la principessa che sarebbe diventata, ma che non la spaventasse del tutto.

Non poteva negare che gli sarebbe piaciuto sfoggiarla. Far vedere alla gente del suo Paese quanto era straordinaria. Inoltre, non poteva fare a meno di pensare alla propria situazione: il bisogno di dimostrare ai suoi concittadini che era riuscito a superare tutto ciò che aveva subìto, che aveva fatto molta strada dall'uomo torturato di quei terribili video che i terroristi avevano mostrato al mondo.

Gli ci volle un attimo prima di rendersi conto del contenuto dei suoi sogni a occhi aperti e, quando lo fece, quando realizzò che stava davvero organizzando mentalmente il suo matrimonio con June, fece un respiro profondo, improvvisamente sopraffatto dalla tristezza.

«Cal? Che ne pensi?»

Sobbalzò e capì di essersi isolato dalla conversazione che si stava svolgendo intorno a lui. «Scusa, non stavo ascoltando. Cosa penso di cosa?»

I suoi tre amici risero.

«Non importa. Ma soprattutto, a cosa stavi pensando? O dovrei dire a *chi*?» chiese Chappy con un sorriso.

Cal di solito non era uno che parlava dei propri sentimenti, ma non gli dispiaceva farlo un po' con i suoi compagni. In realtà era sollevato di poter confessare alcuni dei pensieri confusi che aveva riguardo a June. «Mi sta facendo impazzire» ammise.

«Hai bisogno che ci inventiamo un motivo per non farla restare?» domandò JJ. «Perché possiamo farlo. Basta una parola e sparirà.»

«No!» praticamente gridò. Poi fece un respiro profondo. «No. Non voglio che se ne vada. È questo il problema.»

«Ah» disse JJ annuendo.

«È solo che... ci conosciamo da poco. E quella specie di famiglia, la matrigna e la sorellastra, l'hanno trattata di merda. Non ha avuto la possibilità di vivere. E ora l'ho trascinata *qui*. A Newton. Dove non succede nulla e non c'è nemmeno un negozio appropriato dove possa recarsi quando vuole comprare un vestito nuovo.»

«Com'è andato lo shopping oggi? Era arrabbiata perché a Rumford non c'erano abbastanza boutique o altro?» chiese Bob.

«Niente affatto. È andata bene. Giuro, era eccitata per delle semplici cose. Stare con lei è come stare con qualcuno che è appena uscito di prigione dopo decenni di detenzione. Tutto è splendido e nuovo.»

«Probabilmente *è* proprio così per lei» disse Chappy. «Visto quello che ci hai detto sulla sua situazione.»

«Non fraintendetemi, conosce il mondo, doveva fare la spesa e tutto il resto per la sua famiglia, ma sembra ancora così... innocente rispetto a me.» Sapeva di non essersi spiegato bene.

«Ti sembra felice qui?» chiese JJ.

«Credo di sì.»

«Allora smettila di preoccuparti.»

«Non è così facile» protestò.

«Certo che lo è. Ti piace, sembra che tu piaccia a lei. Segui la corrente» disse Bob con un'alzata di spalle.

«Voi mi avete visto» sbottò. «*Sapete* cosa mi hanno fatto quegli stronzi. Come diavolo posso esporla a questo? Mostrarle la prova fisica del male che esiste nel mondo? Ogni centimetro del mio corpo è straziato.» Non ne parlava mai. *Mai*. Ma il bisogno di risparmiare a June qualsiasi tipo di dolore fece sì che fosse disposto ad affrontare l'unico argomento che era off-limits: le sue cicatrici.

Chappy si chinò in avanti e lo fissò intensamente dall'altra parte del fuoco. «Pensi che le importi delle tue cicatrici?»

«Come potrebbe essere altrimenti? Sono maledettamente orribili.»

«*Non* è vero» rispose il suo amico con foga. «Hai quelle cicatrici per averci protetti. E se dovesse anche solo storcere il naso, la scorterò personalmente fuori da questa casa, lontano da Newton, e le dirò di non tornare mai più.»

Avrebbe voluto essergli riconoscente per quelle parole, lui era sempre stato il protettore del gruppo. Era stato gratificante per Cal poter assumere quel ruolo per un breve periodo quando erano stati prigionieri, poter proteggere i suoi amici per una volta, ma quell'istinto era radicato nel suo compagno, e per quel motivo gli voleva ancora più bene.

«A June non fregherà un accidente delle tue cicatrici» disse Bob, prima che potesse replicare all'affermazione di Chappy. «Quella donna è innamorata di te.»

Cal lo fissò incredulo.

«È ovvio» continuò, spostandosi sulla sedia. «I suoi occhi sono sempre puntati su di te, tutti teneri e struggenti, insomma, quelle cose lì. Credo che affronterebbe il diavolo in persona se si trattasse di evitare che tu soffra.»

Il desiderio che lo pervase lo stupì. *Voleva* che June lo amasse. Perché, per quanto sembrasse assurdo, Cal era già piuttosto sicuro di amarla

«È facile per noi stare qui a dire che le tue cicatrici non hanno importanza» affermò JJ con decisione. «Ma la verità è che l'unico che deve fare i conti con le prove fisiche di ciò che è successo sei tu, Cal. Il mio istinto mi suggerisce di dire "vaffanculo" a chiunque non riesca a sopportare le ripercussioni dovute al fatto di averci letteralmente salvato la vita. Perché è ciò che hai fatto, ci hai salvato la cazzo di vita e non c'è giorno in cui non ti sia grato per questo.

Ma odio che abbia avuto un tale impatto sulla tua psiche.

Siamo qui per te. Di qualsiasi cosa tu abbia bisogno, ogni volta che ne avrai bisogno, noi ci siamo. Se ciò dovesse significare proteggerti dal rischio di essere ferito da una donna, è quello che faremo. Ci ispireremo a te. Capito?»

Cal inspirò profondamente. Non era sicuro di aver salvato la vita dei suoi amici, ma quando era stato torturato si era rifiutato di emettere un suono, perché, se avesse ceduto, sapeva che i suoi carcerieri se la sarebbero presa con Chappy, JJ e Bob.

Tutti avevano sofferto a modo loro, anche fisicamente, e per quanto avrebbe voluto lasciarsi alle spalle quell'esperienza, non ci riusciva. Ogni volta che si guardava allo specchio, veniva trasportato proprio lì. In quel posto infernale. Aveva sentito gli scherni dei loro aguzzini. Gli avevano detto che non sarebbe mai più stato "Sua Bellezza", come lo aveva soprannominato la stampa, che era un debole e patetico pezzo di merda.

«Cal? Hai capito?» gli chiese JJ.

«Sì» rispose.

«Bene. Se le cose dovessero progredire e ti spogliassi davanti a June... e lei ti guardasse con qualcosa di diverso dall'amore e dal rispetto che vediamo nei suoi occhi quando sei completamente vestito, significherebbe che non è quella giusta per te. Punto. Basterà uno sguardo e lo capirai. Sarà orribile se dovesse succedere, ma almeno avrai la tua risposta. Potrai chiamare uno di noi e verremo a prenderla, la sistemeremo in un appartamento o in una stanza da qualche altra parte e tu potrai andare avanti con la tua vita.

Ma se quando sarete soli e nudi lei non sarà turbata, se l'amore nei suoi occhi non si affievolirà, datti il permesso di amarla a tua volta e di tenertela stretta come se la tua vita dipendesse da quello.»

Cal annuì. Lo voleva. Tanto. Ma era terrorizzato all'idea di scoprirlo, nel bene o nel male.

«Ok, ora possiamo smettere di parlare di Cal nudo?» scherzò Bob. «Voglio dire, cicatrici o meno, non è una cosa di cui dovremmo discutere a un addio al celibato. *Donne* nude, certo, ma del suo culo peloso? No, grazie.»

Tutti ridacchiarono e si sentì improvvisamente esausto. Era sollevato che avessero finito di parlare di lui e dei suoi problemi mentali.

«Sei pronto per domani?» chiese JJ a Chappy.

«Sì. Sono più che pronto a mettere l'anello al dito di Carlise.»

«Avete in programma di andare in luna di miele?» domandò Bob.

«Non subito. Carlise ha una scadenza da rispettare e vogliamo che sua madre passi qualche giorno qui. Pensavo di portarla in un posto caldo. Per quanto mi piaccia accoccolarmi con lei nella baita, non mi dispiacerebbe vederla divertirsi nell'oceano in costume da bagno.»

Fecero tutti un sorrisetto e poi parlarono dei migliori posti tropicali in cui avrebbe potuto portarla. Ma dopo un po' la conversazione tornò inevitabilmente a Cal e June.

«Allora... avete sentito qualcosa dalla *mostrigna* e sua figlia?» chiese JJ.

«No. Ma ho parlato con Tex, che sta ancora monitorando la sua attività online, e mi ha detto che a quanto pare Carla fa vedere le tette a Karl, piange e gli dice che è tanto spaventata. Gli ha anche mostrato un biglietto, arrivato dal suo presunto stalker, che avrebbe ricevuto dopo la mia partenza.»

«Piangeva e mostrava le tette allo stesso tempo? Come può funzionare una cosa del genere? Voglio dire, tantissime donne, quando sono sconvolte, l'ultima cosa a cui pensano è far uscire per caso le tette dal reggiseno» disse Bob alzando gli occhi al cielo.

«Esatto. Non ho ancora parlato con Karl, ma ho in programma di farlo. Ho sentito i miei genitori e ho spiegato loro tutta la storia, e hanno detto che faranno il possibile per tenerlo a freno e fargli tagliare i ponti con quella donna.»

«Pensi sia una cosa intelligente?» domandò JJ. «Forse

sarebbe meglio che tuo cugino la tenesse d'occhio. È ovvio che questa Carla brama le attenzioni, e se aspira ad averti e tu non sei più accessibile, non è che potrebbe fare qualcosa di drastico?»

«Tipo?» chiese Chappy.

«Non lo so. Rendere questo finto stalker una realtà?»

«Cioè, perseguitarsi da sola?» domandò Cal.

«Pensavo più che altro che potrebbe assumere qualcuno per far sembrare che la stiano molestando. Hai detto di aver sentito lei e la madre parlare di qualcosa del genere, giusto?»

«A che scopo? Non ho intenzione di tornare indietro. Lei e la sua orribile madre potrebbero pagare qualcuno che lasci loro dei biglietti per tutto il giorno e non farebbe alcuna differenza.»

«Mmm.»

«Che cosa vorresti dire con quel "Mmm"?»

«Hai accennato che avresti indagato sulla morte del padre di June» rispose JJ dopo un attimo. «Allora... ascoltami bene. Se una donna è così pazza da uccidere il marito, da rubare la casa e i soldi dell'assicurazione da sotto il naso dell'ignara figlia riuscendo a farla franca, perché non dovrebbe fare qualcosa di altrettanto drastico per ottenere un marito incredibilmente ricco, di sangue reale per giunta, per la sua stessa figlia?»

«Non può costringermi a sposare quella stupida vacca» sbottò Cal con rabbia.

«Forse no, ma potrebbe fare di tutto per sbarazzarsi della concorrenza.»

Fissò il suo amico e gli si strinse lo stomaco. Rispettava e si fidava di JJ. Era stato il loro leader nell'esercito e il suo curriculum era dannatamente ottimo. «Non sa dove sia June.»

«Ma potrebbe trovare *te*» obiettò Chappy. «Non sei esattamente il beniamino dei media che eri una volta, ma non è un segreto che abbiamo avviato un'attività qui a Newton.»

«E se ti trova, non ci metterà molto a capire che hai una nuova coinquilina» aggiunse Bob.

«Merda. Quella stronza non le torcerà mai più nemmeno un solo capello. Se ci prova la ammazzo a mani nude!»

«Calma, fratello» disse Bob.

«Penso che dovremmo fermarla prima che si faccia venire qualche grande idea» suggerì JJ.

«Come?»

«Se ha davvero ucciso il marito e riusciamo a provarlo, avrà problemi più grandi da affrontare che cercare di far sposare la figlia o trovare la figliastra» suggerì Cal.

«Chiamerò Tex per tuo conto» lo avvisò Bob. «Non c'è bisogno di spaventare June nel caso sentisse la telefonata. Lui conosce un sacco di gente. Può agitare un po' le acque con un detective a Washington. Pensi che June sarebbe d'accordo con l'esumazione?»

Cal strinse le labbra. Non voleva nemmeno pensare di dover parlare di una cosa del genere con lei. Di riesumare il suo amato padre per un'autopsia, anche se aveva già pensato di far indagare sulla morte di quell'uomo. «Se significa dimostrare che Elaine lo ha ucciso, sì, ma spero non si arrivi a tanto.»

«Non affrettiamo le cose. Credo che il primo passo sia convincere la polizia ad ascoltare le nostre teorie. E rendere Elaine abbastanza nervosa da farle dimenticare di te e June» disse JJ.

A lui andava più che bene.

«Chiamerò Tex domani, prima del matrimonio» ribadì Bob.

«Lo apprezzo molto.»

Il suo amico scosse la testa. «È nostro dovere. Anche tu lo faresti per me.»

Non aveva torto.

La conversazione passò al lavoro. All'imminente stagione escursionistica, al tempo e se erano previsti altri temporali.

Cal continuava a guardare di nascosto l'orologio. Non che non gli piacesse passare la serata con i suoi amici, ma era ansioso di vedere June. Per sapere come stava, e assicurarsi che non fosse a disagio con Carlise e April. Non che pensasse potesse esserlo, ma sapeva che lei era stata un po' nervosa per quella serata.

Arrivarono le dieci e mezza e nessuno aveva ancora ricevuto notizie delle donne. Quindi fu molto sollevato quando Chappy prese il telefono e mormorò: «Fanculo.» Un minuto dopo alzò lo sguardo con un sorriso e annunciò: «Le ragazze sono pronte per andare.»

JJ si alzò così velocemente che Cal poté solo fissarlo sorpreso. «Vuoi che accompagni June qui quando porto a casa April?» gli chiese.

«No, non sei di strada. Vado a prenderla io. Grazie, comunque.» Sapeva di essere ridicolo, Newton non era poi così grande. JJ avrebbe aggiunto al massimo quattro minuti al suo percorso, ma erano quattro minuti in più prima che potesse vederla per assicurarsi che andava tutto bene.

«Siete patetici» borbottò Bob scuotendo la testa, mentre aiutava a versare acqua e sabbia sul fuoco prima di andarsene.

«Tu aspetta» gli disse Chappy. «Quando troverai la tua donna, ti comporterai allo stesso modo.»

«Bah» replicò, «l'amore lo lascio a voi ragazzi.»

«Chi ha parlato di amore?» protestò JJ.

Cal sbuffò e gli altri due ridacchiarono.

Nel giro di cinque minuti il fuoco era spento, le porte erano chiuse a chiave e tutti e quattro gli uomini stavano percorrendo il vialetto. Bob svoltò quando arrivò alla sua strada e gli altri tre proseguirono verso l'appartamento di Chappy.

———

Dieci minuti più tardi, Cal stava aiutando un'adorabile e alticcia June a salire sul SUV.

«Mi sono divertita *tantissimo*» disse tutta felice.

«Sono contento, principessa.»

«Carlise e April sono *così* gentili. E Baxter... è un eroe! Hai sentito cos'ha fatto? Come l'ha salvata *due volte*?»

«Certo» rispose, sporgendosi all'interno per allacciarle la cintura di sicurezza.

Non riuscì ad allontanarsi una volta fatto. Rimase lì, con una mano appoggiata sul sedile accanto al suo fianco. Lei aveva posato la testa sullo schienale, le sue guance erano rosse e gli sorrideva pigramente.

«Che c'è?» gli chiese. «La cintura è allacciata» lo informò, come se non lo avesse fatto lui. «D'altra parte, con te sono al sicuro. Non ho nemmeno bisogno di questa» dichiarò, tirandosela sul petto. «Se succedesse qualcosa, allungheresti il tuo braccio super forte e mi bloccheresti prima che io possa finire con la faccia contro il parabrezza.»

Di certo ci avrebbe provato. Ma non era un problema, perché non sarebbe andata da nessuna parte senza la cintura di sicurezza. «Come ti senti?» le chiese.

Sollevò un sopracciglio. «Bene. Perché?»

«Ti pare che tutto giri? Hai un po' di nausea? Pensi che vomiterai?»

«Hai paura che sporchi la tua costosissima auto?» Ridacchiò.

«Quello non mi importa, sono più preoccupato per te, June.»

Lei lo fissò per un lungo momento, poi sospirò. «Non credo che ci sia stata mai una volta in cui qualcuno si sia preoccupato più di me che della sua auto.»

Le sue parole lo rattristarono, ma si limitò a sfiorarle la guancia con il dorso delle dita. «Non hai risposto alla domanda» le ricordò.

«Sto bene. Sono un po' brilla, ma non ubriaca.»

«Ok. Arriveremo a casa in un attimo.» Poi indietreggiò e chiuse la portiera. Quando fu al posto di guida, gli occhi di June erano già chiusi. Pensò che si fosse addormentata, finché non mise in moto l'auto e cominciò a uscire dal parcheggio.

«Cal?»

«Sì?»

«Grazie.»

«Per cosa?»

«Per tutto. Per avermi portata con te quando hai lasciato Washington. Per non aver pensato che fossi come Carla. Per avermi concesso di restare con te. Per avermi baciata intensamente. Per essere stato così meraviglioso. Per avermi permesso di condividere i tuoi amici... tutto.»

Cal sorrise. «Non c'è di che.»

«Mi sembra di non aver fatto altro che prendere da quando ci siamo conosciuti.»

«Non è vero» le disse con sincerità. «Mi hai dato più di quanto tu possa immaginare.»

«Tipo cosa?»

«Mi hai ridato la fiducia nell'umanità.»

Sbatté le palpebre sorpresa e lo guardò.

Lui scosse la testa. «Chiudi gli occhi, principessa. Presto saremo a casa e potrai dormire un po'.»

Sospirò e fece come le aveva suggerito, chiudendo gli occhi ma tenendo il viso rivolto verso di lui.

Cal divise la sua attenzione tra June e la strada finché non entrò nel suo vialetto. Per fortuna Newton non era molto trafficata.

Lei riaprì gli occhi e disse: «Oh! Abbiamo fatto presto.»

«Ti dico di continuo che Newton non è grande.»

«Lo so, ma ci sono voluti tipo due secondi per arrivare qui.»

«Un po' di più» replicò con una risatina. Entrò nel garage e spense il motore. «Non muoverti. Vengo ad aprirti» le ordinò.

June annuì, lui saltò fuori e andò dal suo lato. Era ancora seduta con la cintura allacciata quando aprì la portiera. Gliela slacciò e la tenne per il gomito mentre la aiutava a scendere. Inciampò subito e se non l'avesse tenuta stretta sarebbe caduta.

«Piano.»

«Mi dispiace. La terra si muove.»

Cal rise. «Giusto. Sei solo un po' brilla, eh?»

June alzò una mano, mostrandogli il pollice e l'indice che quasi si toccavano. Lui ridacchiò di nuovo. Accidenti, aveva riso più negli ultimi cinque minuti che in tutta la sera.

Tenendola per la vita la accompagnò in casa dirigendosi subito verso le scale. Si fermò davanti alla porta della stanza degli ospiti... poi, prendendo una decisione impulsiva, proseguì verso la propria camera.

«Cal?»

«Hai bevuto parecchio. Non me la sento di lasciarti da sola. Potresti sentirti male nel cuore della notte e soffocare. Se non ti crea troppo disagio, preferirei che dormissi in camera mia.»

«Va bene.»

«Va bene?» chiese, volendo accertarsi che fosse davvero d'accordo con la sua proposta.

Annuì. Erano già arrivati accanto al letto e lei si buttò felicemente sul materasso, poi si girò su un fianco affondando il naso in uno dei suoi cuscini. Dopo un attimo voltò il viso e gli sorrise. «Ha il tuo profumo.»

Cal ricambiò il sorriso. Era così adorabile. «Ti prendo qualcosa da metterti per dormire» le disse, prima di costringersi a voltarsi.

Le portò una maglietta e un paio di pantaloni della tuta. Erano i suoi e le sarebbero stati grandi, ma l'alternativa era farla stare a gambe nude e non era sicuro di avere abbastanza autocontrollo. La lasciò per qualche minuto mentre scendeva al piano di sotto per controllare le serrature e prendere un bicchiere d'acqua e delle pillole per il mal di testa.

Quando tornò, June era sotto le coperte e i vestiti che aveva indossato erano ammucchiati sul pavimento. Notò che i pantaloni della tuta erano ancora sul letto. «June?» la chiamò.

Ma non rispose. Stava già dormendo profondamente.

Avrebbe dovuto davvero svegliarla e farglieli mettere.

Almeno assicurarsi che bevesse l'acqua e prendesse le pillole. Ma vedere il reggiseno e le mutandine sopra la pila di vestiti lo lasciò momentaneamente sbalordito.

Era praticamente nuda... nel suo letto... con indosso solo la sua maglietta.

Rimase lì a lungo, con il cazzo che si contraeva e il controllo che gli sfuggiva. Ma, naturalmente, non aveva intenzione di approfittare della situazione. Non importava quanto la desiderasse.

Si prese tutto il tempo necessario per andare in bagno e lavarsi i denti, ed evitò di guardare il piccolo specchio mentre indossava i pantaloni della tuta che aveva dato a June e una maglietta. Le cicatrici sugli avambracci erano visibili e dovette costringersi a non metterne una con le maniche lunghe. Ma non voleva nascondere le braccia, desiderava sentire June contro di lui, pelle a pelle, anche se solo una piccola parte.

Tornò in camera e spense la luce del comodino prima di infilarsi sotto le coperte.

June borbottò subito qualcosa nel sonno e si girò verso di lui. Posò una gamba sopra la sua coscia e il braccio sulla sua pancia. Gli premette il naso nel collo e sospirò, come se fosse finalmente soddisfatta.

«June?» le sussurrò.

Lei non rispose, ma strinse la presa su di lui, quasi avesse pensato che stesse per spingerla via.

Sì, certo.

Non sarebbe successo.

«Buonanotte» mormorò, baciandole la fronte.

«Notte» sussurrò lei assonnata.

Cal impiegò più di un'ora per addormentarsi, semplicemente perché gli piaceva troppo tenerla tra le braccia per fare qualcosa di così banale. Non voleva perdersi nemmeno un minuto di quell'esperienza. Ma alla fine il suo corpo cedette.

L'ultima cosa che ricordò fu di aver inspirato il profumo

floreale dello shampoo di June e pensato che non sarebbe mai
più stato in grado di annusare un fiore senza ripensare a quel
momento.

CAPITOLO QUATTORDICI

JUNE STAVA FACENDO un sogno bellissimo. Lei e Cal erano sposati e avevano una bambina. Stavano cercando di avere un secondo figlio e lui era stato estremamente appassionato nei suoi tentativi di metterla di nuovo incinta. Al momento erano sdraiati a letto, sudati e appagati dopo una sessione di "concepiamo un bambino" particolarmente vigorosa, e lei si sentiva meravigliosamente.

Si spostò e sorrise quando sentì Cal contro di lei. Si girò e gli baciò il petto... poi si accigliò, perché invece della pelle calda che aveva appena accarezzato sentì della stoffa contro le labbra.

Le ci volle un attimo per svegliarsi e rendersi conto di dove si trovava.

Per prima cosa provò delusione; lei e Cal non erano sposati, non avevano una figlia e non stavano provando ad avere un altro bambino.

La seconda cosa che la colpì fu che anche se non erano una coppia, in realtà era sdraiata nel suo letto, praticamente sopra di lui.

I ricordi della sera prima tornarono in un lampo. La serata con Carlise e April, il delizioso drink al rum e succo d'ananas di cui ne aveva bevuto fin troppo. Cal che si era presentato per riaccompagnarla a casa... ma non ricordava come fosse finita nel suo letto. Si leccò le labbra e sollevò la testa, e se lo trovò di fronte tutto sorridente.

«Buongiorno. Come ti senti?»

«Ehm... bene.»

«Niente mal di testa? Postumi della sbornia?»

Scrollò le spalle. «No, sto bene. Dovrei alzarmi» disse, sentendosi le guance calde. Era certa che il suo viso fosse di un rosso vivo.

«Non c'è fretta» replicò, stringendo il braccio intorno a lei.

June abbassò la testa per appoggiarla di nuovo sul suo petto coperto dalla maglia. Gli aveva messo una gamba sopra la sua e sentì la stoffa dei suoi pantaloni contro la pelle. Dio, lei invece non li indossava! Poteva essere più imbarazzante di così?

Lui le stava accarezzando pigramente la schiena con le dita, mentre teneva l'altra mano sopra il braccio che gli aveva posato sulla pancia. Le venne la pelle d'oca in ogni punto che toccava.

«Hai freddo?» le chiese.

Sì, la situazione *poteva* diventare ancora più imbarazzante. Volendo nascondere il fatto che la reazione del suo corpo non era dovuta al freddo ma perché la stava toccando, rispose: «Un po'.»

Mentre Cal copriva entrambi con la coperta che probabilmente lei aveva calciato via a un certo punto della notte, June poté sentire ogni suo muscolo flettersi e contrarsi.

Grande, ora erano in un piccolo bozzolo intimo... nel suo letto.

«Ti sei divertita ieri sera?»

Annuì. «Carlise e April sono fantastiche. Sono così gentili. Mi sembra di conoscerle da sempre.»

«Non mi sorprende. Sei molto simpatica, June.»

Quel complimento le fece piacere. Non era abituata a

sentirne. Elaine e Carla preferivano sottolineare i suoi tratti peggiori.

«Lunedì dovrei incontrare Meg, della Hill's House» gli disse.

«Ottimo. Sono sicuro che vorrà farti iniziare subito, ma non sei obbligata ad accettare il lavoro. Qui ci sarà sempre un posto per te. Quindi, se non ti sembra l'impiego giusto o se non ti dovessero piacere Meg o gli ospiti, non sentirti obbligata ad accettare, anche se lei volesse assumerti.»

«È quello che ha detto Carlise.»

«È un buon consiglio.»

June non poté fare a meno di pensare agli altri consigli che le avevano dato le sue nuove amiche. Su Cal. Sul fatto di cercare di prendersi ciò che voleva. Si sentiva ancora inadeguata, ma *era* nel suo letto. Per qualche motivo, la sera prima lui l'aveva portata lì, o per lo meno non l'aveva cacciata quando lei ci era salita. Magari non era del tutto certa che una relazione duratura con lui avrebbe funzionato, ma non era nemmeno un'idiota. Gli uomini non si comportavano così. Non rimanevano a chiacchierare a letto se non erano almeno un po' interessati alla donna con cui erano accoccolati.

Ed era ciò che stavano facendo loro. Non avrebbe mai immaginato che quell'uomo, quel meraviglioso, stupendo e ricco principe, fosse un tipo da coccole. E soprattutto non con *lei*. Ma non c'erano dubbi sulla sua determinazione a tenerla esattamente dov'era.

Come quando si erano svegliati insieme in hotel.

Ripensò a ciò che aveva detto a Carlise e April, del fatto che aveva deciso di non lasciarsi sfuggire l'opportunità di stare con Cal, che non voleva avere rimpianti. Quello le sembrò un momento buono come un altro per fare il primo passo per ottenere ciò che voleva... cioè essere la sua amante per tutto il tempo che lui avrebbe voluto.

Si alzò su un gomito e lo fissò. Aveva i capelli scompigliati e un velo di barba sul bel viso. I suoi occhi castani erano fissi su di lei e la facevano sentire l'unica donna al mondo in quel momento.

«June?» le chiese, aggrottando le sopracciglia preoccupato. «Tutto bene?»

«Ti voglio» sbottò, pentendosi subito della sua schiettezza.

Con suo grande sollievo, Cal non la respinse.

«Anch'io ti voglio.»

Rimase a fissarlo, chiedendosi come comportarsi. Non aveva mai fatto la prima mossa, e anche se era mezza nuda e sdraiata nel suo letto, tra le sue braccia, si sentiva impacciata e insicura.

Lui all'improvviso rotolò e June strillò sorpresa quando si ritrovò sulla schiena con Cal che incombeva su di lei. Si leccò le labbra, poi si accigliò. Merda. Non si era ancora lavata i denti. I suoi capelli probabilmente erano un disastro e doveva fare pipì.

Cal ridacchiò. «Perché sembra che tu ti stia pentendo di quello che mi hai appena detto?»

«Non è che me ne sia pentita, ma la mia bocca sa di qualcosa che ci è strisciato dentro ed è morto. Ucciderei per bere un po' d'acqua, devo andare in bagno e probabilmente farmi una doccia, e... non voglio darti alcun motivo di rimpiangere... ehm... qualsiasi cosa.»

«Impossibile. E sebbene ti desideri più di quanto abbia mai desiderato un'altra donna, penso che questo non sia esattamente il momento migliore.»

June si sentì sollevata, ma anche un po' triste.

«Non fare quella faccia» le disse con un piccolo sorriso. «Ora che so che anche tu lo vuoi... che vuoi che ci sia un noi... succederà. Ma magari non dopo che hai bevuto con le tue amiche. E io ho bisogno di un po' di tempo per... accettare certe cose.»

«Accettare? Cal, se non sei sicuro, o se vuoi farlo solo perché ti dispiace per me o altro, non voglio...»

La interruppe baciandole il collo. Lei smise di parlare, come se le avesse staccato la spina o qualcosa del genere. Inspirò profondamente quando le sue labbra le accarezzarono la pelle sensibile della mascella, e inclinò la testa per dargli maggior accesso.

Sentì la sua mano sulla gamba scivolare lungo l'esterno della coscia fino al fianco, per poi infilarsi sotto la maglia. Lei tirò in dentro la pancia, consapevole di quanto *non* fosse piatta o tonica.

Cal sollevò la testa e disse: «Sono sicuro. E non c'è motivo per cui io debba dispiacermi per te» disse con fermezza. «La tua pelle è così morbida, così calda. E sentire la tua reazione al mio tocco, i brividi, è il miglior complimento che abbia mai ricevuto.»

June arricciò il naso. «Avevo freddo?» Le uscì più come una domanda che l'obiezione che avrebbe voluto fosse.

Lui sorrise, poi si chinò e le baciò il naso. «Reagisci al mio tocco come nessuna ha mai fatto. Mi eccita da morire, princi-pessa. Ma purtroppo io non sono così» continuò più cupo. «Ho così tante cicatrici che mi è difficile sentire *qualcosa* in alcuni punti. Ti voglio, ma sono nervoso per ciò che potrebbe succe-dere. Non sto con una donna da prima della cattura.»

Il suo cuore soffrì per lui. «Andrà tutto bene» gli disse con fermezza. «Ci prenderemo tutto il tempo che ti serve, e ti ho già detto che se hai bisogno del buio, non dobbiamo tenere le luci accese. Ma devi sapere che, cicatrici o meno, sei l'uomo più bello che abbia mai conosciuto. E non parlo solo del tuo aspetto fisico, che è già abbastanza stupefacente, ma di ciò che sei come uomo. Della tua personalità. Per me la gentilezza è molto più impor-tante di un corpo sexy o di un bel viso, anche se, per mia fortuna, tu li hai tutti e tre.»

La fissò per un lungo momento. «Sei troppo perfetta per me.»

June rise e alzò gli occhi al cielo. «Vabbè. So cosa sono e cosa non sono. Ma siamo due persone che provano attrazione l'una per l'altra e che hanno anche un certo affiatamento.»

«Questo è vero. E a essere sincero, l'altra ragione per cui adesso non è un buon momento per esplorare questo legame è che non ho preservativi.»

June sbatté le palpebre. «Oh, non ci avevo pensato.»

«Sono pulito. Non scherzavo sul fatto che non sto con una donna da anni, ma non voglio rischiare di metterti incinta.»

Non aveva mai avuto una conversazione del genere con un uomo. Sapeva che era la cosa più intelligente e matura da fare, ma era anche imbarazzante. Fortunatamente non era mai servito, perché i pochi uomini con cui era andata a letto lo avevano usato.

«Io... sono protetta» mormorò timidamente. «Non perché sono andata in giro a fare sesso selvaggio con sconosciuti o altro, ma per regolare il ciclo. È bello sapere esattamente quando arriverà, e la pillola mi aiuta anche con i crampi.»

«Sesso selvaggio?» le chiese con un sorriso.

June gli sorrise a sua volta e scrollò le spalle.

Poi tornò serio. «Ti andrebbe bene non usare il preservativo?»

«Ti fidi di me quando ti dico che prendo la pillola?» ribatté. «Immagino ci siano molte donne che mentirebbero su questo argomento nella *speranza* di rimanere incinte, se ciò significasse ottenere un po' dei tuoi soldi e magari diventare una principessa.»

«Tu non sei così» affermò Cal senza il minimo dubbio.

La sua fiducia in lei le fece venire voglia di piangere. «No, non lo sono. Posso mostrarti la confezione delle pillole, se vuoi.»

Scosse la testa. «Non ce n'è bisogno. E il solo pensiero di essere dentro di te senza barriere, di sentire ogni centimetro di te, è dannatamente eccitante. Ma June, devo avvertirti. I miei rapitori non mi hanno risparmiato... laggiù. Potrei non essere in grado di rimanere duro a lungo.»

Invece di provare dispiacere per lui, era furiosa con quegli uomini che si erano sentiti in diritto di fare del male a un altro essere umano in quel modo. «Non importa. Troveremo una soluzione se si presenterà il problema.»

Lui la fissò con un'espressione che non riuscì a interpretare. Poi mormorò: «Sempre premurosa.»

Aprì la bocca per dirgli che non era così. Che poteva essere cattiva quando la situazione lo giustificava, ma le mancarono le parole quando lui mosse di nuovo la mano e, continuando a tenere lo sguardo incollato al suo viso, gliela posò sopra un seno sotto la maglia.

June inspirò bruscamente e gli conficcò le unghie nei bicipiti. Si rese conto per la prima volta che aveva una maglietta a maniche corte. Lo aveva sempre visto in maniche lunghe. Non ebbe il tempo di rifletterci perché le torse un capezzolo, facendola ansimare.

«Sei sensibile» osservò.

Lei annuì.

«Sei mai venuta solo con la stimolazione dei capezzoli?» le chiese.

Con qualsiasi altra persona, in qualsiasi altra situazione, sarebbe arrossita terribilmente e avrebbe cercato di scappare dal letto. Ma lui era Cal. E lo amava.

Quella rivelazione la sconvolse. Era sdraiata sotto di lui, che la stava toccando intimamente per la prima volta... e sapeva già di amarlo più della sua stessa vita. Scosse la testa in risposta alla sua domanda.

«Ora non è il momento, ma stai certa che ne farò la mia missione di vita» la stuzzicò, poi posò lo sguardo sul suo seno, con il respiro accelerato, per osservare la propria mano che giocherellava con il capezzolo al di sotto della maglietta sottile.

«Cal» gemette.

Lui sospirò. «Lo so, non è corretto. Ma tenerti contro di me per tutta la notte, sentire il tuo profumo di fiori, sognare di averti sotto di me in questo modo... mi ha fatto eccitare troppo.»

Lo *sentiva*. Il suo cazzo le premeva contro la coscia. Era lungo e caldo e... «Sei così duro» sussurrò.

Le sorrise. «Già. Ma non sono sicuro di quanto potrebbe durare. La mia erezione sembra andare su e giù... non è un gioco di parole. Ma ha sicuramente una mente propria quando si tratta di te. È solo che... non sono sicuro di cosa succederà una volta che sarò nudo. Io...»

«Shhh» mormorò June. «Ce ne occuperemo quando sarà il momento.»

«Già» concordò. «Presto. Voglio vedere queste bellezze» disse, stringendole il seno. «Assaporarle. Succhiarle.»

Rimase un po' sorpresa dalla sua schiettezza, ma forse non avrebbe dovuto. Era un uomo che sapeva ciò che voleva. Il fatto che fosse *lei* ciò che desiderava in quel momento era un dono. Un dono che non avrebbe sprecato. Si sarebbe presa tutto ciò che le avrebbe offerto, per farne tesoro per il resto della vita.

Il sogno che aveva fatto prima di svegliarsi le balenò nella mente, ma lo bloccò subito. Lei e Cal non avrebbero avuto dei figli. Non sarebbero vissuti per sempre felici e contenti come nei film. A lungo andare, non sarebbe stata abbastanza per lui. Quindi si sarebbe accontentata di essere felice finché poteva.

Con un sospiro, Cal sfilò la mano da sotto la maglia e June si rattristò.

«Lo so. È passato troppo tempo per me. Vorrei strapparti via la maglietta e tenerti prigioniera in questo letto per tutto il giorno, per recuperare il tempo perduto. Ma dobbiamo alzarci. La cerimonia inizia tra poche ore e ho detto a Chappy che saremmo andati presto alla baita, nel caso lui o Carlise avessero bisogno di aiuto.»

Ancora una volta, fu colpita dalla sua lealtà e la sua premurosità. Erano atteggiamenti che le erano stati dimostrati molto poco nella vita, e vederli nell'uomo che amava significava tutto.

Gli afferrò il polso. «Cal?»

«Sì?»

Non era sicura di quello che voleva dire. Grazie? Non smettere? Quando possiamo finire quello che abbiamo iniziato? Alla fine mormorò soltanto: «Non vedo l'ora di passare la giornata con te e i tuoi amici.»

«I nostri amici» replicò lui con un piccolo sorriso.

«I nostri amici» concordò.

Poi Cal si chinò e le baciò la fronte. «Ti saluterò come si deve quando ci saremo vestiti e lavati i denti.»

«D'accordo.»

Le sorrise di nuovo, poi rotolò verso il suo lato e si alzò in piedi. June lo osservò attentamente. Era davvero un uomo bellissimo.

Quando le tese la mano, si rese conto che avrebbe dovuto stare davanti a lui mezza nuda. Il fatto che le sue cosce si sfiorassero quando camminava, che non fosse snella e slanciata, la fece andare per un attimo nel panico.

Finché non capì che Cal si stava concedendo di proposito di essere vulnerabile con lei.

Il suo avambraccio era in bella mostra, senza i soliti indumenti che lo coprivano. A una prima occhiata, era difficile da guardare. Le cicatrici si estendevano dalla mano, lungo il braccio e fin sotto la manica della maglietta.

Senza pensarci, June si mise in ginocchio sul materasso e gli prese la mano. Si chinò piano e gli baciò il polso. Poi l'avambraccio. Fece scorrere le dita sulla carne sfregiata, accarezzando lievemente, baciando ogni centimetro.

Cal si avvicinò al letto, lasciandola fare, e lei capì che quello era un altro regalo. Quando arrivò al bicipite e vide la brutta cicatrice rotonda, non riuscì a trattenere il piccolo gemito angosciato che le uscì dalla gola.

«Sigaro» disse lui, senza la minima emozione nella voce.

June posò le labbra su quel marchio crudele, accarezzandolo lievemente con la lingua. Senza alzare lo sguardo, parlò con un tono che riconobbe a stento. «Spero che chiunque ti abbia fatto questo sia morto di una morte orribile e dolorosa, con gli occhi strappati e le budella che gli fuoriuscivano dal corpo per essere mangiate da un centinaio di uccelli necrofagi.»

Fu riscossa dalla sua tirata e riportata al presente dalla forte risata di Cal. Gli lanciò un'occhiata, preoccupata di aver esagerato, pensando che forse avrebbe dovuto ignorare del tutto le sue cicatrici.

«Spero di non farti mai arrabbiare» disse lui con un'espressione un po' sconcertata.

Sollevata che non sembrasse infastidito, June scrollò le spalle. Si sedette e si spostò sul bordo del letto per alzarsi. Lui la afferrò con la mano per aiutarla. Quando fu in piedi, trovò il coraggio di guardarlo. Era consapevole di non avere il reggiseno, che le sue tette non erano esattamente piccole da poter essere definite sode e che le sue gambe erano in bella mostra...

«Accidenti, donna. Sei fatta per indossare la minigonna. Quelle gambe... sono letali.» Deglutì a fatica. «Vado a farmi una doccia. Vuoi qualcosa in particolare per colazione prima che ce ne andiamo?»

Il modo in cui non riusciva a smettere di fissarle le gambe contribuì non poco ad aumentare la sua fiducia in se stessa. «Mi va bene qualsiasi cosa.»

Lui annuì e fece un respiro profondo. «Fai con calma, abbiamo un'oretta prima di metterci in strada.» Poi si girò e si diresse verso il bagno adiacente alla camera.

Sorridendo, per niente scoraggiata dalla sua brusca partenza, June si avviò verso la stanza degli ospiti. Quella mattina era già iniziata in maniera sorprendente, anche solo per essersi svegliata nel suo letto. Ora aveva un po' più di fiducia nel fatto che lei e Cal sarebbero finiti insieme prima o poi. Sarebbe stata ancora cauta, perché sapeva meglio di chiunque altro che la vita era sempre piena di imprevisti, ma forse avrebbe ottenuto ciò che voleva... almeno per un po'.

CAPITOLO QUINDICI

«Vuoi tu, Riggs Chapman, prendere questa donna come tua legittima sposa, e tenerla al tuo fianco nella gioia e nel dolore, in ricchezza e in povertà, in salute e in malattia, per amarla e onorarla finché morte non vi separi?»

«Lo voglio» disse Chappy con fervore.

L'officiante si rivolse a Carlise, che indossava un paio di jeans, un piumino bianco, e dei guanti e un berretto con il pompon, anch'essi bianchi. «Vuoi tu, Carlise Edwards, prendere quest'uomo come tuo legittimo sposo, e tenerlo al tuo fianco nella gioia e nel dolore, in ricchezza e in povertà, in salute e in malattia, per amarlo e onorarlo finché morte non vi separi?»

«Assolutamente sì» disse lei con un enorme sorriso.

«Vi dichiaro marito e moglie. Puoi baciare la sposa» terminò raggiante la donna.

Cal guardò il suo amico piegare la moglie sul braccio e baciarla a lungo, intensamente e profondamente. Tutti fischiarono e applaudirono mentre lui la raddrizzava e si girava verso di loro.

Non c'erano molti partecipanti: la loro cerchia di amici, la madre di Carlise e Alfred Rutkey. E, naturalmente, Baxter, che era accucciato accanto a Carlise e guardava con disagio tutte le persone intorno a loro. Nonostante ciò, non volle lasciare il fianco della sua umana preferita.

Il tempo era perfetto per un matrimonio. Faceva freddo, ma splendeva il sole. C'era ancora un po' di neve per terra, ma ormai si erano sciolti quasi tutti i sessanta centimetri scesi durante l'ultima bufera.

Cal era arrivato in anticipo con June, che era sparita nella baita per aiutare Carlise, mentre lui, Chappy e gli altri amici si erano riuniti nel garage con un fuoco scoppiettante che li aveva tenuti al caldo. Avevano trascorso lì le poche ore che mancavano all'inizio della cerimonia, ricordando come erano arrivati al punto in cui si trovavano e ipotizzando cosa sarebbe successo se fossero finiti in un posto diverso dal Maine.

Carlise era bellissima, raggiante di felicità, ma Cal non poté fare a meno di pensare che June offuscava tutti i presenti. Indossava dei jeans aderenti e una maglia viola a maniche lunghe con scollo a V, che aveva comprato quando erano andati a fare shopping. Le sue guance erano un po' arrossate a causa dell'aria fredda e per l'eccitazione dell'evento, e aveva un sorriso quasi permanente sul volto.

Cal le aveva dato spazio per tutto il giorno, in modo che potesse stare con le donne e rafforzare la loro amicizia, ma non poteva più starle lontano. Mentre tutti si avviavano verso la baita per godersi il cibo che Carlise aveva insistito di servire prima che gli invitati tornassero a Newton, lui avvolse un braccio intorno alla vita di June.

«È andata bene» osservò.

«È stato perfetto!» esclamò lei, guardandolo con un enorme sorriso. «Carlise era bellissima e Chappy non è riuscito a toglierle gli occhi di dosso nemmeno per un secondo. Anche il piccolo papillon che indossava Baxter era adorabile!»

Cal aveva partecipato a molti matrimoni nella sua vita. Non

di recente, ma prima di essere catturato era stato obbligato ad andare a quasi tutti i matrimoni reali della sua famiglia. Erano pomposi ed esagerati, ma nessuno poteva essere paragonato alla cerimonia intima e semplice a cui aveva appena avuto il piacere di assistere.

Era chiaro che Chappy e Carlise fossero follemente innamorati, ed erano sopravvissuti a una terribile prova per arrivare a quel giorno. Era un onore festeggiarli. Qualcuno avrebbe potuto dire che non sarebbero durati, che non si conoscevano da abbastanza tempo per avere un legame significativo o una relazione duratura. Ma Cal la pensava diversamente.

Aveva visto i suoi cugini sposare persone che frequentavano da anni, per poi vedere il rapporto crollare quasi subito dopo essersi messi gli anelli al dito. Era certo che Chappy e Carlise sarebbero rimasti insieme per sempre, anche solo per il modo in cui si guardavano.

«Vado a congratularmi con loro. Torno subito» gli disse June prima di precipitarsi da Carlise.

Cal la guardò mentre abbracciava l'amica. June era buona per natura e ogni volta che pensava a come la matrigna e la sorellastra l'avevano trattata, avrebbe voluto tornare a Washington e dirne quattro a quelle donne.

«Perché quel cipiglio?» chiese JJ. «Non sei felice per loro?»

Scosse la testa, cancellando l'espressione irritata. «Certo che lo sono, sono entusiasta. Non ho mai visto Chappy così contento. Stavo solo pensando alla situazione di June.»

JJ annuì. «Già. Penso che la sua famiglia non abbia preso alla leggera la sua partenza e il "furto" del loro principe da sotto il naso.»

Lanciò un'occhiataccia all'amico. «Non è rubare se quella persona voleva essere sua. E soprattutto, non sono mai stato di Carla, a prescindere da quello che si sono inventate nella loro stupida testa.»

«Non lo intendevo con cattiveria» ribatté JJ tranquillo.

«Anche se sono felice di sapere che le cose tra te e June stanno funzionando.»

Cal sbuffò. Era caduto proprio nella trappola, anche se ammettere di appartenerle non la *sentiva* esattamente come una trappola. «Sai, ho passato tutta la vita a temere di innamorarmi. Mi è sempre sembrato complicato. Ottenere l'approvazione del re e della regina, il corteggiamento, avere a che fare con i media, organizzare un matrimonio enorme, stravagante e troppo costoso, e dover intrattenere persone che nemmeno conosco e di cui non mi importa nulla. Non sarò mai un re, nemmeno lontanamente, e mi sembrava troppo impegnativo affrontare tutte quelle problematiche.»

«Ma l'amore ti trova, che tu lo voglia o no» concluse JJ per lui.

«Già.» Non si sentiva minimamente a disagio ad ammettere di essere innamorato di June. Come avrebbe potuto? Gli sembrava un sentimento troppo giusto per nasconderlo, per negarlo.

«Allora... la presenterai al re e alla regina?» gli chiese con nonchalance.

Cal fece una smorfia. Non che non volesse farlo o non fosse orgoglioso di lei, era solo che c'erano troppe cose irrisolte tra loro. E non aveva dubbi che incontrare i leader del suo Paese l'avrebbe stressata. Inoltre... era troppo presto.

All'improvviso si rese conto che era passato dal pensare che sarebbe stato meglio lasciarla andare per il suo bene, perché avrebbe potuto trovare qualcuno migliore di lui, al voler stare con lei per sempre. Amava quella donna. Forse aver partecipato al matrimonio di Chappy e vedere quanto fosse felice con la sua sposa, aveva inconsciamente fatto breccia nella sua psiche. «Prima o poi» decise di rispondere.

Il suo amico sorrise e gli diede una pacca sulla spalla. «Sono contento per te, fratello.»

Anche Cal lo era, nonostante fosse decisamente apprensivo.

Voleva June. Voleva tutto di lei. Ma era ancora riluttante a esporre il suo corpo. Anche se il modo in cui gli aveva baciato le cicatrici e il suo comportamento davanti alla bruciatura sul bicipite gli avevano fatto pensare che forse, quando avesse visto tutto il resto, non avrebbe reagito come aveva immaginato. Si era arrabbiata per lui. E ricordare ciò che aveva detto sullo sventrare lo stronzo che lo aveva bruciato, in un certo senso lenì un po' il dolore e la sofferenza che portava nel cuore.

A volte aveva sognato di trovare tutti i suoi aguzzini e di torturarli come avevano fatto con lui, ma ciò lo avrebbe reso altrettanto malvagio. Aveva troppa dignità per abbassarsi a tanto.

D'altra parte... l'unità che li aveva recuperati si era assicurata che quei bastardi non facessero mai più del male a nessuno.

Ma sapere che June provava un briciolo del bisogno di vendetta che provava lui, gli fece sospettare che fosse destinata a essere sua.

«Cal! JJ! Venite qui! Stanno per tagliare la torta!» li chiamò April dall'altra parte della stanza.

JJ alzò gli occhi al cielo. «È così prepotente» finse di lamentarsi.

«E tu lo adori» disse Cal.

L'altro non rispose, ma fece come richiesto e si diresse verso di lei.

Erano tutti intorno al tavolo dove si trovava una semplice torta a due piani. Aveva la glassa bianca ed era un po' storta sopra il supporto. Chappy afferrò la mano di Carlise e presero un coltello. Tagliarono il dolce, ma evidentemente fecero un po' troppa pressione, perché la parte superiore si inclinò e cadde dal piedistallo rovesciandosi sul pavimento.

Tutti rimasero immobili a fissarla per un lungo momento, e alla fine si mosse Baxter. Addentò tranquillamente l'intero pezzo e si ritirò sul suo cuscino accanto al caminetto per godersi l'inatteso regalo.

Cal temette che Carlise si arrabbiasse, invece cominciò a ridere così forte che Chappy dovette sorreggerla.

Sobbalzò quando un braccio gli avvolse la vita, abbassò lo sguardo e trovò June che si accoccolava contro di lui, sorridendo davanti alla scena. La attirò subito a sé e guardarono i loro amici tagliare un'altra fetta e offrirsela a vicenda. Carlise era in jeans e maglione bianco, e anche Chappy era in jeans, ma indossava una camicia nera. Insieme erano come lo yin e lo yang e sembravano la coppia perfetta.

Notò di nuovo la differenza tra quel matrimonio e tutti gli altri a cui aveva partecipato. Una torta di quelle dimensioni sarebbe stata impensabile per la famiglia reale. Ne avevano sempre almeno due, ognuna alta diversi piani, decorate in modo impeccabile e sufficienti per centinaia di ospiti. Sembrava che nulla andasse mai storto durante quelle cerimonie. Il protocollo reale era sempre rispettato, tutto si svolgeva con rigorosa precisione e nessuno osava presentarsi con qualcosa di diverso da quello che dettava l'alta moda più attuale.

«Deve essere molto diverso da quello a cui sei abituato, eh?» gli chiese June.

La sua domanda fu la prova che erano sulla stessa lunghezza d'onda. «Sì. Ma sai una cosa? Questo è molto meglio» rispose, convinto delle sue parole.

«Già» concordò lei.

«Stiamo per fare i brindisi» annunciò Carlise con un enorme sorriso, e aspettò che tutti avessero un bicchiere in mano. «Ai migliori amici che si possano avere» disse, alzando un bicchiere di champagne.

«Cin cin!» brindarono tutti, sorseggiando i loro drink.

«Alle bufere di neve!» aggiunse Chappy.

E bevvero un altro sorso.

«Al cane randagio che un idiota ha abbandonato e che ha finito per essere il mio angelo custode» disse Carlise.

Cal ridacchiò. Di quel passo, sarebbero rimasti lì tutto il pomeriggio.

Non si era sbagliato. A turno, ognuno di loro brindò e fece gli auguri alla coppia. L'atmosfera era felice, festosa e piena d'amore. Furono scattate un sacco di foto e tutti festeggiarono con un sorriso raggiante il giorno speciale dei loro amici.

Alla fine, April accese uno stereo nell'angolo e fece partire una canzone dance degli anni Ottanta.

«Evviva, si balla!» gridò Carlise.

Il divano fu spostato verso la parete, e in breve tempo April, June, la sposa e sua madre si misero a ballare in mezzo alla stanza.

Chappy stava guardando sua moglie con un'espressione sciocca, e Cal pensò ancora una volta che quello era il miglior matrimonio – e ricevimento – a cui avesse mai partecipato. Trascorrere il tempo con i suoi amici era una cosa che gli era sempre piaciuta, ma l'aggiunta delle donne lo rendeva ancora più divertente. Loro incoraggiavano i ragazzi a rilassarsi e a lasciarsi andare, più di quanto avrebbero mai fatto se fossero stati da soli.

Tutti ballarono, risero e, a un certo punto, fecero anche il limbo. Cal non ricordava di aver mai passato una giornata migliore.

L'officiante e il capo della polizia andarono a casa poco dopo l'inizio delle danze e quando la festa finì, le donne erano di nuovo ubriache.

«È stato bello avervi tutti qui, ma è ora che ve ne andiate» annunciò Chappy verso le sette. Fuori si stava facendo buio ed era più che ovvio che volesse iniziare la sua prima notte di nozze. Dato che la baita aveva una sola stanza, non poteva certo farlo con i suoi amici e la suocera che facevano festa nella zona giorno.

JJ accompagnò April, la madre di Carlise e Bob in città, il che lasciò ancora una volta Cal da solo con June. Non che gli dispiacesse.

Non appena lei si sistemò sul sedile del SUV gli prese la mano e gliela tenne stretta, mentre lui si avviava verso Newton.

«È stato bellissimo» disse con un sospiro. «Anche se mi fanno male i piedi, mi fischiano le orecchie a causa della musica alta e probabilmente sarò roca per tutto quel cantare.»

«Lo sai di non essere intonata, vero?» le chiese ridendo.

June ridacchiò. «Sì, ma che importa? È stato divertente. Sono così felice per Carlise e Chappy.»

«Anch'io.»

Si voltò verso di lui con un sorriso sulle labbra. «Per la cronaca, non sono ubriaca» lo informò.

«Ma sei un po' alticcia. Pensavo che i brindisi non sarebbero mai finiti.»

Lei rise ancora una volta e Cal amò sentire quel suono spensierato. Sapeva che erano anni che non rideva abbastanza. «Vero? Quando hanno cominciato a brindare ai generatori, al burro di arachidi e alla marmellata, ho pensato che stessero esagerando.»

Sorrise al ricordo.

«Quello che sto cercando di dire è che potrei essere alticcia, ma non così tanto da non capire cosa mi succede intorno» spiegò.

Le lanciò un'occhiata e si accorse che lo stava fissando intensamente. «Ok?»

«Sembri il tipo di uomo che ha troppo onore per approfittare di una donna che ha alzato un po' il gomito. Quindi, mi sto solo assicurando che tu sappia che, sebbene senta gli effetti dello champagne, il ballo mi ha aiutato a smaltire l'alcol. So cosa sto dicendo... e cosa voglio.»

Cal capì finalmente dove voleva arrivare e fu assalito dall'ansia, anche se il suo cazzo prese subito vita. Era la cosa più strana in assoluto, sentirsi eccitato e nervoso allo stesso tempo.

Lo voleva, voleva *lei*, ma per qualche motivo aveva creduto di avere più tempo per prepararsi mentalmente a farle vedere il suo corpo devastato.

«Ma se non vuoi, non c'è problema» disse sommessamente quando lui non rispose.

«No!» sbottò. «Lo voglio, è solo che... June, non posso fare a meno di preoccuparmi che tu mi veda.»

«Cal, non credi che io abbia le stesse preoccupazioni? Non sono magra. Anzi, sono quella che la maggior parte delle persone definirebbe grassa. Cerco di tenermi in forma, ma ho i geni dei miei genitori. Peserò sempre troppo. Non credi che *vorrei* essere snella per te? Essere il tipo di donna che saresti orgoglioso di avere al tuo fianco? Con cui non vedresti l'ora di rimanere solo per strapparle i vestiti di dosso? Ma non sono così.»

«Se pensi che non abbia desiderato per tutta la sera di sfilarti quei jeans attillati dalle gambe e di seppellire il mio viso tra le tue cosce, sei pazza» quasi ringhiò.

«Oh» mormorò lei dopo una lunga pausa.

Era adorabile da morire.

«Terremo le luci spente la nostra prima volta. In questo modo nessuno dei due sentirà la pressione.»

«Va bene» disse June senza fiato.

«Ti *voglio*» sostenne con tutta l'emozione che sentiva nell'anima. «Non ho mai desiderato qualcuno nemmeno la metà di quanto desidero te. Lo faremo funzionare, June. Ne sono certo.»

«Anch'io» concordò.

Passarono un paio di minuti prima che lei chiedesse: «Puoi guidare più veloce?»

Cal ridacchiò, mentre premeva un po' più forte sull'acceleratore. «Sei impaziente?» la prese in giro.

«Non ne hai idea. Usare le dita o un vibratore va bene, ma ho la sensazione che dopo essere stata con te, qualsiasi tipo di auto stimolazione impallidirà in confronto.»

Le sue parole gli fecero gonfiare del tutto il cazzo. Faceva male, visto che era stretto nei jeans. Si dimenò sul sedile, cercando di dargli spazio, ma fu inutile. «Porca miseria, donna, sei letale.»

Lei sorrise e gli strinse la mano. «Mi offrirei di aiutarti con quello» disse, indicando con la testa il suo inguine. «Ma il bracciolo qui in mezzo è troppo ingombrante.»

«Domani venderò quest'auto e prenderò un vecchio catorcio con un sedile a panca» affermò impassibile.

La risatina di June gli fece diventare il cazzo ancora più duro. «Non lo farai» lo rimproverò. «Inoltre, probabilmente non sono nemmeno brava a farlo.»

«Non hai mai succhiato un cazzo?»

Lei scrollò le spalle. «Non è mai stata una cosa che ho voluto fare... fino a ora.»

«Accidenti, vuoi farmi morire.»

«Non vedo l'ora di fare l'amore con te, Cal» ammise lei seria.

«Anch'io» le assicurò. «Ora fai la brava e stai lì in silenzio prima che venga nei pantaloni» la pregò.

«Sarebbe un peccato» lo stuzzicò.

Cal sorrise e si rese conto che si stava divertendo ancora di più che al matrimonio. Dopo la sua cattura non aveva mai neanche lontanamente pensato che avrebbe riso e scherzato prima di spogliarsi davanti a una donna.

In passato il sesso era stato quasi... prudente. Sì, era stato piacevole, ma era sempre preoccupato delle motivazioni della donna. Se stava cercando di ottenere una proposta di matrimonio o se aveva in mente di scroccargli dei soldi. Con June non temeva nessuna di quelle cose. Anzi, aveva la sensazione che avrebbe dovuto piuttosto preoccuparsi del fatto che lei non gli chiedesse *abbastanza*. Che non volesse stare con lui a lungo.

Ma non aveva già deciso che non sarebbero durati tanto? Che le avrebbe dato spazio per volare? Accidenti. Forse il matrimonio gli aveva scombussolato la mente in un modo per cui non era preparato.

Nel suo cuore, lei gli apparteneva già. Ma non poteva essere egoista. Doveva lasciarla andare, giusto? Lasciarle sperimentare tutto ciò che il mondo aveva da offrire.

Il suo cazzo si sgonfiò un po'.

Quella sera, però, sarebbe stata sua e lui avrebbe fatto tutto ciò che era in suo potere per assicurarsi che lei sapesse quanto la considerava sexy e desiderabile. Quanto fosse straordinaria. Assolutamente perfetta. Avrebbe affrontato il futuro più tardi. Per quella sera, voleva solo amare la donna seduta accanto a lui.

CAPITOLO SEDICI

JUNE ERA ECCITATA. Stava per succedere davvero. Aveva rischiato quando si era assicurata che Cal sapesse che voleva farlo quella sera, ma lui aveva accettato!

Non pensò al fatto che provenivano da mondi totalmente diversi, né alla pressione del suo titolo di reale, né quanto fossero fisicamente male assortiti. O a quanto si sarebbe arrabbiata la sorellastra se avesse saputo che era lei quella che andava a letto con Cal. Riuscì solo a concentrarsi su quanto lo amava... e che presto avrebbe avuto la possibilità di dimostrarglielo.

Lui parcheggiò in garage, scese dall'auto e andò alla sua portiera prima ancora che lei sbattesse le palpebre. Ridacchiando, si lasciò aiutare a scendere e quando le avvolse un braccio intorno alla vita e la attirò a sé, gli si accoccolò addosso felice.

Prima che se ne rendesse conto, erano già in casa con la porta chiusa a chiave, e lui l'aveva spinta contro il muro, dove la tenne per un lungo momento, studiandola, come se potesse leggerle nel pensiero.

«Baciami, Cal» sussurrò, bramando il suo tocco.

Senza dire nulla, lui abbassò la testa e non appena posò le

labbra sulle sue, fu spacciata. Gemendo, June si appiattì contro il suo corpo e sollevò una gamba.

«Piano» le disse, tirandosi indietro. «Abbiamo tutta la notte.»

«Ho bisogno di te» si lamentò.

Con sua sorpresa, le sorrise. Era un po' confusa, perché non aveva voluto affatto essere spiritosa.

«Mi avrai, così come io avrò te... ma non voglio affrettare i tempi.»

Sospirò. Voleva che fosse disperato quanto lei, ma sembrava deciso a prendersi il suo tempo. Accidenti.

Cal si voltò e la accompagnò verso le scale. Era più che disposta ad andare ovunque volesse portarla, soprattutto nel suo letto. Inciampò nella fretta di salire i gradini, ma lui la afferrò prima che cadesse.

Le mise una mano sulla schiena e si sentì quasi marchiata da quel tocco. Non riusciva a immaginare cosa avrebbe provato una volta che fosse stato dentro di lei.

Andò dritto in camera e chiuse la porta. «Ti lascio andare in bagno per prima» le disse.

June non avrebbe voluto separarsi da lui nemmeno per un minuto. Non voleva rischiare che qualcosa potesse fermare ciò che stava per accadere. Ma a malincuore annuì e si diresse verso il bagno.

Una volta dentro, si accigliò. Tutte le sue cose erano in quello annesso alla stanza degli ospiti. Non aveva lo struccante e nemmeno lo spazzolino da denti. E non aveva intenzione di usare quello di Cal. Che schifo.

Guardandosi intorno si stupì che non ci fosse il solito grande specchio, ma solo uno piccolo che probabilmente usava per radersi. E a quello fu pervasa da un senso di tristezza, che attenuò un po' il desiderio che le scorreva nelle vene.

Sapeva che il suo aspetto lo metteva a disagio, ma il fatto che fosse arrivato addirittura a togliere lo specchio, le fece capire quanto.

Quando sentì bussare alla porta, sussultò per lo spavento tanto che quasi cadde.

«June? Sono andato a prendere alcune cose dal tuo bagno... se ti servono.»

Il suo cuore si sciolse. Cal Redmon era un brav'uomo. Premuroso. E quella sera era tutto suo. Giurò che sarebbe stata la migliore che lui avesse mai avuto, anche se non aveva idea di come fare. Si avvicinò alla porta e la aprì.

E lui era lì, con un aspetto straordinariamente delizioso, e teneva in mano il suo piccolo beauty case.

«Grazie» gli disse con un sorriso.

«Figurati.» Poi le passò davanti, prese il proprio spazzolino e il dentifricio, e sorrise. «Ho pensato di portare la mia roba nell'altro bagno, così possiamo continuare la nostra serata al più presto.»

In passato, se lei avesse manifestato il desiderio di fare sesso, il ragazzo in questione l'avrebbe portata subito a letto. Non ci sarebbe stata nessuna routine di preparazione. Ma proprio come era successo per lo specchio, comprese. Cal stava prendendo tempo. Stava facendo il possibile per ritardare il momento di spogliarsi.

«Avrei potuto andare nel mio bagno e lasciarti questo. Avrei fatto prima.»

«Mi piaci qui dentro. Nel mio spazio.» Scrollò le spalle. «Ci vediamo a letto?»

Non aveva idea di come quattro semplici parole potessero farle sciogliere il cuore.

«Chi arriva ultimo è un uovo marcio» lo provocò.

Cal ridacchiò. Poi indietreggiò verso la porta senza staccarle gli occhi di dosso. Naturalmente andò a sbattere contro lo stipite, visto che non stava guardando dove andava, e fu il turno di June di ridacchiare.

Le sorrise, poi si voltò e la lasciò lì, a fissare il suo delizioso sedere mentre percorreva il corridoio verso l'altra stanza.

Non appena scomparve dalla vista, si mise subito in moto. Si struccò in fretta e si lavò i denti. Usò un po' del collutorio che trovò sul ripiano e poi il WC. Quando finì di passare la spazzola tra i suoi banali capelli castani, fece un respiro profondo.

Dopo un attimo di esitazione, si sfilò i jeans e li lasciò sul pavimento. Alcune donne sarebbero state più coraggiose, probabilmente si sarebbero tolte tutti i vestiti, ma lei non riuscì a trovare il coraggio di arrivare a tanto.

Il che era sciocco, considerando ciò che stavano per fare, ma una vita trascorsa a sentirsi grassa e inadeguata non poteva essere vinta con un po' di champagne e la trepidazione di passare una notte con l'uomo che amava.

Fece un altro respiro profondo, tornò in camera e si fermò di botto quando guardò verso il letto. Cal era già lì. Non lo aveva sentito rientrare.

Dalla luce proveniente dal bagno, vide che era sdraiato con indosso ancora la maglietta a maniche lunghe, le coperte tirate sopra le gambe e un braccio dietro la testa, e le sorrideva pigramente.

«Direi che sei tu l'uovo marcio» scherzò.

June non esitò. Spense la luce, corse verso il letto e saltò, atterrando praticamente sopra di lui, che emise uno sbuffo ma si riprese subito, e rotolò portandola sotto di sé, aggrovigliando le coperte intorno alle loro gambe.

«Ciao» disse come una grande sciocca.

Cal non sembrò trovarla troppo ridicola. «Ciao» replicò con un sorriso. Nonostante l'oscurità della stanza, la luce soffusa che filtrava delle finestre le permise di vedere il luccichio dei suoi occhi e il bianco dei denti.

«Sei così bella» le disse in tono basso e sincero.

June spostò lo sguardo dietro la sua spalla. Non sapeva mai come rispondere ai complimenti, soprattutto a quelli che sapeva non essere veri.

«Guardami» le ordinò.

Obbedì.

«Sei. Bella» enunciò lentamente.

«Non serve adularmi» scherzò. «Mi avrai comunque.»

Ma lui continuò come se non avesse parlato. «Stasera ho dovuto trattenermi con la forza per non trascinarti fuori dalla baita di Chappy. Eri completamente a tuo agio. Ridevi, sorridevi, ballavi. Eri disinibita.»

June arricciò il naso. Non sapeva se quello fosse un complimento o meno.

«Non hai idea di quanto sia una cosa bella per me. Se fossi stata anche solo a uno dei matrimoni o delle feste formali a cui ho dovuto partecipare nel corso degli anni, capiresti. Le donne stanno lì impalate, sorseggiano il tè e spettegolano sui vestiti di tutti. Non alzano mai la voce, non cantano... sembra che non si divertano mai. La loro idea di ballo è quella di ondeggiare avanti e indietro mentre cercano di palpeggiare qualcuno sulla pista.

Poi ci sei tu. Sei allegra, vivi la vita al massimo, ti diverti... tutto ciò che non sapevo mi mancasse, e ora che lo so, non posso più tornare indietro.»

Non era sicura di cosa intendesse con l'ultima parte, ma era sollevata di non essersi resa ridicola.

«Farò l'amore con te, Juniper Rose. Farò del mio meglio perché tu non desideri mai più nessun altro. Voglio imprimermi nel tuo corpo e nella tua mente. Perché so già che è quello che succederà a me. Voglio stare così profondamente dentro di te da non sapere dove io finisco e inizi tu. Prego che il mio corpo non mi deluda, ma se dovesse succedere, mi assicurerò comunque che tu sia soddisfatta.»

«Sono già soddisfatta» gli disse con sincerità. «Anche se dovessimo solo stare sdraiati l'uno nelle braccia dell'altra per tutta la notte. Voglio sentirti dentro di me? Sì. Ma se non dovesse succedere, andrà bene lo stesso.»

Lui strinse le labbra e scosse la testa.

«Shh, smettila di pensare troppo» lo rimproverò. «Questo non è uno dei tuoi balli noiosi. Siamo io e te. Tra di noi non ci sono regole. Facciamo i ribelli e ci inventiamo le cose man mano. E devi sapere che... non potrò mai desiderare qualcun altro, Cal» disse, senza l'intenzione di proteggere il suo cuore da quell'uomo.

Avrebbe voluto dire di più, ma si dimenticò tutto quando lui abbassò la testa e le prese le labbra con forza. E lei ricambiò allo stesso modo. Amava il suo lato aggressivo.

Lui rotolò di nuovo, liberandosi dalle coperte, e per la prima volta June sentì la pelle delle sue gambe nude contro la propria.

La sollevò e se la mise a cavalcioni sulla pancia, e lei sentì la sua erezione contro il sedere. Non le chiese nulla, si limitò ad afferrarle l'orlo della maglia e a spingerla verso l'alto.

Eccitata dalla sua impazienza, June se la sfilò dalla testa. Quando si ritrovò sopra di lui praticamente nuda, tranne che per le mutandine e il reggiseno, arrossì. Era grata che nella stanza ci fosse solo un leggero bagliore.

Continuando a non parlare, Cal portò una mano dietro la sua schiena e la spinse verso di lui. Con quella libera le abbassò una delle coppe del reggiseno e chiuse le labbra sul capezzolo.

«Oh!» esclamò June, tenendosi con una mano sul materasso. Non poté fare a meno di inarcarsi contro il suo tocco. Era passato così tanto tempo dall'ultima volta che qualcuno l'aveva toccata sessualmente. E nessuno si era impegnato così tanto per soddisfarla come stava facendo lui in quel momento. Aveva avuto ragione quando le aveva detto che i suoi seni erano sensibili. Lo erano... terribilmente.

«Cal» gemette, i suoi capezzoli si inturgidirono ulteriormente e si sentì bagnare sempre di più tra le gambe.

«Bellissima» mormorò, prima di abbassare l'altra coppa e dedicarsi all'altro capezzolo.

Si dimenò sopra di lui, desiderando di più e allo stesso tempo che non smettesse di fare ciò che stava facendo.

Sobbalzò quando lo sentì infilare la mano sotto l'elastico delle mutandine e afferrarle il sedere. Per una frazione di secondo non poté fare a meno di pensare a quanto fosse grosso, ma quei pensieri volarono fuori dalla finestra quando con le dita le sfiorò da dietro le pieghe bagnate.

Le tolse prima che lei avesse il tempo di godersi appieno il suo tocco e rotolò di nuovo, così June si ritrovò sdraiata sulla schiena a fissarlo. Non le disse nulla, si limitò a rimanere sospeso su di lei, fissandola a sua volta.

«Cal?»

«Sei così bagnata.»

June arrossì. «Pensavo fosse questo l'obiettivo.»

«No, intendo che sei *fradicia*. Potresti prendermi in questo momento, vero?»

Non riuscendo a interpretare il suo tono, gli chiese: «Sei... arrabbiato?»

«No.»

«Sembra di sì» replicò, confusa.

Cal sbuffò, sembrò quasi una risata, e appoggiò la fronte contro la sua. Ansimava, e anche se June era in preda all'eccitazione, aspettò pazientemente che continuasse.

«Nessuna donna con cui sono stato si è mai bagnata così velocemente.»

Aprì la bocca per scusarsi, non sapendo ancora dove volesse arrivare, ma lui sollevò la testa e bloccò le sue parole con uno sguardo.

«Le donne vengono a letto con me perché vogliono un principe. Un miliardario. Nessuna è mai stata *così* eccitata di stare con me» disse, coprendole la fica con la mano e stringendola possessivamente. «E di certo, ora, non vorrebbero un ex soldato sfregiato e danneggiato che preferisce passare il tempo a tagliare alberi piuttosto che immergersi nella politica e nello stile di vita in cui è nato.»

L'imbarazzo per l'evidente desiderio che provava per lui scomparve. «Voglio solo te, Cal. *Te*. Ti vorrei comunque anche se fossi solo un taglialegna. Ma... non sarai mai "solo" qualcosa. Sei troppo gentile e generoso. Troppo sexy, a prescindere da come ti vedi. Dio, mi hai eccitato più di quanto pensassi fosse possibile solo mettendo le labbra sul mio seno. Non sono nemmeno sicura di riuscire a gestire qualcosa di più.»

«Oh, puoi» replicò con un piccolo sorriso.

June gli mise una mano sulla guancia, gliela accarezzò lievemente prima di infilare le dita tra i suoi capelli e stringere le morbide ciocche. «Smettila di rimuginare» gli ordinò. «Fare sesso dovrebbe essere divertente. Almeno è quello che ho sentito dire.»

«Farò in modo che per te sia meraviglioso.»

Non sapeva se fosse una minaccia o una promessa, ma non aveva molta importanza. Qualsiasi cosa le avesse fatto quell'uomo, le sarebbe piaciuta e avrebbe implorato per averne di più.

«Farò lo stesso per te» ribatté, poi strinse la presa sui suoi capelli. «Baciami, Cal. In questo letto non c'è nessuno tranne noi due... hai capito?»

«Sì» disse solennemente, fissandola negli occhi per un altro istante prima di abbassare la testa.

La baciò di nuovo, a lungo e con passione.

June trattenne il fiato quando lui staccò le labbra dalle sue, si mise in ginocchio, afferrò l'orlo della maglia e se la sfilò. Si spostò su un fianco e si abbassò i boxer, gettando poi gli indumenti sul pavimento prima di mettersi di nuovo a cavalcioni su di lei.

Anche nell'oscurità della stanza, June riuscì a intravedere parti della sua pelle devastata. Non ebbe la possibilità di dire nulla e nemmeno di toccarlo, perché lui rotolò di nuovo.

«Via. Togliti le mutandine» le ordinò in tono roco.

Non era esattamente come aveva immaginato andassero le cose. Aveva pensato che, data la sua reticenza a spogliarsi, avrebbero proceduto un po' più lentamente. Ma imitò i suoi movimenti e si tolse le mutandine, poi si sganciò il reggiseno, inspirando bruscamente quando Cal le coprì i seni con le mani; apparivano così enormi contro la sua pelle che per un attimo si bloccò a fissarle.

«Sono perfetti» le disse con riverenza, stuzzicandoli.

June riuscì a togliersi il reggiseno e lo gettò oltre il letto, senza preoccuparsi di dove sarebbe andato a finire. L'unica cosa a cui riusciva a pensare era la sensazione dei palmi callosi di Cal sulla sua pelle liscia e sensibile.

«Abbassati» le sussurrò, e lei non poté fare altro che obbedire. Si chinò su di lui, mettendosi praticamente in ginocchio, con i seni pesanti che pendevano, mentre Cal li stringeva e li accarezzava.

«Sono così pieni, così belli» mormorò.

June avrebbe voluto lamentarsi che erano troppo grandi, troppo cadenti, ma non riuscì a dire nulla perché le strizzò i capezzoli.

Sentì la sua fica bagnarsi ancora di più e si dimenò.

«Vieni qui» le disse, lasciandole i seni per afferrarle i fianchi e trascinarla lungo il suo busto. Lo lasciò fare e si aggrappò alla testiera del letto quando lui la esortò a mettersi in ginocchio.

Nel momento in cui capì le sue intenzioni, era ormai troppo tardi per protestare.

Cal ringhiò leccandole le pieghe della fica. «Così perfettamente bagnata. Ed è tutto per me, vero, principessa?»

Non riusciva a parlare. Era imbarazzata, sapendo che lui poteva vedere la carne in eccesso intorno alla sua vita, oltre al fatto che non voleva rischiare di soffocarlo. Ma alla fine non riuscì a lamentarsi, non riuscì a trovare le parole. Non poté fare *altro* che tenersi aggrappata, mentre Cal la divorava come un uomo affamato.

La tenne ferma per i fianchi, impedendole di allontanarsi, ma June non sarebbe andata da nessuna parte. Era troppo bello ciò che le stava facendo. Non aveva mai provato nulla di simile al piacere che le stava dando, e il suo imbarazzo scomparve mentre lui leccava, succhiava e la penetrava il più possibile con la lingua.

Le sfiorò il clitoride con il naso e June sussultò.

«Ti piace» borbottò lui contro il suo sesso.

«Sì» sussurrò, e non poté fare a meno di dimenarsi su di lui, alla ricerca di una maggiore stimolazione su quel punto sensibile.

«Così, principessa... cavalcami la faccia» le ordinò.

Le sembrò così sconcio. Così *carnale*. Ma quando le stuzzicò ancora una volta il clitoride con la lingua, June si mosse istintivamente, alla ricerca dell'orgasmo che era quasi pronto a esplodere.

Quando si rese conto che si stava contorcendo sul suo viso senza vergogna, cercando di sentire più pressione, si irrigidì, mortificata... e così desiderosa di venire da non sapere cosa fare.

Ma Cal sapeva esattamente di cosa aveva bisogno. Le afferrò i fianchi con una forza tale che era sicura l'indomani avrebbe avuto dei lividi e la attirò bruscamente sul suo viso.

I muscoli delle cosce le bruciavano a causa della posizione scomoda, e trattenne il respiro quando lui prese il clitoride tra le labbra e lo succhiò... con forza.

Venne con un gemito imbarazzante. Si strusciò sul suo viso quasi con disperazione, e le cosce le tremavano per l'orgasmo e lo sforzo necessario a non cadere sopra di lui con tutto il peso.

Con il cuore che batteva a mille e il corpo più sudato di quanto le piacesse, si accorse a malapena quando Cal la spostò indietro lungo il suo busto, la fece sdraiare sopra di lui e la abbracciò. Le ci vollero un paio di minuti per tornare in sé e alzare la testa per guardarlo.

Non le diede il tempo di dire nulla, si limitò a baciarla con voracità. Sentì il proprio sapore sulle sue labbra e sulla lingua e ciò non fece che aumentare il suo desiderio. In passato, dopo essere venuta, finiva tutto, era pronta a dormire. Ma in quel momento dormire era la cosa più lontana dalla sua mente. Voleva che quell'uomo provasse tutto il piacere che aveva dato a lei.

Si mosse senza pensare, staccò la bocca dalla sua e scivolò

lungo il suo corpo, leccandolo e baciandolo mentre si avvicinava all'inguine, percependo più che vedere i rilievi e le irregolarità della sua pelle rovinata. Il fatto che le permettesse di toccargli le cicatrici fu una sorpresa, e avrebbe voluto soffermarsi... ma nulla l'avrebbe distratta dal suo obiettivo.

Alzò lo sguardo solo quando arrivò tra le sue gambe. Intravide il cipiglio sul suo volto, i pugni stretti lungo i fianchi, e per un attimo dubitò di se stessa. Sembrava che il suo tocco non gli piacesse. Ma era determinata a farlo, per dimostrargli quanto lo amava.

«Dimmi se faccio qualcosa di sbagliato» lo implorò, poi gli prese il cazzo in mano.

«Cosa intendi?» le chiese.

Le sue guance si infiammarono e fu felice che la stanza fosse immersa nella semi oscurità. «Non l'ho mai fatto, quindi dovrai dirmi se faccio qualcosa che non ti piace.» Aprì le labbra e gli leccò la punta, gemendo al sapore salato e muschiato che le esplose in bocca.

«Non posso credere di averlo dimenticato. Me l'hai detto in macchina... davvero non hai mai fatto un pompino?»

«No» gli rispose, stuzzicando delicatamente la punta con la lingua.

«Porca puttana!»

Lei esitò, non capendo cosa significasse quell'imprecazione. Ma sentì la sua mano infilarsi nei capelli... non la tirò indietro, ma nemmeno la spinse giù.

«Sono onorato di essere la tua prima volta. Probabilmente sono meno sensibile della maggior parte degli uomini a causa del tessuto cicatriziale, ma comunque... niente denti. Ok?»

Ora che glielo aveva detto, mentre faceva scorrere il palmo su e giù lungo la sua erezione, percepì dei sottili rilievi che non avrebbero dovuto esserci.

Il suo cuore si riempì di odio verso gli uomini che lo avevano ridotto così, ma lo scacciò. Non c'era posto per quel tipo di emozioni in quel momento. Desiderava solo soddisfare Cal.

«La parte inferiore è la più sensibile» continuò lui. In fondo, June amò venire istruita, toglieva un po' della tensione. Se lui le diceva cosa fare, non poteva sbagliare... almeno sperava.

«Prendi in bocca la punta ... cazzo *sì*, così. Ora succhia, prima delicatamente, poi più forte. Accidenti, donna, hai un talento naturale.»

Lei sorrise mentre faceva come le aveva ordinato. Cominciò ad andare su e giù, imitando le donne che aveva visto nei video porno. Usò la mano per accarezzarlo dove la bocca non poteva arrivare e lo sentì gonfiarsi. Fu indubbiamente una sensazione potente.

Si sollevò sulle ginocchia per esercitare più pressione. I suoi capezzoli gli sfioravano le cosce mentre si muoveva, e l'attrito era incredibilmente piacevole.

«Succhia mentre sali e scendi dal mio cazzo. Sì! Esattamente così. Stringi di più la mano mentre mi accarezzi, segui il movimento della bocca... oh Dio, è così bello.»

Le arrivò uno schizzo di liquido preseminale e June non sapeva se avrebbe dovuto ingoiare. In quel momento di indecisione, una parte scivolò sul suo cazzo, lubrificandole la mano.

Il cuore le batteva forte e le sembrava di essere in cima al mondo. Inclinò indietro la testa per lanciare un'occhiata a Cal e trovò il suo sguardo incollato a ciò che stava facendo.

«Non posso credere a quello che sto per dire, ma mi sto pentendo di non avere acceso le luci» ansimò. «Scommetto che sei maledettamente sexy con le labbra strette intorno al mio uccello.»

June staccò la bocca d'istinto e gli leccò la parte inferiore, sentendosi bagnare la guancia.

«Succhiami le palle» la supplicò.

Glielo inclinò contro lo stomaco e si chinò per prendere in

bocca un testicolo. Era morbido e caldo, e quando lo succhiò lui inarcò la schiena.

«Cazzo. *Cazzo*!» imprecò, sollevando il sedere dal letto. «La tua bocca è il paradiso! Vieni qui.»

Lo lasciò andare confusa, mentre lui la sollevava allontanandola dal suo inguine. Si girò portandola con sé, così si ritrovò di nuovo sotto di lui.

«Non è stato... non ti è piaciuto?» non poté fare a meno di chiedere.

«Se non mi è piaciuto? Donna, ero a due secondi dal venire sulla mia pancia» rispose.

June non poté impedirsi di fare un piccolo sorriso.

«Sei orgogliosa di te?» le chiese.

Lei scrollò le spalle. «Sì. Per essere la mia prima volta... non sono andata male, no?»

«Sei stata perfetta» sussurrò. «E prima o poi verrò nella tua bocca. Sulle tue tette. Su tutta la tua fica. Voglio ricoprirti con il mio sperma, marchiarti così profondamente che non riuscirai mai a togliermi dalla tua pelle. Ma non stasera. Stasera ho bisogno di essere dentro di te. Di riempirti. Di marchiarti dall'interno.»

Le sue parole la eccitarono, tanto da farla dimenare sotto di lui, e gli afferrò i bicipiti piantandogli le unghie. «Fallo, Cal. Ti prego. Ho bisogno di te.»

Si sollevò sopra di lei e June lo osservò avidamente. Anche nella penombra, era così perfetto che riusciva a malapena a respirare. La sola forma del corpo era imponente. Non riusciva a credere che un uomo così fosse interessato a lei. «Fammi tua» sussurrò.

Rimase fermo per un attimo, poi gemette e passò all'azione.

———

«Fammi tua.»

Quelle parole penetrarono nella sua anima e Cal riuscì solo a fissarla per un attimo. Lei era tutto ciò che aveva sempre desiderato in una donna. Formosa, morbida, incredibilmente passionale. Quando l'aveva leccata, gli aveva bagnato completamente la pelle. E quando gli era venuta in faccia, era stata la cosa più appagante e carnale che avesse mai sperimentato... finché non gli aveva ricordato timidamente che non aveva mai succhiato il cazzo a un uomo.

Lui era stato la sua prima volta, ed era una cosa di cui avrebbe sempre fatto tesoro. Non era durato molto. Se glielo avesse ripreso in bocca dopo avergli succhiato le palle, sarebbe esploso subito.

Ma aveva pensato che non fosse ancora pronta per quello. E non aveva mentito dicendole che voleva essere dentro di lei quando sarebbe venuto per la prima volta.

Cal non riusciva a credere a quanto fosse vicino a esplodere. Aveva pensato che provare quel tipo di piacere fosse una cosa del passato. Dopo che i suoi aguzzini gli avevano preso a coltellate l'uccello, non era stato sicuro se sarebbe riuscito ad avere ancora un'erezione o una vita sessuale normale. E prima di incontrare June, aveva pensato di avere ragione.

Ma ora era così duro, così pronto a venire, che faticava a trattenersi.

Ringhiò e si afferrò la base del cazzo mentre con le ginocchia le allargava le gambe. La fissò, e desiderò ancora una volta di poter vedere la sua fica alla luce. Ovviamente, avrebbe significato che anche lei avrebbe potuto vederlo, cosa per la quale non era pronto.

Si spostò in avanti e nel momento in cui la punta le sfiorò i peli del pube, fuoriuscì un altro schizzo di liquido preseminale.

«Cazzo.» Era sul punto di venire e non si era nemmeno assicurato che lei fosse pronta ad accoglierlo. Sì, prima era bagnata, ma ciò non significava necessariamente che ora fosse in grado di prenderlo.

Tenendoselo in mano, portò le dita sulle sue pieghe e gliele accarezzò delicatamente. Il senso di sollievo quasi lo travolse. Era ancora incredibilmente bagnata. Anzi, fradicia. Le passò il pollice sul clitoride e lei sussultò.

«Cal» protestò. «Ti prego!»

Gli afferrò la coscia con una mano, e lui le prese l'altra e se la portò sul cazzo. «Fallo tu. Mettimi dentro di te, June. Mettimi dove mi vuoi.»

Gli ci volle ogni grammo del suo autocontrollo per non venire quando il suo palmo morbido glielo avvolse. Allargò ancora di più le gambe, se lo infilò tra le pieghe e sussurrò: «Vieni dentro di me, Cal.»

Con un gemito, la penetrò con un'unica forte spinta.

Poi si bloccò. *Cazzo.* Non aveva avuto intenzione di fare così, ma di andarci piano, darle il tempo di adattarsi. Solo che non era riuscito ad aspettare nemmeno un istante.

Con suo grande sollievo, lei emise un adorabile gemito stridulo, gettò la testa all'indietro e avvolse le gambe intorno a lui. Sentì i suoi talloni premergli contro il sedere.

«Tutto bene?» non poté fare a meno di chiedere, mentre si teneva su con gli avambracci sul materasso.

«Bene. Perfetto. Fantastico!» rispose. Le sue tette ondeggiavano mentre ansimava sotto di lui. «Sei così grande.»

Le sorrise. Erano le parole che ogni uomo desiderava sentirsi dire dalla propria donna.

E lei era stretta. *Molto* stretta. I suoi muscoli interni lo tenevano come in una morsa, facendogli vedere le stelle, e dovette sforzarsi per non muoversi.

Abbassò lo sguardo per vedere il loro inguini appiccicati. Era erotico da morire e avrebbe voluto non staccarsi mai. Voleva rimanere lì, dentro di lei, per il resto della vita. Ma l'istinto prese il sopravvento e i suoi fianchi indietreggiarono un po' per poi spingersi in avanti.

«Oh, sì... Cal! È una sensazione incredibile. Ancora!»

Impostò un ritmo lento e costante, deciso a farlo durare il più a lungo possibile. Gli girava la testa, si sentiva scombussolato e il piacere era quasi incontenibile. Quella donna era perfetta. Creata apposta per lui.

Gli sorrideva sognante mentre l'amava con passione.

Quel ritmo lento e tranquillo durò solo pochi minuti perché lei cominciò a sollevare i fianchi per andare incontro ai suoi ogni volta che la penetrava.

«Vuoi di più?» le chiese.

«Sì. Per favore!»

La sua June era così educata.

La spinta successiva fu un po' più forte, per testare le acque, per così dire, e quando lei gemette e gli conficcò le unghie nei bicipiti, Cal sorrise.

Si spinse di nuovo dentro. E poi ancora. Più forte, più veloce. Finché il rumore della loro carne che sbatteva non riecheggiò nella stanza, facendo anche capire quanto June era bagnata. Ogni volta che sprofondava in lei, i suoi umori gli ricoprivano le palle.

Il cuore gli batteva così forte che poteva sentirlo fin sulla punta delle dita. Non volendo che finisse tutto troppo presto, Cal la afferrò per il sedere con una mano e rotolò, mettendola sopra di sé. Lei si raddrizzò a sedere e gemettero entrambi quando quel movimento lo spinse ancora più a fondo.

«Cal?» ansimò.

«Tocca a te» le disse con voce roca. «Prendimi, June.»

«Io... questa è un'altra cosa che non ho mai fatto» ammise.

Un impeto di possessività lo pervase. «Hai mai cavalcato un cavallo?» le chiese con un sorriso.

«No.»

Non riusciva a smettere di sorridere. «Bene. Muoviti, principessa. Dondola, rimbalza... fai quello che ti fa stare bene. Sei tu che comandi.»

«Sì, certo. Non credo di aver mai avuto il comando da quando ti ho incontrato» sussurrò.

Il sorriso di Cal svanì e l'estasi lo travolse quando lei cominciò a muoversi. All'inizio fu leggermente scoordinata e le ci volle un po' per prenderci la mano, per riuscire a cercare il suo piacere, ma quando ci riuscì, lo sconvolse.

June gli sorrise appoggiando le mani sul suo petto. Lui non si accorse nemmeno che gli stava toccando le cicatrici, riuscì solo a rimanere concentrato su ciò che succedeva tra i loro corpi, a guardare nella luce fioca il suo cazzo che scivolava dentro e fuori, lucido di umori.

«Più veloce» la implorò.

Lei obbedì. Ben presto, il suo sedere iniziò a sbattere contro di lui, mentre lo cavalcava con intensità. Le sue tette rimbalzavano, e Cal aveva il disperato bisogno di banchettare con quei seni prosperosi. Non era mai stato con una donna che li avesse così grandi... non naturali, almeno. E c'era un'enorme differenza tra le tette finte e le abbondanti bellezze naturali che aveva la sua June.

Era pronto a venire, era proprio sul punto di farlo, ma voleva che lo facesse lei per prima. Sul suo cazzo. Voleva che lo impregnasse con la sua essenza. La prese per i fianchi e la fermò.

«Che c'è?»

«Resta così» le ordinò. «Non muoverti. Voglio sentirti venire sul mio cazzo.»

«Non sono sicura... Oh!» esclamò, quando Cal portò una mano tra le sue gambe. Ogni volta che le sfiorava il clitoride con le dita, sentiva dove erano uniti. Lei sussultò e gli afferrò il polso con una stretta mortale. «Non so... non posso...»

«Ti sto facendo male?» chiese roco.

Scosse la testa.

Mosse ancora una volta le dita, ma lei non gli lasciò il polso. Sembrava che lo stesse aiutando, come se si stesse accarezzando usando la sua mano. «Ecco, principessa, lascia che accada. Chiudi gli occhi, lasciati trascinare.»

Fece subito come le aveva ordinato e Cal fu travolto da

un'altra ondata di possessività. Poteva percepire l'orgasmo di June montare dal modo in cui i suoi muscoli si contraevano intorno a lui, da come gli strizzava il cazzo nel profondo del suo corpo. Se pensava che farla venire sul suo viso fosse stato qualcosa di molto intimo, questo lo era mille volte di più.

«Cal! Sono... *oh!*»

I suoi muscoli glielo strinsero così forte che non era sicuro sarebbe riuscito a tirarlo fuori. Mentre veniva, la fece rotolare sulla schiena e cominciò a spingersi in lei come un uomo posseduto.

Con la bocca aperta a formare una O, June lo fissò con gli occhi annebbiati dal piacere, mentre lui la scopava con forza.

Bastarono poche spinte e crollò; sprofondò nel suo corpo e si lasciò andare. Un fiotto di sperma dopo l'altro si riversò dentro di lei. Fu quasi doloroso, ma non si tirò fuori. Lo desiderava. Ne aveva bisogno.

Alla fine si costrinse a muoversi, si sostenne con un gomito accanto alla testa di June, poi portò l'altra mano tra di loro. Era insaziabile, aveva bisogno di sentirla venire di nuovo. Era una sensazione di cui non si sarebbe mai stancato. Le strofinò il clitoride facendola sussultare, mentre costringeva il suo corpo ad avere un altro orgasmo.

Lei gemette e spinse in su i fianchi, mordendogli il braccio e volando ancora una volta nell'estasi. I suoi muscoli si contrassero intorno a lui, un po' più debolmente di prima, ma Cal godette nel vederla perdere il controllo, perdersi in quell'estremo piacere... con lui.

Non era mai stato con una donna senza usare il preservativo, ed era davvero felice di non doversi alzare per occuparsene. Rimase invece dentro il suo corpo, mentre il suo uccello si ammorbidiva.

Si sollevò, facendo attenzione a non schiacciarla, e provò un orgoglio quasi da cavernicolo vedendola tutta sudata e scompigliata. Il suo viso luccicava, aveva i capelli appiccicati alla fronte e alle guance, respirava a fatica e glielo stringeva ancora in una presa di ferro. Guardandosi il braccio, si rese conto di percepire ancora la sensazione dei suoi denti nella carne e ne intravide i segni nella flebile luce.

Per la prima volta nella vita, vedere sul suo corpo un segno inflitto da qualcun altro lo fece sorridere.

«Mi hai uccisa» mormorò esausta.

Cal ridacchiò, e quel movimento fece contrarre il suo cazzo dentro di lei.

«È stato fantastico» le disse, chinandosi a baciarle la fronte. «Grazie.»

June aprì gli occhi. «È stato bello per te?»

«Bello? Principessa, se lo fosse stato di più *sarei* morto.»

Gli sorrise. «Già. Ehm... cosa avevamo detto?»

«Riguardo a cosa?» le domandò, continuando a sorridere. Aveva la sensazione di sapere cosa intendeva, ma voleva farglielo dire.

«Che... ero molto sensibile e che non pensavo di poter... sai.»

«Ti ho fatto male? L'hai odiato?»

«No e no. Ero solo sorpresa. Di solito sono il tipo che ha solo un orgasmo.»

«Ora non più. Non ho potuto farne a meno» ammise. «Mi è piaciuto sentirti venire intorno a me e ho voluto provare di nuovo quella sensazione.»

Lo guardò timidamente. «L'hai sentito?»

Cal iniziò ad annuire, poi si bloccò. *Sì. L'aveva sentito.* Anche con l'uccello distrutto, aveva sentito ogni stretta, ogni contrazione, i suoi umori quando era venuta. «Sì» sussurrò. «Ho sentito tutto.»

«Bene» replicò, con evidente soddisfazione nella voce. «Allora, ogni volta che vorrai sentirlo di nuovo, ti do carta bianca per fare ciò di cui hai bisogno.»

Cal rise. Era sbalordito. Quella donna lo faceva morire. Non era sicuro che le fosse piaciuto davvero l'ultimo orgasmo, ma gli aveva comunque dato il permesso di farlo di nuovo.

Si abbassò su di lei, appoggiando la testa accanto alla sua sul cuscino. «Ti sto schiacciando?» le chiese.

Si irrigidì per un attimo quando lei iniziò ad accarezzargli la schiena, ma fece un respiro profondo e si costrinse a rilassarsi. «No. Mi piace sentirti sopra di me. Dentro di me.»

Voleva dirle che era positivo, perché quello era il suo nuovo posto preferito al mondo, ma non voleva spaventarla. «Tra un attimo mi sposterò. Voglio solo stare qui ancora un po'.»

«Va bene» lo tranquillizzò.

Non si era reso conto di quanto gli fosse mancato il contatto umano fino a quel momento. Averla pelle contro pelle, dalla testa ai piedi, fu come tornare a casa. Lo fece sentire un essere umano completo per la prima volta dopo anni. Ne aveva bisogno. Aveva bisogno di *lei*.

Si addormentò con il profumo dolce di shampoo e di sesso nelle narici.

E non aveva mai dormito meglio di così.

CAPITOLO DICIASSETTE

JUNE SI SVEGLIÒ e fece una smorfia quando i raggi del sole che stava sorgendo le colpirono gli occhi. Girò la testa e pian piano si rese conto di dove si trovava... e di quello che era successo la sera prima. Era indolenzita tra le gambe, ma era una sensazione deliziosa. Era sdraiata contro Cal, con la guancia sul suo petto e il braccio intorno al suo busto. Ma c'era qualcosa di diverso.

Sollevò la testa e notò subito la differenza: erano entrambi completamente nudi quella mattina.

Guardò il suo viso e vide che stava ancora dormendo. Non c'era da sorprendersi. La sera precedente, dopo che le era sembrato fossero passati solo pochi minuti, lui l'aveva svegliata toccandola. Avevano fatto l'amore, parlato e imparato quali tocchi erotici piacevano all'altro fino a notte fonda. June aveva avuto più orgasmi di quanti ne avesse mai avuti prima, eppure continuava a desiderare quell'uomo. Era quasi un'ossessione.

Le coperte erano state calciate via, e quando fece scorrere gli occhi sul corpo di Cal, poté vederne ogni centimetro. Il suo cazzo era floscio, ma comunque impressionante.

Ovviamente non fu quello che attirò di più la sua attenzione, ma gli strati di cicatrici che ricoprivano quasi ogni centimetro del suo corpo. Le aveva percepite la sera prima. Come avrebbe potuto essere altrimenti quando lo aveva accarezzato ovunque? Ma vederle alla luce del giorno le fece capire per la prima volta l'inferno che il suo uomo aveva vissuto. Comprese perché era stato riluttante a spogliarsi davanti a lei. Perché aveva voluto le luci spente.

Ma quello che *lui* non capiva era che vedere la sua pelle rovinata glielo faceva amare *di più*, non di meno.

Non provava pietà per Cal, né disgusto, ma solo un senso di orgoglio travolgente. Aveva sopportato ciò che avrebbe distrutto la maggior parte degli uomini. E lui non era distrutto, nemmeno lontanamente. Forse un po' danneggiato, ma sicuramente non distrutto.

Scivolò lungo il suo corpo, riuscendo a uscire dalle sue braccia senza svegliarlo, e si inginocchiò tra le sue gambe, proprio come aveva fatto la sera prima. Le era piaciuto prenderlo in bocca. Non era stata molto convinta di farlo venire in quel modo, ma non aveva dubbi che lui non l'avrebbe mai costretta a qualcosa che lei non avesse voluto fare.

Cominciò a giocherellare con il suo cazzo facendo scorrere leggermente un dito lungo un lato, e si accigliò quando vide le cicatrici su quella parte sensibile. Scacciando l'odio che iniziò a ribollire in lei verso i suoi aguzzini, si concentrò nel dargli piacere.

Alla fine lo prese in bocca e succhiò con delicatezza. Non passò molto prima che cominciasse a indurirsi.

«June?» le chiese in tono roco, dimenandosi. «Cosa stai facendo?»

«Cosa si prova?» rispose invece lei.

La lasciò fare per un altro minuto o poco più prima di lanciarsi in avanti, afferrarla e girarla, mettendola carponi. La leccò da dietro finché non fu bagnata fradicia, poi la prese in modo duro e veloce.

Solo quando fu di nuovo sdraiato con lei accoccolata contro il suo petto, Cal sembrò rendersi conto della luce che c'era nella stanza.

Cercò di scivolare fuori dal letto, ma June si mosse prima di lui. Si mise a cavalcioni sulla sua pancia e lo guardò accigliata. «No» disse con fermezza.

«Fammi alzare» ribatté, senza incontrare il suo sguardo.

«Vedi questo?» gli chiese, scacciando il proprio disagio nel tentativo di far sentire meglio il suo uomo.

Lo sguardo di Cal andò al punto in cui lei si stava stringendo la carne in eccesso della pancia.

«Sono grassa. Questo è *grasso*, ed è brutto, e a prescindere da quanti addominali possa fare, che non sono molti, non se ne andrà. E questi?» continuò, tenendosi i seni tra le mani. «Sono cadenti. Se non indosso il reggiseno sembra che arrivino all'ombelico, il che, credimi, non è un bel vedere. E questo» si indicò il naso «è troppo grande.»

«Smettila» le ordinò.

«*No*. Siamo tutti imperfetti.»

Lui sbuffò. «La differenza è che tu sei formosa e io sono orribile» disse, con un tono terribilmente abbattuto.

«*Stronzate*» sbottò lei con rabbia.

La fissò sorpreso.

«Sei bellissimo, Cal. No, non distogliere lo sguardo da me. Dico sul serio. Sai cosa vedo quando guardo le tue cicatrici?»

«Qualcosa di ripugnante?» rispose in tono piatto.

June lo ignorò. «Coraggio. Eroismo. Lealtà. Forza. E una volontà di ferro che non posso nemmeno immaginare. Hai subito qualcosa di estremamente orribile e sei ancora qui. Sei un esempio vivente di come il bene possa trionfare sul male. So che pensi che le tue cicatrici siano disgustose, ma non è così. Non per me.»

«Odio la pietà» le disse.

«Bene, perché da me non ne avrai. Vuoi sapere quali

emozioni sto provando in questo momento, vedendoti nudo per la prima volta?»

Non si mosse sotto di lei. Rimase immobile come una statua.

«Sono furiosa. Così maledettamente *arrabbiata* che qualcuno si sia sentito in diritto di farti questo, che vorrei prendere un aereo e dar loro la caccia.»

Le sue labbra accennarono un sorriso e June non aveva mai provato un sollievo così enorme come quando sentì le sue mani afferrarle i fianchi.

«Non te lo consiglio. Non ti piacerebbe laggiù. Fa caldo. Molto caldo.»

«Non importa. Per te lo farei, se potessi. Ma a parte la rabbia, mentre ti guardo, ti vedo sotto la luce, ricordo tutte le cose che mi hai fatto ieri sera, la sensazione delle tue mani, della tua lingua, del tuo cazzo nel profondo del mio corpo. Mi ecciti più di chiunque altro abbia mai incontrato, Cal. Le tue cicatrici non sono l'insieme di ciò che sei, hanno solo contribuito a farti diventare l'uomo che sei oggi. Un uomo che desidero più di quanto desideri respirare. Un uomo che mi fa sorridere. Che mi fa sentire al sicuro. Di cui mi fido. Che mi fa venire voglia di mettere da parte tutte le mie preoccupazioni e le mie paure per gettarmi con lui nell'ignoto.»

Stava parlando troppo velocemente, ma aveva bisogno che capisse. Che comprendesse davvero che non le importava nulla delle sue cicatrici.

La fissò così a lungo che cominciò a sentirsi a disagio. Dopotutto, era seduta sopra la sua pancia, nuda, cosa che non le piaceva affatto.

«Sei indolenzita?» le chiese.

June aggrottò la fronte. Non era quello che si aspettava dicesse dopo il suo discorsetto. Nemmeno lontanamente. «Come, scusa?»

«Sei indolenzita?» ripeté. «Perché ho di nuovo bisogno di te. Adesso.»

«Ma abbiamo appena...» Si interruppe quando Cal la spinse indietro sulle sue cosce, si portò una mano tra le gambe e si accarezzò l'uccello ormai duro e pronto. «Ehm... no?»

«So che è un po' da stronzi chiedertelo, ma devo essere dentro di te, June. In questo momento. Alla luce del sole. Dove posso vedere il mio cazzo infilarsi nella tua fica.»

Stava parlando di nuovo in modo sconcio, ma dato che la eccitava, non si lamentò. Si sollevò e Cal fece scorrere la punta tra le sue pieghe. Fece il possibile per non trasalire quando la penetrò, perché, a dire il vero, *era* indolenzita. Ma aveva bisogno di lei e non si sarebbe mai negata.

June fece un gran sospiro quando la penetrò fino in fondo.

«Sarà una cosa veloce» mormorò, senza staccare gli occhi da dove erano uniti.

«Ok.»

E in effetti fu proprio così. Ma Cal non dimenticò di assicurarsi che lei provasse lo stesso piacere che stava sperimentando lui. Si spinse su e giù da sotto, guardando il suo cazzo scomparire dentro di lei a un ritmo costante, mentre con il pollice le stimolava il clitoride. Quando vennero di nuovo, June era senza forze.

«Meno male che è domenica» gli disse, strascicando un po' le parole.

«Dormi, principessa» le ordinò, baciandole la tempia.

«Resti un po' con me?» gli chiese, stringendogli le braccia. Si sentiva sudata e voleva farsi una doccia, ma era troppo stanca e appagata per muoversi.

«Sì.»

A quelle parole, si lasciò andare e si addormentò di nuovo, più felice di quanto fosse mai stata in tutta la sua vita.

———

Cal guardò June dormire. Non riusciva a credere di essere lì, completamente nudo alla luce del giorno, con una donna accoccolata contro di lui.

Quando alla fine era tornato lucido e si era reso conto che lei poteva vedere ogni centimetro del suo corpo, era rimasto atterrito. L'aveva svegliato con la bocca sul suo cazzo, ed era stato troppo distratto per capire che era mattina e che il suo corpo era in mostra. Solo quando si erano di nuovo rannicchiati l'uno nelle braccia dell'altra era tornato in sé.

Non era mai stata sua intenzione farsi vedere da lei, aveva pensato di tenere le luci spente per tutto il tempo in cui fossero stati a letto. Ma aveva mandato tutto all'aria fin dall'inizio, ovviamente.

Ancora una volta, era rimasto sorpreso dalla rabbia di June per suo conto. Era convinto che se avesse saputo come arrivare agli uomini che gli avevano fatto del male, avrebbe dato loro la caccia. Erano morti da tempo, uccisi durante il raid in cui lui e i suoi amici erano stati liberati, ma gli dava una bella sensazione sapere che sentiva il bisogno di vendicarsi per lui.

June era diversa da tutte le donne che aveva conosciuto. Non riusciva a togliersi dalla testa l'immagine di quando, a cavalcioni sulla sua pancia, si era messa a evidenziare ciò che considerava i propri difetti... come se ciò avrebbe potuto farlo sentire meglio riguardo alla sua carne devastata. Per Cal, June era una dea. Avrebbe preferito di gran lunga le sue tette, la sua pancia e tutte le altre cose che non le piacevano di se stessa piuttosto che le cicatrici.

Lei si mosse tra le sue braccia facendolo sorridere. Era tutta scompigliata, ma sorrise ancora di più al pensiero di essere stato *lui* a ridurla così. E non poteva che esserne contento.

Però non gli era sfuggito il suo leggero sussulto quando l'aveva penetrata, e si ripromise di andarci piano per un po'. Odiava averle fatto del male, ma che June avesse capito il suo bisogno di stare dentro di lei quell'ultima volta, gliela fece amare ancora di più.

Amore.

Porca puttana.

Si era innamorato di lei così in fretta. Quasi dal primo momento in cui l'aveva vista a Washington. Aveva già ammesso i suoi sentimenti con JJ e sapeva che anche gli altri se ne erano accorti. Ma... non poteva tenere con sé quella donna. Era destinata a cose più grandi e migliori che vivere con un uomo danneggiato.

Nonostante ciò, non riusciva ad allontanarsi. Ora che aveva visto la passione che c'era in lei, che l'aveva vissuta in prima persona... non poteva lasciarla andare. Non ancora.

Avrebbe aspettato che si rimettesse in piedi. Che mettesse da parte abbastanza soldi per farcela da sola. E Cal avrebbe trovato un modo per aiutarla a rimpinguare ulteriormente il suo conto in banca, se possibile. Dio solo sapeva che aveva più soldi di quanti ne avrebbe mai potuti spendere in tutta la vita. Lei però era molto orgogliosa, e non voleva sminuirla o farle avere l'impressione di non essere in grado di badare a se stessa.

Non aveva idea di quanto rimase a letto con June addormentata tra le braccia, ma alla fine la sua vescica si fece sentire. Doveva alzarsi, preparare la colazione e iniziare a indagare sulla matrigna e sulla sorellastra. L'ultima cosa che voleva era che quelle due si facessero rivedere. Ma aveva la sensazione che JJ avesse ragione. Carla non avrebbe rinunciato così facilmente a diventare una principessa.

Pregava solo che fossero semplicemente una seccatura e niente di pericoloso.

Scivolò via da sotto il suo corpo e sorrise quando lei protestò nel sonno. Rimase accanto al letto a fissarla per un minuto intero. Era bellissima e tutta sua... per il momento.

Tirò su le coperte che erano state calciate in fondo al materasso e la coprì, poi si chinò per baciarle ancora una volta la tempia.

Si diresse verso il bagno, prendendo alcuni vestiti lungo il percorso. Esitò un attimo davanti al cassetto delle magliette, e si sorprese a sceglierne una della Jack's Lumber con le maniche corte, invece delle solite che usava a maniche lunghe. Non aveva intenzione di iniziare a mettere dei pantaloncini e a sfilare per la città, ma vedere i piccoli segni sulla pelle lasciati dai denti di June quando lo aveva morso, lo fece sorridere. Sì, le sue cicatrici sarebbero state visibili, ma avrebbe fatto il possibile per ignorarle, concentrandosi sui ricordi della sera prima.

———

Tim Dotson prese il telefono usa e getta che aveva comprato prima di guidare fin nel Maine e compose l'unico numero memorizzato.

«Sarà meglio che tu mi dia buone notizie» rispose la donna invece di salutare.

«Buona domenica anche a te, Elaine» ribatté lui.

«Bah. Sto morendo di fame, ho dovuto prepararmi la colazione da sola e mi sono bruciata. Non è un buongiorno» ringhiò. «Ora dimmi che hai delle novità.»

«Le ho» le rispose con un sorrisetto.

«Parla» gli ordinò.

«È qui, come pensavi. E lei e il principe sembravano molto amichevoli ieri sera.»

«Dannazione! Cos'è successo?»

«Be', in giro si dice che ieri sono andati al matrimonio di un amico. Da qualche parte nei boschi. Si sorridevano e sembravano molto affiatati quando sono tornati in città.» Non stava pedinando la ragazza, come pensava Elaine. Per pura fortuna era uscito dal Granny's quando il principe si era fermato al semaforo con il suo gioiellino di auto. Aveva visto i due farsi gli occhi dolci, incuranti della gente intorno a loro.

«No! Non è possibile! Ti prego, dimmi che hai fatto qualcosa» lo implorò.

«Certo che sì» mentì Tim. Quella era la prima di molte telefonate che avrebbero riempito un po' di più le sue tasche. «Mentre erano alla festa, sono andato a casa del principe e ho lasciato un piccolo regalo per la tua cara figlia.»

«Figliastra» lo corresse subito. «Che regalo? L'ha visto? Si è spaventata?»

«Solo una piccola nota. Non volevo iniziare subito in modo troppo pesante. Diceva solo che doveva stare attenta, sottintendendo che, dato che l'*ammiratore* di Carla non poteva arrivare a lei, avrebbe potuto voler giocare un po' con la sorella.»

Elaine si mise a ridere e Tim non poté fare a meno di scuotere la testa, mezzo divertito e mezzo disgustato. Non era l'uomo più integerrimo del mondo, ma non capiva il bisogno di quella stronza di terrorizzare la figliastra con cui aveva vissuto per quasi vent'anni.

«Avrei voluto vedere la sua faccia e quella del principe quando hanno capito che Carla non mentiva sul fatto di avere uno stalker.»

Alzò gli occhi al cielo ma non la interruppe.

«Ok, perfetto. Devi lasciare un altro biglietto. Magari qualcosa che dica che sta pensando di aver scelto la sorella sbagliata. Che deve assaggiare la fica a cui il principe apparentemente non può resistere.»

Tim quasi sbuffò. Quella donna era pazza. Tutto ciò non avrebbe fatto tornare la stronza di corsa a Washington. Da quello che aveva capito delle dinamiche della famiglia di Elaine e del rapporto tra Carla e la sorellastra, probabilmente avrebbe solo spinto ulteriormente la donna tra le braccia protettive del nuovo fidanzato.

Senza lasciar trapelare nella voce il suo scetticismo, disse: «Mi sembra una buona idea. Ma prima... dobbiamo parlare del pagamento. Hai detto che avrei avuto un centone per ogni cosa che avrei lasciato.»

«Giusto. E sarà così. Ma ho bisogno di prove. Come faccio a sapere che non mi stai imbrogliando?»

La vecchia era proprio stupida come aveva pensato. «Non lo sto facendo» mentì. «Ma per dimostrartelo, ho fatto una foto del biglietto sulla porta del principe, così che tu possa vederlo.» In realtà aveva fatto la foto a un foglio di carta piegato attaccato sulla *sua* porta, ma l'altra non poteva saperlo.

Elaine rise di nuovo. «Questa cosa funzionerà alla perfezione. Lo so. Quando avrò la prova, ti manderò i soldi tramite l'applicazione di cui abbiamo parlato.»

«Te la invio non appena avremo finito di parlare» le assicurò.

«Quindi le faremo trovare altre note, e poi? Un animale morto?» gli chiese.

«Certo» concordò Tim, che stava già pensando a dove avrebbe potuto trovare una bestia morta da fotografare. Supponeva per strada, magari travolta da un'auto.

Elaine ridacchiò di nuovo. «Bene. Spero che quella stronza ingrata sia terrorizzata a morte. Ma soprattutto, dobbiamo fare in modo che il principe si senta in colpa per aver dubitato della mia Carla. Assumerò un make-up artist per far sembrare che abbia un occhio nero o qualcosa del genere; un regalo d'addio del suo stalker prima che andasse nel Maine. Quel reale di serie B, il cugino, correrà subito dal principe Redmon non appena la vedrà, e lui tornerà quaggiù a proteggerla in men che non si dica.»

«Sicuro» disse Tim, cercando di non far trapelare l'incredulità nel suo tono. Da quello che aveva sentito dire su Cal Redmon, quell'uomo era intelligente. Forse era un recluso e viveva in una cittadina insignificante come Newton, ma non era stupido. Cazzo, era un soldato delle forze speciali. Aveva scoperto lo stratagemma di Elaine in meno di due giorni. La vecchia era un'illusa e nessuna delle sue idee aveva senso. Ma finché continuava a pagarlo, poteva pensare ciò che voleva.

No. Secondo lui quel tipo non sarebbe tornato a Washington tanto presto, soprattutto se avesse sospettato che Juniper Rose era in pericolo. Non che ne avesse la minima idea. Nessuno si sarebbe accorto della sua presenza finché non avesse fatto fuori la figliastra. Nel frattempo, il principe poteva continuare a scoparsela, beatamente ignaro.

Le donne grasse non erano il suo tipo, ma una fica era pur sempre una fica, soprattutto vivendo in una città così piccola. Probabilmente il principe si stava solo divertendo finché poteva. Tim avrebbe aspettato un po', fino a quando l'altro non avesse dato l'impressione di essersi stancato della donna, poi l'avrebbe fatta fuori per ricevere la grossa ricompensa da Elaine.

Si sentì molto magnanimo a dare al principe del tempo per scopare e scaricare la puttana, invece di ucciderla subito.

«Oh! E Carla ha avuto un'idea...»

Ascoltò con un sorrisetto mentre la vecchia gli raccontava dello scherzo che la figlia aveva fatto alla sorellastra quando era più giovane. Non era una brutta idea, ma avrebbe dovuto rifletterci. Poteva usare quel metodo per ucciderla, ma per far funzionare quel suggerimento avrebbe dovuto trovare un modo per avvicinarsi alla donna.

«Vedrò cosa posso fare.»

«Bene. Ci sentiamo presto. Non vedo l'ora di vedere la foto e di sapere cos'altro ti viene in mente.»

«Finché riceverò i soldi che mi hai promesso, sarà terrorizzata a morte» le assicurò Tim.

«Non sarà mai troppo presto per me sapere che è morta e che non potrà mai più rubare l'uomo di Carla» disse Elaine con rabbia.

Tim stranamente rabbrividì. Fino a quel momento aveva pensato che quel lavoro fosse una passeggiata, ma sentire la collera nella voce della donna gli fece riconsiderare l'opinione che aveva riguardo alla sua intelligenza.

Ormai era troppo tardi per tirarsi indietro, era troppo coinvolto e non aveva soldi per tornare a Washington, alla sua vita normale. Doveva proseguire.

Scrollò le spalle, decidendo che non importava se quella stronza sarebbe morta. Era grassa e brutta. Nessuno avrebbe sentito la sua mancanza quando avrebbe tirato le cuoia.

Stanco di parlare con quella vecchia pazza, Tim la salutò bruscamente e chiuse la chiamata. Le inviò una mail con la foto del "biglietto" che in teoria aveva lasciato sulla porta del principe, e fece un respiro profondo.

Dopo essersi fumato una canna, si sedette nella stanza che aveva preso in affitto e sospirò. Doveva trovare un modo per avvicinarsi al suo obiettivo. Era sempre meglio fare amicizia con le persone prima di ucciderle, perché così non avrebbero sospettato nulla. Poteva sorprenderle. Introdursi di nascosto in una casa era una rottura di scatole. Preferiva di gran lunga venire invitato o che il suo bersaglio abbassasse la guardia pensando che sarebbe stato l'ultima persona che avrebbe potuto fargli del male.

Quel lavoro non si stava rivelando facile come aveva sperato, ma avrebbe guadagnato parecchio, ed era l'unico motivo per cui lo aveva accettato. Doveva solo continuare a essere d'accordo con qualsiasi cosa dicesse Elaine e fingere di tormentare la figliastra in modo da fare soldi a palate. Sarebbe arrivato il giorno in cui avrebbe dovuto fare qualcosa di più che fotografare note e animali morti, ma fino ad allora avrebbe cavalcato l'onda il più possibile.

Poi, arrivato il momento, si sarebbe occupato definitivamente della figliastra, avrebbe ricevuto il suo grosso compenso e si sarebbe diretto a sud, verso un clima più caldo.

CAPITOLO DICIOTTO

A JUNE SEMBRAVA di fluttuare nell'aria. Domenica mattina si era svegliata tardi, sentendosi rilassata ed entusiasta della direzione che stava prendendo la sua vita. Aveva fatto la doccia, si era vestita ed era scesa al piano di sotto, trovando Cal che l'aspettava con un'abbondante colazione preparata da lui... anche se era quasi ora di pranzo. Poi avevano passato il resto della giornata a guardare la televisione, a parlare, a fare le cose che avrebbe fatto qualsiasi altra coppia.

Per un momento si era preoccupata, non sapendo dove avrebbe dovuto dormire, ma Cal aveva risolto tutto quando l'aveva condotta nella propria camera. Non avevano fatto sesso, si era rifiutato dicendo che sapeva che era indolenzita e che era deciso a lasciarla riposare. Ma dormire tra le sue braccia era stato altrettanto bello... quasi.

June non aveva idea che il sesso potesse essere così travolgente e sorprendente. Era un cliché descrivere in quel modo ciò che avevano fatto, ma la sua mente tendeva a svuotarsi quando ci pensava.

Quel giorno Cal la stava accompagnando a incontrare Meg

alla Hill's House per il colloquio. Era nervosa perché non ne aveva mai fatto uno. Lui le diede alcuni consigli, ma ogni singola parola sembrò volare via dalla sua testa quando si fermò davanti a una bella casa. Nel cortile c'era un cartello fatto a mano con la scritta HILL'S HOUSE, ma quella era l'unica indicazione del fatto che non si trattava di un'abitazione privata.

«Andrà tutto bene» le disse Cal.

June fece un respiro profondo. «Certo.»

«Dico sul serio. Se Meg non ti assume, è un'idiota. Ma in ogni caso, hai un posto dove stare... con me. Almeno finché non ti annoierai e vorrai andare a vivere per conto tuo.»

Si accigliò. «Non mi annoi, Cal. Tutt'altro.»

Lui scrollò le spalle. «Sei qui da meno di una settimana. E non è che Newton pulluli di cose da fare. In ogni caso, sii te stessa e andrai alla grande.»

June avrebbe voluto continuare la conversazione, chiedergli se pensava che si sarebbe annoiato con *lei*, ma siccome le aveva detto che doveva fare delle telefonate finché lei era al colloquio, non volle trattenerlo. «Grazie. Speriamo bene.»

Prima che potesse aprire la portiera, lui la prese per la nuca, la attirò verso di sé e la baciò a lungo e intensamente. Quando si ritrasse le formicolavano le labbra e aveva le guance arrossate.

«Un bacio portafortuna» le sussurrò.

Gli sorrise. «Con un bacio così, è *impossibile* che non riesca a ottenere il lavoro» scherzò.

Cal la fissò per un attimo prima di allontanare la mano dalla sua pelle.

Lo prese come un segnale per uscire e afferrò la maniglia, lo salutò, fece un respiro profondo e si girò verso la casa.

Era una costruzione a due piani piuttosto grande. Il portico correva lungo tutta la facciata e su un lato. La porta era dipinta di rosso, e June pensò che desse un bel tocco. Bussò e fu subito accolta da una donna che non poteva essere Meg. Era alta più o meno come lei, un po' chinata in avanti, con i capelli di un viola intenso. Aveva anche una trentina d'anni in più rispetto a quello che si era aspettata.

«Ciao! Io sono Jara! Benvenuta alla Hill's House.» Hill era il nome dell'uomo che per primo aveva aperto la sua casa agli abitanti della zona molto avanti con l'età, che non avevano un posto dove andare e nessuno che si prendesse cura di loro. E ora, ottant'anni dopo, la Hill's House era ancora lì. «Entra, entra. Sembri una ragazza robusta, il che è positivo. A volte cadiamo e abbiamo bisogno di aiuto per rialzarci.»

«Jara! Ti ho detto che dovevo andare io ad aprire» la rimproverò una donna che si precipitò verso di loro.

«Sono vecchia, non inutile» brontolò chiudendo la porta. «E poi eri impegnata a chiacchierare con Austin.»

L'altra donna scosse la testa, poi si rivolse a June. «Ciao, sono Meg. Hai conosciuto Jara, è una degli ospiti.»

«La matriarca» la corresse lei. «Ho novantaquattro anni e sono la più anziana, e questo mi dà diritto al titolo.»

«È un vero piacere conoscervi» disse June, senza riuscire a trattenere un sorriso. «E non è possibile che lei abbia novantaquattro anni, non ne dimostra nemmeno uno più di settanta.»

Jara sorrise raggiante. «Sono i capelli» ribatté. «Ho appena rifatto la tinta. Prima li avevo rosa, ma il viola mi piace molto di più.»

«È fantastico» si complimentò June, e non mentiva. Jara aveva dei capelli lunghi e folti che praticamente esigevano un colore acceso.

«Mi piaci» annunciò la donna. Si girò verso Meg. «Mi piace» ripeté.

«Ti ho sentita. Ho visto Banks e Sofia che si stavano preparando per una partita a "Carte contro l'umanità" in sala da pranzo. Perché non vai a unirti a loro mentre io faccio due chiacchiere con la signorina Rose?»

«Ooooh» sussurrò Jara. «Carte contro l'umanità, perché nessuno me l'ha detto?» Poi si girò e, molto lentamente, si diresse verso l'altra stanza.

«Mi dispiace tanto» disse Meg scuotendo la testa. «Avevo intenzione di tenere d'occhio il tuo arrivo, ma io e Austin abbiamo iniziato a parlare della gamba di Scott, che è un altro ospite. Austin è il nostro infermiere. È qui tutti i giorni, e onestamente non saremmo in grado di gestire questo posto senza di lui. Vieni. Ho detto a tutti di comportarsi bene mentre parliamo, ma dato che sono coinvolti in quel gioco, non so quanto tempo avremo.»

Si chinò con fare cospiratorio. «Diventano un po' rissosi e Banks è molto competitivo, quindi, di solito, qualsiasi gioco finisce quando accusa qualcuno di aver barato. Ma dovrebbe tenerli occupati almeno per un po'.»

Meg le piacque subito. Era esuberante e amichevole e sembrava che il suo lavoro le piacesse. June la seguì dentro un piccolo ufficio e si accomodò su una sedia davanti a una scrivania che traboccava di carte.

«Scusa per il disordine. Avevo intenzione di sistemare, ma si mette sempre di mezzo qualcosa. Se accetterai il lavoro, credo che avrò più tempo per organizzare e riordinare le cose qui in giro. Il che è un buon punto di partenza per spiegarti in cosa consiste. Non sarai una cameriera, una cuoca o un'infermiera. Il tuo compito sarà quello di far divertire i sei ospiti, cosa che, credimi, ti terrà più che occupata.

Al momento vivono qui tre uomini e tre donne. Hai conosciuto Jara che, come ti ha detto, ha novantaquattro anni, ma è arzilla e vivace come una persona di sessanta. Suo marito è morto circa otto anni fa, e anche se non ha bisogno di vivere in un posto come questo, si sentiva sola e non voleva lasciare Newton per andare in Florida, come i suoi figli la esortavano a fare.

Brenda ha settantasette anni ed è affabile, non si è mai

sposata e non ha mai avuto figli. Qualche anno fa è caduta ed è stata trovata dopo due giorni, e ciò l'ha spaventata abbastanza da volersi trasferire qui. Sofia ha ottantaquattro anni e ama la lettura e il giardinaggio, anche se quest'ultimo non può più praticarlo molto. Ma cerchiamo di tenere in casa molte piante così che possa occuparsene.

Per quanto riguarda gli uomini, Banks ha ottantadue anni ed è il burlone del gruppo. Ama raccontare storie ed è sempre l'anima della festa. Jeremy ha settantacinque anni ed è irascibile... ma in modo simpatico. Lo so che non ha molto senso, ma credo che gli piaccia dissentire con le persone per vedere come reagiscono. Infine, c'è Scott. Ha novant'anni ed è una delle persone più gentili che abbia mai conosciuto.

Oh, e abbiamo appena assunto un nuovo inserviente, Tim, non lavora a tempo pieno, ma solo nel tardo pomeriggio fino a sera. Le sue responsabilità comprendono spazzare, lavare, portare fuori la spazzatura, pulire tutte le superfici della casa e, in generale, tenere in ordine. Inoltre, ha detto di aver fatto lavori di manutenzione in passato, quindi gli faremo fare anche altri lavoretti. E credimi, una casa vecchia come questa ha *sempre* bisogno di riparazioni.»

June ascoltò con un piccolo sorriso sul volto. Le piaceva l'affetto che sentiva nella voce di Meg quando parlava degli uomini e delle donne che vivevano lì. Era evidente che quello non era solo un lavoro per lei, ma che amava interagire con le persone anziane che abitavano in quella casa.

«In ogni caso, il tuo compito sarà quello di intrattenere gli ospiti. Giochi di carte, uscite che non siano troppo impegnative, organizzare feste di compleanno e le visite dei parenti... in sostanza, trovare delle attività per far passare la giornata. L'orario di lavoro è generalmente dalle dieci alle quindici, dal lunedì al sabato. So che non è un tempo pieno, ma è quello che il nostro budget ci consente. Lascio comunque molta flessibilità, quindi se ti capita di avere degli impegni durante l'orario di lavoro, possiamo sempre trovare una soluzione.

Oh, e potrebbero anche esserci delle volte in cui dovrai rimanere qui più a lungo. Come ad esempio ad Halloween, quando il momento più importante per loro è sedersi sotto il portico a guardare i bambini in costume. Inoltre, ci impegniamo a decorare questo posto da cima a fondo, e molte volte anche gli ospiti vogliono travestirsi. Cavolo, sto parlando a raffica. Hai qualche domanda?»

June chiese dello stipendio e spalancò gli occhi quando la donna le disse la cifra. Forse perché non aveva mai avuto un lavoro retribuito prima, ma la paga indicata da Meg era molto più di quanto avesse pensato. Soprattutto per ciò che doveva fare. A Washington si era fatta il culo per dodici ore o più al giorno senza ricevere un centesimo.

Parlarono delle attività che piacevano agli ospiti e iniziò subito a pensare a tutte le cose nuove e divertenti che avrebbe potuto organizzare. Meg le chiese della sua storia lavorativa e lei si ritrovò ad aprirsi sul suo passato con quella donna amichevole. Del fatto che quando viveva con la matrigna e la sorellastra non aveva mai avuto un "vero" impiego, ma era stata comunque responsabile di ogni aspetto della gestione della casa.

Dopo quarantacinque minuti di conversazione, Meg le offrì ufficialmente il lavoro, che lei accettò volentieri.

«Quando puoi iniziare?» le chiese.

«Oh, be'... anche subito, se ne hai bisogno.»

«Davvero? Sarebbe fantastico! Devi compilare dei moduli e altre cose, ma una volta fatto, puoi unirti a noi per il pranzo. Abbiamo una signora che viene a cucinare, ma probabilmente non la vedrai spesso perché entra ed esce dalla porta sul retro e se ne sta per conto suo. Margaret è un tesoro, ma non è molto socievole.»

«Stai imbrogliando!» gridò una voce profonda dall'altra parte della porta chiusa.

Meg sospirò. «Giuro, certi giorni sono come un mucchio di bambini. Vado a dare un'occhiata. Quando hai finito con le scartoffie, vieni pure fuori e unisciti a noi.»

«Posso fare una telefonata veloce?»

«Certo. Anche se mi aspetto che il personale non stia tutto il giorno attaccato al telefono, quando a qualcuno serve del tempo per sé, può prenderselo.»

«Non ho il cellulare» ammise. «Ho intenzione di comprarmene uno, ma non sono ancora riuscita a farlo.»

«Non preoccuparti. Usa pure il telefono sulla scrivania. Ci vediamo dopo.»

Quando si sentirono altre urla provenire dall'altra stanza, Meg la abbracciò velocemente e le disse: «Benvenuta in famiglia» poi scivolò fuori dalla porta.

June sorrise. Sì, le sembrava che quel posto lo fosse: una grande famiglia, dove non tutti andavano sempre d'accordo, ma in cui comunque c'era amore... qualcosa di cui aveva sempre voluto far parte e che non sapeva quanto le fosse mancata fino a quando non era arrivata a Newton.

Mise da parte i fogli che Meg le aveva dato e prese il telefono. Aveva imparato a memoria il numero di Cal e lo compose rapidamente.

«Cal» rispose lui.

«Ciao, sono io» disse June, rendendosi conto che era la prima volta che parlavano al telefono. Era praticamente stata con lui ogni minuto di ogni giorno da quando avevano lasciato Washington.

«Ciao» la salutò, con voce piena di calore. «Hai finito? Com'è andata?»

«Ho finito il colloquio, mi ha offerto il lavoro e ho pensato di rimanere per un po'. Va bene?»

«Certo che va bene. Pensi che ti piacerà? Non è che hai accettato solo perché pensi di doverlo fare?»

«Non ho ancora conosciuto tutti gli ospiti, ma Meg mi piace

molto. E la paga è fantastica.» Gli disse quanto le aveva offerto, poi arricciò il naso, improvvisamente insicura. «Lo è, vero?»

Cal ridacchiò. «Sembra sicuramente superiore alla media per quello che farai.»

June tirò un sospiro di sollievo. «Il mio orario usuale sarà dalle dieci alle tre, quindi pensi di poter venire a prendermi nel pomeriggio?»

«Certamente. Non vedo l'ora di conoscere le persone di cui ti prenderai cura. Sono certo che penderanno dalle tue labbra per quando arriverò a prenderti.»

Lei ridacchiò. «Non ne sono così sicura. Sembra che siano una bella gatta da pelare.»

«Andrà tutto bene. E June?»

«Sì?»

«Sono orgoglioso di te. Sei in città da nemmeno una settimana e hai già trovato un lavoro in cui so che sarai bravissima.»

«Be', è grazie ad April.»

«In genere le cose funzionano proprio così. Trovare un lavoro dipende dalle persone che conosci e dal fatto di essere nel posto giusto al momento giusto, non necessariamente dal tuo curriculum.»

«Il che è una buona cosa, visto che non *ho* un curriculum» disse ironicamente.

Cal rise. «È chiaro che Meg è una donna intelligente che sa di aver trovato un tesoro. Divertiti, e se hai bisogno di qualcosa o vuoi che ti venga a prendere prima delle tre, fammelo sapere. Suggerisco di usare oggi come giorno di prova. Se non ti piace, o se non è come pensavi, puoi sempre dire a Meg che non credi sia il posto giusto per te.»

June sospirò. Non voleva farlo. Sarebbe stato scortese. Ma non ne poteva più di essere sfruttata, di fare qualcosa che odiava. Era riuscita a scappare dalla sua matrigna e non avrebbe più vissuto in quel modo. Anche se era solo part-time, avrebbe trascorso un bel po' di tempo lì. «Ok.»

«Ci vediamo dopo.»

«A dopo.» Riattaccò e fissò per un attimo il vuoto mentre considerava la sua fortuna, poi prese i documenti da compilare e una penna.

———

Cal appoggiò il mento sulla mano e con un piccolo sorriso ascoltò June raccontargli la sua giornata.

«Banks è spassosissimo. Racconta storie di ogni tipo, e non so bene cosa sia vero e cosa sia inventato. Oggi mi ha detto che una volta ha vinto il titolo di campione dei pesi medi di pugilato. Non so cosa sia, ma ha continuato a parlare di incontri o match o qualsiasi cosa facesse. Sostiene di essere stato un dongiovanni e di non essere mai tornato in un hotel due volte con la stessa ragazza... cosa a cui credo, perché flirta continuamente con tutte. Anche con Margaret, la cuoca.

Sofia poi mi ha spiegato che Banks racconta un sacco di stupidaggini e che nessuno crede alle sue storie, ma siccome è innocuo, di solito lo assecondano. Brenda mi ha detto che da giovane lavorava con le mani, ma non mi ha spiegato esattamente cosa facesse. Scott ha novant'anni e racconta storie incredibili su suo padre, che ha fatto la Seconda Guerra Mondiale. Credo che abbia prestato servizio in Vietnam, ma di quello non ne parla. Oh. Pensi che un giorno potresti venire a parlare della tua carriera nell'esercito? Non nello specifico, perché so che non puoi farlo, ma in generale?»

Il sorriso di Cal si fece più ampio. «Certo.»

«Fantastico! Non credo sarà difficile trovare cose da fare. I sei ospiti sembrano pronti a tutto, anche se alcuni sono piuttosto tranquilli rispetto ad altri. Stavo pensando di organizzare un pomeriggio di film a tema, per guardarne qualcuno degli anni Sessanta e Settanta. E magari fare una specie di "sock hop", il ballo di gruppo in calzini. Voglio anche parlare con il direttore della scuola elementare per vedere se è possibile, portando lì gli ospiti, che i bambini leggano loro qualcosa. Ho sempre sentito dire che è molto salutare per gli anziani stare vicino ai più piccoli, e viceversa.»

Cal si allontanò dal tavolo e fece alzare June dalla sedia.

«Che c'è?» gli chiese. Ma lui non si fermò e la trascinò verso le scale.

«I piatti!» esclamò con una piccola risata, facendo del suo meglio per stargli dietro.

Più stava vicino a quella donna, più aveva bisogno di lei.

Aveva passato la giornata a parlare di Elaine Green con un detective di Washington, senza ottenere alcun risultato. Non c'erano prove che avesse fatto qualcosa di male. Nulla che potesse indurre il detective a sottrarre tempo prezioso ad altri casi per indagare su una morte avvenuta diciassette anni prima e che era stata giudicata un attacco di cuore. Tuttavia, Cal gli aveva fatto notare che June avrebbe potuto affrontare da sola tutta la burocrazia e i costi elevati di una riesumazione.

Era stato tutto il tempo frustrato e irritato, ma non appena era andato a prenderla alla Hill's House, il suo cattivo umore era svanito. La semplice presenza di June lo faceva sentire meglio.

Andare a letto con lei, però, era un precedente pericoloso. Prima o poi se ne sarebbe andata. Si sarebbe resa conto di quante cose voleva sperimentare e sarebbe diventata inquieta, si sarebbe sentita soffocare dalla vita di Newton. Sapeva che avrebbe dovuto lasciarla andare prima di affezionarsi troppo, ma quella sera non poteva. Aveva bisogno di lei.

Chiuse la porta della camera da letto e June si girò a guardarlo. Cal fece un passo avanti e lei ne fece uno indietro. Poi lo fecero di nuovo. Sembrò una sorta di preliminare.

«Cal?» Lo fissò con un sorriso malizioso.

«Sì?»

«Sei stanco? Vuoi andare a dormire?»

«No.»

«Ti fanno male i piedi e hai bisogno di tenerli alzati?» lo prese in giro.

Non poté indietreggiare di più perché era arrivata al bordo del letto.

«No.» Poi Cal scioccò se stesso... e lei, se l'espressione del suo viso era un'indicazione, quando si sfilò la maglia dalla testa.

June andò subito con gli occhi sul suo petto, provocandogli un momento di perversa soddisfazione quando sul suo viso passò un'espressione di rabbia. Preferiva di gran lunga che fosse arrabbiata per suo conto piuttosto che disgustata dalle cicatrici... o peggio, che lo compatisse.

«La prima volta che mi hai visto non hai dato di matto. Non sei scappata e ne hai avuta sicuramente la possibilità. Ti voglio di nuovo alla luce. Il più possibile. Voglio vedere tutto di te, e in cambio ti darò tutto di me. Sempre che tu mi desideri ancora dopo avermi visto così.»

Si avvicinò subito a lui, e baciò una cicatrice particolarmente brutta sul suo petto. Andava dallo sterno fino all'inguine. Cal ricordava vividamente lo stronzo che gliel'aveva fatta, come aveva minacciato di sventrarlo dal collo all'uccello.

«Ti desidero» lo rassicurò. Lottò un attimo con il bottone dei suoi jeans prima che lui le allontanasse le mani per slacciarseli da solo.

Lei gli sorrise e si mise in ginocchio. Gli abbassò timidamente i pantaloni e i boxer e Cal li calciò via. Non si era mai messo così a nudo con qualcuno, metaforicamente parlando, come con June. Sì, prima della cattura si era spogliato quando era andato con una donna, ma non era mai stato così vulnerabile in vita sua.

June si leccò le labbra, si chinò in avanti e gli prese in mano l'uccello flaccido... che si contrasse subito. Era tutta concentrata su quella parte, e sembrò non accorgersi nemmeno di quanto fossero dilaniate le sue cosce. O delle imperfezioni del suo cazzo.

Lo prese tutto in bocca. Cal gemette e le afferrò i capelli, più per aggrapparsi a qualcosa che per controllarla. Gli piacevano i suoi movimenti entusiasti e scoordinati. Il fatto che non l'avesse mai fatto a nessun altro lo faceva un po' impazzire.

Si ingrossò nella sua bocca e, in breve tempo, June stava andando su e giù su metà della sua lunghezza come se fosse nata per farlo. A un certo punto, sollevò gli occhi per guardarlo e sorrise.

Fu più di quanto potesse sopportare. Cal voleva esplodere, voleva che lei ingoiasse tutto ciò che aveva da darle, ma aveva più bisogno di stare dentro di lei.

La sollevò con facilità e la spogliò a tempo di record. Praticamente la gettò sul materasso facendola ridacchiare.

I venti minuti successivi furono colmi di sospiri, gemiti e grida... e di così tanto piacere che Cal non ricordava di aver mai provato.

Ma una volta appagati, con June accoccolata al suo fianco, si sentì pervadere rapidamente da un senso di panico.

Ogni volta che la prendeva, lei si insinuava ulteriormente nella sua anima. Aveva sempre *più* bisogno di lei. Sapeva che più fosse vissuta lì, più avesse dormito nel suo letto, più tempo lui avesse passato sprofondato nel suo sesso caldo e bagnato, più sarebbe stato difficile perderla. Alla fine sarebbe arrivato a un punto in cui non sarebbe stato nemmeno in grado di immaginare una cosa del genere. Probabilmente sarebbe diventato come quegli uomini che perseguitavano una ex e dichiaravano che se non potevano averla loro, non l'avrebbe avuta nessuno.

Chiuse gli occhi. June era già addormentata e respirava profondamente.

L'amava. Probabilmente non avrebbe mai più potuto amare un'altra donna in quel modo, ma doveva lasciarla andare. Per il suo bene. All'inizio si sarebbe arrabbiata, ma poi gliene sarebbe stata grata. Non si sarebbe comportato da egoista. L'avrebbe lasciata andare in modo che potesse trovare il suo posto nel mondo, in un luogo meraviglioso e caloroso come la stessa June.

Newton, nel Maine, non lo era.

Gli aveva posato una mano sul petto, proprio sopra il cuore, e anche mentre dormiva le sue dita si muovevano, lo accarezzavano. Aveva bisogno di lei più di quanto avesse bisogno di aria per respirare, ma che fosse dannato se avrebbe fatto qualcosa per impedirle di esprimere tutto il suo potenziale.

CAPITOLO DICIANNOVE

QUASI UNA SETTIMANA PIÙ TARDI, June non riusciva a togliersi di dosso la sensazione che Cal fosse molto strano. Non per qualcosa che aveva detto, ma era evidente che fosse successo qualcosa... o che avesse avuto un improvviso ripensamento.

Fin dalla mattina successiva a quando lei aveva accettato il lavoro alla Hill's House e si era di nuovo svegliata tra le sue braccia, lui era cambiato Era più silenzioso. Passava meno tempo con lei.

Si stava allontanando e non capiva perché.

Forse stava riconsiderando la velocità con cui la loro relazione era progredita. Forse si stava pentendo di averle chiesto di trasferirsi da lui, e magari, visto che la matrigna o la sorellastra non si erano fatte sentire, aveva deciso che lei non aveva bisogno della sua protezione.

Forse non gli era piaciuto fare sesso e aveva deciso di non voler più stare con lei.

Qualunque cosa fosse, June non si era mai sentita così depressa.

La cosa era cominciata quando l'aveva riaccompagnata a casa dal lavoro il terzo giorno. Aveva a malapena scambiato due parole, per poi dirle che doveva andare a tagliare un grosso albero che era caduto su una strada. Era tornato a casa solo dopo che lei si era addormentata.

La sera successiva le aveva detto che poteva andare di sopra a dormire senza di lui perché non era stanco. June aveva finito per andare nella stanza degli ospiti che aveva usato la prima notte, troppo insicura per stare nella sua camera da sola per la seconda notte di fila. Quando Cal non era apparso o non l'aveva svegliata per portarla nel suo letto, non si era più sentita a suo agio a dormire di nuovo lì... a meno che non fosse stata invitata espressamente.

Ed era andata avanti così. Ogni sera lui trovava una scusa per rimanere alzato fino a tardi e June, non essendo stupida, aveva capito l'antifona e continuato a salire molto prima di lui per andare a dormire nel letto degli ospiti.

Infine, la sera precedente, le aveva detto che quel giorno avrebbe dovuto percorrere un tratto del sentiero degli Appalachi per fare manutenzione e che sarebbe stato via tutta la notte. Aveva fatto in modo che Bob la portasse al lavoro e la andasse a prendere al pomeriggio.

June decise che era ora di finirla. Era un'esperta nel capire quando era desiderata e quando no. Aveva imparato dalla migliore: la sua matrigna. Per quanto la facesse soffrire, non avrebbe continuato a stare a casa di Cal quando era ovvio che lui non la voleva più.

Il cuore le faceva realmente male. Le cose erano sembrate così promettenti. Certo, avrebbe dovuto saperlo. Si erano mossi più veloci di un fulmine. Probabilmente Cal si era lasciato prendere dall'eccitazione del primo rapporto fisico dopo anni, dall'emozione di averla salvata dalla sua terribile situazione.

Ora che le acque si erano calmate, doveva essersi reso conto che lei era un peso, proprio come aveva sempre sostenuto la sua matrigna.

Era uno schifo. June lo amava già perdutamente. Le sarebbe

solo piaciuto essere... più attraente? Migliore? Più intelligente? Più qualcosa. E riuscire a mantenere vivo il suo interesse per più di una settimana.

Aveva davvero pensato che avessero legato in modo immediato e profondo e, almeno per lei, il sesso era stato straordinario. Non riusciva a immaginarlo più bello di così. D'altra parte, non aveva molta esperienza; era probabile che non fosse brava, se riusciva a mollarla così facilmente.

Dopo tutto quello che avevano fatto, dopo che lui si era messo a nudo con lei, dopo che pensava di aver finalmente penetrato le spesse barriere che si era costruito intorno, era ovvio che si fosse stancato. E faceva molto male.

Doveva chiamare April, o magari parlare con Meg, per vedere se c'era la possibilità di trovare un alloggio. Non poteva continuare a stare a casa di Cal sapendo che lui non la voleva lì. Era una tortura vederlo ogni giorno e sentirlo così distante.

Sarebbe stato comunque doloroso vivere a Newton e incontrarlo in giro, ma amava quella piccola città e i suoi abitanti. Amava il suo lavoro. Conosceva gli ospiti solo da poco, ma per lei erano importanti come supponeva lo fossero i nonni per i loro cari. Erano divertenti, premurosi e incredibilmente interessanti. Non riusciva a immaginare di lasciare quell'impiego per andare in una grande città, dove nessuno si preoccupava di nessuno e tutti erano sempre di fretta. A Washington si era sentita costantemente come un piccolo insetto insignificante, ma lì a Newton, ovunque andasse, la gente la salutava e sembrava sinceramente interessata a sapere come stava.

Doveva esserci un appartamento o una stanza che potesse permettersi di prendere in affitto.

Cal era partito per la sua escursione sull'AT prima che lei si svegliasse, e la casa era vuota e solitaria senza di lui. Quindi fece colazione da sola, e ciò le riportò subito alla mente i tanti momenti simili che aveva vissuto a Washington, tipo quando mangiava da sola mentre aspettava che Elaine e Carla si svegliassero e cominciassero a darle ordini.

Sembrava che le otto e quarantacinque non arrivassero mai e quando Bob finalmente si fermò davanti alla casa, June era più che pronta ad andarsene. Chiuse con attenzione la porta e salì sul pick-up con un sorriso forzato.

«Buongiorno» lo salutò.

«Buongiorno» rispose lui, mentre aspettava che lei allacciasse la cintura di sicurezza. Poi si avviò lungo il vialetto.

«Posso chiederti una cosa?» gli domandò.

«Certo.»

«Cal... sta bene?» Non aveva avuto intenzione di chiederlo, perché si sarebbe sentita a disagio se Cal avesse saputo che stava parlando di lui alle sue spalle. Ma Bob era uno dei suoi migliori amici e doveva sapere se c'era qualcosa che non andava.

Lui si voltò di scatto per guardarla. «Perché? Ha detto qualcosa?»

«È solo che... voglio dire, non lo conosco da molto tempo, ma sembra... non so... diverso?»

Bob continuò a dividere la sua attenzione tra lei e la strada mentre guidava. «A me sembra a posto.»

Ecco, appunto. Cal stava bene, si comportava in modo strano solo con lei. Ciò le fece ancora più male. «Ok. Sono sicura che vedo qualcosa che non c'è» replicò, con la massima disinvoltura possibile.

Ma lui scosse la testa. «No, se pensi che sia strano, allora qualcosa c'è. Negli ultimi tempi sei quella che gli è stata vicino più di tutti. Gli parlerò, e mi farò dire cosa c'è che non va.»

«No!» sbottò June, guadagnandosi un altro sguardo penetrante. «È solo che... credo di essere io. Penso che voglia che me ne vada, ma non sa come dirmelo. Che si stia pentendo di avermi chiesto di restare. Quindi ti sarei grata se non gli dicessi nulla. Ma per caso, sai se c'è qualcuno che affitta una stanza o magari un appartamento?»

Non era mai stata così contenta che il viaggio verso la Hill's House fosse breve. Bob accostò al marciapiede vicino al vialetto che portava al portico, poi si voltò a guardarla.

«Non vuole che tu te ne vada» le disse con fermezza.

June scosse la testa e fece per dissentire, ma lui non le diede modo di parlare.

«Dico sul serio. Non vuole. Non ho mai visto Cal così... calmo. È sempre stato un po' nervoso, e non posso biasimarlo dopo tutto ciò che ha passato. Ma l'altro giorno ha indossato una *maglietta a maniche corte* per venire al lavoro! Non ricordo l'ultima volta che ha mostrato le braccia nude, o qualsiasi altra parte del corpo, davanti alla squadra. No, non è vero, lo ricordo. È stato prima che fossimo prigionieri di guerra. Ed è merito *tuo*, June. In qualche modo, hai penetrato il muro di mattoni dietro cui si nasconde. Non vuole assolutamente che tu te ne vada» concluse.

«Non capisci» sussurrò.

«Allora *aiutami* a farlo» disse Bob con calma.

Non voleva ammettere di non essere molto brava a letto, ma aveva bisogno di parlare con qualcuno. «Le cose andavano bene. Alla grande, a dire il vero. Poi, dopo che abbiamo... fatto sesso... è cambiato tutto. Dopo la seconda volta, ha iniziato a prendere le distanze. *Rapidamente*. Ha trovato cose da fare la sera, mandandomi a letto senza di lui. È rimasto fuori a lavorare fino a tardi. E nell'ultima settimana mi ha rivolto a malapena una decina di parole, anche mentre mi accompagnava al lavoro.

Evidentemente è stato proprio brutto per lui, o forse gli sono sembrata troppo promiscua e sfacciata o qualcosa del genere. E ora è partito per quell'escursione. È che... lo amo» ammise sommessamente. «E odio metterlo a disagio... *odio* che stia lontano da casa sua a causa mia.»

«Faccio schifo in queste cose» disse Bob con un sospiro. «Ascolta, Cal non è uscito con nessuna da quando ci siamo congedati dall'esercito. Da quando è stato torturato. Anche prima, non l'ho mai visto così... vivo... come quando è con te. Qualunque cosa sia successa, non è colpa tua. Ne sono certo.

La vita di Cal non è stata facile. Fin dalla nascita ha subito molte pressioni per dover essere il figlio perfetto. E anche dalla famiglia reale e dai media. Non importa che tutti sappiano che non diventerà mai re, ha dovuto comunque sopportare tutto quello stress. E dopo essere stato torturato e umiliato pubblicamente con quei video, è cambiato completamente. Si è chiuso in se stesso. Ha passato molto tempo a fare escursioni e a stare da solo.

Da quando sei arrivata tu, è più socievole. Più felice. Qualunque cosa stia succedendo nella sua testa, non è colpa tua. Te lo posso assicurare. Ma... non rinunciare a lui» la implorò. «Ha bisogno di te, June. Non posso prevedere il futuro, non so se vi sposerete, se avrete una famiglia e vivrete per sempre felici e contenti, ma è stato travolto da un sacco di cose in un breve periodo di tempo e sono sicuro che sta semplicemente elaborando il tutto. Parlane con lui. Non lasciare che ti allontani, perché da quello che hai descritto è ovvio che è proprio ciò che sta facendo. Probabilmente sta cercando di essere nobile o qualcosa del genere. Non lasciarglielo fare.»

June lo fissò. In effetti, il suo discorso aveva senso. Il loro rapporto era progredito molto in fretta, e se Cal era abituato a tenere le persone a distanza, la velocità con cui si erano mossi doveva essere stato un profondo sconvolgimento.

Amava quell'uomo e voleva che tra loro funzionasse. Non sapeva se ci sarebbero riusciti, ma era testarda, bastava pensare a quanto a lungo era rimasta aggrappata alla casa in cui aveva vissuto con suo padre, e voleva almeno provare a dare a lei e a Cal la possibilità di essere felici.

«Ok» disse dopo un lungo momento.

«Ok?» chiese Bob. «Gliene parlerai?»

«Sì.»

«Meno male! Sei quella giusta per lui, June. E fidati, non lo direi se non ci credessi fin nel profondo. Quell'uomo ne ha passate abbastanza, e se pensassi che non sei altro che un capriccio passeggero, un modo per farsi passare una voglia, non ti incoraggerei a insistere. Ti avrei trovato un posto dove vivere in men che non si dica. Ma il fatto che abbia indossato quella maglietta per venire in ufficio... la dice lunga. Ha bisogno di te.»

June scosse la testa. «Non ha bisogno di me. Semmai sono io ad aver bisogno di *lui*.»

«Bene, allora avete bisogno l'uno dell'altra. Come preferisci. Parlagli. Non lasciarti scoraggiare. Spogliati e sfila davanti a lui. Fai tutto il necessario.»

Rise per la prima volta dopo giorni. «Quello non succederà» disse.

Le sorrise. «Sono sicuro che lo distrarrebbe.»

«Devo andare dentro» ribatté, scuotendo la testa sconsolata.

«Va bene. Tornerò a prenderti alle tre. Fammi sapere se serve che venga prima o dopo.»

«Certo.»

«Buona giornata.»

«Anche a te. E grazie, Bob» gli disse June in tono serio, poi scese dal pick-up. Mentre si dirigeva verso la porta d'ingresso, si rese conto ancora una volta di quanto Cal fosse fortunato ad avere un buon amico come Bob. E anche come JJ e Chappy, del resto. I quattro uomini erano davvero come fratelli e non era affatto gelosa. Anzi, era contenta per lui.

«Buongiorno!» la salutò Banks a voce alta, aprendo la porta mentre lei si avvicinava. «Ti stavamo aspettando. Siamo tutti pronti per il torneo di cornhole di oggi! Abbiamo fatto stretching e *non vedo l'ora* di battere tutti. Capirai, mi sono allenato anni e anni quando ero un pugile.»

June resistette all'impulso di alzare gli occhi al cielo. Non credeva che Banks avesse fatto la metà delle cose che diceva, ma come tutti gli altri, visto che era divertente lo assecondava. «Non lo so» scherzò. «Penso che Sofia potrebbe sorprenderci.»

Banks sbuffò mentre chiudeva la porta. «Non credo proprio, la distruggerò!»

Una delle cose che l'avevano sorpresa, era quanto in quella casa fossero tutti spietati quando si trattava di giochi. Potevano anche essere anziani, ma lo spirito competitivo non mancava. Che fosse una partita a Uno, finire per primi un cruciverba o vincere a cornhole, tutti volevano essere in testa. Era davvero adorabile.

«Banks, lascia a June un po' di spazio per respirare» lo rimproverò Meg quando entrò nell'atrio per salutarla. «Accidenti, quella povera donna è appena arrivata. Potrebbe aver voglia di bere una tazza di caffè o altro. E sicuramente vorrà salutare tutti gli altri prima di essere trascinata in cortile. Inoltre, eravamo d'accordo di aspettare un paio d'ore in modo che sia un po' più caldo. Non vogliamo che le dita di Scott si stacchino per il gelo.»

«Non saranno le sue dita a staccarsi, sarà il suo coso» mormorò Banks.

June vide Meg cercare di non ridere mentre diceva: «Non è carino, Banks.»

Ma l'uomo non sembrò per nulla pentito. «Forza, June, finiamo con i saluti, così possiamo andare avanti con la giornata.»

Si lasciò trascinare all'interno e Meg incontrò i suoi occhi e mimò *"Scusa"* con la bocca, ma June rise. In realtà amava quelle cose. Amava che ogni giorno fosse diverso. Amava l'impazienza degli ospiti. Sembravano sinceramente entusiasti di vederla ogni mattina, e ciò faceva la differenza. Non le importava di dover lavorare sodo, di non fare delle pause durante la giornata perché c'era sempre qualcuno desideroso di parlare con lei, di raccontare qualcosa che aveva fatto o visto in passato. La faceva sentire necessaria.

Se le cose tra lei e Cal non avessero funzionato, non sarebbe andata da nessuna parte. Non riusciva a immaginare di trovare un impiego migliore di quello. O uno che la rendesse più felice.

Naturalmente, per quanto amasse il suo lavoro, era sempre stanca quando arrivavano le tre.

Quel giorno non fu diverso.

Il torneo di cornhole era stato un grande successo, e stava già pianificando altre attività all'aperto per quando avrebbe fatto più caldo. Era stato bello vedere gli ospiti stare all'aria aperta, usare i muscoli e divertirsi. Alla fine aveva vinto Banks, ma con grande sorpresa di June, Jara non era arrivata tanto dietro.

Si trovava in cucina a pulire i piatti della merenda che avevano appena gustato quando entrò Tim. Era l'inserviente appena assunto e arrivava ogni giorno poco prima che lei andasse via. Non sapeva molto di lui, ma era sempre gentile con lei e con gli ospiti, il che lo rendeva accettabile ai suoi occhi.

«Ehi» disse, entrando nella stanza. «Com'è andato il torneo?»

June ridacchiò. «Bene, anche se ho dovuto interrompere due risse sul nascere e tutti si sono accusati a vicenda almeno una volta di aver barato.»

Tim rise. «Mi sembra giusto. Ti ho portato qualcosa.» Le porse un piatto ricoperto di carta stagnola. «Visto che siamo entrambi nuovi in città e tutto il resto, ho pensato che sarebbe stato un bel gesto da parte di un nuovo arrivato all'altro. Io non so cucinare per niente, ma nessuna delle mie ex fidanzate si è mai lamentata dei miei brownie al doppio cioccolato super speciali.»

June fissò il piatto per un momento. «Ehm... sto uscendo con qualcuno» gli disse, non volendo che si facesse strane idee su loro due.

«Oh, questi non sono per provarci con te» ribatté subito. «Ho rotto con una donna poco prima di trasferirmi qui, quindi non voglio iniziare un'altra relazione. E comunque ho intenzione di tornare a New York entro l'estate. Ho solo pensato che visto che lavori così duramente, avresti apprezzato un dolcetto. Il cioccolato piace a tutte le donne, vero?»

«Vero» rispose, sentendosi meglio riguardo alle sue intenzioni.

Non aveva il coraggio di dirgli che non avrebbe mangiato

quei brownie, e soppresse un piccolo brivido quando pensò al motivo.

«Se non li vuoi, posso lasciarli agli ospiti.»

«No! Li voglio. Grazie, Tim. È stato molto gentile da parte tua» gli disse, facendo un passo avanti.

Lui le sorrise e le loro dita si sfiorarono mentre le porgeva il piatto di carta. Per la prima volta da quando lo aveva conosciuto, provò un po' di disagio. Non c'era ragione di sentirsi così, ma aveva sempre avuto un buon intuito. Accettò il piatto e si allontanò. «Grazie ancora.»

«Non ne assaggi uno?» le chiese con un sorriso sbilenco.

«Non adesso. Abbiamo appena fatto uno spuntino. Li conserverò per stasera, dopo cena.»

«Va bene» disse con un'alzata di spalle. «Ci vediamo domani.»

«È domenica. È il mio giorno libero» gli ricordò.

«Oh, giusto. Allora ci vediamo martedì, visto che lunedì è il mio» ribatté. «Ti auguro un buon fine settimana.»

«Grazie. Buon fine settimana anche a te» replicò June prima di uscire dalla cucina. Salutò Jeremy e Brenda, che stavano guardando le repliche di *Jeopardy!* tenendo davvero il conto di chi aveva più soldi man mano che il gioco procedeva. Loro ricambiarono il saluto e tornarono a guardare la televisione. Gli altri ospiti non si vedevano da nessuna parte e June pensò che probabilmente stavano facendo un pisolino dopo aver passato una giornata movimentata.

Meg apparve e le tenne il piatto di brownie mentre lei si infilava il cappotto.

«Sembrano buoni» disse, sollevando il bordo della carta stagnola.

«Me li ha portati Tim. Ha detto che era un regalo da parte di un nuovo arrivato all'altro» le spiegò.

«È stato gentile da parte sua. Goditi la domenica. Ma non c'è bisogno che te lo dica, ne sono certa. Soprattutto quando vivi con Cal Redmon.» Sorrise. «Quel ragazzo è delizioso. E così educato e premuroso. Non avresti potuto trovare un uomo migliore.»

«Grazie.» Avrebbe voluto non vedere l'ora di tornare a casa da un Cal felice e accogliente, ma lui si trovava da qualche parte nella natura selvaggia, probabilmente per evitarla. Quel pensiero la intristì.

Quando uscì, Bob la stava aspettando accanto al marciapiede. Lei salì sul pick-up e gli sorrise. «Grazie ancora per avermi portato avanti e indietro. Ho davvero bisogno di un'auto, ma al momento non posso permettermela. Forse mi comprerò una bicicletta» rifletté.

«Non è un gran problema. Non è che devo farmi mezz'ora in più di strada. Ci vogliono cinque minuti al massimo per portarti a casa o al lavoro.»

Non aveva torto, ma odiava sentirsi un peso. Rimasero in silenzio mentre si dirigevano verso la casa di Cal.

Quando Bob entrò nel vialetto, fermandosi il più vicino possibile al portico d'ingresso, indicò con la testa il piatto sulle sue ginocchia. «Che cos'è?»

«Brownie.»

«Li hai fatti al lavoro oggi?» le chiese.

Scosse la testa. «No. Me li ha portati Tim, l'inserviente.»

Bob si mostrò sorpreso.

June scosse la testa, non volendo che si facesse un'idea sbagliata. «Non è interessato a me. A causa della mia corporatura, la gente tende a pensare che il cibo sia il regalo migliore da farmi. Non che io abbia ricevuto molti regali in vita mia. È solo che lui è nuovo qui, e lo sono anch'io, e voleva fare qualcosa per darmi il benvenuto, credo. Non ho intenzione di mangiarli» aggiunse, non gradendo l'espressione che aveva Bob. Non voleva pensasse nemmeno per un momento che lei stesse in qualche modo tradendo Cal. «Non mangio cibo preparato da altri. Voglio dire... non cose di questo genere. Nei ristoranti lo faccio perché sono sicuri.»

«Sicuri?» le chiese, sollevando un sopracciglio.

«Sì. Non so in che ambiente siano stati fatti questi brownie. Tim, ad esempio, potrebbe avere un centinaio di gatti che camminano su tutti i piani di lavoro. O la casa infestata dagli scarafaggi. Magari non sa distinguere il sale dallo zucchero. Non sempre è sicuro mangiare del cibo che proviene dalla cucina di qualcun altro. Ma li ho presi perché volevo essere gentile e non ferire i suoi sentimenti. Li vuoi?»

Bob fece una smorfia. «Dopo quello che hai appena detto? No, grazie. Ora... che ne dici di dirmi il *vero* motivo?»

«Che motivo?» gli chiese.

«Cos'è successo per renderti così diffidente nei confronti delle cose cucinate da altre persone?»

June lo fissò per un attimo. Non voleva parlarne, ma dopo aver vuotato il sacco quella mattina, supponeva di potersi fidare di lui.

Sospirò. «È una cosa stupida.»

«Se ti ha resa diffidente, non è stupida. Ora sputa il rospo.»

«È successo qualche anno fa. Carla ha preparato dei biscotti mentre ero fuori a fare delle commissioni e quando sono tornata mi ha detto che voleva propormi una tregua, che non le piaceva che ultimamente litigassimo così tanto. In realtà ero stata felice di quella richiesta, perché un tempo, quando mio padre era ancora vivo, eravamo piuttosto unite. Mi ha esortata a mangiarne un paio e l'ho fatto perché sembrava molto orgogliosa di averli preparati.»

«E?» le chiese, quando fece una pausa.

«Ci aveva messo della marijuana sintetica. Ho finito per avere delle allucinazioni orribili, e Carla e le sue amiche ridevano di quanto fossi pietrificata. Mi hanno filmata mentre stavo rannicchiata in un angolo a piangere in modo isterico. Hanno pensato che fosse esilarante e hanno fatto girare il video tra tutti i loro amici, e lo ha persino postato sui suoi profili social.

Ho creduto davvero di morire. È stato terribile. E ho giurato di non mangiare mai più nulla di preparato per me da qualcun altro e che non ho visto cucinare.»

June stava fissando il piatto sulle sue ginocchia mentre raccontava la sua storia, ma quando finì e Bob non fece commenti, dopo un lungo momento lo guardò. Stava stringendo il volante così forte da avere le nocche bianche. Contraeva in continuazione la mascella e aveva le labbra serrate.

Fece un respiro profondo, poi si girò verso di lei. «Hai raccontato a Cal questa storia?»

«No» rispose, scuotendo leggermente la testa.

«Non farlo. Andrebbe fuori di testa e probabilmente tornerebbe a Washington per fare qualcosa che ci costringerebbe a raccogliere soldi per la cauzione.»

Non voleva nemmeno pensare che venisse sbattuto in prigione. «Va bene» disse.

Bob scosse la testa. «Cal è un idiota per aver deciso di stare fuori al freddo stanotte, invece che in un letto caldo con te. Parlagli domani quando torna. Promettimelo.»

«Lo farò. Ma non mi stupirei se decidesse di passare un'altra notte sul sentiero» ammise, esprimendo per la prima volta la sua preoccupazione.

«Non lo farà. Tornerà a casa, anche se dovessi andare a prenderlo io stesso» le promise.

June lo studiò a lungo. Non era interessata a lui dal punto di vista sentimentale, perché era innamorata pazza di Cal, ma sapeva per certo che una donna sarebbe stata fortunata ad avere un uomo così meraviglioso al proprio fianco. Esteriormente dava l'impressione di essere felice e spensierato. Faceva di tutto per essere l'anima della festa e far ridere tutti. Ma nel poco tempo che aveva trascorso con lui, dopo le loro brevi conversazioni, June aveva avuto la sensazione che in quell'uomo ci fosse molto di più di quello che mostrava al mondo.

«Grazie» gli disse.

«Dormi bene. E se hai bisogno di qualcosa, non esitare a chiamarmi. Vuoi che porti con me quei brownie, così non dovrai occupartene?»

«No. Li butto via io.»

«Va bene. June?»

«Sì?»

«L'ho già detto e lo ripeto. Cal ha bisogno di te. Qualsiasi cosa stia succedendo nella sua testa... non ha niente a che fare con te. Ok?»

«Ok.»

«Ora fila. Ho un sacco di cose da fare: club in cui andare, ristoranti a cinque stelle in cui mangiare, gallerie d'arte da visitare... sai. Cose.»

June rise. Come se a Newton ci fossero davvero. «Giusto. Divertiti.»

«Dicevo sul serio. Se hai bisogno di qualcosa, chiama. Mi arrabbierò se non lo farai.»

«Starò bene. Ma grazie.»

«Ci vediamo.»

«Ciao.»

June raggiunse la porta, la aprì e si voltò per salutare Bob che non si era ancora allontanato in attesa di assicurarsi che lei entrasse senza problemi. Si chiuse la porta alle spalle e sospirò. La casa sembrava troppo grande senza Cal.

Si tolse le scarpe e andò in cucina. Appoggiò il piatto di brownie sul bancone, poi salì al piano di sopra per indossare un paio di leggings e una delle felpe di Cal. Non era sicura che il suo cambio di atteggiamento riguardasse davvero lui e non lei, come insisteva a dire Bob, ma non poteva assolutamente continuare così. Doveva scoprire che problema c'era, anche se ciò avrebbe potuto spezzarle il cuore. Ma almeno lo avrebbe saputo.

Se il suo amico aveva ragione e Cal aveva cercato di fare il nobile o si era trattenuto a causa delle sue insicurezze, lo avrebbe rimesso in riga... e forse avrebbero potuto essere di nuovo felici.

Presa quella decisione, sentendosi più leggera di quanto

pensasse fosse possibile, considerando anche che avrebbe passato la notte in casa da sola per la prima volta dopo anni, tornò al piano di sotto.

———

Tim non riusciva a togliersi il sorriso dalla faccia. Avrebbe voluto essere presente quando June si sarebbe sballata con i brownie. La sua matrigna gli aveva mandato un video in cui era a terra in posizione fetale, piangendo in modo incontrollato, dopo aver mangiato i biscotti drogati che la sorellastra le aveva preparato. Elaine amava l'idea che potesse accadere di nuovo e lo aveva spinto a prepararle dei brownie.

Così lo aveva fatto... per trecento dollari. Tim avrebbe fatto tutto ciò che la stronza voleva, purché fosse disposta a sganciare un po' di verdoni.

A quanto pareva, la conversazione sul fatto di aver somministrato di nascosto della marijuana a June aveva fatto sciogliere la lingua a Elaine, che aveva continuato a parlare del modo migliore di uccidere la figliastra. Uno che le avrebbe causato il maggior dolore possibile. Voleva davvero che la avvelenasse. Gli aveva parlato di tutti i dolorosi effetti collaterali di certi farmaci.

Stava per chiederle come facesse a saperne così tanto, ma non era stato necessario. Quella pazza gli aveva rivelato di aver usato troppa succinilcolina quando aveva avvelenato il marito! Chi cazzo condivideva quel tipo di informazioni? L'errore di calcolo lo aveva fatto morire molto più velocemente di quanto lei avesse previsto. Aveva borbottato qualcosa sul fatto che era stata una fortuna che i sintomi fossero stati simili a quelli di un attacco di cuore.

Per quanto pensasse che Elaine fosse stupida, Tim era ancora scioccato che avesse ammesso con tanta disinvoltura di aver ucciso suo marito, e aveva insistito sul fatto che uccidere June con lo stesso veleno non avrebbe funzionato, perché non poteva somministrarle le dosi in modo affidabile e metodico. Lei aveva brontolato un po', ma alla fine era stata d'accordo.

In realtà, non era quello il motivo per cui non voleva avvelenare June. Non sarebbe riuscito a mettere le mani su un farmaco come la succinilcolina. Avrebbe dovuto usare qualcosa come l'antigelo, facile da reperire ma che avrebbe richiesto troppo tempo. Voleva i suoi soldi, e farla ammalare a poco a poco avrebbe significato non essere pagato per chissà quanto tempo. Preferiva qualcosa di facile e veloce… che non la facesse correre in ospedale per sottoporsi a una serie di esami.

Non sapeva ancora come l'avrebbe fatto, ma sarebbe successo presto. Era stufo di quella città. Odiava il suo lavoro, anche se non riusciva ancora a credere al colpo di fortuna che aveva avuto quando June era stata assunta pochi giorni dopo di lui. Soprattutto, odiava gli anziani. Erano lenti, litigiosi e puzzavano. E stare alla Hill's House circondato da quella gente non era la sua idea di divertimento. Inoltre, lavorare in generale non era esattamente il suo forte. Preferiva guadagnare facendo il meno possibile.

Continuava a mentire a Elaine riguardo a ciò che stava facendo a Newton e ai progressi nello stalking. Le aveva inviato un'altra foto di un biglietto intimidatorio attaccato a una porta, poi di uno scoiattolo morto con un coltello in testa sopra uno zerbino. Era stato riluttante a danneggiarsi una mano, ma alla fine aveva deciso che ne valeva la pena, così aveva tirato un pugno contro un muro per lacerarsi le nocche e aveva inviato a Elaine la "prova" che un giorno aveva colpito June alle spalle mentre tornava a casa.

La vecchia era una credulona e, cosa più importante, era puntuale nei pagamenti. Quello era uno dei lavori più facili che Tim avesse mai fatto. In realtà, era un po' deluso che quella pacchia presto sarebbe finita, ma era stanco di vivere nei boschi, quindi era quasi giunto il momento di fare ciò per cui era stato mandato: eliminare Juniper Rose e ottenere i suoi diecimila dollari.

«Non è una questione personale» mormorò, appoggiando la testa allo schienale del divano. Era uscito presto dal lavoro, perché quella sera non era in vena. Aveva sentito June dire a una delle vecchie che vivevano alla Hill's House che il principe avrebbe passato la notte sull'AT. Sarebbe stata l'occasione perfetta per andare a casa sua e spaventarla a morte... ma a dire il vero si sentiva svogliato. Inoltre, non voleva darle alcun motivo per iniziare a stare più attenta.

Secondo lui, l'intero piano di Elaine faceva acqua da tutte le parti fin dall'inizio. Se avesse davvero tormentato la figliastra, aveva la sensazione che il principe e i suoi amici militari si sarebbero riuniti dopo la prima nota. Avrebbero serrato i ranghi intorno a June in modo da impedirgli di avvicinarsi. E l'uomo avrebbe trascorso *ancora* più tempo con lei invece di tornare di corsa dall'altra figlia.

Le stronzate di Elaine le si sarebbero ritorte contro in modo clamoroso, e probabilmente avrebbe cercato di incastrarlo.

Cosa che non sarebbe accaduta.

No. Tim non avrebbe fatto nulla per dare a June o al principe un motivo per essere guardinghi. Avrebbe colpito all'improvviso e in modo implacabile. Lei non aveva idea di cosa l'aspettava, il che era meglio per tutti. Ciò che sarebbe successo dopo la sua morte non lo riguardava. Finché avesse ricevuto i soldi che gli spettavano, sarebbe stato felice.

Forse il principe *sarebbe* tornato a Washington, come sperava Elaine... ma ne dubitava. Il suo suggerimento di lasciare un ultimo biglietto dopo aver ucciso June, in cui insinuava che Carla sarebbe stata la successiva, non avrebbe funzionato. Il principe avrebbe capito subito il piano della vecchia. Ma in ogni caso, Tim sarebbe stato lontano e più ricco di diecimila bigliettoni.

CAPITOLO VENTI

JUNE ERA AGITATA. La notte precedente aveva dormito malissimo. In parte perché era consapevole di essere in casa da sola, e poi perché quel giorno Cal sarebbe tornato ed era nervosa all'idea di parlargli.

Si sentiva inquieta, non sapeva cosa fare con un'intera giornata libera a disposizione. Aveva già passato l'aspirapolvere, spolverato e fatto una lavatrice. Non sapendo di preciso quando sarebbe tornato, l'unica cosa da fare era cercare di tenersi occupata fino al suo arrivo.

Avrebbe dovuto provare a rilassarsi, magari leggendo un libro o guardando un film, ma non ci riusciva proprio. Così passò in rassegna tutta la casa per raccogliere la spazzatura, poi chiuse il sacco e uscì per andare nel garage indipendente dove Cal teneva i bidoni. Le aveva detto che li teneva lì dentro per proteggerli dalla fauna selvatica della zona.

June era a metà strada tra il cortile e il garage quando sentì qualcosa alla sua destra. Voltandosi, si bloccò.

C'era un grosso orso nero che stava andando nella sua stessa direzione.

Non le prestò attenzione, ma June non riuscì comunque a

muoversi. Se fosse tornata in casa, l'avrebbe vista e avrebbe attaccato. Se avesse cercato di raggiungere il garage, l'avrebbe vista comunque e sarebbe stato in grado di arrivare a lei prima che riuscisse a mettersi in salvo.

E, come se non bastasse, aveva in mano un sacco pieno di avanzi puzzolenti e altri scarti di cibo che avrebbero sicuramente interessato l'animale.

Non appena ebbe quel pensiero, l'orso alzò la testa e annusò, chiaramente percependo l'odore della sua paura o del cibo, non poteva saperlo. In ogni caso, l'animale si girò verso di lei, si alzò sulle zampe posteriori, facendole pensare che fosse un maschio da quanto era enorme, e annusò di nuovo l'aria.

Dimenticandosi tutto ciò che aveva imparato riguardo a cosa fare di fronte a un orso – correre? Fingersi morta? Indietreggiare lentamente? Gridare e agitare le braccia? – June lasciò cadere il sacchetto della spazzatura e tornò indietro per lo stesso percorso da cui era arrivata.

Si aspettò di essere placcata da un momento all'altro e di ritrovarsi a faccia in giù nel cortile, con un orso di cinquecento chili che le sbranava la schiena. Ma non accadde. Corse a tutta velocità verso la porta, sbattendo il naso contro il legno duro, prima di affannarsi goffamente per afferrare la maniglia.

«Ti prego, ti prego, ti prego!» implorò, mentre cercava di entrare. Le mani le tremavano e si sentiva scoordinata come un bambino.

Il sollievo che provò quando richiuse la porta alle sue spalle fu così intenso che cadde in ginocchio. «Porca miseria» sussurrò.

Dopo qualche minuto, si rimise in piedi e sbirciò dalla finestra accanto alla porta. L'orso era ancora lì. Aveva trovato il sacco della spazzatura e lo aveva strappato. Era seduto felicemente in cortile, a sgranocchiare il cibo che c'era dentro.

June rabbrividì. Avrebbe potuto banchettare con il suo corpo in quel momento. Gli alci poteva gestirli. I cervi? Nessun problema. I leoni di montagna, le linci, i maiali selvatici... facilissimo. Accidenti, poteva anche gestire un Bigfoot, probabilmente avrebbe avuto una conversazione con quella sfuggente creatura. Ma gli orsi?

No. Proprio no.

Mentre stava alla finestra e guardava l'animale divorare la spazzatura, un dubbio si fece strada nella sua mente. Cosa stava facendo? Il Maine era pieno di orsi. Voleva davvero vivere lì? Per sempre?

Proprio quando stava pensando di fare le valigie e di chiamare Bob perché la andasse a prendere e la portasse alla stazione degli autobus più vicina, e che aveva la sensazione non fosse per niente nei pressi di Newton, sentì un altro rumore provenire dall'esterno.

Un veicolo.

«No!» sussurrò, poi si girò e corse verso l'ingresso.

Cal era tornato, e se non lo avesse avvertito l'orso lo avrebbe mangiato!

Per poco non sbatté di nuovo il naso contro la porta, ma si fermò appena in tempo. La socchiuse, e non vedendo l'animale si precipitò fuori. Di solito Cal parcheggiava davanti al portico per scaricare il SUV, poi lo portava in garage. Ma l'orso si trovava proprio tra il garage e la casa e sicuramente lo avrebbe aggredito se avesse portato l'auto lì, giusto?

«Cal!» lo chiamò in un misto tra un sussurro e un grido, mentre correva giù per i gradini del portico. Il cuore le batteva a mille. Si aspettava che li attaccasse da un momento all'altro.

«Cos'è successo?» le chiese, voltandosi verso di lei.

«Dai, dai, dai!» lo incitò, afferrandogli il braccio e tirandolo freneticamente verso la casa.

Per fortuna la seguì senza protestare, permettendole di trascinarlo dietro di sé. Solo quando furono dietro la porta chiusa, June si permise di tirare un sospiro di sollievo.

«Parla» le ordinò. «Che problema c'è?» La afferrò per le spalle e la fece voltare verso di sé. «Hai due secondi per dirmi cosa c'è che non va prima che chiami il capo Rutkey.»

«Orso!» riuscì solo a dire.

«Cosa?»

«C'è un orso là fuori. Enorme! Con zampe grandi come la mia testa. È vicino al garage. Ti avrebbe mangiato!»

Cal sorrise, lasciandola completamente incredula.

«Non è divertente!» gridò.

«Sì, lo è.»

«Cal! Ti avrebbe *mangiato*! Ha preso la spazzatura che stavo portando fuori e ho pensato che sarei morta!»

Senza dire una parola, si voltò prendendole la mano e si diresse verso la porta sul retro. Guardò fuori dalla finestra: l'orso era ancora seduto esattamente dove June lo aveva visto l'ultima volta. Sembrava totalmente soddisfatto di starsene lì tranquillo a mangiare l'inaspettato banchetto che gli era stato offerto.

«È giovane. Probabilmente è appena uscito dal letargo» le disse con calma.

«Cosa? Non è possibile. È enorme!» protestò.

Cal si voltò verso di lei, con il sorriso ancora stampato sul volto. «Questo è un lato di te che non avevo mai visto» disse.

«Come fai a essere così tranquillo?» gridò.

Ma lui continuò come se lei non avesse parlato. «Se me lo avessero chiesto, avrei detto che non hai paura di nulla. Hai affrontato a testa alta tutti i recenti cambiamenti della tua vita. Ma a quanto pare, gli orsi sono il tuo punto debole.»

«Sono *letali*. Ti uccidono! Hanno artigli e zanne enormi. Cosa c'è da non temere?»

«In genere hanno più paura loro di te che tu di loro.»

June sbuffò. «È quello che vogliono farti credere. È il loro piano: fare in modo che gli umani abbassino la guardia per poi colpire.»

Cal rise.

Per la prima volta, June osservò il suo aspetto. I suoi vestiti erano sporchi, aveva un velo di barba sulle mascelle, uno striscio di sporco sulla guancia e i capelli erano in disordine. In quel momento era quanto di più lontano da un principe, ma sembrava anche più rilassato di quanto non lo fosse stato negli ultimi giorni. Stare nella natura selvaggia gli faceva bene.

Il suo sorriso scomparve lentamente mentre anche lui la osservava. Sollevò una mano e le sfiorò la guancia con le dita. «Hai davvero molta paura, eh?»

«Ehm... ovvio!» rispose.

«Questa cosa è adorabile.»

June scosse la testa esasperata, ma non poté fare a meno di apprezzare la sua vicinanza, il fatto che la stesse toccando di nuovo. Era passata una lunga settimana dall'ultima volta che l'aveva toccata in quel modo.

«Devo fare una doccia» disse, ma non si mosse.

«Hai fatto tutto il lavoro che avevi programmato?» gli chiese. Annuì.

Lei fece un respiro profondo. «Possiamo parlare? Voglio dire, quando avrai finito. Sono sicura che hai fame. Posso prepararti dei waffle mentre ti lavi» suggerì, sapendo che erano uno dei suoi cibi preferiti.

La distanza che si era abituata a vedere nei suoi occhi tornò, e si rammaricò ancora una volta di aver perso il Cal che aveva imparato ad amare.

«Sì, dovremmo parlare» concordò lui. Si girò e si diresse verso le scale, ma si fermò prima di salire e si voltò di nuovo verso di lei. «Se hai così paura di quell'orso, perché sei uscita?»

Si accigliò. «Perché non volevo che ti facesse del male. Non l'hai ancora capito, Cal? Farei di *tutto* per tenerti al sicuro. Per assicurarmi che niente e nessuno ti procuri un'altra cicatrice.»

Lui la fissò così a lungo che June avrebbe voluto distogliere lo sguardo, ma si costrinse a non farlo. Poi si girò e andò di sopra senza dire un'altra parola, lasciandola amareggiata.

June buttò fuori il fiato con un lungo sbuffo. Non riuscì a

trattenersi dal guardare ancora una volta fuori dalla finestra, deglutendo a fatica quando non vide traccia dell'orso, ma solo del sacco dell'immondizia fatto a pezzi e della spazzatura sparsa nel cortile. Era quasi peggio non sapere dove fosse. Poteva essere nascosto dietro l'angolo del garage, in attesa di attaccare Cal quando fosse tornato fuori per spostare il SUV.

Se fosse dipeso da lei, non sarebbe uscito tanto presto. Doveva prepararli la colazione, che lui avrebbe mangiato, e poi avrebbero parlato. Temeva quel momento, ma Bob aveva ragione. Doveva succedere.

Se Cal non la voleva più lì, se lo stava soffocando, se ne sarebbe andata. Senza fare storie. Non sarebbe mai stata una di quelle donne che non volevano capire l'antifona. Se non era più gradita, sarebbe sparita subito. Nella sua vita era stata per troppo tempo la parente povera e indesiderata; non aveva intenzione di esserlo di nuovo.

———

Cal si prese il suo tempo per fare la doccia. L'acqua calda era perfetta per i suoi muscoli indolenziti. Doveva ammettere di essere viziato, di preferire di gran lunga il suo morbido letto al duro terreno lungo il sentiero degli Appalachi. Appoggiò le mani contro le piastrelle e lasciò che l'acqua gli battesse sulle spalle, costringendosi a rimanere lì e a non sbrigarsi per tornare al piano di sotto e vedere June.

L'ultima settimana era stata una tortura. Avrebbe solo voluto abbracciarla. Parlare con lei. Ascoltare le sue storie sugli ospiti della Hill's House. Ma si era imposto di mantenere le distanze. Di cercare di ridurre la sua ossessione per lei.

Era stato tutto inutile. L'amava ancora di più di una settimana prima. Anche se lei aveva dormito nella camera degli ospiti, il suo profumo era ancora sulle lenzuola. Era una vera e propria tortura passare davanti alla sua stanza di notte e non entrare, prenderla in braccio e portarla nel suo letto.

Il dolore che avevano provocato i coltelli usati dai suoi aguzzini era stato straziante... ma adesso sembrava che gli stessero strappando il cuore dal petto, secondo dopo secondo. Vederla così preoccupata per lui, anche se aveva pensato che fosse adorabile, gli aveva fatto capire che, a prescindere da quanto potesse comportarsi da stronzo, lei sarebbe sempre stata la bellissima anima di cui si era innamorato. Si sarebbe comunque interessata a lui, preoccupata per lui... ma a distanza.

Una distanza che lui stava creando.

Era andato nel sentiero per attuare una reale separazione. Non aveva funzionato. Starle lontano lo rendeva infelice, anche se nell'ultima settimana si erano a malapena parlati. E nel momento in cui era tornato, gli aveva dimostrato ancora una volta perché non ci sarebbe mai stata nessun'altra come lei.

Doveva prendere una decisione, e l'istinto gli diceva che avrebbe dovuto farlo una volta sceso al piano di sotto. Aveva due opzioni: smettere di cercare di allontanarla, accettando il fatto che alla fine lei avrebbe voluto più di quanto lui o Newton potessero darle e affrontando l'immenso dolore quando sarebbe successo, oppure fingere che June non significasse nulla per lui e chiudere subito le cose tra loro.

Il pensiero di scegliere la seconda opzione faceva così male che si portò una mano al petto, sopra al cuore che batteva forte.

Quando cinque minuti più tardi uscì dalla doccia, era ancora combattuto. Si mise i pantaloni della tuta e una maglietta a maniche lunghe, avendo bisogno della protezione che il cotone gli avrebbe fornito. Era come indossare un'armatura.

Il cellulare che si trovava sul letto lo avvertì che era arrivato un messaggio. Grato per qualsiasi cosa potesse rimandare l'inevitabile conversazione, lo prese e lo lesse. Era di Bob.

• • •

Bob: *June ti ha detto dei brownie?*

Cal si accigliò e digitò rapidamente una risposta.

Cal: *No. Quali brownie?*

    Bob: *Ok, per farla breve, Tim, l'inserviente alla HH, le ha preparato dei brownie per darle il benvenuto in città. Non li ha mangiati perché quella stronza della sua sorellastra una volta le ha dato dei biscotti drogati con l'erba e ha riso quando ha avuto un brutto trip.*

Cal strinse la mano intorno al telefono con una forza tale che si sorprese di non averlo ridotto in mille pezzi.

Bob: *Ho voluto avvisarti per evitare che tu vada fuori di testa se te lo dovesse dire. Si sa niente di Elaine e Carla? Le hai sentite? Dobbiamo fare qualcosa, perché non mi sento affatto tranquillo che lei abbia ancora a che fare con loro.*

Non era l'unico. Strinse le labbra e fece del suo meglio per controllare le emozioni che si stavano agitando in lui, poi premette sul nome di Bob. Non aveva intenzione di scrivere un messaggio riguardo a quella storia. Ci sarebbe voluto troppo tempo e doveva andare di sotto.

«Ehi» rispose il suo amico.

«Ho parlato con mio cugino Karl proprio stamattina. Carla ha cercato di contattarlo ogni giorno. Alla fine ha risposto alla sua ultima videochiamata; aveva le tette che traboccavano dal reggiseno del bikini. Ha detto che le si vedevano i capezzoli. Comunque, piangeva e diceva di essere spaventata a morte e di aver ricevuto altre lettere intimidatorie. Gli avevo già parlato poco dopo il mio ritorno da Washington, spiegandogli la situazione reale. Ha deciso di stare al gioco ancora per un po', per vedere cosa poteva scoprire... ma più probabilmente perché gli piacciono le bionde. Comunque, mi ha anche promesso che nel caso mi avrebbe aggiornato.»

«Quindi non si è arresa» disse Bob.

«Pare di no.»

«Sai cosa la farebbe zittire in fretta?»

«Cosa?»

«Sapere che ti sposi.»

In passato, Cal avrebbe mandato a quel paese il suo amico, dicendo che non avrebbe mai sposato qualcuno per togliersi di torno una stronza troppo avida. Ma ora? Il pensiero di fare di June la sua principessa gli fece provare un improvviso desiderio.

«Pensaci» disse Bob, senza dargli la possibilità di rispondere. «Solo il fatto che continui a sostenere la storia dello stalker è preoccupante. Dobbiamo eliminare il problema alla radice. Farle capire una volta per tutte che non ti farai manipolare e che se vuole davvero un aiuto con questo fantomatico stalker, deve andare alla polizia e lasciare che se ne occupino loro.»

«Già, be', hai qualche idea a parte quella del matrimonio? Perché queste sono più o meno tutte cose che ho già detto a Carla e alla madre» replicò.

«So che JJ pensava fosse una buona idea che tuo cugino continuasse a essere coinvolto, ma io ho dei dubbi. Se lui tagliasse i ponti, se lei non avesse più qualcuno che la ascolta e un modo per arrivare a te, potrebbe lasciar perdere questa storia assurda.»

«E se non lo facesse? L'ultima cosa che voglio è che lei o sua madre si presentino a Newton.»

«Penso che dovremmo parlare con il capo Rutkey. Vediamo se ha qualche aggancio a Washington.»

Cal sospirò. «Giusto. Lo farò domani, non ho concluso nulla con il detective con cui ho parlato.»

«Ok.»

«Grazie per avermi informato sui brownie.»

«Non ero sicuro se June te l'avrebbe detto, perché l'avevo avvertita che non avresti reagito bene. Non perché un altro uomo le ha fatto un regalo, ma per ciò che le ha fatto la sorellastra.»

A essere sincero, non era contento di nessuna delle due cose. L'unica persona che avrebbe dovuto farle dei regali era *lui*. Anche se fino a quel momento aveva fatto un lavoro di merda. «Devo andare» disse all'amico.

«Ok. Se hai bisogno che le dia ancora un passaggio, fammelo sapere. È una donna straordinaria e Newton è fortunata ad averla. Oh, e ti avviso che April non vede l'ora di fare una riunione per parlare del programma. La gente vuole prenotare le guide per le escursioni sull'AT, e a causa dell'ultima tempesta di neve, gli abitanti sono ansiosi di far potare i loro alberi prima che cadano sulle case. Penso che nel corso della settimana potremo riunirci e definire il tutto.»

«Va bene, grazie.»

«Ci sentiamo domani.»

Cal riattaccò e rimase a lungo fermo al centro della camera. Andò con lo sguardo al letto, dove aveva trascorso una settimana molto inquieta a dormire da solo.

E in un lampo si rese conto di quanto fosse stato un idiota colossale.

Si girò e andò alla porta. Corse giù per le scale, terrorizzato dal fatto che nei circa venti minuti in cui era stato di sopra, June avesse deciso che non voleva più avere niente a che fare con lui, che non voleva parlargli e che stava per andarsene.

Con suo grande sollievo, quando praticamente irruppe nella stanza, la trovò seduta sul divano con un libro posato sulle gambe. Si avvicinò e si accomodò dall'altro lato. La distanza che li separava all'improvviso sembrò abissale, soprattutto quando lei si raddrizzò e si appoggiò al bracciolo, come per allontanarsi di più.

Ed era colpa *sua*. Aveva fatto sì che si sentisse a disagio vicino a lui. Era stato proprio uno stronzo.

«Ti senti meglio?» gli chiese titubante.

«No» le rispose onestamente.

Lo fissò sorpresa.

«Mi sono comportato da stronzo con te» sbottò, e non si stupì quando lei scosse la testa per negare le sue parole.

«Sei stato occupato. E sotto stress» gli disse, giustificandolo. Ma non glielo permise.

«Ieri hai ricevuto dei brownie dall'inserviente?»

Aggrottò la fronte confusa per il cambio di argomento, e scrollò le spalle. «Sì.»

«Ma non li hai mangiati.»

Scosse la testa.

«Ti chiederei perché, ma ho appena sentito Bob. Me ne avresti parlato? Anche di quello che ti è successo in passato?»

«No» rispose. «Bob ha detto che non avresti reagito bene.»

«Infatti, *non* ne sono felice» concordò. «Ma non perché uno stronzo ti ha regalato dei brownie quando io nell'ultima settimana non ho fatto altro che farti soffrire. È per l'orribile esperienza che hai avuto con Carla e di cui sono venuto a conoscenza da qualcun altro.»

«Non è che sei stato molto presente ultimamente» ribatté senza esitare.

«È vero. E sai perché?»

«Perché non sei abituato a condividere la tua casa. Perché hai dei ripensamenti sulla mia presenza qui. Perché il sesso che abbiamo fatto non era quello che ti aspettavi e non sapevi come dirmi che non eri più interessato.» June teneva le mani strette in grembo mentre parlava e il suo viso aveva perso colore.

Cal si sentì mille volte peggio di prima per averla ferita. Per averle fatto credere, anche solo per un istante, che il suo comportamento contraddittorio fosse dovuto a qualcosa che *lei* aveva fatto. Scosse la testa. «No, non è per questi motivi.»

«Ma capisco» disse di getto, prima che lui potesse spiegare. «Non sono stata con molti uomini, ok, sono stati solo tre, compreso te, e le cose tra noi sono successe molto velocemente. Mi sono praticamente gettata su di te come una sgualdrina, e sono sicura che il sesso non sia stato un granché. E dopo quello che ti è successo con Carla, probabilmente starai pensando che sono qui solo perché voglio i tuoi soldi o perché ho il desiderio di far parte della famiglia reale, ma non è per questo che sono venuta a letto con te. Proprio per niente.»

Cal non riuscì più a sopportare ciò che stava dicendo. Si avvicinò e le coprì la bocca con la mano, impedendole di dire altre cose terribili su se stessa.

«No, ascoltami, June. Lo stai facendo?»

Lei annuì.

Cal spostò la mano, le infilò le dita tra i capelli e le posò il pollice sulla guancia. «Non ti ho evitata perché il sesso non è stato bello. In realtà è perché mi è piaciuto *troppo*. Stare con te non è stato affatto come immaginavo, ma molto meglio. Giuro che ho visto le stelle, i fuochi d'artificio, gli uccellini e tutte le altre cose sdolcinate che la gente dice di vedere quando fa l'amore... e mi ha spaventato. Ho iniziato a dubitare di me stesso. Puoi trovare qualcuno migliore di me, June. Tu sei una persona meravigliosa fin nell'anima, mentre io... non lo sono.

Non hai frequentato molti uomini. Hai vissuto nella stessa casa per tutta la vita. Non voglio essere quello che ti trattiene. Non voglio essere il motivo per cui non trovi ciò che sei sempre stata destinata a fare. Dovresti condividere la tua gentilezza, la tua grazia e il tuo enorme cuore con gli altri. Avere la possibilità di incontrare altri uomini. E stare qui con me, a Newton, non ti permetterà di farlo.»

«Chi lo dice?» chiese lei, con un'espressione totalmente seria.

«Hai visto questo posto. Non c'è nemmeno un semaforo.

Non abbiamo un centro commerciale. La cosa più eccitante che succede è quando qualcuno ha bevuto troppo all'Honky Tonk e il capo della polizia deve portarlo in centrale a passare la notte per fargli smaltire la sbornia.»

«Quindi... fammi capire bene. *Vuoi* che me ne vada? *Vuoi* che esca con altri uomini?»

«No!» praticamente ringhiò. Poi fece un respiro profondo per calmarsi. «È solo che... sono distrutto dentro, June. E sfigurato fuori. E non voglio impedirti di vivere la tua vita.»

Lei si mise a sedere più dritta e Cal lasciò cadere la mano dal suo viso.

«Prima di tutto, non voglio andare da qualche altra parte e incontrare altri uomini. Voglio *te*. Secondo, è quasi ridicolo che tu non pensi di essere un brav'uomo. Cal, sei andato a Washington per proteggere una perfetta sconosciuta solo perché te lo ha chiesto la tua famiglia. Hai lasciato che un'altra sconosciuta – *io* – venisse con te a Newton perché ti dispiaceva che mi trovassi in quella situazione. Poi mi hai permesso di *vivere* con te. Le tue azioni dicono molto di più delle tue parole. E vedo anche come i tuoi amici sono con te, come la gente di Newton interagisce con te. Tutti vedono la bontà che hai dentro, anche se tu non ci riesci. E... non voglio cambiare il mondo» ammise sommessamente. «Posso anche aver vissuto nello stesso posto per tutta la vita, ma ho visto la mia buona dose di malvagità... a cominciare dalle persone che si definiscono la mia famiglia. Io amo questo posto. Amo tutto di questa piccola città. L'aria pulita, il fatto che le persone ti dicano buongiorno anche se non ti conoscono, che si fermino per lasciarti attraversare la strada invece di mostrarti il dito medio quando sei sulle strisce pedonali e hai il diritto di precedenza. Adoro lavorare alla Hill's House. Jara, Banks, Scott... tutti gli ospiti sono meravigliosi. Potrei parlare con loro ogni giorno per trent'anni e non riuscire comunque a sentire tutte le storie che hanno da raccontare.»

Si fermò e lo guardò con le lacrime agli occhi. Lacrime che gli strapparono il cuore quando le vide.

«Poi ci sei *tu*, Cal. Mi fai sentire come se stessi vivendo per la prima volta in assoluto... e ti amo.»

Il suo cuore quasi si fermò a quella confessione.

«Ma quest'ultima settimana è stata la più difficile della mia vita. Più dura di quelle che ho sopportato con Carla ed Elaine. Vederti ogni giorno ma non poterti toccare, sapere che mi stavi evitando di proposito... è la cosa più dolorosa che abbia mai provato.

Quindi, se non mi vuoi qui, ho solo bisogno che tu me lo dica. Capirei. So di non essere colta. Non sono bella, sono impacciata e ho fatto una vita da reclusa. E poi c'è la tua famiglia. Capisco la tua riluttanza a metterti in gioco con qualcuno che probabilmente è inaccettabile per dei reali. Riesci a immaginare di presentarmi al re e alla regina del Liechtenstein?» Si lasciò sfuggire una risatina ironica.

«Sì» rispose Cal senza esitazione. «Ti amerebbero, perché ogni grande emozione che provi si mostra sul tuo viso affinché tutti possano vederla. Sei vera e, fidati di me, sono abituati a trattare con persone false e subdole ventiquattr'ore su ventiquattro.

Scusami tanto, June. Mi dispiace di essere andato fuori di testa. Eri già tutto ciò che ho sempre desiderato in una compagna, e quando abbiamo fatto sesso ed è stato così bello, mi sono ritrovato a bramarlo, a *bramarti*, ogni minuto di ogni dannato giorno, e sono andato nel panico. Ho il *terrore* di perderti. Quindi ti ho allontanata per proteggermi. È stata una cosa orribile da fare... e comunque non ha funzionato. Più ti respingevo, più disperatamente ti desideravo.»

June sospirò e si leccò le labbra. «Allora, che facciamo adesso? Non riesco a sopportare che un minuto prima mi eviti e quello successivo mi chiedi scusa e vuoi stare con me.»

«Non terrò più le distanze. Ti amo, Juniper Rose. Ti voglio

con me. Al mio fianco. Nel mio letto. Nella mia vita. Non mi comporterò più da sciocco. Se mi perdonerai, sarò il miglior fidanzato che tu abbia mai avuto e mi assicurerò che tu non voglia nessun altro.»

Le lacrime che aveva visto nei suoi occhi alla fine traboccarono e le rigarono le guance. Ebbe solo una frazione di secondo per preoccuparsi che lo respingesse, perché si gettò tra le sue braccia.

«Ti amo tanto, Cal. Sarò una pessima principessa, ma ti amerò più di quanto chiunque abbia fatto o potrà mai fare.»

La strinse forte contro il suo petto e seppellì il viso tra i suoi capelli, inspirando profondamente e impregnandosi l'anima con la sua essenza.

Aveva rischiato di perderla e lo sapeva. Era stato proprio uno stronzo, ma la sua June era stata disposta a perdonarlo. Non le avrebbe mai dato un altro motivo per dubitare di lui. Mai più.

Si alzò portandola con sé, poi si chinò e la prese in braccio. Lei lanciò uno strillo e si afferrò alle sue spalle, mentre lui si avviava verso le scale.

«Cal! Mettimi giù! Il cibo...»

«Ho fame di qualcosa di diverso dai waffle» le disse.

«Sono troppo pesante!» protestò.

«Col cavolo che lo sei. Il giorno in cui non potrò più trasportare la mia donna sarà quello in cui sarò un vecchio decrepito e avrò bisogno di un deambulatore per muovermi» ribatté con un ringhio.

«Nessuno mi ha mai portata in braccio prima d'ora» sussurrò sbalordita, mentre salivano le scale.

A dire il vero, per la maggior parte degli uomini avrebbe potuto non essere leggera, ma lui aveva sollevato troppi alberi e indossato troppi zaini pesanti durante la sua carriera militare per pensare che lei non fosse del peso perfetto.

La portò direttamente nella sua camera e nel suo letto, la lasciò andare sul materasso facendola rimbalzare, per poi incombere su di lei. La imprigionò con il suo corpo e disse: «Ho bisogno di te, June. Ho bisogno di essere dentro di te in questo momento, di sentire la tua fica stretta intorno al mio cazzo. Sono stato un gigantesco idiota e mi sei mancata da morire. Non credo di aver dormito più di due ore a notte da quando ho inventato quelle stupide scuse per mantenere le distanze.»

La fissò, fremendo dalla voglia di assaporarla ancora una volta. Ma non avrebbe preso l'iniziativa finché non gli avesse detto che lo desiderava altrettanto intensamente. Aveva fatto un casino enorme. Era fortunato che lo avesse perdonato, ma non avrebbe scambiato il suo perdono per consenso. Se avesse dovuto lavorare duro per farla tornare nel suo letto, avrebbe fatto tutto il necessario.

Ma Cal avrebbe dovuto sapere che la sua June... la sua sensibile e gentile June... non lo avrebbe mai fatto supplicare.

Si dimenò sotto di lui, abbassandosi i leggings per poi calciarli via.

«Sono tua, Cal. Sono sempre stata tua. Fai l'amore con me. Ti prego.»

Fu travolto da un'ondata di sollievo... e di desiderio incontenibile. «Sarà veloce» la avverti, iniziando a spogliarsi. Sembrava glielo dicesse spesso. Troppo spesso. Non riusciva a mantenere il controllo vicino a lei.

«Bene. Possiamo fare in fretta questa volta e poi andare piano la seconda.»

Un'altra prova che era stata creata per essere sua. Sorrise mentre si sbrigavano a spogliarsi del tutto per vedere chi sarebbe riuscito a finire per primo.

———

June era sdraiata contro il petto sudato di Cal e fece scorrere distrattamente un dito su una delle tante cicatrici. Si sentiva senza forze. La prima volta era stata davvero veloce. L'aveva presa con forza, quasi brutalmente, e lei ne aveva amato ogni secondo. Dopo averla penetrata erano venuti entrambi entro pochi minuti, e poi lui si era preso il suo tempo per accarezzare ogni centimetro del suo corpo. L'aveva fatta venire con la bocca, poi con le dita, e lei aveva giocato con il suo cazzo e le sue palle, ma non abbastanza a lungo da farlo arrivare all'orgasmo, perché a quel punto era stato troppo ansioso di entrare di nuovo in lei.

L'aveva presa da dietro, poi se l'era messa a cavalcioni, ma con la schiena rivolta a lui. E avevano finito con la posizione del missionario, facendo l'amore con calma, finché lo aveva supplicato di muoversi più velocemente.

A quel punto era venuta, e lui l'aveva seguita quasi subito. Ora erano entrambi sudati, con le coperte per metà sul letto e per metà sul pavimento, e la luce della plafoniera sul soffitto era brillante. Ma a June non passò minimamente per la testa di muoversi, di coprirsi. Era con l'uomo che amava più della vita.

«C'è la luce accesa» disse Cal sommessamente, come se potesse leggerle la mente.

«Già» replicò, alzandosi su un gomito. «Vuoi che tiri su il lenzuolo?»

Lui scosse la testa. «Pensavo che la cosa più orribile del mondo sarebbe stata espormi a una donna, a una potenziale amante. Era già abbastanza brutto dovermi togliere la maglietta o i pantaloni per farmi esaminare da un medico, ma lasciare che una donna con cui avrei voluto fare l'amore vedesse le mie cicatrici, è qualcosa che pensavo non sarei mai riuscito a fare. Tu l'hai reso possibile. Hai aggiustato tutto, June.»

«Non c'è niente che non va nel tuo corpo, Cal» gli disse con ferocia. «Probabilmente sei più in forma dell'ottantacinque per cento degli uomini. Abbatti gli alberi, ti alleni, fai escursioni.» Fece scorrere una mano lungo il suo petto, sentendone i rilievi e le irregolarità. «Ma non mi importerebbe se tu avessi la pancia da birra e il petto cadente. Saresti comunque l'uomo che amo.»

Lo sentì irrigidirsi e pregò che non si chiudesse in lui.

«Ti amo» le sussurrò invece. «Non ho idea di come ho passato ogni giorno degli ultimi anni senza vedere l'ora di tornare a casa perché c'eri tu. Prometto che non ti darò mai più un motivo per dubitare del mio amore per te. Domani mattina sposteremo le tue cose in questa stanza e dormirai qui, tra le mie braccia, nel nostro letto, ogni notte. Qualunque cosa tu voglia cambiare in questa camera, in casa, in cortile, lo faremo. Ti compreremo una macchina, dei vestiti, cambieremo anche i mobili se vuoi.»

«Ehi, vacci piano» disse June ridendo. «Non voglio e non ho bisogno di niente.»

«Devi desiderare *qualcosa*» ribatté Cal accigliato.

«Certo. Te.»

La fissò per un attimo prima di scuotere la testa. «Tra tutte le donne del mondo, sono riuscito a innamorarmi di quella a cui non importa niente dei miei soldi.»

«Potresti essere al verde, e sarei comunque perdutamente innamorata di te.»

June si sorprese quando si sentì travolgere da un desiderio improvviso. Gli sorrise e si mise a cavalcioni sulle sue cosce. «Non mi hai ancora permesso di assaporarti» gli disse, sentendosi infiammare il viso.

«Sono sempre troppo preso dalla disperazione di essere dentro di te. E se ti vengo in bocca, non sarò in grado di farmelo alzare per un po'.»

«Sono sicura che puoi diventare creativo» replicò, indietreggiando.

«Merda.» Ansimò quando lei iniziò ad accarezzargli il cazzo. «Sono come creta nelle tue mani» le disse. «Non sei disgustata da... voglio dire... sono sfigurato» concluse sottovoce.

«Qui?» chiese, leccandolo dalla base alla punta. «No, per quanto mi riguarda.»

Cal scosse la testa incredulo. «Perfetta per me» mormorò.

«Sì. Lo sono» ribatté allegra, poi abbassò la testa, decisa a mostrare al suo uomo cosa si era perso nell'ultima settimana.

Voleva sperimentare qualcosa che era certa non avrebbe mai condiviso con un altro.

Trenta minuti più tardi, erano di nuovo sudati e appagati. June era accoccolata tra le braccia di Cal, quasi in stato comatoso. Quella settimana di preoccupazioni alla fine si stava facendo sentire, ed era mezza addormentata. Questa volta, dopo averla portata di nuovo all'orgasmo, si era alzato per tirare su le trapunta e coprirli.

«June?»

«Mmm?» mormorò lei.

«Niente più regali da altri uomini.»

Gli sorrise. «Ho buttato via i brownie.»

«Bene. Perché sei mia. E ho intenzione di farti così tanti regali che ti ritroverai sepolta.»

Lei sospirò. «Esagererai, vero?»

«Decisamente» rispose.

«Tutto quello che voglio sei tu, Cal. Sei il miglior regalo che abbia mai ricevuto.»

Percepì, più che sentire, un brontolio basso e soddisfatto provenire dal suo petto. «Dormi, principessa. Domani è un nuovo giorno. L'inizio del resto della nostra vita.»

Le piaceva. Molto. Si girò e gli baciò il petto, proprio sopra il capezzolo, poi riabbassò la testa. Con il suo braccio stretto attorno a lei, il suo profumo nelle narici e su tutta la pelle, June dormì meglio di quanto avesse fatto nell'ultima settimana, sentendosi al sicuro nella consapevolezza che, per una volta, tutto andava a meraviglia.

CAPITOLO VENTUNO

JUNE NON RIUSCIVA A SMETTERE di sorridere. Davvero, non ci riusciva. Se aveva pensato di essere felice nei giorni successivi a quando lei e Cal avevano fatto l'amore per la prima volta, non era nulla in confronto a come si sentiva ora. Aveva un lavoro che adorava e delle amiche come April, Carlise e persino Meg. E un uomo attento e premuroso che amava con una passione così intensa da sorprenderla. E, ciliegina sulla torta, lui l'amava allo stesso modo.

C'erano momenti in cui June aveva ancora dei dubbi. Cal era un vero *principe*. Una sera lo aveva sentito parlare con i suoi genitori e si era resa conto che se la loro relazione avesse davvero funzionato, cosa per cui avrebbe combattuto fino alla morte per farla accadere, a un certo punto avrebbe dovuto incontrarli. Avrebbe dovuto recarsi nel Liechtenstein e partecipare a qualche evento formale. Il pensiero di fare entrambe le cose la terrorizzava, ma perdere Cal la spaventava di più.

Poteva gestire il fatto di partecipare a uno di quei balli eleganti, purché lui fosse al suo fianco. E non aveva motivo di pensare che sarebbe stato altrove. Praticamente stavano sempre appiccicati, da quando lei usciva dalla Hill's House il pomeriggio fino a quando la riaccompagnava al mattino.

Probabilmente era un bene che avesse un lavoro, altrimenti avrebbero passato tutto il tempo a letto... il che non era una cosa negativa, ma lui aveva un'attività da gestire. Una delle tante cose che amava del suo uomo era che anche se aveva più soldi di quanti ne riuscisse a spendere, voleva comunque fare la sua parte alla Jack's Lumber, e non aveva mai accennato al fatto che magari anche lei avrebbe potuto fare a meno di lavorare.

Ed era un sollievo, perché June amava la Hill's House. Più tempo passava lì, più si affezionava agli ospiti. Erano cocciuti, a volte petulanti, ma la trattavano come un'amica, non come un'impiegata o una cittadina di seconda classe come era successo a Washington.

Aveva un debole per Banks. Non riusciva mai a immaginare cosa avrebbe potuto dire. Quali storie si sarebbe inventato riguardo a cose che aveva fatto nella vita. June le prendeva tutte con le pinze, ma era così serio quando raccontava di aver incontrato certe celebrità e cose del genere, che era difficile non farsi trascinare dal suo entusiasmo.

Nell'ultima settimana non aveva visto molto Tim, ma la cosa non la sorprendeva più di tanto, dato che di solito arrivava al lavoro verso l'ora in cui lei se ne andava. Le *aveva* chiesto se le erano piaciuti i brownie e gli aveva risposto educatamente di sì. Le aveva rivolto uno sguardo strano che non era riuscita a interpretare, ma che non aveva avuto il tempo di analizzare perché Cal era arrivato a prenderla, ed era addirittura entrato a salutare gli ospiti.

Le aveva messo un braccio intorno alle spalle attirandola a sé e aveva chiaramente detto a Tim che se aveva intenzione di provarci con lei, non lo avrebbe gradito.

Avevano passato una settimana idilliaca da quando si erano chiariti, e ora la stava di nuovo accompagnando al lavoro.

«Alle tre, giusto?» le chiese, come faceva ogni mattina.

«Sì. Se il torneo di aeroplani di carta va avanti fino a tardi, ti chiamo.»

Lui ridacchiò. «Giusto.»

«Non hai idea di quanto siano competitivi. Giuro che Jara è diventata la peggiore del gruppo. Anche peggio di Banks. L'altro giorno ha minacciato di tagliare le punte di tutti i calzini di Scott se lui non avesse smesso di cercare di distrarla mentre ritagliava i fiocchi di neve.»

Avevano fatto una gara per vedere chi riusciva a fare il "miglior" fiocco di neve e June si era subito resa conto che essere vaga con i parametri non era stata la cosa più intelligente da fare. Alla fine aveva coinvolto Margaret e Austin come giudici, e aveva dovuto imbrogliare dicendo loro sottovoce di chi era il fiocco di neve, così tutti avevano vinto almeno in una delle categorie che si era inventata al volo.

«Non vedo l'ora che arrivi il giorno del giro in slitta» disse Cal con un sorriso.

«Un'altra cosa di cui sicuramente mi pentirò, ma *tutti* non vedono l'ora.» L'idea le era venuta dopo aver visto un video online. I ragazzi della Jack's Lumber avevano accettato di andare alla Hill's House con uno dei loro quad per trascinare gli ospiti su una slitta modificata. Non importava che per ora non ci fosse neve. Era un po' folle e ridicolo, ma quando l'aveva proposto, tutti erano stati così entusiasti che non era stato possibile ritrattare.

«Faremo attenzione. Non supereremo i cinque chilometri all'ora» promise. «Il fatto che tu sia lì è il momento più bello della loro giornata, June. Sai quando ti ho detto che mi stavo trattenendo perché volevo che tu andassi a cambiare il mondo?»

June odiava pensare a quel giorno, ma annuì lo stesso.

«Lo stai già facendo. Stai cambiando il mondo proprio qui a Newton. Alla Hill's House.»

Le sue parole le diedero una bellissima sensazione. «Cal» sussurrò, sentendosi sopraffatta.

Lui si allungò sul bracciolo centrale e le mise una mano sulla nuca, tirandola verso di sé. Le piaceva molto quando lo faceva. Era un gesto possessivo, una mossa da un uomo alfa, e le ricordava com'era a letto... dominante e sicuro di sé.

La baciò con intensità e poi si tirò un po' indietro solo per dire: «Stasera, dopo cena, voglio provare una nuova posizione. Una di cui ho letto su internet.»

«Ok» replicò lei senza fiato.

«Non vuoi sapere di cosa si tratta?» le chiese con un sorriso.

«Non importa. Non ho dubbi che farai in modo che sia piacevole per entrambi.»

«Puoi giurarci.» Cal fece un respiro profondo, mentre toglieva lentamente la mano da sotto i suoi capelli, e June dovette trattenersi con tutta se stessa per non afferrarla e rimettersela sulla nuca.

«Ho pensato di passare a pranzo... se hai tempo.»

«Ho sempre tempo per te» gli disse con sincerità. «Inoltre, Sofia sarà entusiasta di poter ammirare di nuovo il tuo corpo.»

Lui alzò gli occhi al cielo. «Mi rende nervoso.»

«È innocua» replicò ridacchiando.

«Ti va bene Granny's Burgers?» le chiese.

«Perfetto. Anche se forse dovrei prendere un'insalata» disse con un lieve cipiglio.

«No. Adoro le tue curve, e a quanto pare stasera dovrò ricordarti quanto amo ogni centimetro del tuo corpo e che non voglio che cambi.»

June sorrise. Era difficile credere che Cal pensasse che non aveva bisogno di perdere peso. Per lei era evidente e ci stava lavorando, se non altro per essere in salute e vivere una vita lunga e felice al suo fianco. «Ok. Un hamburger, ma niente patatine. Mangerò un'insalata preparata da Margaret.»

«Ok. Verso le dodici e mezza va bene?»

«Perfetto. Potrò fare una pausa di mezz'ora. Stamattina farete finalmente quella riunione con April per decidere chi guiderà le prossime escursioni, vero?»

Cal corrugò il naso. «Sì.»

«Non sarà così male» disse June, accarezzandogli il braccio. «Hai detto tu stesso che April ha un talento naturale nell'abbinare le guide agli ospiti.»

«Ed è così. È solo che non mi piace l'idea di passare la notte lontano da casa. Da te.»

Si sentì sciogliere il cuore per il modo in cui mise il broncio dicendo quelle parole.

«Neanche a me. Ma starò bene. E pensa a quanto sarà bello quando rientrerai.»

«Oh sì... *molto bello*» replicò Cal con un sorrisetto.

June roteò gli occhi. «D'accordo, vado.»

Aprì la portiera della Rolls e scivolò fuori.

«June?»

Si voltò e vide che la guardava intensamente. «Sì?»

«Ti amo.»

Sorrise. «Ti amo anch'io.» Quel giorno era molto sdolcinato, ma June non ne aveva mai abbastanza. Suo padre le aveva sempre detto che le voleva bene, ma erano anni che non sentiva parole d'affetto. Di solito Cal era sempre molto sbrigativo quando l'accompagnava, le augurava una buona giornata e le diceva che si sarebbero visti più tardi, con la mente già rivolta alle attività della Jack's Lumber. Forse era più emotivo perché quella mattina avevano fatto l'amore prima di fare la doccia. Qualunque fosse la ragione, non l'avrebbe contestata.

«Ci vediamo dopo. Fai attenzione.»

Resistette all'impulso di ruotare di nuovo gli occhi. Come se ci fosse qualcosa di cui preoccuparsi con un gruppo di anziani. «Anche tu. A dopo.»

Chiuse la portiera, lo salutò con la mano, poi si girò e si avviò verso la casa. Quando Meg le aprì la porta, June si voltò per salutarlo un'altra volta. Era ancora fermo accanto al marciapiede, perché come faceva sempre, aspettava che lei entrasse prima di andarsene.

Era protettivo, ma non in modo prepotente. June era sbocciata sotto le sue attenzioni e il suo amore.

Un'ora più tardi il telefono le vibrò nella tasca, e quando ebbe un attimo per controllare, tra il lancio degli aeroplanini di carta e l'arbitraggio, sorrise leggendo un messaggio di Cal.

Le aveva regalato un cellulare qualche giorno prima e si era dato un gran da fare per programmare i nomi e i numeri di tutti i loro amici. Da allora le scriveva in continuazione, facendole sapere che stava pensando a lei. Era piacevole, non solo leggere i suoi messaggi, ma anche avere di nuovo un telefono. La faceva sentire un po' più indipendente.

Cal: *Volevo solo farti sapere quanto eri bella stamattina. Quella camicetta bianca fa risaltare il dorato dei tuoi occhi e quei jeans evidenziano il tuo sedere in un modo che mi fa rimpiangere che dobbiamo lavorare.*

June ridacchiò vedendo la ventina di emoji che aveva incluso alla fine, tra cui diverse melanzane, faccine sorridenti e cuori.

«Un altro messaggio dal tuo uomo?» le chiese Banks.

«Sì» rispose, sforzandosi di non arrossire.

«Ai miei tempi non esistevano quei telefonini sofisticati e i messaggi. Dovevamo scrivere delle lettere. Ho perso quelle che ho ricevuto da tutte le mie donne, ma di sicuro mandavano su di giri il mio motore, se capisci cosa intendo.»

June scosse la testa e sorrise. Banks le aveva detto più di una volta quanto fosse stato popolare tra le donne. Non si era mai sposato, diceva che non poteva accontentarsi di una sola.

«Certo, Banks. Hai finito con il tuo secondo aereo?»

«Sì, sono pronto a stracciare tutti.»

Ripromettendosi di rispondere a Cal più tardi con un testo suggestivo, si concentrò sul suo compito, assicurandosi che nessuno imbrogliasse mentre cercavano di migliorare i progetti dei loro aeroplani di carta.

———

A Tim tremavano un po' le mani mentre camminava avanti e indietro nella sua stanza, desiderando di avere un po' d'erba per smorzare il suo pessimo umore. Aveva inviato a Elaine le "prove" delle molestie nei confronti di quella stronza di cui era ufficialmente stufo di sentir parlare, ma lei aveva smesso di inviargli denaro tramite l'applicazione quattro giorni prima. Non sapeva se era perché non gli credeva più, se aveva finito i soldi o deciso di non pagarlo per le piccole cazzate, cercando di mettergli fretta in modo che si sbarazzasse una volta per tutte della figliastra.

Qualunque fosse la ragione, Tim aveva chiuso. Era stufo di stare in quella città di merda, stufo di lavare i pavimenti alla Hill's House e *ancora* di più di pulire gli anziani. Era arrivato il momento di fare la sua mossa.

Juniper sarebbe morta prima della fine della giornata, e lui se ne sarebbe andato. Sarebbe tornato a Washington e avrebbe riscosso personalmente i suoi soldi. E se Elaine non avesse voluto pagare, avrebbe minacciato sul serio quella stronza viziata di sua figlia. La vecchia megera adorava Carla, e lui si sarebbe trasformato nel loro peggior incubo se non avesse rispettato la sua parte dell'accordo.

Aveva un asso nella manica: il fatto che avesse fatto fuori il suo secondo marito. Se non gli avesse versato i diecimila dollari, lui avrebbe giocato quella dannata carta, assicurandosi che le registrazioni delle loro conversazioni finissero nelle mani giuste.

Quella donna era così stupida. Credeva che avrebbe accettato quel lavoro senza pararsi il culo? Sì, quelle registrazioni avrebbero incriminato anche lui, ma se fosse affondato, avrebbe portato quella stronza con sé.

Ma non sarebbero arrivati a tanto. Elaine non avrebbe mai rinunciato al suo stile di vita comodo. Sarebbe bastato farle ascoltare una sola volta quella particolare conversazione sull'omicidio del marito e avrebbe avuto in pugno quella stupida troia. Forse l'avrebbe usata contro di lei per gli anni a venire. Lo avrebbe pagato per farlo tacere, altrimenti sarebbe finita anche lei dietro le sbarre.

Guardandosi intorno in quella stanza schifosa, si assicurò di aver messo tutto in valigia. Si sarebbe intrufolato alla Hill's House quando nessuno se l'aspettava, avrebbe sparato alla stronza e se ne sarebbe andato mentre tutti impazzivano in preda al panico.

Facilissimo.

Presto sarebbe stato più ricco di diecimila dollari, Elaine sarebbe stata libera dalla figliastra che odiava tanto e sua figlia avrebbe potuto piangere tra le braccia del principe... cosa molto improbabile. Ma Tim avrebbe lasciato che la vecchia si crogiolasse nelle sue illusioni, e sarebbe tornato a Washington, progettando di dirigersi a sud verso un clima più caldo.

———

June rise quando la dolce e tranquilla Brenda lanciò le braccia in aria con un grido soddisfatto perché il suo aereo aveva superato di diversi metri quello di tutti gli altri.

«Wooo!» esclamò felice.

«Come diavolo hai fatto?» le chiese Jeremy, con un'espressione perplessa.

«Ero un ingegnere» rispose lei con un'alzata di spalle. «Sono brava a costruire le cose.»

«È vero» le disse June con un enorme sorriso. «E dato che hai vinto, la prossima settimana, quando verranno quelli della Jack's Lumber, potrai fare il giro sulla slitta per prima.»

Brenda fece un ghigno soddisfatto mentre Banks e gli altri brontolavano.

June sorrise ai "suoi" anziani. Tutti cominciarono a raccogliere i loro aerei perché si stava avvicinando l'ora di pranzo, quindi dovevano riportare il tavolo al suo posto in mezzo alla stanza e sistemare il disordine. Chiese a Banks di prendere uno dei sacchi con la spazzatura mentre lei prendeva l'altro. Entrarono in cucina e l'uomo si offrì di portarli entrambi nei bidoni che si trovavano dall'altra parte del garage.

June rimase a osservarlo per un attimo, assicurandosi che riuscisse a scendere i gradini sul retro senza problemi. Bevve velocemente dalla sua bottiglietta d'acqua, e quando si diresse verso il ripostiglio delle scope nel corridoio, sentì qualcuno chiamare il suo nome a bassa voce.

Si voltò, aspettandosi di vedere Banks.

Invece era Tim, che stava entrando in cucina dalla porta sul retro.

Guardò d'istinto l'orologio – il che era una cosa stupida perché sapeva già che era quasi ora di pranzo – e vide che erano le dodici e quindici. Circa tre ore prima del solito.

«June» disse di nuovo, con più forza.

Riportò lo sguardo su di lui. «Che ci fai...»

Non riuscì a pronunciare l'ultima parola, perché un botto assordante riecheggiò nella cucina.

June fu sbalzata all'indietro, mentre un dolore mai provato prima le si irradiò sul petto.

Fu sbalzata una seconda volta quando lo stesso fragoroso rumore le risuonò di nuovo nelle orecchie, seguito da un altro dolore lancinante al petto.

Istintivamente sapeva di dover scappare, così oltrepassò barcollando la soglia che conduceva alla sala da pranzo. Riuscì a rimanere in piedi abbastanza a lungo da vedere le espressioni scioccate degli ospiti, prima di inciampare – o forse semplicemente non aveva più la forza di camminare – e cadere a terra.

La gente urlava intorno a lei, ma June non riusciva a fare altro che fissare il soffitto. Si portò le mani al petto lottando per respirare. Si chiese vagamente se Cal si era sentito così quando era stato prigioniero di guerra. Quando i suoi aguzzini lo stavano sfregiando.

«June!» gridò Jara, inginocchiandosi accanto a lei.

Voltò la testa e avrebbe voluto dire alla donna che non doveva stare inginocchiata a terra, di chiamare Austin così l'avrebbe aiutata ad alzarsi, ma non riuscì a far uscire nessuna parola dalle labbra, solo un piccolo gemito.

«Oh, tesoro!» piagnucolò la donna fissandole il petto.

June sollevò una mano e aggrottò la fronte, confusa. Era ricoperta di vernice rossa. Chi aveva portato la vernice e perché era sulla sua mano?

«Comprimi la ferita!» disse con urgenza una voce maschile, prima che il dolore la attanagliasse di nuovo. Fu così atroce che per un attimo le offuscò la vista.

La gente continuava a gridare intorno a lei, ma non riusciva a capire cosa stessero dicendo. Il bruciore lancinante era troppo intenso.

Poi vide il volto di Austin sopra il suo. Le stava premendo sul petto così forte che non riusciva a respirare. «No» sussurrò.

Sembrò non sentirla. Stava urlando di chiamare il 911.

Poi sentì la voce di Meg gridare a qualcuno in direzione della cucina.

«Morirà?» urlò qualcun altro.

«No, se ho voce in capitolo» rispose Austin con fermezza. «Non morirai» le disse. «Mi hai sentito?»

Lo aveva sentito, ma non capiva cosa stesse succedendo.

«Cal» sussurrò... o almeno ci provò, ma non uscì alcun suono. Era ferita, confusa, spaventata, e riusciva a pensare solo a Cal. Lui avrebbe sistemato tutto. Su questo non aveva dubbi.

Tossì, e ancora una volta fu trafitta dal dolore.

«Merda, sta tossendo sangue. Probabilmente è stata colpita al polmone. Sta arrivando l'ambulanza?» chiese Austin freneticamente. «Devono venire qui *subito*!»

CAPITOLO VENTIDUE

CAL AVEVA APPENA PARCHEGGIATO e stava camminando verso la Hill's House quando sentì uno sparo. Era troppo vicino per non essere preoccupante. In montagna si sentivano di continuo quelli dei cacciatori, ma quello non era arrivato dal bosco.

Poi ce ne fu un altro.

E proveniva dall'interno della casa.

Lasciò cadere il sacchetto di Granny's Burgers e corse verso la porta d'ingresso. La colpì con forza e afferrò il pomello, ma non si mosse. Era bloccata. Gli venne in mente che Meg la teneva sempre chiusa a chiave per la sicurezza degli ospiti.

La colpì con forza con il pugno, ma non aspettò che qualcuno gli aprisse. Sentiva la gente urlare dall'interno. Qualunque cosa stesse accadendo era grave ed estremamente caotica.

Corse intorno alla casa e pregò che la porta della cucina fosse aperta. June gli aveva detto che Margaret non sempre la chiudeva a chiave perché le piaceva tenerla aperta quando cucinava, per arieggiare la stanza.

Notò vagamente un sacco della spazzatura a terra vicino al garage, ma lo ignorò. Provò sollievo quando vide la zanzariera. La aprì con uno strattone e corse dentro.

C'era un uomo steso sul pavimento della cucina, con il sangue che gli usciva dal naso e sembrava fosse svenuto. Meg era in piedi sopra di lui e gli puntava una pistola alla testa. Scott era vicino alla soglia tra la cucina e la sala da pranzo, dove appena dentro c'erano Jeremy e Sofia con in mano quelli che dovevano essere bastoni da lacrosse, e sembravano più che pronti a massacrare di botte l'uomo a terra se solo si fosse mosso.

Banks era seduto su una sedia al tavolo della sala da pranzo con un'aria sconvolta e le nocche un po' sanguinanti. Brenda era al telefono e Jara era in ginocchio sul pavimento accanto ad Austin, che era chinato su qualcuno.

Gli ci volle un attimo per capire ciò che stava vedendo.

Austin era chinato sopra June.

Era ricoperta di sangue. Così tanto da risultare nauseante.

Mentre stava lì a guardare, la pozza sotto di lei si allargava sempre di più. La sua camicetta bianca era diventata praticamente rossa.

Gli passarono per la testa gli scenari di quando era nell'esercito. Di civili a cui avevano sparato e che erano morti dissanguati prima che potessero arrivare i soccorsi. Di militari che erano stati colpiti dall'esplosione di una mina e avevano perso gli arti.

Rimase per un attimo paralizzato, tra il passato e il presente.

«Chiamo JJ» disse Brenda. «La polizia e l'ambulanza stanno arrivando.»

Le sue parole riportarono Cal nel presente. Corse verso June, pallida e immobile sul pavimento. Scivolò nel suo sangue ma non sentì nemmeno il dolore quando le sue ginocchia batterono sulle assi di legno sotto di lui.

Senza pensarci, si tolse la maglia, la appallottolò e scacciò le mani di Austin prima di premerla sulle ferite sul suo petto.

Sentì Jara ansimare sorpresa e ne comprese il motivo, ma la ignorò. L'ultima cosa di cui era preoccupato in quel momento era la reazione degli altri alla vista della sua carne straziata. Gli importava solo della donna sdraiata a terra che sanguinava.

«June?!» disse incredulo.

Lei aprì gli occhi e Cal si sentì girare la testa per il sollievo.

Ma durò poco, perché Austin disse: «Mantieni compresso altrimenti morirà dissanguata. Devo andare a prendere la borsa medica. Torno subito.»

Il pensiero di vedere morire la donna che amava più della vita era troppo da sopportare.

«Ciao» gli disse June con voce flebile, fissandolo. Poi richiuse gli occhi.

«No!» urlò in preda al panico. «Non chiudere gli occhi. Guardami, June. Subito!»

Con suo grande sollievo, li riaprì. Le sue labbra si mossero, ma non riuscì a sentire quello che diceva.

«Cosa?» le chiese, portando la testa verso le sue labbra per sentirla meglio.

«Fa male» sussurrò.

«Lo so, principessa. Mi dispiace tanto. Ma i soccorsi stanno arrivando. Mi senti?»

Lo fissò con uno sguardo vuoto.

La stava perdendo.

Cal sapeva che stava morendo e non aveva mai provato un dolore così insopportabile. Nemmeno quando quegli stronzi lo stavano facendo a pezzi era mai stato così straziante.

«Sai cosa mi ha detto Carlise oggi? L'ho vista prima di andare a prendere il pranzo. Era venuta a trovare Chappy. Ha riso dicendo che aveva avuto ragione, che sapeva che avrei trovato la mia Cenerentola... e così è stato. Ti amo, June. Non puoi lasciarmi!»

«Il mio principe» mormorò lei, poi tossì. Del sangue le uscì dalle labbra e Cal trasalì. June si guardò il petto, dove lui stava ancora esercitando tutta la pressione possibile sulle ferite. «Cicatric...»

«Le faremo sistemare da un chirurgo plastico, così non si

vedrà che è successo qualcosa» le disse. «Non me ne frega niente delle cicatrici. Ciò non cambierà nulla tra noi.»

Ma lei scosse la testa. «Ora... ora tu... capisci... cosa provo... per le tue» riuscì a dire con affanno.

All'improvviso si rese conto esattamente di quanto era stato stupido. E non solo con June. *Ovvio*, a lei non importava di avere una cicatrice, così come non le importava delle sue imperfezioni. O dei suoi soldi. O del suo titolo. Lo amava esattamente com'era.

Ma lui aveva lottato contro se stesso per così tanto tempo. E ora, inginocchiato lì, con la vita di June letteralmente nelle sue mani, aveva finalmente compreso ciò che lei aveva sempre ribadito. Ciò che i suoi amici avevano cercato di dirgli per anni. Ciò che gli avevano detto i suoi genitori e i terapeuti a cui si era rivolto.

Le cicatrici non definivano chi era. Raccontavano la storia di ciò a cui era sopravvissuto. Tutto lì. Niente di più, niente di meno. E se qualcuno lo trattava in modo diverso a causa di quei segni, era un problema loro, non suo.

June riabbassò le palpebre e fu travolto di nuovo dal panico. Si chinò e le urlò praticamente in faccia: «Apri gli occhi!»

Lei li spalancò subito e Cal poté vedervi la sofferenza. L'agonia assoluta. Vide letteralmente la sua vita scivolare via e gli si riempirono gli occhi di lacrime. Erano anni che non piangeva. Probabilmente dieci o più, ma non riuscì proprio a trattenersi.

«Tieni duro, June. Mi hai sentito? *Non* mollare. Non mi importa che tipo di luci vedi, allontanale. Torna da me. Non posso vivere senza di te! Ti ho appena trovata e non posso perderti ora. Combatti per me, principessa, hai capito? Qualunque cosa accada, *combatti*. Io l'ho fatto, puoi farlo anche tu.»

«Cal» sussurrò. Fu più un movimento delle labbra che un suono vero e proprio, ma lui capì.

«Ti ho aspettata per tutta la vita. Abbiamo così tanto per cui vivere. Il matrimonio. E i bambini. L'amore. *Non lasciarmi*. Ti prego, ho tanto bisogno di te!»

Annuì, poi chiuse di nuovo gli occhi.

«June!» gridò Cal. Ma lei non li riaprì. «June! Svegliati. Resta con me!»

«Si sposti, signore» disse una donna inginocchiandosi accanto a lui. Gli tolse le mani con la forza e sbirciò sotto la maglietta insanguinata e appallottolata sul petto di June, prima di riabbassarla e rivolgersi al collega. «Carichiamo e andiamo. Porta qui la barella» ordinò.

Non aveva sentito l'arrivo dei soccorsi, ma ora che erano arrivati, la stanza era piena di gente. C'erano il capo Rutkey, alcuni dei suoi agenti e anche tutti e tre i suoi amici.

JJ lo prese per il braccio e lo tirò in piedi, trascinandolo di lato. Cal si oppose ferocemente per un momento, prima che Chappy gli afferrasse l'altro braccio.

«Lascia che la aiutino» gli disse con fermezza.

Le lacrime scendevano ancora sul suo viso mentre guardava i paramedici fissarle le cinghie intorno alle gambe e ai fianchi, per poi portarla di corsa verso la porta d'ingresso.

Cercò di seguirla, non volendo perderla di vista, ma i suoi amici lo trattennero con forza.

«Lasciatemi. Devo andare con lei!»

«Non puoi. Ti portiamo noi all'ospedale. Calmati, Cal» gli ordinò Bob.

Ma non poteva farlo. Quella avrebbe potuto essere l'ultima volta che la vedeva... non poteva lasciarla andare.

«Dico sul serio» disse Bob con più decisione, mettendosi faccia a faccia con lui. «Non le sarebbe di nessun aiuto se ti facessi arrestare. È nelle mani migliori in cui possa trovarsi in questo momento. Calmati!»

Abbassò lo sguardo e vide che le sue mani erano ricoperte di sangue. Il sangue di June.

Non poteva morire. Era la sua forza più grande. Era la sua luce. Aveva bisogno di lei. Con lei era una persona migliore.

Senza June, non era niente.

«Che diavolo è successo?» chiese JJ, mantenendo una presa salda su di lui.

«È entrato e le ha sparato» rispose Brenda, con voce tremante.

Si voltò e vide che era bianca come un lenzuolo.

«Tim. Non abbiamo visto nulla, solo sentito i colpi. Le ha sparato in cucina. Lei è barcollata fino a qui, e Banks... Dio santo, non gli ho creduto quando ha detto di essere stato un pugile! Pensavamo che si stesse inventando tutto. Ma è stato più veloce di quanto non lo avessi mai visto fare. È corso in cucina dal cortile e ha steso Tim con un pugno!» La mano di Brenda tremava violentemente mentre se la metteva sul cuore. «È caduto a terra. Poi Meg gli ha preso la pistola, nel caso si fosse ripreso, e gli altri hanno preso le mazze da lacrosse che avremmo usato nel pomeriggio per un gioco che June voleva mostrarci...»

Brenda iniziò a piangere e l'attenzione di Cal si spostò sul capo della polizia: stava ammanettando Tim, che sembrava stordito.

Si lanciò verso di loro, ma ancora una volta i suoi amici lo trattennero.

«No. June ha bisogno di te. Alfred si occuperà di lui. Devi concentrarti su di lei, non a massacrarlo» lo ammonì JJ.

Fu la cosa più difficile che avesse mai fatto. Voleva uccidere quel figlio di puttana per aver fatto del male alla sua donna, ma il suo amico aveva ragione. June aveva bisogno di lui.

«Andiamo all'ospedale» disse JJ.

«La porteranno a Portland con l'eliambulanza» si intromise Austin. Era pallido come Brenda e coperto di sangue come Cal.

«Grazie» sussurrò. «Se non ci fossi stato tu...»

«Non ho fatto molto. Non abbastanza. Grazie a Dio Newton è così piccola che i paramedici sono arrivati velocemente.»

Austin poteva anche pensare di non aver fatto molto, ma la sua rapidità a comprimere sui fori di proiettile nel petto di June avrebbe potuto potenzialmente averle salvato la vita.

«Forza, dobbiamo andare a Portland» disse Chappy, tirandolo verso la porta d'ingresso. Si lasciò guidare come un bambino. In quel momento non riusciva a pensare. Non riusciva a prendere decisioni. Si sentiva insensibile. Perso.

Lui e i suoi amici sapevano bene quanto potessero essere letali i proiettili. E June era stata colpita al petto, due volte. Sarebbe stato un miracolo se fosse sopravvissuta. E Cal aveva disperatamente bisogno di quel miracolo.

«La Rolls» riuscì a dire, mentre i suoi amici lo tenevano praticamente in piedi. «È più veloce.»

«Guido io» affermò Bob. «Voi salite dietro con lui.»

«Dovremmo fermarci a prendergli una maglia, a ripulirlo» disse Chappy.

«No! Dobbiamo andare all'ospedale!» gridò, dimenandosi per cercare di liberarsi dalla presa dei suoi amici.

«Va bene, calmati. Andiamo all'ospedale.»

Si afflosciò. Gli sembrava di avere la testa annebbiata. Riusciva a pensare solo a raggiungere June.

Cal fissava il vuoto nella piccola sala d'attesa privata in cui erano stati condotti all'arrivo al centro traumatologico di primo livello di Portland. Ci era voluto troppo tempo per arrivarci, anche alla velocità tenuta da Bob. Avrebbe voluto vedere June, ma lo avevano informato che era già in sala operatoria.

Qualcuno gli aveva trovato la casacca di un camice da fargli indossare e JJ lo aveva portato in bagno a fargli lavare le mani. Mentre l'acqua tinta di rosso scendeva nello scarico, Cal aveva ricominciato a piangere. Silenziosamente. Ma le lacrime erano state incontenibili.

Non poteva sistemare quella situazione. Nessuna somma di denaro, nessun legame familiare, nessun proclama reale... nulla di ciò che aveva da offrire avrebbe potuto far tornare June tutta intera. Doveva affidarsi alle capacità dei chirurghi che stavano cercando di rimettere a posto l'amore della sua vita.

L'attesa era la parte peggiore. Il non sapere. Tutte le supposizioni che gli passavano per la testa. E se fosse uscito dal lavoro cinque minuti prima? E se non si fosse fermato al Granny's Burgers e fosse andato direttamente alla Hill's House?

E se, e se, e se...

Non sapeva da quanto tempo fosse nella sala d'attesa quando April si sedette accanto a lui, porgendogli il telefono. Lo fissò, chiedendosi dove diavolo l'avesse preso e perché lo avesse. Accidenti, non sapeva nemmeno quando lei e Carlise fossero arrivate.

Era circondato dai migliori amici che avesse mai avuto, ma si sentiva ancora terribilmente solo.

«È tua madre» gli disse April con dolcezza, indicando con la testa il cellulare.

Le lacrime, che alla fine si erano asciugate, ricominciarono a scendere. Prese il telefono e se lo portò all'orecchio. April non si allontanò da lui, gli posò una mano sul ginocchio e glielo strinse forte. Carlise si sedette dall'altra parte e gli mise un braccio intorno alle spalle.

«Mamma...» disse con voce soffocata, quando riuscì finalmente a parlare.

«Oh, figlio mio. Ho sentito quello che è successo. Mi dispiace tanto. Di cosa hai bisogno?»

«Ho bisogno che rimanga viva» singhiozzò. «La amo tanto, mamma. È la cosa migliore che mi sia mai capitata, e se dovesse morire... non so cosa farò!»

«Stiamo arrivando» lo informò, e sul suo viso scesero altre lacrime. «Tuo padre ha già chiamato il pilota e stanno preparando il jet. Saremo lì il prima possibile. Cos'altro possiamo fare?»

«L'uomo che le ha sparato, Tim Dotson, devo sapere perché lo ha fatto.» Chiuse brevemente gli occhi, abbassando la voce quando continuò. «La polizia di qui è brava, ma se potete usare le vostre conoscenze per risolvere la questione... per assicurarvi che June non corra altri pericoli...»

«Ci stiamo già muovendo in tal senso» lo rassicurò sua madre.

«Non posso perderla» ripeté singhiozzando. «Fa molto più male di quando sono stato torturato. Farei qualsiasi cosa per fare a cambio con lei. June non dovrebbe passare tutto questo. Lei è la luce per la mia oscurità. È straordinaria, mamma.»

«Oh, amore mio...»

Lui e la madre piansero insieme a lungo, poi lei si schiarì la gola. «Sto arrivando, figliolo. Non vedo l'ora di conoscerla. Abbi fede, mi hai sentito? Se questa donna ti ama quanto tu ami lei, resisterà. Ce la farà. Ne sono certa.»

«Lo spero.»

«Ne sono *sicura*. Saremo lì il prima possibile. Ti voglio bene.»

«Ti voglio bene anch'io, mamma.»

Spense il telefono e abbassò la testa.

«Tim sta cantando come un canarino» disse JJ a bassa voce entrando nella stanza.

Cal si asciugò la guancia con la spalla e guardò l'amico. Era quasi strano quanto si sentisse dissociato. Voleva sapere perché era successo, perché Tim aveva sparato a June, soprattutto visto che lei non era stata altro che gentile con lui. Ma al momento tutte le sue energie erano rivolte a pregare per la sua donna. Per quello aveva chiesto alla madre di indagare. I suoi genitori avrebbero fatto tutto il necessario per assicurarsi che June fosse al sicuro da chiunque volesse farle del male.

«Sostiene che ha agito su ordine della matrigna» continuò JJ.

Cal chiuse gli occhi.

Gesù. Aveva fatto un casino. Non aveva preso abbastanza sul serio l'ossessione di Carla di sposarlo. Aveva pensato che una volta lasciata la città, lei avrebbe voltato pagina. Avrebbe trovato un altro bersaglio.

Era stato ingenuo.

«Inoltre, avevi ragione sui tuoi sospetti. Sostiene che Elaine abbia ucciso il suo secondo marito, il padre di June. L'ha avvelenato. Dice di avere una registrazione della conversazione di quando lei gliel'ha confessato. La sbatteranno in galera» dichiarò JJ con fermezza. «Non importa cosa dovrò fare, quali favori dovrò riscuotere, lei e quella stronza della figlia finiranno *entrambe* dietro le sbarre.»

Cal annuì. Era contento di avere i suoi amici che lo supportavano.

«Si sa qualcosa di June?» domandò poi.

«Vado a chiedere di nuovo» disse April, dandogli un colpetto al ginocchio mentre si alzava.

Man mano che il tempo passava, Cal si isolava sempre di più da ciò che lo circondava. Gli sembrava di avere la testa imbottita di cotone. Come se si stesse guardando dall'alto.

Due ore più tardi, la porta della sala d'attesa si aprì e sei paia di occhi si alzarono verso il chirurgo dall'aria esausta che stava sulla soglia.

«Amici e familiari di Juniper Rose?» chiese.

Cal si alzò in piedi e barcollò. Cercò di capire dall'espressione dell'uomo quello che stava per dire, ma evidentemente era qualcosa che faceva da troppo tempo per lasciarlo intuire alle persone preoccupate per i loro cari.

«Come sta?» quasi gridò.

«È stabile. Per un po' è stata in una situazione critica, e l'abbiamo persa due volte sul tavolo operatorio, ma è una combattente. È in terapia intensiva, quindi non potrete vederla per almeno dodici ore, mentre continuiamo a monitorare i suoi progressi. Ma secondo la mia opinione professionale, ce la farà.»

Gli cedettero le ginocchia e cadde di peso sulla sedia dietro di lui. Chiuse gli occhi e abbassò la testa. Non scesero altre lacrime, ormai le aveva esaurite, ma non era mai stato così sollevato nel sentire qualcosa in tutta la sua vita. Nemmeno quando lui e il suo team si erano resi conto che i rumori che sentivano dalla loro cella erano quelli degli uomini della squadra di soccorso che li stavano raggiungendo, uccidendo chiunque si metteva sulla loro strada.

Sentì vagamente il medico spiegare che il primo proiettile le aveva attraversato il polmone destro e il secondo aveva mancato il cuore per meno di un centimetro. Il battito si era fermato due volte mentre operavano per riparare il danno, ma erano riusciti a farlo ripartire.

June aveva fatto ciò che lui l'aveva pregata di fare. Aveva lottato. Stava *ancora* lottando. Non lo aveva lasciato.

Non era mai stato così grato che la sua donna fosse così forte. Non era contento di non poterla vedere per un po', ma per la prima volta dopo ore gli sembrò di poter respirare.

Avrebbe fatto in modo che non passasse mai un giorno senza che June sapesse quanto l'amava. Si era salvata per un pelo, e apprezzava, più di quanto potesse esprimere a parole, il fatto di avere una seconda possibilità. Di vivere con lei. Di amarla.

CAPITOLO VENTITRÉ

«Non mi romperò, Cal» si lamentò June.

«Assecondami» le disse con fermezza.

Le ultime due settimane erano state estremamente difficili. Osservarla in terapia intensiva, attaccata a tanti macchinari e con il petto fasciato, era stato quasi peggio che vederla distesa sul pavimento della sala da pranzo della Hill's House ricoperta di sangue.

Quasi.

Cal era andato in ospedale ogni giorno, si era seduto accanto a lei a farle compagnia, a intrattenerla, a mantenerla calma quando il dolore si faceva opprimente e, in generale, a cercare di essere la sua roccia.

Quel giorno sarebbe tornata a casa ed era eccitato e terrorizzato allo stesso tempo. Avrebbe voluto che rimanesse ricoverata più a lungo, per essere sicuro che guarisse completamente, perché era paranoico sul fatto che potesse muoversi nel modo sbagliato e strappare qualcosa all'interno del suo corpo che il chirurgo aveva sapientemente ricucito.

Ma June era più che pronta ad andarsene e non lo aveva affatto nascosto.

Cal aveva appoggiato l'insistenza dell'infermiera affinché usassero una sedia a rotelle per portarla in macchina, e ora la stava sistemando con cautela nella Rolls.

Una volta partiti per affrontare il lungo viaggio verso Newton, si addormentò quasi subito, ma Cal non poteva fare a meno di continuare a guardarla. Lei era un miracolo. Il *suo* miracolo. Non sarebbe dovuta sopravvivere a due colpi di pistola al petto, eppure, eccola lì.

Dopo aver sonnecchiato per circa un'ora e mezza, June si svegliò quando mancava ancora un'ora all'arrivo.

«Cal?»

«Sì, principessa?»

«Ti amo.»

Le sorrise. «Ti amo anch'io.»

«Ti ho sentito, sai» disse sommessamente.

«Cos'hai sentito e quando?» le chiese.

«Mi stavi urlando contro. Mi dicevi di non andarmene, che non potevi vivere senza di me. Ti ho detto che ero stanca e che mi faceva male, ma tu mi hai detto che dovevo combattere. Di non andare verso la luce. Ma...»

Si irrigidì, non era sicuro di voler sapere cosa avrebbe seguito quel "ma".

«Ho visto mio padre» sussurrò. «Aveva un aspetto fantastico. Esattamente come lo ricordavo. Mi ha sorriso, e quando ho cercato di raggiungerlo ha scosso la testa e si è allontanato. Mi ha detto che era lì solo per vedermi, ma che non era il momento di riunirci. Che dovevo tornare indietro. Che tu avevi bisogno di me.»

Cal aveva pianto più nelle ultime due settimane che in tutta la sua vita e gli si riempirono di nuovo gli occhi di lacrime. Accostò sul bordo della strada per non rischiare di fare un incidente e si voltò verso di lei.

«Mi hai detto di combattere e l'ho fatto.»

Le posò una mano sulla guancia e chiuse gli occhi per un

attimo. Sentì le sue dita asciugargli le lacrime che alla fine erano scese. Girò la testa e le baciò il palmo, poi la fissò intensamente. «Sei la cosa migliore che mi sia mai capitata. Grazie per essere tornata da me.»

«Dicevi sul serio...»

«Sì.»

Gli sorrise. «Non hai nemmeno idea di cosa ti stavo chiedendo» si lamentò.

Cal scrollò le spalle. «Se l'ho detto, ero serio.»

«Dei bambini. Della famiglia.»

«Assolutamente sì.»

«Bene» disse June con un piccolo sorriso, mentre appoggiava la testa allo schienale del sedile. «Perché io ne voglio due.»

«Maschi o femmine?» le chiese teneramente.

«Non importa.»

Non pensava che il suo amore per quella donna potesse intensificarsi, ma gli aveva appena dimostrato che si sbagliava.

June si studiò la mano sinistra e le sue labbra ebbero un guizzo. «Non riesco ancora a credere che siamo sposati» disse.

Gliela prese e baciò l'anello che le aveva messo al dito una settimana prima. Le aveva fatto la proposta in ospedale, una volta sveglia e cosciente, e lei aveva accettato. Così Cal aveva prontamente chiamato qualcuno che potesse sposarli subito.

«I tuoi genitori sono stati davvero meravigliosi con tutto.»

Annuì. Era vero. Si erano presentati in ospedale come promesso e lui aveva pianto tra le braccia di sua madre come se fosse stato di nuovo un ragazzino.

Non lo aveva fatto quando era andata a trovarlo all'ospedale militare in Germania. Nemmeno quando si era visto allo specchio per la prima volta dal salvataggio. Ma vedere sua madre dopo aver appena vissuto la cosa più spaventosa che potesse immaginare – aver quasi perso la donna che amava – era stato troppo.

Non si era sorpreso che lei e June fossero andate subito d'accordo, come se si conoscessero da una vita. Anche sdraiata su un letto, imbottita di antidolorifici, aveva conquistato sua madre nel giro di pochi minuti, quando le aveva chiesto come era andato il volo, se avevano dormito e se aveva fame.

La sua June, sempre preoccupata per gli altri.

Quanto a suo padre, si era limitato a fargli un sorriso d'intesa e a dirgli che aveva sempre sospettato che la mela non sarebbe caduta lontana dall'albero, per quanto riguardava l'amore.

I suoi genitori avevano dato la loro benedizione al matrimonio e gli avevano detto che si sarebbero assicurati che June fosse aggiunta all'albero genealogico reale. Ma sua madre lo *aveva* avvertito che anche se a loro andava bene facessero un'informale cerimonia civile, gli abitanti del Liechtenstein si sarebbero aspettati una sorta di celebrazione pubblica del loro matrimonio, se non addirittura una seconda cerimonia in patria.

«Ti hanno amata subito» le disse.

«E a me sono davvero piaciuti molto. Assomigli proprio a tuo padre.»

Cal sorrise, si chinò e la baciò dolcemente prima di rimettersi in viaggio.

«Ti va di dirmi ciò che sta succedendo con Tim?»

Cal sospirò. Non voleva rovinare la giornata parlando dell'uomo che aveva cercato di ucciderla, ma lei aveva il diritto di sapere.

«Ha raccontato tutto. Sai già che Elaine lo ha assunto per perseguitarti. Aveva questa idea perversa che se ci fossero state delle prove dell'esistenza di uno stalker, sarei tornato a Washington. A dire il vero il suo piano è sembrato confuso e insensato. Ad ogni modo, sappiamo che lo pagava per lasciarti biglietti intimidatori, animali morti e cose del genere, per punirti di avermi "rubato" alla figlia.»

«Ma non ha fatto niente di tutto questo» disse June con la fronte aggrottata.

«Già, la stava ingannando. Ed Elaine è stata così credulona

che lo pagava ogni volta che le mandava l'immagine di un biglietto su una porta o altro. La polizia ha le foto e le prove dei trasferimenti di denaro che la compromettono senza ombra di dubbio. Il piano di Tim è sempre stato quello di ucciderti per ottenere il grosso compenso promesso da Elaine. Stava solo prendendo tempo per continuare a sfruttarla.»

Contrasse la mascella pervaso da un senso di rabbia. «Un altro motivo per cui non ha eseguito la sua parte dell'accordo è stato per evitare di metterci in guardia. Sarebbe stato più difficile arrivare a te se fossimo stati costantemente in allerta.»

«Ha funzionato. È riuscito tranquillamente a entrare alla Hill's House e spararmi» disse June.

Cal rabbrividì. «Già.»

«Quindi è in prigione? E ci resterà?»

«Sì» rispose, senza accennare ai favori che lui e il resto della sua squadra avevano riscosso per assicurarsi che Tim non vivesse una vita tranquilla dietro le sbarre. E se alla fine fosse uscito... non avrebbe comunque trovato pace.

«E la mia matrigna? E Carla?»

«Ti ricordi di cosa abbiamo parlato in ospedale?» le chiese con dolcezza.

Lei annuì. «Sì. Ha ucciso mio padre.»

Lui sospirò. «Sembra proprio di sì. I detective di Washington stanno procedendo con la riesumazione del corpo per gli esami tossicologici. Anche se Tim è uno stronzo, è stato abbastanza intelligente da registrare le loro telefonate. Compresa quella in cui lei ha ammesso di aver ucciso tuo padre con la succinilcolina. Gli ha anche suggerito di fare lo stesso con te. Di avvelenarti.

Hai fatto bene a buttare via quei brownie. Ha preso spunto da Carla e ci ha messo una quantità di droghe sintetiche tale che, a seconda di quanti ne avresti mangiati, avrebbe potuto ucciderti.»

June serrò le labbra. «Già.»

«In ogni caso, ci sono molte prove contro Elaine. Invece, per quanto riguarda Carla, non c'è molto. Tutti credono che sapesse cosa stava accadendo, che fosse d'accordo con il piano di sua madre, ma senza alcuna prova che dimostri effettivamente che ha fatto qualcosa di male, probabilmente non verrà accusata.»

Lei scrollò le spalle. «Ci penserà il karma.»

Non aveva torto. Da quello che Cal aveva scoperto parlando con JJ, grazie alla copertura mediatica del caso, la sorellastra era stata scaricata dal suo agente, abbandonata dai suoi cosiddetti amici ed era rimasta sostanzialmente da sola.

E il loro amico Tex, l'ex SEAL genio della tecnologia, aveva hackerato il suo computer per conto di Cal, facendo buon uso di alcuni video della webcam di Carla, quelli in cui si spogliava per denaro... e altro ancora. Sebbene nessuno dei video fosse illegale, la donna era attualmente nei guai per evasione fiscale, dato che non aveva denunciato i soldi guadagnati. Si era anche assicurato che finisse nella lista nera dell'industria delle modelle in modo che le agenzie ufficiali la evitassero come la peste.

«Mi dispiace per la casa» disse Cal con dolcezza. «Anche se le forze dell'ordine di Washington credono che ti abbia fatto firmare con l'inganno i documenti che trasferivano la casa e l'assicurazione di tuo padre a Elaine, avevi diciotto anni, tecnicamente eri un'adulta e la firma era la tua.»

«Lo so. E sai una cosa? Va bene così. Non voglio tornare in quel posto, e ho comunque i bei ricordi di quando vivevamo lì felici, prima che sposasse Elaine.»

Le strinse forte la mano.

Lei gli sorrise. «Basta parlare di questo. Ma mi terrai aggiornata riguardo ai processi e tutto il resto?»

«Certo. Ci vuoi andare?»

June ci pensò un attimo, poi scosse la testa. «Non credo. Voglio solo andare avanti con la mia vita. Con te.»

Fu sollevato dalla sua decisione. Non voleva che dovesse rivivere il tormento che aveva sperimentato con la matrigna davanti a un giudice e a una giuria, o parlare di quel terribile giorno in cui aveva rischiato di morire.

«Ti amo» le disse. Nelle ultime due settimane glielo aveva detto innumerevoli volte.

«Ti amo anch'io» replicò, come faceva sempre.

Il resto del viaggio fu tranquillo, ma invece di dirigersi a casa sua, svoltò verso il centro città. «Ti dispiace se facciamo una sosta veloce prima di tornare a casa?» le chiese.

«Certo che no.»

Facendo del suo meglio per nascondere un sorriso, perché sapeva che l'avrebbe detto, anzi, ci aveva contato, Cal trovò parcheggio proprio davanti al Granny's Burgers. Corse intorno all'auto per aprirle la portiera, le cinse la vita con un braccio e la condusse verso il ristorante.

Alla fine sorrise liberamente, consapevole di cosa avrebbero trovato all'interno, e aprì la porta invitandola a precederlo.

«Bentornata a casa!» urlarono le oltre venti persone presenti non appena lei entrò.

June rimase sorpresa di vedere tutti i loro amici, poi si voltò e seppellì il viso nel petto di Cal, che la abbracciò e la strinse a sé mentre lei faceva il possibile per controllare le emozioni.

Dopo un attimo, sollevò la testa e lo fissò. «Sei stato tu, vero?»

Scrollò le spalle. «Non proprio. Tutti volevano fare qualcosa per te, farti sapere quanto sono felici e sollevati dal fatto che sei una tipa tosta. Volevano vederti, così ha avuto senso organizzare una festa di bentornato.»

«Ti amo» gli sussurrò.

«E io amo te» replicò lui, asciugandole le lacrime dalle guance. «Tutto a posto?»

Lei annuì.

«Non esagerare. Ti terrò d'occhio e quando riterrò che possa bastare, ce ne andremo. E niente suppliche. Nessuno sguardo da cucciolo o broncio mi farà cambiare idea» la avvertì.

June sorrise. «Ok.»

«Ok» ripeté lui. Poi la girò verso le persone che avevano aspettato pazientemente che si ricomponesse.

———

Un'ora più tardi, June lanciò un'occhiata a tutti i presenti nel ristorante, ancora incredula che fossero andati lì per lei. La donna che non aveva un vero amico da più anni di quanti ne potesse contare. Ovviamente c'erano JJ, Bob, Chappy, Carlise e April. Ma si erano presentati anche tutti gli ospiti e gli impiegati della Hill's House, il capo Rutkey e i paramedici che avevano lavorato su di lei quel giorno terribile.

Vide persino la mamma e il papà di Cal in un angolo, che osservavano la scena e sorridevano. Inoltre, c'erano anche diversi abitanti di Newton che aveva incontrato di sfuggita e salutato con un sorriso, ma con cui aveva a malapena parlato.

Le ultime due settimane erano state orribili, ma era viva, era sposata con l'uomo che amava più della vita stessa, ed era determinata a lasciarsi il passato alle spalle. Non riusciva a capacitarsi del fatto che la matrigna avesse messo una *taglia* su di lei e che le avessero sparato due volte. Ma *era* successo e ora avrebbe voltato pagina.

Non era rimasta sorpresa quando aveva saputo che tecnicamente era morta due volte sul tavolo operatorio. Aveva raccontato a Cal di aver visto suo padre durante uno di quegli episodi... ma non gli aveva ancora parlato di cosa era successo nell'altro. Un giorno lo avrebbe condiviso con lui, quando sarebbe stato il momento giusto.

Aveva visto una luce bianca e brillante... e vi era stata attratta. Il dolore era scomparso e si era sentita più leggera dell'aria. Felice. Serena. Calma. Ma poi si era ricordata di una voce, era stata quasi un'eco. Era la voce di Cal che le diceva che non poteva vivere senza di lei. Che le ordinava di combattere.

In quel momento non avrebbe voluto farlo. Sapeva che se avesse ignorato la luce, sarebbe tornata indietro e avrebbe sentito il dolore.

Poi era apparsa una donna, una che aveva visto solo nelle foto: sua madre.

Le aveva sorriso con tanto amore, le aveva detto che era bellissima... che era felice di vederla. June le si era avvicinata, ma lei l'aveva fermata sollevando una mano. «Non è il tuo momento, amore» le aveva detto. «Il tuo uomo ha bisogno di te.»

«Ma io voglio stare con te, mamma» aveva implorato June.

«Lo so, e un giorno lo farai. Ma oggi non è quel giorno. Devi tornare da lui. Le tue due bambine hanno bisogno che tu torni. Faranno cose straordinarie. Cose che non puoi nemmeno immaginare. Saranno importanti non solo per te e per il loro padre, ma per tutta l'umanità.»

«Davvero?» aveva chiesto, sconcertata.

«Sì. Sei una donna incredibile, June, e sono davvero orgogliosa di te.»

Poi era svanita e il dolore era tornato di prepotenza.

Ricordava quella conversazione come se fosse successa il giorno prima. Avere dei figli con Cal sarebbe stato un sogno che si realizzava, ma sapere che avrebbero fatto qualcosa di importante per il mondo era un concetto che stava ancora cercando di elaborare.

«Ehi» la salutò Banks, avvicinandosi al tavolo dove era seduta.

«Parleremo più tardi» le disse Granny, abbracciandola per poi lasciarla con l'altro uomo.

«Banks» sussurrò June, con le lacrime agli occhi. Ultimamente piangeva a dirotto, ma dato che nessuno sembrava farci caso, cercava di non preoccuparsene troppo.

Abbracciò l'anziano il più stretto possibile, il che non era molto. Muoversi troppo le provocava delle fitte al petto, ma non le importava. Per il momento avrebbe affrontato le conseguenze e più tardi avrebbe preso un antidolorifico.

«Mi hanno detto quello che hai fatto» lo informò quando si tirò indietro. «Direi che non stavi mentendo su quella storia del campione di boxe, eh?» lo stuzzicò.

Lui ridacchiò. «No.»

«Non posso credere che tu abbia affrontato un uomo con una pistola, che ovviamente non aveva paura di usarla, e l'abbia preso a pugni.»

Lui scrollò le spalle. «Non era interessato a spararmi. Era completamente concentrato su di te.» La sua voce si abbassò. «Stava per farlo di nuovo. Non potevo permettere che accadesse, June.»

Lo fissò sorpresa. Non glielo avevano detto. Se Tim le avesse sparato una terza volta, probabilmente non sarebbe sopravvissuta.

«L'hai steso. Con *un solo pugno*» disse con voce soffocata. «Sei il mio eroe, Banks. Dico sul serio.»

Non fu sorpresa quando non diede peso alle sue parole. «Lo avrebbe fatto chiunque.»

«Ma non l'ha fatto chiunque, l'hai fatto *tu*.»

Banks si rifiutò di lasciarla soffermarsi sulle sue azioni. «Almeno quei bastoni da lacrosse sono stati utili per qualcosa di più che lanciare una palla di carta» scherzò. «Vorrei che avessi visto, li tenevano in mano come clave, pronti a colpire Tim se avesse osato alzarsi.»

June sorrise con affetto. Avrebbe davvero voluto vederlo. L'idea del lacrosse le era venuta dal soggiorno in albergo con Cal, dopo la loro fuga da Washington.

Era orgogliosa della sua famiglia della Hill's House. Da quello che aveva sentito, ognuno di loro aveva fatto la sua parte nel prendere il controllo di quella terribile situazione.

«Quando torni?» le chiese. «Perché devo dire che le cose sono abbastanza noiose. Ci mancano le tue attività. E Brenda continua a ripetere che sarà la prima a fare un giro sulla slitta.»

«Tornerà non appena sarà guarita abbastanza da poterlo fare» rispose Cal da dietro di lei.

Inclinando la testa all'indietro, June sorrise al marito.

«È ora di tornare a casa» le disse con dolcezza.

Lei si accigliò. «Così presto?»

«È passata un'ora, principessa. Sei stanca e devo darti un anti-dolorifico perché aggrotti spesso il viso.»

Non aveva torto. June aveva cercato di nascondere il dolore che provava, perché si stava divertendo troppo a parlare con i loro amici, ma era ovvio che lui se ne sarebbe accorto.

«Oh, va bene» piagnucolò.

Banks rise. Cal l'aiutò ad alzarsi in piedi e le circondò di nuovo la vita con un braccio. Ci misero molto per arrivare alla porta, perché dovettero fermarsi a salutare ogni persona che incrociavano. Tutti le ripeterono quanto fossero sollevati e felici che stesse bene. Quando Cal la fece salire nel SUV, era già mezza addormentata.

«Non posso credere che i tuoi genitori siano tornati di nuovo» gli disse quando si avviarono verso casa.

«Non si sarebbero mai persi la festa di bentornato.»

«Stasera tua madre mi ha detto che dovremmo andare nel Liechtenstein a trovarli.»

«Porca puttana.»

June sorrise. «Vuoi la verità? Mi spaventa a morte il pensiero di incontrare la tua gente, il re e la regina, e di essere sotto i riflettori in quel modo. Ma con te al mio fianco, posso farcela.»

«Certo che puoi. Puoi fare tutto. Ma non lasciarti spadroneggiare da mia madre. È abituata a fare a modo suo. Se non vuoi la cerimonia per rinnovare le promesse, non la faremo.»

June lo fissò. «A dire il vero...» La sua voce si affievolì.

«Sì?» le chiese quando non continuò.

«Ho sempre amato il film *Cenerentola*. Il più recente, quello in cui lei indossa quel vestito blu. Voglio dire, non mi avvicino minimamente alla sua corporatura, ma ho sempre sognato di indossare qualcosa di simile e di ballare con il mio principe azzurro.»

Lo sguardo d'amore che le rivolse Cal le fece venire voglia di darsi un altro pizzicotto.

«Allora è ciò che avrai. E il tuo corpo è perfetto, principessa. Sei la *mia* Cenerentola. La mia bellissima principessa. Andremo nel Liechtenstein, faremo una cerimonia per la stampa e per il mio popolo, poi torneremo a casa, alla nostra noiosa vita qui nel Maine.»

«Mi sembra un sogno che diventa realtà. Anche se penso che quando arriveranno i nostri figli non sarà più così noiosa.»

«Verissimo» disse lui con un piccolo sorriso. «Ma per un po' non si faranno bambini... almeno fino a quando il medico non darà l'ok.»

«Accidenti» replicò June con un finto broncio.

A dire il vero, non era ancora pronta per fare l'amore nel modo che piaceva a Cal, ma sarebbe guarita. Aveva già smesso di prendere la pillola anticoncezionale, perché i primi giorni in ospedale aveva ovviamente avuto altri pensieri.

Non sapeva che tempistiche avesse previsto lui per avere un bambino, ma era più che pronta ad affrontare il resto della vita... con Cal e la loro famiglia.

EPILOGO

Non appena la porta si chiuse alle loro spalle, Cal emise uno sbuffo quando June praticamente lo placcò. Lo spinse contro il muro, poi gli tirò su con foga la maglietta sul petto.

Da quando le avevano sparato, erano stati due mesi lunghi e frustranti per entrambi, ma erano appena stati dal medico che le aveva finalmente dato il via libera per tornare a fare tutte le normali attività. Lavoro, esercizio fisico... e sesso.

Cal aveva programmato una serata romantica, con una bella cena, un massaggio e magari un bagno. E poi fare l'amore in modo lento e dolce. Ma sembrava che sua moglie avesse altre idee.

Ridacchiò quando lei ringhiò perché non si stava muovendo abbastanza velocemente per i suoi gusti, ma la sua risata si interruppe quando gli tolse la maglia, si inginocchiò e iniziò ad armeggiare con la sua cintura.

«Piano, principessa» mormorò.

«Ti voglio, Cal. E tu sei stato così testardo» si lamentò. «Ti ho detto mille volte che stavo bene, che non mi avresti fatto male, ma non mi hai lasciato fare *nulla*.»

Gli sfuggì un gemito quando lei gli slacciò i jeans, glieli tirò giù insieme ai boxer, e praticamente lo prese tutto in bocca.

Le afferrò i capelli nel pugno e la guardò succhiargli il cazzo. June fece un verso soddisfatto quando lui cominciò subito a indurirsi. Quel mormorio lo stimolò ancora di più. Cal si era fatto più seghe sotto la doccia nell'ultimo mese che in tutta la sua vita. Trattenersi con sua moglie era stata una tortura, ma si era rifiutato di fare qualcosa che potesse ostacolare la sua guarigione.

La testa di June si muoveva avanti e indietro sul suo cazzo mentre lo succhiava e lo leccava. Poi sollevò lo sguardo, e lui non riuscì a distogliere gli occhi dai suoi mentre gli faceva il miglior pompino che avesse mai ricevuto.

«Voglio tutto di te» gli disse, liberandosi la bocca abbastanza a lungo da poter parlare, anche se con la mano continuava ad accarezzarlo, mantenendolo eccitato, mentre lui si appoggiava al muro per sostenersi.

«Ok» replicò.

Il sorriso soddisfatto sul suo volto valeva quanto ogni centesimo che possedeva in banca. June abbassò di nuovo la testa e si diede da fare per dargli piacere. Anche se si era masturbato proprio quella mattina, Cal arrivò al culmine troppo presto. Non riuscì a trattenersi, non con la vista di quelle labbra intorno a lui e il modo in cui gli accarezzava le palle prendendolo fino in gola.

«Sto per venire!» la avvertì. Era la prima volta che le permetteva di procurargli un orgasmo in quel modo. Ma da quel momento in poi, qualsiasi cosa avesse voluto sua moglie, l'avrebbe ottenuta. Inoltre, sperava che sarebbe durato più a lungo in seguito, così da poterle dare piacere fino a notte fonda senza preoccuparsi di venire prematuramente.

In risposta, lei succhiò più forte, incavando le guance. Vederla inginocchiata ai suoi piedi, completamente vestita, così desiderosa di averlo da non poter nemmeno aspettare che arrivassero al letto... era così carnale, così erotico, che non riuscì più a trattenersi.

Uno schizzo di sperma uscì dal suo cazzo, e poi si lasciò andare completamente. Venne con così tanta intensità e a lungo che June non riuscì a tenerlo tutto. Deglutì due volte, poi tirò indietro la testa mentre lui continuava a svuotarsi. La sua essenza le schizzò sul collo e sul mento, e la guardò incantato continuare a usare la mano per spremerlo fino all'ultima goccia.

Quando June lo fissò con tanto orgoglio e desiderio, Cal dovette sforzarsi con tutto se stesso per non spingerla sulla schiena e prenderla proprio lì nell'ingresso. Con la mano le tolse un po' di sperma dalla guancia, poi la portò alla sua bocca. Lei la aprì e gli succhiò il dito facendo scorrere la lingua intorno come se fosse un piccolo cazzo.

E quello bastò. Non poteva più aspettare. Si tolse le scarpe, i pantaloni e i boxer, poi, completamente nudo, senza provare il minimo imbarazzo per le sue cicatrici, si chinò e la tirò in piedi. La prese in braccio e si diresse verso le scale.

June si aggrappò al suo collo, leccando e succhiando, marchiandolo. Quando arrivarono accanto al letto la rimise in piedi. «Spogliati» le ordinò burbero.

Obbedì con un enorme sorriso, e presto fu nuda come lui.

Cal la spinse sul letto e una volta sdraiata sulla schiena si sistemò subito sopra di lei. Le passò un dito sulla lunga cicatrice sul petto, dove il chirurgo l'aveva aperta per salvarle la vita.

«Sei così bella.» La guardò negli occhi. «Mi ci è voluto molto tempo, ma finalmente ho capito.»

«Capito cosa?» gli chiese, aggrappandosi alle sue braccia mentre incombeva su di lei.

«Che le cicatrici non sono brutte. Sono solo una mappa del nostro passato. Raccontano agli altri ciò a cui siamo sopravvissuti. E io e te, siamo entrambi dei sopravvissuti. Abbiamo attraversato l'inferno e ne siamo usciti, ma niente avrebbe potuto impedirci di trovarci.»

«Ti amo» gli sussurrò lei.

«E io amo te.»

«Vuoi stare zitto e fare l'amore con tua moglie?» lo supplicò.

Cal sorrise. «Sì, signora.»

«Bene. Oh, e un'altra cosa» disse lei con un sorriso malizioso.

«Pensavo volessi che stessi zitto e continuassi a darmi da fare» la prese in giro.

«Ho chiesto una cosa al dottore mentre tu eri a prendere la macchina.»

Quando non continuò, Cal sollevò un sopracciglio in una muta domanda.

«Ho voluto assicurarmi che non fosse un problema se fossi rimasta incinta. Che il nostro bambino non sarebbe stato in pericolo o altro. Che avrei potuto partorire naturalmente senza complicazioni a causa dell'intervento.»

Cal si irrigidì. «E?»

«Ha detto che sono a posto. Che sono completamente guarita e che non pensa ci saranno complicazioni di sorta. E sai che è da un po' che non prendo la pillola, quindi...» Sorrise di nuovo, lasciando in sospeso la frase.

Cal era sbigottito, non riusciva a pensare lucidamente. Certo, sapeva che non aveva preso anticoncezionali mentre stava guarendo, ma per qualche motivo non aveva pensato a cosa avrebbe significato una volta che fosse stata autorizzata a svolgere le normali attività.

«Voglio il tuo bambino, Cal» sussurrò. «Oggi. Subito.»

Aveva avuto intenzione di leccarla, di adorare ogni centimetro del suo corpo, per dimostrarle quanto l'amava, quanto non potesse vivere senza di lei. Ma ora riusciva solo a pensare a entrare nel suo corpo e a riempirla con il suo sperma, ancora e ancora, finché non l'avesse messa incinta.

Il suo cazzo si indurì quasi dolorosamente e Cal grugnì come un animale mentre si sistemava su di lei, spalancandole le gambe e infilando la punta tra le sue pieghe.

Solo dopo essere arrivato in fondo, quando i loro inguini furono appiccicati e la sentì contrarsi intorno a lui, si rese conto di quello che aveva fatto. Non si era nemmeno assicurato che fosse pronta.

«Cazzo!» imprecò.

June ridacchiò, e lui lo sentì sull'uccello.

«A qualcuno piace l'idea di fare un bambino» lo stuzzicò.

Non gli piaceva, lo *adorava*. June incinta sarebbe stata ancora più bella di quanto lo era adesso. E non vedeva l'ora di conoscere il loro bambino. Di vederla allattare, di vederla tenere in braccio il loro figlio o la loro figlia. Voleva sperimentare tutto. Il pianto, il cullare, il cambio del pannolino. Era quasi ridicolo quanto fosse pronto a diventare padre.

«Ti amo» le sussurrò. «Non sai quanto.»

«Certo che lo so. Sono sfuggita alla morte, due volte, per tornare da te.»

Non aveva torto.

Gli aveva finalmente raccontato della seconda esperienza pre-morte avuta sul tavolo operatorio, e il pensiero di avere due bambine era sufficiente a metterlo in ginocchio. Cal era sicuro che la madre di June stesse cercando di dirle che le loro figlie avrebbero trovato la cura per il cancro o sarebbero diventate il primo presidente donna degli Stati Uniti o avrebbero raggiunto qualche altro traguardo di enorme importanza. Ma anche se non avessero mai lasciato Newton e fossero diventate cameriere al Granny's Burgers, sapeva che sarebbero state le migliori came-riere mai conosciute.

Cominciò a muoversi lentamente, mostrandole senza parole quanto la venerasse, quanto fosse importante per lui, quanto la amasse. I loro sguardi rimasero incollati mentre facevano l'amore, e Cal non fu minimamente sorpreso quando vennero insieme. Poi rotolò finché non fu distesa sopra di lui, con il cazzo semiduro ancora in profondità nel suo corpo.

«Se pensi di uscire da questo letto nel prossimo futuro, stai sognando» la informò.

June sollevò la testa e gli sorrise. «Posso sopportare qualsiasi cosa mi dispenserai, Principe Azzurro.»

«La mia Cenerentola» mormorò, poi rotolò di nuovo. A malincuore si tirò fuori e scivolò lungo il suo corpo. «Prima non ho avuto la possibilità di fare tutte le cose che volevo.»

Lei allargò le braccia e le gambe con abbandono, e sorrise verso il soffitto. «Fammi quello che vuoi, marito. Sono tutta tua.»

Sì, lo era di sicuro.

<hr>

Bob si stava annoiando. Di nuovo. Gli piaceva avere un'attività in comproprietà con i suoi amici. Gli piaceva l'aria fresca di Newton e guidare gli escursionisti sul sentiero degli Appalachi. Ma nel profondo, desiderava più eccitazione.

Aveva amato essere un soldato delle forze speciali. Aveva vissuto per le scariche di adrenalina che accompagnavano le missioni. I luoghi affollati e brulicanti di vita lo stimolavano. Se avesse vinto quella partita a Rochambeau durante la prigionia, avrebbe scelto New York come luogo in cui trasferirsi.

Non era arrabbiato per il fatto che fossero finiti nel Maine, ma la sua irrequietezza aveva presto avuto la meglio su di lui... e dopo appena un anno, si era arreso e aveva contattato un tizio dell'FBI il cui nome gli era stato passato da un team di uomini che vivevano a Indianapolis.

Gregory Willis lavorava con ex membri dell'esercito, inviandoli in tutto il mondo a salvare persone che avevano bisogno di un aiuto che nessun altro poteva fornire: alcune erano ostaggi, altre erano fuggite di casa, altre erano finite nel mercato del sesso. Altre ancora si erano messe nei guai con organismi legali esteri e non avevano modo di tornare negli Stati Uniti.

Era un lavoro pericoloso ma eccitante. E appagante. Permetteva a Bob di non perdere la testa a causa della monotonia.

Naturalmente i suoi migliori amici non ne avevano idea. Sapeva che non avrebbero approvato. Era stato JJ a insistere perché non avviassero un'attività che avesse a che fare con la sicurezza.

E invece eccolo lì, a farlo alle loro spalle.

Era un mistero come fosse riuscito a mantenere il segreto per due anni, ma ormai era arrivato a un punto in cui era quasi impossibile confessare. Si sarebbero sentiti feriti dal fatto che non glielo avesse detto prima, che avesse tenuto nascosta una faccenda così importante, e sarebbero rimasti sconvolti che stesse mettendo a rischio la sua vita senza permettere loro di guardargli le spalle.

Quando il suo telefono squillò, Bob sussultò, poi ridacchiò e scosse la testa. Non avrebbe dovuto essere così nervoso, eppure, visto "l'hobby" che aveva, non ne era sorpreso. Negli ultimi due anni si era fatto dei nemici, persone che avrebbero voluto eliminarlo per assicurarsi che non ficcasse mai più il naso nei loro affari. Ma non ne era preoccupato. Sapeva badare a se stesso, lo aveva dimostrato più volte.

«Evans» rispose alla chiamata.

«Ho un altro lavoro per te» disse Willis senza preamboli.

Un'ondata di adrenalina gli corse nelle vene. Sì! Aveva bisogno di fare qualcosa. Erano quasi a metà dell'estate, e sebbene la Jack's Lumber fosse piena di lavoro, così come il loro servizio di guide sul sentiero degli Appalachi, per lui non era abbastanza. Aveva voglia di più eccitazione.

«Ci sto» rispose al suo contatto.

«Non vuoi sapere di cosa si tratta?»

Non importava molto, ma rispose di sì.

«Thailandia. Una donna è stata incarcerata con l'accusa di spaccio di droga. Suo fratello sostiene che sia falsa. Ma dato che non è una celebrità o qualcuno di importante, la stampa non ha prestato molta attenzione alla faccenda.»

Bob aggrottò le sopracciglia. Quella parte del mondo non era il suo posto preferito in cui infiltrarsi. Prima di tutto, non poteva esattamente essere scambiato per una persona del posto. Secondo, il clima faceva schifo. Il caldo e l'umidità non erano gradevoli per una missione. E terzo, il sistema giudiziario – come molti agenti di polizia – era totalmente corrotto. «Qual è il piano?»

«Dipende da ciò che vuoi. Vuoi essere furtivo o pratico?»

«Pratico» rispose Bob senza esitare. Fino a quel momento, mentire agli amici dicendo che la zia anziana, una zia inesistente, aveva bisogno di assistenza e che stava aiutando a prendersi cura di lei dato che non c'erano altri parenti, aveva funzionato come scusa per lasciare la città di tanto in tanto per una settimana o due. Se si fosse assentato per più tempo, sapeva che avrebbero cominciato a diventare sospettosi... se già non lo erano.

Bob ascoltò Willis fornirgli informazioni sul suo obiettivo e illustrare il piano, scuotendo la testa. C'erano così tante cose sbagliate in ciò che aveva elaborato da essere ridicolo. Ma avere a che fare con la polizia e il governo thailandese non lasciava loro molte alternative. «Quando parto?» chiese.

«Dopodomani. Prenderai un volo da Bangor a Chicago, poi per Los Angeles, Pechino e Bangkok. Abbiamo un infiltrato che ti incontrerà all'aeroporto.»

Bob fece un respiro profondo. Quella missione si sarebbe svolta con estrema rapidità. Ma era contento. Sperava di arrivare a destinazione, trovare la donna, Marlowe, e andarsene. Lo stress e l'eccitazione di una missione così folle sarebbero stati sufficienti a farlo tirare avanti per mesi.

«Va bene.»

«Ti invio tutte le informazioni stasera e domani riceverai un pacco per posta. Sto lavorando alla creazione di una rete clandestina per far uscire te e Marlowe, ma sarà complicato. Dovrete attraversare il confine per la Cambogia... in modo creativo.»

Bob sapeva cosa significava. Non sarebbero passati per nessuno dei posti di controllo ufficiali. Probabilmente avrebbero dovuto attraversare il confine in un luogo remoto e sperduto, il che aumentava le possibilità di essere scoperti. «Capito.»

«Il pagamento avverrà a missione conclusa, come sempre. Se hai domande, sai come contattarmi. Buona fortuna.»

Bob sbuffò quando Gregory Willis riattaccò senza dargli la possibilità di dire altro. Spense il telefono e fissò il vuoto per un attimo, poi si alzò dal divano. Doveva prepararsi, aveva un fascicolo informativo da leggere e delle bugie da perfezionare affinché i suoi amici non si preoccupassero per lui.

Il senso di colpa lo fece accigliare, ma lo scacciò.

L'ultima cosa che voleva fare era deludere JJ, Chappy e Cal, ma i suoi amici erano occupati con le loro donne. Anche se JJ e April non erano ufficialmente una coppia, Bob non aveva dubbi che presto lo sarebbero diventati. L'attrazione tra i due faceva volare scintille ogni volta che erano insieme. Era solo questione di tempo prima che cedessero e facessero qualcosa al riguardo.

Era entusiasta per i suoi amici, ma non era pronto a sistemarsi. E ora aveva qualcun altro da aiutare con le abilità che aveva perfezionato nel corso degli anni.

Avrebbe salvato Marlowe Kennedy in modo che potesse andare avanti con la sua vita, e la sua anima inquieta si sarebbe placata ancora una volta... almeno per un po'.

E con quella determinazione, si diresse in camera per fare i bagagli.

———

Marlowe Kennedy si piegò con un sospiro pesante sulla macchina da cucire che le era stata assegnata. Era in quell'inferno da quasi un mese, e le prime due settimane era stata in isolamento perché volevano assicurarsi che non avesse qualche virus che potesse contagiare le altre detenute. La prigione era sovraffollata e l'atmosfera di miseria e sconforto era opprimente.

Condivideva una "stanza" con altre duecento prigioniere. Dormiva su una stuoia sottile con donne che la toccavano da entrambi i lati. Il cibo era pessimo e Marlowe sapeva di aver già perso un sacco di peso.

Quando era stata arrestata, aveva implorato e supplicato la polizia. Aveva detto loro che non aveva idea di come fossero arrivate lì le pillole che avevano trovato nella sua borsa. Ma non era servito a nulla. Era stata costretta a firmare un documento che non aveva nemmeno saputo leggere, l'avevano portata in quella prigione e rinchiusa dentro senza voltarsi indietro.

Era stata "interrogata" per ore, il che significava semplicemente che le avevano urlato contro in una lingua che non parlava, ma non le era stata data la possibilità di raccontare la sua versione della storia. Non le era stata concessa alcuna telefonata o assistenza legale. Si trovava in Thailandia per lavorare a uno scavo archeologico, pensando agli affari suoi, e un attimo dopo la sua tenda era stata perquisita e avevano trovato della droga che *non* era sua.

Aveva pianto per giorni, ma ora non scendevano più lacrime. Era stata gettata via, dimenticata.

Non capiva nulla di quello che dicevano, e le responsabili, cioè le detenute che erano lì da abbastanza tempo da avere appunto la responsabilità delle loro compagne di cella, la odiavano solo perché era americana.

Pensare a suo fratello era l'unica cosa che le impediva di crollare completamente. Aveva pregato il capo del sito archeologico di chiamarlo quando era stata trascinata via, sapendo che lui avrebbe fatto il possibile per aiutarla. Era più grande di lei di cinque anni ed era sempre stato protettivo nei suoi confronti, ancora di più dopo che i loro genitori erano stati uccisi da un pirata della strada quando lei aveva quattordici anni.

Tony avrebbe capito cos'era successo e come tirarla fuori. Aveva le conoscenze necessarie per aiutarla, grazie al fatto di aver lavorato in politica per anni. Non si sarebbe fermato finché non avesse annullato le accuse contro di lei e non l'avessero rilasciata.

Eppure, nonostante quella convinzione, ogni giorno che passava la sua fede e la sua fiducia subivano un altro piccolo colpo. Ogni singolo giorno sembrava durare una settimana, ed era difficile continuare a credere che prima o poi sarebbe uscita da lì.

Era abbastanza sicura di sapere *chi* l'aveva incastrata, ma non poteva fare nulla se era bloccata in quel posto. Aveva disperatamente bisogno di suo fratello.

«Ho bisogno di te, Tony» sussurrò. «Ti prego, tirami fuori da qui.»

Ma, naturalmente, le sue parole svanirono in mezzo al rumore di quella stanza immensa e troppo calda. Nessuno apparve magicamente per scusarsi e dirle che l'arresto era stato un enorme malinteso.

Marlowe chiuse gli occhi per un momento. Non era famosa... non era una stella dello sport, né un politico o un'attrice. Non era nessuno. Ed era proprio quello che le faceva temere che sarebbe morta in quella prigione scura e umida, senza che a qualcuno importasse, a parte suo fratello.

Se per miracolo fosse uscita da lì, avrebbe cambiato la sua vita. Avrebbe cercato di essere più estroversa. Si sarebbe sposata. Forse avrebbe avuto dei figli, ma non ne era ancora sicura. Di certo sarebbe stata la zia migliore del mondo per i figli di Tony. Avrebbe smesso di accettare incarichi così pericolosi.

E sarebbe per sempre stata grata a chiunque fosse riuscito a tirarla fuori dal quel posto. Un avvocato, un negoziatore, un mercenario letale: non le importava. Accidenti, avrebbe sposato quell'uomo e gli avrebbe dedicato tutta la sua vita... se solo le avesse dato una seconda possibilità.

Marlowe sospirò di nuovo, poi fece un respiro profondo e aprì gli occhi. Ogni giorno doveva finire un certo numero di camicette altrimenti sarebbe stata punita dalle responsabili.

Nel poco tempo libero che aveva, si assicurava di fare attività fisica. Doveva mantenere le forze. Nel caso fosse riuscita a uscire, voleva essere pronta a tutto. A correre, arrampicarsi, nuotare, camminare per centinaia di chilometri fino al confine... qualsiasi cosa fosse stata necessaria, sarebbe stata nella migliore forma possibile, e al diavolo la perdita di peso.

«Ti prego, Tony» disse di nuovo ad alta voce, mentre si chinava sulla stoffa sul tavolo. «Ti prego, aiutami.»

———

L'aiuto è decisamente in arrivo per la povera Marlowe. Ha bisogno di un eroe in questo momento. Bob potrebbe non considerarsi tale, ma si sbaglierebbe. Cercate il prossimo libro della serie Game of Chance: *L'eroe* .

Trovare Jodelle

Ricerca e soccorso Eagle Point

In cerca di Lilly
In cerca di Elsie
In cerca di Bristol
In cerca di Caryn
In cerca di Finley
In cerca di Heather
In cerca di Khloe

Silverstone

Fidarsi di Skylar
Fidarsi di Taylor
Fidarsi di Molly
Fidarsi di Cassidy

Delta Duo

La forza di Gillian
La forza di Kinley
La forza di Aspen
La forza di Jayme
La forza di Riley
La forza di Devyn
La forza di Ember
La forza di Sierra

Armi & Amori: verso il futuro

Soccorrere Caite
Soccorrere Brenae
Soccorrere Sidney
Soccorrere Piper
Soccorrere Zoey
Soccorrere Avery

Soccorrere Kalee
Soccorrere Jane

Mercenari di Montagna
Difendere Allye
Difendere Chloe
Difendere Morgan
Difendere Harlow
Difendere Everly
Difendere Zara
Difendere Raven

Delta Force Heroes
Salvare Rayne
Salvare Emily
Salvare Harley
Il Matrimonio di Emily
Salvare Kassie
Salvare Bryn
Salvare Casey
Salvare Sadie
Salvare Wendy
Salvare Mary
Salvare Macie
Salvare Annie

Armi e Amori
Proteggere Caroline
Proteggere Alabama
Proteggere Fiona
Il Matrimonio di Caroline
Proteggere Summer
Proteggere Cheyenne
Proteggere Jessyka

Proteggere Julie
Proteggere Melody
Proteggere il Futuro
Proteggere Kiera
Proteggere i figli di Alabama
Proteggere Dakota

Ace Security
Il riscatto di Grace
Il riscatto di Alexis
Il riscatto di Bailey
Il riscatto di Felicity
Il riscatto di Sarah

Una raccolta di storie brevi
Un momento nel tempo

BIOGRAFIA

L'autrice

Susan Stoker è annoverata da *New York Times*, *USA Today* e *Wall Street Journal* quale scrittrice di successo, le cui collane di libri includono Badge of Honor: Texas Heroes, SEAL of Protection e Delta Force Heroes. Sposata con un sottufficiale dell'esercito in pensione, Stoker ha vissuto in ogni dove negli Stati Uniti - dal Missouri alla California e al Colorado - e attualmente vive sotto i grandi cieli del Texas. Quale vera sostenitrice del "vissero felici e contenti", Stoker ama scrivere romanzi in cui una relazione romantica si trasforma in amore.

Per ulteriori informazioni sull'autrice e il suo lavoro, visita il sito web www.stokeraces.com